Matteo Strukul

Das Geheimnis des Michelangelo

Historischer Roman

Aus dem Italienischen
von Ingrid Exo und Christine Heinzius

GOLDMANN

Die Originalausgabe erschien 2018
unter dem Titel »Inquisizione Michelangelo«
bei Newton Compton editori, Rom.

Sollte diese Publikation Links auf Webseiten Dritter enthalten, so übernehmen wir für deren Inhalte keine Haftung, da wir uns diese nicht zu eigen machen, sondern lediglich auf deren Stand zum Zeitpunkt der Erstveröffentlichung verweisen.

Dieses Buch ist auch als E-Book erhältlich.

Verlagsgruppe Random House FSC® N001967

1. Auflage
Deutsche Erstveröffentlichung Oktober 2020
Copyright © der Originalausgabe © 2018 Newton Compton
Copyright © der deutschsprachigen Ausgabe 2020
by Wilhelm Goldmann Verlag, München,
in der Verlagsgruppe Random House GmbH,
Neumarkter Str. 28, 81673 München
This edition published in agreement with the proprietor through MalaTesta Literary Agency, MilanCopyright © der Umschlaggestaltung: UNO
Werbeagentur München
Umschlagfoto: © dem10/E+/Getty Images
©Jaroslaw Blaminsky/Trevillion Images
Redaktion: Kerstin von Dobschütz
BH • Herstellung: ik
Satz: GGP media GmbH, Pößneck
Druck und Einband: GGP Media GmbH, Pößneck
Printed in Germany
ISBN: 978-3-442-49048-6
www.goldmann-verlag.de

Besuchen Sie den Goldmann Verlag im Netz

Für Silvia,

*die ich immer schon liebte und für immer lieben werde,
und für Rom,
dessen Schönheit mich immer wieder bewegt*

*Für Antonio Forcellino, meinen verehrten
Lehrmeister*

Herbst 1542

1

Macel de' Corvi

Er fühlte sich müde und schwach. Er schaute auf seine kräftigen Hände, die vom Marmorstaub ganz weiß waren und immerzu dem rasenden Drängen seiner Seele folgten, die Gestalten im Stein erspürten und die dank eingehender Körperstudien kundig Muskeln und Ausdrucksformen erforschten.

Er seufzte. Seine Behausung war einfach und karg. So wie immer. Sie war sein Refugium, der sichere Hafen, in dem er zur Ruhe fand. Er blickte auf die Esse. Auf die Glut, die blutrot unter der Asche hervorleuchtete. Auf ein paar Werkzeuge, die wild durcheinandergeworfen auf einem Arbeitstisch lagen.

Er stand auf. Er öffnete die Tür und trat hinaus. Vor ihm lag Macel de' Corvi, jenes schmutzige Stadtviertel einfacher Leute, in dem die Häuser übereinander hinweggewachsen zu sein schienen, so als seien sie aus der grauen Haut eines Kadavers hervorgebrochen.

Rom siechte vor seinen Augen dahin, doch was er sah, spiegelte nur ein weit größeres Übel, einen seelischen Schmerz, der die Stadt zu verzehren schien. Unter den Willen der Päpste gebeugt, den zeitlichen Herrschern über eine Welt, die nicht mehr den kleinsten Funken Gottesfürchtigkeit besaß.

Er sah, wie sich weiße Flocken auf die architektonischen Überreste der antiken Foren und die Rundbögen des Kolosseums legten, dessen Inneres als aufgebrochene Grotten und Höhlen skelettartig aus dem Boden ragte. Abgestorbene Bäume, Opfer dieses erbarmungslos eisigen Herbstes, waren weiß besprenkelt. Die Stille, die in diesem Augenblick herrschte, verlieh dem Anblick etwas Unwirkliches.

So karg und schal die Darbietung auch war, sah Michelangelo darin doch den Sinn aller Dinge, den Inbegriff einer Stadt, die ihren eigenen Dämonen erlegen war und sich dennoch trotzig auf den Beinen hielt. Rom stellte die Schätze der Vergangenheit wie prachtvolle Narben zur Schau, in Vergessenheit geratene Überbleibsel, deren Glanz vergangener Zeiten dennoch durch das Schneetreiben drang. Die Säulen des Saturntempels ragten wie die Finger eines Giganten in den Himmel, der verwundet, aber noch nicht endgültig bezwungen war.

Wie er so den Schnee fallen sah, spürte er, dass Melancholie von ihm Besitz ergriff. Wie kaltes Feuer breitete sie sich in seiner Brust aus und war nicht zu löschen. Er wusste genau, dass er selbst Teil dieser anschwellenden Flut war, die alles ins Verderben zog und die den Namen der Kirche trug. Er war sogar ihre raffinierteste und effektivste Waffe, war er doch imstande, die Armen und Vernachlässigten zu blenden, ihre Aufmerksamkeit zu bannen, mit dem Glanz seiner großartigen Werke die Sinne zu betäuben. Das Deckengewölbe der Sixtinischen Kapelle, das *Jüngste Gericht*, die römische *Pietà* vermochten einen zu verzaubern und verbargen gerade durch diesen Glanz die wahre Essenz der Macht und der Herrschaft.

Er machte sich einfach etwas vor, er nahm das Geld der

Päpste und stellte seine Kunst in ihren Dienst. Er verherrlichte die Macht und mehrte ihren Ruf. Während er den Schnee auf die schmutzigen Dächer fallen sah, wurde ihm klar, dass der Erfolg seiner Skulpturen, seiner Fresken, ja seines ganzen Lebens im Grunde ein Verbrechen war, der Schatten des Bösen, das sich selbst erhielt.

Er schämte sich.

Er weinte.

Denn er begriff, wie falsch das war, was er da tat.

Er hatte geglaubt, Gott dadurch näherzukommen, dass er aus Marmor die wunderbarsten Formen herauslöste und mit Pinsel und Farben gleichsam das Lied der Natur selbst anstimmte. Doch diese Hoffnung war zunichtegemacht. Er hatte den Verlockungen des Geldes und, schlimmer noch, des Ruhmes nachgegeben. Wie sehr er sich doch darin gefallen hatte, es zum unangefochtenen Meister der Kunst, zum Hofkünstler, gebracht zu haben. Er hatte sich verkauft, das wusste er nur zu gut. So sehr er sich auch vom Gegenteil zu überzeugen versuchte, tief im Innern wusste er, wie sehr er seinem maßlosen Ehrgeiz Vorschub geleistet hatte.

Bis an den Punkt, an dem er Gefahr lief, sich selbst untreu zu werden.

Er ballte die Fäuste und schwor sich, sich davon loszusagen. Um jeden Preis. Eine solche Befreiung brauchte er noch dringender als die kalte, klare Luft, die er stechend im Gesicht spürte.

Ein ungekannter neuer Wind wehte aus dem Norden Europas. Die Worte eines deutschen Mönches wirkten wie Brandsätze und hatten für ein aufgeheiztes Klima gesorgt. Seine Thesen waren Stigmata auf dem Leib der Kirche aus Luxus und Prunk, Dornen im Fleisch eines Klerus, der schon viel zu lang materiellem Besitz, der Lasterhaftigkeit, der Fleischeslust und dem Ablasshandel ergeben war. Dieser Eigenkult, der die vorrangige Bedeutung von Begriffen wie Glaube, Barmherzigkeit, Frömmigkeit und Opfer aus dem Blick verloren hatte.

Sogar in Rom hatte dieses wenn auch schwache Feuer einen neuen Glauben angefacht, ein beständiges Reflektieren; das war in diesen unglückseligen Zeiten wie eine laue Brise, die nur darauf wartete, zu einem Wind anzuwachsen, der alle Männer und Frauen erreichen würde, die guten Willens waren.

Dieser klaren und redlichen Kraft würde er die kommenden Jahre widmen. Er wollte diesen kleinen Schatz hüten, ihn wie eine Flamme in die Nacht tragen, um das, was ihm vom Leben blieb, zu erhellen.

Er würde sich nicht länger fürchten.

Er straffte sich. Ihm wurde allmählich kalt, doch dieser sanfte, weiße, reine Schnee erschien ihm wie eine himmlische Botschaft, ein Zeichen, geschickt, um den Herzen der Menschen Frieden zu bringen. Er liebte diese Art der Stille, in der das Lärmen der Stadt zum Erliegen kam.

In diesem weißen Mantel, der Macel de' Corvi einhüllte, war ihm, als stünde er direkt vor Gott, als könne er dessen großen, ruhigen Atem wahrnehmen und seine Stimme wie ein mächtiges, doch friedvolles, fast zärtliches Raunen hören.

Weit entfernt von der Engelsburg, von der Tiberinsel, von jenem Teil Roms, wo Bramante und Raffael in den letzten Jahren Palazzi von unglaublicher Schönheit gebaut und ausgeschmückt hatten. Weiß und leuchtend waren sie, geschmückt mit eindrucksvoller Rustika sowie schlanken, geschmeidig wirkenden Säulen. Michelangelo schwor sich, dass er niemals mehr den Befehlen der Päpste gehorchen würde.

Er würde die Zeit, die ihm blieb, nutzen, um das eigene Herz zu ergründen, dessen Schläge und Gebete. Und was darin bebte, würde er auf den Marmor übertragen. Mehr denn je.

Schließlich ging er wieder hinein.

2
Die Römische Inquisition

In der Via Ripetta, im Palazzo del Sant'Uffizio, dem Sitz der Römischen Inquisition, nicht weit der Kirche San Rocco, traktierte Kardinal Gian Pietro Carafa seinen langen braunen Bart. Nervös wickelte er ihn um seine groben Finger. Der Monsignore seufzte tief. Er war nervös.

Die Edelsteine, die in seine zahlreichen Ringe eingefasst waren, ließen die Lichtstrahlen der herbstlichen Sonne in vielfarbigen Facetten erstrahlen. Das harte bleiche Licht drang durch die schweren Samtvorhänge vor den hohen Fenstern. Unter den stattlichen Rubinen und Smaragden war der vielleicht am wenigsten strahlende ausgerechnet der des Hirtenrings, so als wollte er die Dunkelheit anprangern, von der die Kirche in diesen Tagen befallen war.

Gekleidet in Kardinalspurpur, mit Mozetta, scharlachrotem Scheitelkäppchen und gleichfarbigem, golddurchwirktem Zingulum, saß Gian Pietro Carafa auf einem Stuhl und wartete darauf, dass sein bester Mann hereingeführt würde. Die Bediensteten hatten ihn bereits angekündigt.

Er erhob sich also von seinem kunstvoll geschnitzten Sitz und sah sich um. Der Raum war so weitläufig, dass sich jeder Besucher darin verloren vorkommen musste. Zumindest bis er sich an die spartanische Einrichtung gewöhnt hatte. Und genau das war die Wirkung, die Kardinal Carafa bei jedem seiner Gesprächspartner erzeugen wollte: ein Gefühl der Verlorenheit.

Abgesehen von fünf weiteren Stühlen und einem großen Kamin bestand die einzige weitere Einrichtung in den vor Handschriften und gebundenen Büchern überquellenden Bücherregalen entlang der Wände.

Der Kardinal, Oberhaupt der Römischen Inquisition, stand nun vor einem der Regale. Er nahm einen kleinen Band heraus und wendete es in den Händen. Er befühlte den Buchrücken und seine Seiten, die er geistesabwesend durchblätterte. Er hatte noch nicht einmal einen Blick auf das Frontispiz geworfen. Er hatte bloß das Bedürfnis, mit etwas zu hantieren. Drohte er, wie er befürchtete, die Geduld zu verlieren, konnte er sich immer noch am Buch festhalten.

Eingedenk seines Temperamentes, des Jähzorns, den er wirklich nur mit Mühe zu zügeln vermochte, war eine solche Vorsichtsmaßnahme alles andere als abwegig.

Der Sekretär kündigte den Gast an.

Daraufhin trat Vittorio Corsini, Hauptmann der Gendarmen des Sant'Uffizio, der Glaubenskongregation, mit einer tiefen Verbeugung ein. Der Kardinal streckte ihm die Hand entgegen, und Corsini küsste ergeben den Hirtenring. Dann richtete er sich wieder zu seiner beachtlichen Größe auf.

»Eminenz, ich höre.« Der Hauptmann machte wenig Worte, war aber von großer Anziehungskraft. Stattliche Statur, breitschultrig, mit eindringlichen grauen Augen und gewichstem Schnurrbart, dessen Enden nach oben wiesen. Es hieß, er habe einen großen Frauenverschleiß, doch der Kardinal legte keinerlei Wert darauf, dieses Detail zu vertiefen. Corsini trug eine rote Jacke, die mit einem goldenen und einem silbernen Schlüssel bestickt war, purpurfarbene

Strümpfe und dunkle Stiefel, die bis ans Knie reichen. Ein breitkrempiger Filzhut und ein schwerer pelzgesäumter Mantel vervollständigten seine Kleidung.

Am Gürtel hingen eine Radschlosspistole und ein Schwert mit Korbgriff, dessen durchbrochener Handschutz gold- und silberbeschlagen war.

Der Kardinal räusperte sich. Er umklammerte das Buch und setzte Vittorio Corsini in Kenntnis über das, was ihn in diesen Tagen quälte. »Hauptmann, ob Ihr es glaubt oder nicht, dies sind unheilvolle Zeiten. Unser guter Pontifex Paul III. hat gut daran getan, das Sant'Uffizio zu gründen, um die Häresie zurückzudrängen, denn sie verbreitet sich nicht allein im Heiligen Römischen Reich deutscher Nation, ihre giftige Saat treibt auch hier im Herzen des Kirchenstaates aus!«

»Wirklich, Eminenz?«, fragte Vittorio Corsini ein wenig ungläubig.

»Sicher! Wagt Ihr etwa, meine Worte anzuzweifeln?«

»Oh, gewiss nicht!«

»Sehr gut. Im Übrigen erinnert Ihr Euch sicher sehr gut an die Ereignisse vor ein paar Monaten. Oder täusche ich mich?« Bei diesen Worten bearbeitete er das Bändchen in seinen Händen noch heftiger. Man hätte meinen können, er wolle es zerreißen.

Als aufmerksamem Gesprächspartner entging Vittorio Corsini dies nicht. Er konterte daher: »Euer Eminenz, spielt Ihr auf den Fall Bernardino Ochino an? Den Prediger?«

»Genau den«, fauchte der Kardinal.

»Wenn mich meine Erinnerung nicht täuscht, hatte Euer Gnaden ihm befohlen, sich am Sitz des Sant'Uffizio einzufinden, und Ochino hat sich gehütet, diesem Befehl Folge zu leisten. Kaum war er in Florenz angekommen, reiste er von dort aus in die Schweiz.«

»Exakt. Nachdem er in Venedig von der Kanzel der Kirche Santi Apostoli gegen den katholischen Glauben gewettert hatte, hat er sich in die Arme des Häretikers Calvin gestürzt! Aber das ist noch nicht alles!«

»Tatsächlich, Monsignore? Was bedrückt Euch? Sagt es mir, und ich sorge für Abhilfe.«

Der Kardinal ließ ein grausames Lächeln sehen.

»Mein guter Hauptmann, Eure Ergebenheit und Euer Glaube sind lobenswert. Der Eifer, den Ihr bei den Euch übertragenen Aufgaben an den Tag gelegt habt, ist mir teurer als die Liebe eines Sohnes und, wie ich hinzufügen möchte, nötiger denn je. Ihr müsst nämlich wissen – aber das ahntet Ihr vermutlich schon –, dass es beim Heiligen Stuhl verschiedene politische Positionen gibt. Jede steht für ein eigenes, klar umrissenes Anliegen oder Interesse, sei es das von Kaiser Karl V., diesem Franzosenfreund, der allen Ansprüchen Franz I. nachkommt, oder zu guter Letzt – und gewiss nicht, was Größe und Bedeutung angeht – die verdammten Medici aus Florenz. Ganz zu schweigen davon, dass Venedig, diese Hure der Meere, sich natürlich nicht damit begnügen wollte, nur zuzusehen. Und doch sind all diese unterschiedlichen Haltungen und Bestrebungen gar nichts gegen die eines bestimmten Kardinals, eines einzigen, der es darauf anlegt, offen gegen meine unumstößliche Position Stellung zu beziehen.«

»Euer Gnaden, Ihr habt Kardinal Reginald Pole im Sinn?«

Bei der Erwähnung des Namens schloss Gian Pietro Carafa die Augen, als wollte er dem obersten Gebot besondere Geltung verschaffen: dem der Wahrheit. Als er sie wieder öffnete, schien sich in seinem Blick das feurige Rot der Glut im Kamin am anderen Ende des Raumes widerzuspiegeln.

»Ganz recht, genau der. Ebendieser Kardinal Reginald Pole ist der Stachel im Fleisch, die treulose Viper, die kraft seiner Abstammung und seiner naturgegebenen Kühnheit, die ihm aus dem Schutz durch den König von England erwächst, in seinem Schlangennest eine Brut kriechender Ungeheuer heranzieht.« An dieser Stelle wurde der Kardinalinquisitor heiser, und seine Stimme zitterte vor Wut; ohne noch etwas hinzuzufügen, hatte Gian Pietro Carafa das Buch auf den Boden geschleudert.

Vittorio Corsini hatte nicht die geringste Gefühlsregung gezeigt. Er war an die Zornesausbrüche der Eminenz gewöhnt und wollte ihn keinesfalls noch mehr reizen. Der Kardinal schien seine unterschwellige Wut geradezu liebevoll zu hegen, so als sei der Groll für ihn eine Form der Kunst, eine göttliche Gabe, die nicht abhandenkommen sollte, im Gegenteil, die Tag für Tag versorgt, genährt und schließlich zu einer tödlichen und unfehlbaren Waffe geschärft sein wollte.

»Was also kann ich tun, um Eure Qual zu lindern, Eminenz?« Corsini wusste genau, dass er heuchlerisch sein musste, ganz dem Willen des Kardinalinquisitors ergeben, wenn er sich nicht dessen Zorn und somit seiner Rache aussetzen sollte, die unfehlbar auf dem Fuße folgen würde.

»Haltet Ihr mich für verrückt, Corsini? Dass ich mich zum Vergnügen so aufführe? Dass ich nur darauf warte, in Zorn zu geraten?«

»Nicht im Geringsten, Euer Gnaden! Ich denke, Ihr seid das letzte Bollwerk angesichts eines überwältigenden Anwachsens der Ketzerei.«

Carafa nickte. »Da habt Ihr erneut recht, Hauptmann,

mehr noch, Ihr hättet mir keine bessere Antwort geben können. Genau so ist es! Denn es ist eine Tatsache, dass Luthers Thesen auf deutschem Boden außerordentlichen Erfolg hatten. Ebenso in Holland und Flandern, und ich fürchte, sie könnten auch Frankreich untergraben, auch wenn Franz I. von Valois anscheinend mit Erfolg die Bestrebungen zu bremsen versucht, mit denen die Kritiker die katholische Kirche auseinandertreiben wollen. Doch wie lange noch? Was England angeht, nun schön, die waren schon immer ein zusammengewürfelter Haufen halb Ungläubiger. Seht Ihr, wie schlimm es um uns steht? Und was soll ich nun tun? Das Haupt senken? Mich geschlagen geben, ohne zu kämpfen? Niemals! Deshalb, mein guter Corsini, habe ich Euch rufen lassen. Denn, seht Ihr, besagte Häresie scheint nicht allein aus dem Munde von Kardinal Pole zu kommen, sondern auch über die korallenroten Lippen einer Frau.«

»Einer Frau?« Dieses Mal war der Hauptmann wirklich überrascht. War das also der Grund, aus dem ihn der Kardinal zu sich bestellt hatte? Eine Frau? Die Bedrohung bekam rätselhafte Züge und war schwer zu greifen.

»Ganz recht. Vittoria Colonna, mein lieber Corsini. Sie ist die Frau, von der ich spreche.«

»Die Marchesa di Pescara?«

»Genau die.«

»Darf ich fragen, welchen Vergehens sie sich schuldig gemacht hat?«

»Das weiß ich noch nicht genau. Doch Kundschafter und Spione haben mir signalisiert, dass sie geheime Verbindungen zu Reginald Pole unterhält. Ich weiß bloß nicht, zu welchem Zweck, auch wenn ich es mir natürlich denken kann. Aber ich brauche noch mehr Informationen. Und Beweise.

Das ist also der Grund, warum ich Euch habe rufen lassen – lasst sie überwachen. Ich will, dass sie Tag und Nacht beobachtet wird. Ein Spion soll sich ganz und gar ausschließlich ihr widmen. Zumindest so lange, bis ich weiß, was ich wissen will. Wählt die betreffende Person mit Bedacht aus. Die Marchesa soll nicht wissen, dass man sie im Auge hat, und noch weniger soll sie den Spion, den Ihr auf sie ansetzt, mit uns in Verbindung bringen können.«

»Ich habe verstanden.«

»Sehr gut. Ich weiß, dass Ihr viel im Kopf habt, aber denkt daran, dass dies absolute Priorität hat. Tragt also Sorge, wirklich unseren besten Mann zu beauftragen. Habe ich mich klar ausgedrückt?«

»Kristallklar.«

»Ausgezeichnet. Dann bitte ich Euch, so bald als möglich mit den Nachforschungen zu beginnen. Ich erwarte Euren Bericht Ende der Woche. In Ordnung?«

»Wird gemacht.« Mit einem Hüsteln versuchte der Gendarmeriehauptmann, die Aufmerksamkeit des Kardinals für ein Detail zu gewinnen, das ihm allzu oft zu entgehen drohte. Ganz offenbar war dieser Gedächtnisverlust vorsätzlich.

»Ihr seid noch da?«, fragte Carafa unwirsch, der nicht begriff, wieso Vittorio Corsini sich noch nicht entfernt hatte.

»Es gäbe da noch ein an sich unbedeutendes Anliegen, das jedoch unbedingt der Beachtung bedarf, Euer Gnaden.«

In den Augen des Kardinals blitzte es auf. »Ah, natürlich, ich verstehe!« Kommentarlos holte er aus einer Tasche seines Gewandes ein klimperndes Samtsäckchen. »Fünfhundert Dukaten. Macht Euch keine Hoffnungen, noch mehr aus mir herauszuholen, Corsini.«

Mit diesen Worten warf Carafa dem Hauptmann das

Säckchen zu. Raubvogelartig ließ der seine behandschuhte Hand vorschnellen, um es aufzufangen.

»Gut, dann geht jetzt.« Damit hüllte der Kardinal sich in ein Schweigen, das keine weiteren Erwiderungen mehr zuließ, und entließ Corsini mit einem Kopfnicken.

Während der Hauptmann auf die Tür zusteuerte, ging Gian Pietro Carafa zu seinem Stuhl zurück. Er ließ sich darauf fallen, als sei er von einer unsichtbaren Bleikugel getroffen worden. Die Arme lagen schlaff auf den Lehnen, der Blick ging ins Nichts.

Die Schlacht hatte begonnen.

Er wusste, dass er sie nicht verlieren durfte.

3
Das Treffen

Bei ihrem Anblick war Michelangelo geblendet von der Anmut, die sie ausstrahlte und unwiderstehlich machte.

An diesem Tag sah Vittoria Colonna einfach bezaubernd aus. Das lange kastanienbraune Haar war unter einer weißen Haube zusammengefasst. Die lebhaften und von einer nicht zu deutenden Melancholie durchzogenen Augen leuchteten im Licht der Kerzen. Die Perlen der schlichten Kette, die ihren Hals schmückte, schienen wie aus der Morgendämmerung geronnen. Sie trug ein prächtiges himmelblaues Kleid. So gemäßigt ihr Ausschnitt auch war, so vermochte er doch ihre Brust nicht zu verbergen.

Michelangelo war dieser nachdenklichen, klugen, mehr noch geistigen als äußeren Schönheit verfallen. In ihrer Gegenwart nahm er eine überwältigende innere Kraft wahr, eine Flamme, die das Herz eines jeden Gesprächspartners hätte entzünden können.

Seit einiger Zeit traf er sich regelmäßig mit ihr, denn die Gespräche mit ihr waren ein Vergnügen, auf das er nicht mehr verzichten wollte.

Vittoria wusste ihre Worte wohl zu wählen, mehr noch, sie schien schon im Vorhinein zu wissen, was er dachte, und zwar nicht aus irgendeiner Intuition heraus, sondern aufgrund eines gemeinsamen Empfindens, einer wahrlich übernatürlichen Affinität zwischen ihnen.

»Ich sehe, Ihr seid müde, Messer Michelangelo«, flüsterte sie, »dabei hätte ich gedacht, Ihr müsstet doch nun zufrieden sein, angesichts dessen, was Ihr auf Erden erreicht habt.«

Statt einer Antwort schüttelte Michelangelo nur den Kopf. Er wünschte sich innig, Vittoria werde die Wut nicht bemerken, die in seiner Brust tobte.

»Und doch sehe ich, dass Euch etwas quält, ein Groll, der sich jedoch in keiner Weise gegen andere richtet, sondern gleich einem umgebogenen Schwert auf Euch selbst zielt, so als wärt Ihr selbst der Urheber Eures Unglücks. Oder täusche ich mich?« Bei diesen Worten nahm sie sein Gesicht in ihre Hände und zwang ihn so, sie anzusehen.

Er spürte, wie ihre weißen, schmalgliedrigen Finger ihm durch den Bart fuhren, den er eine Spanne lang hatte wachsen lassen, und dann sein Gesicht umfassten, dass es ihm fast schon wehtat. Wieder einmal überraschte sie ihn – wie eigentlich immer, wenn sie sich mit ihm traf. Sie kam sogar in sein leeres, kaltes Haus, wo nur die Schmiede lodernde Glut zu kennen schien. Der Marmor der Skulpturen hingegen, die er zu vollenden suchte, die Stechbeitel, Hammer, Stemmeisen, Spitzmeißel und Hohleisen waren nichts anderes als die eisigen Gitterstäbe jenes Käfigs seines Zorns, in dem er gefangen war.

»Lasst ihn heraus, all diesen Schmerz. Was verzehrt Euch? Erzählt mir davon, ich bitte Euch, ich kann das nicht mit ansehen!«

Einen Augenblick lang versenkte sich Michelangelo tief im Goldbraun ihrer Augen, diesem betörend warmen und lieblichen Ton. »Vielleicht werde ich es Euch eines Tages sagen können«, antwortete er mit gesenktem Blick. »Aber ich bin so damit beschäftigt, mir selbst leidzutun, dass ich fast vergessen habe, dass ich Euch etwas geben wollte.«

»Oh, wirklich?« Vittoria riss die Augen auf.

Michelangelo entfernte ihre Hände sanft von seinem Gesicht. »Wartet hier.« Damit begab er sich in den Raum, der als Werkstatt diente. Abgesehen von einer Skulptur unter einem Tuch, von der man ahnte, dass sie sehr eindrucksvoll war, befanden sich dort noch einige Blöcke weißer Marmor und eine Staffelei. Des Weiteren ein Arbeitstisch mit Mörsern zum Zermahlen der Pigmente, um daraus Farben und Lacke herzustellen, außerdem Vorzeichnungen und Farbstifte, Stößel, Gefäße, Spachtel und eine Unzahl anderer Kleinigkeiten, die l'Urbino, sein Gehilfe und faul wie kein Zweiter, immer aufzuräumen vergaß.

Dort befand sich, fast nicht zu sehen in dem Haufen von Dingen und Werkzeugen, ein kleines in Stoff gehülltes Bündel, dessen Form und Inhalt nur schwer zu erraten waren.

Äußerst behutsam und vorsichtig zog Michelangelo es hervor und kehrte in das Zimmer zurück, in dem Vittoria Colonna auf ihn wartete.

»Ist es das, was ich vermute?«, fragte sie ungläubig.

»Schaut selbst nach«, sagte er und reichte ihr das Bündel.

Vittoria wickelte den Stoff aus, der das Objekt barg. Sie entdeckte ein zusammengerolltes Zeichenblatt, das von einem Bindfaden zusammengehalten wurde. Sie löste den Knoten und breitete es vor sich aus. Als sie es vor Augen hatte, fuhr sie zusammen.

Ihr Blick fiel voller Bewunderung auf ein Bild von kleinem Ausmaß, aber von solch unbeschreiblicher Schönheit, dass ihr unwillkürlich die Tränen herabliefen. Sie konnte sie nicht zurückhalten.

Sie nahm die Zeichnung in die Hand. Trotz der geringen Größe war das, was sie erblickte, von solcher Kraft, dass ihr einen Augenblick lang die Hände zitterten. Sie sah den ans Kreuz genagelten Jesus – die Muskeln präzise herausgearbeitet und angespannt fast bis zum Krampf, der Gesichtsausdruck durchzogen von solchem Leid, dass es einem das Herz zerriss.

Am Fuße des Kreuzes befand sich ein Totenschädel und zu beiden Seiten, kaum angelegt, zwei Engel, die Christus im entscheidenden Moment der Kreuzigung betrachten und beklagen.

Es war, als hätte Michelangelo als Schöpfer dieses wunderbaren Werkes Jesu Körper zu einer Landkarte des Schmerzes und der Frömmigkeit machen wollen, doch nicht ganz ohne einen Schimmer der Hoffnung, die vage in seinem Blick zu liegen schien.

Ein kalter Schauer lief ihr über den Rücken. Ihr war, als hätte sie ein plötzliches Fieber ergriffen.

Sie seufzte.

Sie war der absoluten Schönheit nicht gewachsen. Für Michelangelo hingegen schien die Anschauung des Göttlichen die Regel zu sein, ganz alltäglich. Dabei war es für ihn keineswegs selbstverständlich, er war der Erste, den dies erstaunte. Doch die Leichtigkeit, mit der er die Perfektion malte, zeichnete und skulptierte, machte seine Bewunderer absolut sprachlos.

Was Vittoria wirklich verstummen ließ, war, wie absolut die Figur Jesu ins Zentrum gerückt war, wie sehr sie quasi bis zur Abstraktion auf ihre pure Essenz reduziert war, als hätte Michelangelo sie jeder denkbaren Verehrung und Verherrlichung entledigen wollen, indem er alles auf eine ganz besonders demütige, schlichte und persönliche Sicht konzentrierte.

In dieser Konzentration lag all der Gram, all seine Liebe und der innere Kampf, den der größte Künstler seiner Zeit durchlebte.

Nun erkannte Vittoria, was ihn bedrückte, was Tag für Tag an seinem Herzen nagte.

Und da diese Zeichnung ihr alles offenbart hatte, was es zu wissen gab, waren die Worte, die sich ihr zuvor aufgedrängt hatten, wie im Mund verdorrt, wie ausgetrocknet von der eisigen Sonne dieses Herbstmorgens.

»Danke«, war alles, was sie sagte; sie konnte ihren Blick nicht von der Zeichnung lösen. Sie erkannte einerseits, dass Gott ihr ein großes Geschenk damit gemacht hatte, Michelangelos Seele lesen zu können, andererseits wurde ihr bewusst, dass er von göttlichem Auftrag inspiriert war, denn es war nicht zu bestreiten, dass seine entblößten, nackten, einsamen Gestalten von einer ganz neuen ikonografischen Kraft waren, die gut zur demütig schlichten Sprache ihres guten Freundes Reginald Pole passten.

Da dies für sie so absolut klar war, nahm sie all ihren Mut zusammen und versuchte, mit Michelangelo darüber zu sprechen.

»Messer Michelangelo, Euer Geschenk ist für mich deshalb so kostbar, weil ich darin nicht nur Euren Schmerz sehe, sondern den all der Männer und Frauen, die in diesen Zeiten von der Epidemie des Lasters erfasst wurden, die Rom zu verschlingen droht. Ich weiß, dass das, was ich Euch sagen will, Euch vielleicht überrascht, doch zugleich denke ich, dass es auch nicht völlig an Euch vorbeigegangen sein kann, dass manch einer ein großes persönliches Opfer bringt, um für eine neue Sicht auf die Welt zu kämpfen – bescheidener, schlichter, wesentlicher.«

»Wirklich«, fragte Michelangelo fast ungläubig, »gibt es solche Leute, abgesehen von Euch, meine liebe Vittoria?«

Die Marchesa di Pescara nickte. »Gewiss, und wenn Ihr nichts dagegen habt, wäre es mir eine Freude, Euch mit ihnen bekannt zu machen.«

Michelangelo schaute sie an. Zum ersten Mal an diesem Tag sah Vittoria, wie ein heiterer Glanz in seine Augen trat, so als hätte ihm diese Ankündigung den ersten glücklichen Moment seit Längerem beschert.

»Nichts wäre mir lieber.«

»Auch wenn dies eine Gefahr für Euch darstellen würde?«

Michelangelo seufzte. »Vittoria, ich bin mittlerweile achtundsechzig Jahre alt. Ihr seht selbst, in welch elenden Verhältnissen ich lebe. Und damit meine ich nicht die wirtschaftlichen Verhältnisse, denn da kann ich mich gewiss nicht beklagen. Sondern alles andere. Es ist, als hätte ich im Namen der Bildhauerei und der Malerei mich selbst verleugnet. Und in gewisser Hinsicht stimmt das ja auch. Die Kunst verlangt Disziplin und absolute Hingabe und ist die eifersüchtigste und anspruchsvollste aller Geliebten. Ich habe ihr mein Leben gewidmet, doch nun, da ich alt, allein und müde bin, wund an Körper und Seele, bleibt mir nichts als das Vergnügen Eurer Gesellschaft, und das ist der beste Trost und Schutz vor der Bitterkeit, der ich schwacher Mann mich so gern ergebe. Daher antworte ich Euch: selbstverständlich! Auch wenn die Personen, die Ihr mir vorstellen werdet, eine Gefahr darstellen sollten, bitte ich Euch dennoch, mich mit ihnen bekannt zu machen, denn Ihr, Vittoria, seid das einzige Licht, das ich kenne.«

Diese Worte versetzten der Marchesa di Pescara einen Stich ins Herz. »Nun gut. Ihr werdet bald von mir hören. Jetzt muss ich gehen.«

4

Der Rückzugsort

Es war kalt, und es schneite.
Die Bäume schienen mit ihren nackten Ästen nach dem verhangenen Horizont greifen zu wollen, der ein bisschen aussah wie ein glänzend polierter Silberstab, den ein zerstreuter Trödelhändler dort hatte liegen lassen.

Michelangelo roch den Duft des Winters: Er war schwer zu beschreiben; was ihn ausmachte, war ein schwacher Geruch nach Holz, Aromen von Rauch und Schnee, und er erreichte den Geruchssinn in jener eigenartigen Mischung, die Michelangelo bestens kannte, denn er war schon einige Male auf den felsigen Wegen der Gegend unterwegs gewesen, in den steilen Schluchten des Berges Altissimo nahe Seravezza. Diese Felsnadeln gehörten zu den Apuanischen Alpen, und sie erinnerten ihn mit ihren schroffen, wilden Hängen an die Zeit in Carrara, in denen er in die Steinbrüche gegangen war, um dort die Marmorblöcke auszusuchen und dann persönlich glatt zu schleifen. Es waren diese spröden Gebirgszüge, durch die er bis in den letzten Winkel mit den Marmorbrechern und Steinhauern gezogen war.

Auch wenn er nun in Carrara nicht mehr gern gesehen war, seit er wegen Giulio de' Medici eine Bestellung stornieren musste, die so groß war, dass damit beinahe all diese außergewöhnlichen Handwerker und ihre Familien in den

Ruin getrieben wurden. Dennoch konnte er nicht anders, er musste den winterlichen Wald und die Steinbrüche aufsuchen. Es war eine Art Ritual, eine eingefleischte Angewohnheit, auf die er, selbst jetzt mit müden Gliedern und Muskeln, die von lebenslangen Hammerschlägen taub waren, nicht verzichten mochte.

Diese Ausflüge schärften seinen Sinn für Opfer und Entsagung, der ihm schon immer geholfen hatte, nicht zum Sklaven der irdischen Genüsse zu werden.

So hatte er im Lauf der Jahre ein anderes Refugium aufgetan, ein anderes Gebiet, das es zu erkunden galt. Dort gab es einen Marmor, der so rein und von ebenso geschlossener Struktur war wie der von Carrara. Er war von bester Qualität, und vor allem befand er sich in einer ebenfalls rauen Gegend, die ihm die gleiche Ruhe und Stille versprach, welche die einzige Kraftquelle für seine zerrissene Seele darstellte.

Und so machte er sich unverzüglich auf den Weg.

Er bestieg einen Rappen. Wegen seines glänzend schwarzen Fells hatte er ihn Inchiostro – Tusche – genannt. Er nahm den gewundenen Karrenweg. Der dumpfe Rhythmus von Inchiostros Hufschlägen hallte in der verlassenen Felsschlucht wider. Michelangelo erblickte eine kleine Hochebene, eine unregelmäßig runde Fläche, die sich ein paar Schritte weit rechts vom Weg erstreckte – wie eine Art Narbe in diesem Areal kahler Bäume, grauer Felsen und Schneekrusten.

Er begab sich in die Mitte der Fläche und stieg vom Pferd. Er nahm Inchiostro am Zügel und band ihn an einen Baumstamm.

Dann bereitete er das Feuer für die Nacht vor.

Er verspeiste das Fleisch, das er über dem Feuer gebraten hatte. Er mochte dessen Festigkeit und den intensiven, schon fast beißenden Geschmack. Er trank einen Schluck schweren Wein dazu, und im glutroten Widerschein der Flammen begann er zu schreiben.

Später richtete er, eingewickelt in seine Decke, seinen Blick zum Himmel. Für einen Moment stockte ihm der Atem angesichts der fast schmerzlichen Schönheit dieser Darbietung: das dunkle Himmelsgewölbe, besetzt mit Hunderten und Aberhunderten von Perlen.

Er hörte das Heulen der Wölfe – von ferne schienen sie ihn daran erinnern zu wollen, wie grausam das Leben außerhalb der großen Städte wie Rom, Florenz oder Bologna war. Er kannte sie voller Leben, Geschäftigkeit und Lärm, doch trotz der vielen Erfolge, der Aufträge, die ihm der Ruhm eingebracht hatte, träumte er stets davon, in diese rauen Gegenden zurückzukehren, die des Nachts die Geheimnisse eines urväterlichen und ungezähmten Geistes offenzulegen schienen.

Noch für paar Zeilen lang ließ er die Feder übers Papier gleiten. Schwarze Linien durchzogen das Papier, das im Licht der Flammen fast rot erschien. In der Nähe des Feuers war die Wärme so angenehm und durchdringend, dass Michelangelo langsam einnickte und schließlich, Gott dankend, einschlief.

Doch irgendetwas weckte ihn sofort wieder.

Er hörte knackendes Holz, dann, plötzlich, zwischen den kahlen Bäumen und den Felsen ein leises Knurren, das die gesamte kleine Ebene erfüllte.

5
Wilde Natur

Vor sich sah er zwei gelbe Lichter im Dunkel. Sie schimmerten wie Goldmünzen.

Das Knurren nahm an Intensität zu, erfüllte den Wald, die Steine, die Ebene. Es schien sich in Zeit und Raum zu vervielfältigen.

Dann ein Wiehern: hoch, laut und voller Schrecken.

Inchiostro! Er musste ihn beschützen.

Michelangelo stand auf, griff sich einen brennenden Scheit und leuchtete den Platz um sich herum aus. Die feurigen Spuren, die die Flammen zeichneten, schienen andere Lichtlein aufzunehmen, die in der Nacht leuchteten.

Ohne noch mehr Zeit zu verlieren, steckte Michelangelo den Scheit in den Schnee. Er holte weitere brennende Äste aus dem Lagerfeuer und schuf so innerhalb kürzester Zeit einen brennenden Kreis um sein Biwak. Nun sah er viel besser. Doch was er entdeckte, gefiel ihm mitnichten. Mindestens ein halbes Dutzend Wölfe stand vor ihm. Also nicht wirklich ein Rudel, aber genug, um ihn und sein Pferd in Stücke zu reißen, wenn sie alle zusammen angreifen würden.

Er durchwühlte das Reisegepäck und fischte aus seinem Arbeitswerkzeug ein Klopfholz heraus. Er hätte lieber was mit einem längeren Griff gehabt, um die Raubtiere besser auf Distanz halten zu können, aber er hatte nichts Besseres. Er griff nach einem brennenden Scheit aus der Feuerstelle, das größte, das er finden konnte, und machte sich zur Verteidigung bereit.

Die Wölfe kamen näher. Sie rückten von verschieden Stellen aus vor und umzingelten den Feuerkreis, den Michelangelo errichtet hatte. Sie waren groß und hatten dichtes Fell. Augen, die das Dunkel durchbohrten. Erbarmungslose Augen.

Er sah ihre groben Schnauzen mit den weißen Reißzähnen, den dunklen, hochgezogenen Lefzen, den Speichel, der ihnen in Fäden aus den hungrigen Mäulern tropfte.

Der, der dem Feuerkreis am nächsten war, preschte plötzlich mit Höchstgeschwindigkeit nach vorn und hielt auf die Beute zu.

Michelangelo spürte kalten Schweiß auf der Stirn. Seine Glieder schienen einen Augenblick lang aus Marmor zu sein. Er schüttelte den Kopf, die Haare flogen. Genau in dem Augenblick, als der große Wolf zum Sprung über die hohen Flammen der Scheite im Schnee ansetzte, umfasste Michelangelo den hölzernen Hammer fester, hob die Fackel, die er in der anderen Hand hielt, und hieb, als der Wolf genau vor ihm war, mit aller verfügbaren Kraft auf dessen Kopf.

Als die Hinterhauptknochen unter dem Hieb des mit unglaublich brachialer Kraft geführten Schlagwerkzeugs brachen, war ein deutliches und etwas beunruhigendes Knacken zu hören. Das Raubtier lag mit eingeschlagenem Schädel im Schnee. In hohem Bogen schoss das Blut auf die weiße Schneedecke.

Ein furchtbares Heulen war zu hören. Und während der zweite Wolf noch zum Sprung ansetzte, gelang es Michelangelo mit einer gut ausbalancierten Drehung des Oberkörpers, ihm das Scheit in den aufgerissenen Rachen zu rammen. Seitlich zu Boden geschmettert verendete der Wolf, doch es gelang ihm noch, zittrig einen Hieb mit der Tatze zu führen. Die Klauen zerfetzten Michelangelos wollene Tunika und fügten ihm eine tiefe Wunde an der Schulter zu. Blutige Linien zogen sich durch sein Fleisch.

Er merkte, wie sein Körper wie Feuer brannte, doch er konnte sich unmöglich erlauben nachzulassen.

Inchiostro, der, wahnsinnig vor Angst, mit weit aufgerissenen Augen wieherte, trat aus und traf den Wolf mit dem durchbohrten Rachen, zermalmte ihm den Kopf und verwandelte ihn in eine blutige Masse aus Hirn und Knochen.

Währenddessen ergriff Michelangelo eines der im Schnee steckenden Scheite und ließ es kreisen wie eine Fackel.

Die übrig gebliebenen Bestien schienen zurückzuweichen. Das Knurren ließ nach.

Wieder wedelte er mit der notdürftigen Fackel und zog Leuchtspuren durch die Luft. Die kleine Ebene, die von den Flammen des Feuers erleuchtet wurde, schien in einen Feuerregen getaucht. Michelangelo hoffte, dass die wilden Tiere so aufgeben würden.

In der Wunde pulsierte ein nicht nachlassender scharfer Schmerz. Er hatte das Gefühl, dass etwas aus der Seele des Wolfes auf ihn übergegangen sei und sein Hunger und sein Instinkt auf ihn übertragen worden sei.

Er schrie.

Immer lauter.

Er wusste, dass ihn niemand hören würde.

Die Wölfe zogen sich nach und nach zurück. Zwei blieben mit zerschlagenen Knochen reglos im Schnee liegen.

Sobald er sie mit eingekniffenem Schwanz fliehen sah, ging

Michelangelo zu Inchiostro. Er streichelte dessen muskulösen Hals, spielte mit der Mähne und wickelte sich die langen Strähnen um den Finger, schließlich legte er ihm die rechte Hand auf die Schnauze.

Inchiostro schien sich zu beruhigen. Er stampfte mit dem rechten Vorderhuf auf dem kargen, schneegesprenkelten Boden auf und ließ ein leises Wiehern hören. Michelangelo streichelte ihn nochmals und nahm dann eine Handvoll Schnee und ließ sie in den Händen schmelzen, die er zu einer Schale formte und Inchiostro vors Maul hielt. Er wartete, bis das Pferd alles bis zum letzten Tropfen getrunken hatte. Als er die große, raue Zunge an den Handflächen spürte, gab er ihm einen sanften Nasenstüber und streichelte ihm noch etwas über die Flanken.

Schließlich beschloss er, das Feuer wieder anzufachen.

Nach dem, was geschehen war, würde er bestimmt nicht mehr schlafen können. Er musste die Gebeine der getöteten Wölfe beiseiteschaffen und das Lager bis zum Morgengrauen bewachen. Und er musste auch nach seiner Verletzung sehen, damit kein Wundbrand entstand.

Er war müde. Und Inchiostro noch mehr als er.

Er hoffte, er würde sich ausruhen. Wenn das Tier am nächsten Tag zu erschöpft wäre, dann wäre die Gefahr bestimmt groß, dass er sich ein Bein bräche. Allein der Gedanke machte ihm Angst und Bange.

6

Der Steinbruch

Während er sich dem Steinbruch näherte, führte er Inchiostro am Zaumzeug und bewegte sich vorsichtig zwischen den vereisten Flächen des felsigen Saumpfades. Sein Geist sträubte sich gegen die Erinnerungen an eine Obsession. Immer, wenn er in den Hügeln unterwegs war, dachte er an Julius II., den Papst und kriegerischen Territorialfürsten, der Rom in seiner Hand hatte, wie es eher einem Monarchen entspräche als einem Mann des Glaubens.

Im Übrigen war er es gewesen, der Bologna für die Kirche zurückerobert hatte, der die Franzosen vertrieben und sie gezwungen hatte, sich jenseits der Alpen zurückzuziehen. Julius hatte von Florenz den Rauswurf des Gonfaloniere Pier Soderini verlangt, der dafür verantwortlich war, dass ihm zum Vorteil des verhassten Ludwig XII. von Frankreich Unterstützungstruppen verweigert worden waren. Mit der Androhung eines Interdiktes hatte er die Florentiner gezwungen, Soderini ins Exil zu schicken.

Seither war einige Zeit vergangen, aber das Werk, an dem er weiterhin arbeitete und das ihn inzwischen an die vierzig Jahre Qual und Leid gekostet hatte, schien niemals fertig zu werden: das Grabmal Julius II. Julius war gestorben, aber seine Erben, die della Rovere und ganz besonders Guidobaldo II., hatten das Grabmonument nicht aufgegeben. Im

Gegenteil, es verging kein Monat, in dem sie nicht nach dem Stand der Arbeiten fragten und danach, wie lange es noch bis zu seiner Fertigstellung dauern würde. Michelangelo konnte die Gründe nachvollziehen, doch nach dieser schier unendlichen Zeitspanne war es ihm immer schwerer gefallen, diesem Projekt, das ihn nicht mehr mit Leidenschaft erfüllte, Aufmerksamkeit und Energie zu widmen. Nun, in mittlerweile völlig veränderter Gemütsverfassung, war er dessen müde und überdrüssig.

Dass er ihm jetzt aus Anlass des sechsten Vertrages vielleicht zum letzten Mal gegenübertreten sollte, war ein Gedanke, der in seinen Schläfen hämmerte wie ein unaufhörlicher Schrei, der ihm Schlaf und inneren Frieden raubte.

Genau aus diesem Grund würde er, sobald er die Marmorblöcke ausgesucht und grob behauen hatte, wieder auf Inchiostros Rücken steigen und ihn aufs Äußerste antreiben müssen, um so schnell wie möglich nach Rovigo zu gelangen. Dort würde er Guidobaldo II. della Rovere treffen, Söldnerhauptmann und Oberbefehlshaber des venezianischen Heeres der Terraferma, den Gebieten auf dem Festland, um mit ihm die letzten Klauseln des Vertrags zu besprechen.

Julius II. war ein schwieriger, temperamentvoller Mensch, der stets in Wut geraten und in Empörung schwelgen konnte, als seien sie für ihn eine unerschöpfliche Quelle des inneren Antriebs. Michelangelo erinnerte sich an seine kleinen Augen, in denen jederzeit der Zorn stehen konnte, was die sorgsam verborgene Heuchelei demaskierte, die sich hinter den scharf geschnittenen Gesichtszügen mit den schmalen und für alle Zeit zu einem verächtlichen Lächeln verzogenen Lippen verbarg.

Gewiss, die enorme Energie, die Begeisterung, die ihn bisweilen wohlwollend erröten ließ, waren rare und deshalb kostbare Momente, die jene, die er liebte, entschädigten. Und Michelangelo konnte wohl von sich sagen, dass er zum Kreis derer zählte, die die Gunst Julius II. genossen. Zumindest eine Zeit lang. Doch war er auch wechselhaft, unberechenbar und mehr als geneigt, seinen Launen und Gelüsten nachzugeben. So konnte ein Projekt, das er für unaufschiebbar erklärt und mit großem Nachdruck in Auftrag gegeben hatte, noch vor der Fertigstellung wieder aufgegeben werden, weil er nun ein völlig anderes, noch kühneres und verrückteres wollte als das vorherige.

Michelangelo schüttelte den Kopf.

In einer leichten Senke im felsigen Gelände stieg er ab.

Die Verletzung schmerzte ihn. Er hatte sie mit Essig gesäubert, damit sie sich nicht entzündete und am Ende gar zum Wundbrand führte. Nachdem er sie gründlich ausgewaschen hatte, hatte er die Wundränder sorgsam mit Nadel und Faden verschlossen. Dabei hatte er einen kleinen Spiegel zu Hilfe genommen, den er immer bei sich trug. Zu guter Letzt kam noch eine Binde, wofür er ein Stück feines Leinen verwendete.

Er machte noch ein paar Schritte bis zu einer Art steinigem Platz. Dort sah er dann zwei Freunde ihm entgegenkommen.

Es handelte sich um Piero Menconi und Lorenzo Ceccarelli, Ersterer Steinhauer, Letzterer *tecchiaiolo* – einer der Arbeiter, die für die Sicherheit beim Herauslösen der Blöcke verantwortlich waren. Geformt durch ein Leben voller Opfer und Schweigsamkeit machten beide Männer wenig Worte. Piero Menconi hatte durchdringende blaue Augen, ganz kurze Haare und einen Mund, der zu einem dauerhaften

Flunsch verzogen schien. Er war ein aufrichtiger und wertvoller Mann.

Lorenzo war spinnedürr, sehnig, aber beweglich, geschult durch eine Arbeit, bei der er sich fast ständig in eine Wand des hellen Gesteins klammern musste, um dem weißen Marmor die scharfen Stellen und spitzen, losen Brocken zu nehmen, die, wenn sie sich oben lösen würden, die Steinhauer unten treffen, zerschmettern und töten könnten. Diese Möglichkeit war alles andere als abwegig. Wie viele waren in diesen Jahren gestorben!

Und selbst wenn das Schicksal Erbarmen hatte, gab es immer noch genügend verkrüppelte, verletzte oder zertrümmerte Arme und Beine.

Michelangelo umarmte sie zur Begrüßung wie Brüder.

Lorenzo übernahm Inchiostro. Er streichelte ihm zärtlich die Schnauze, umfasste mit Bestimmtheit, aber Zartgefühl die Zügel und führte ihn mit sich. Dabei passte er gut auf, dass der Rappe keinen Fehltritt machte und sich das Bein brach.

Als sie in den Steinbruch gelangten, verschlug es Michelangelo den Atem. Wie natürliche Spiegel wirkten die steilen weißen Wände und reflektierten die bleiche Wintersonne. Marmorblöcke, die noch bearbeitet werden mussten, waren am Rand des riesigen Abgrundes einer über dem anderen gestapelt. Diese unglaublich breite Abbruchkante erweiterte sich zu einer Art natürlichen Amphitheaters. Michelangelo verstummte jedes Mal angesichts dieses Wunders von weißem Marmor, gänzlich ohne Maserung, glatt, rein und blendend weiß.

Vom höchsten Punkt dieser steil abfallenden Wand kennzeichneten die Arbeiter sorgfältig einen Block, der daraus gelöst werden sollte. Sie hatten mittels einer Einkerbung bereits Breite und Stärke gekennzeichnet, an der entlang sie die Werkzeuge ansetzen würden, bis er schließlich herausgebrochen war.

Auf dem Grund des Steinbruchs mühten sich Dutzende von Steinhauern, bei den größten, noch groben und doch in ihrer ungeschliffenen, spröden Schönheit wunderbaren Stücken die Kanten zu säubern. Sie schlugen so lange Stücke vom Stein, bis sie die Blöcke in die perfekte Form gebracht hatten. Es waren dürre, sehnige Männer, gezeichnet von der mühevollen Arbeit, imstande, klaglos von Sonnenauf- bis -untergang zu arbeiten, allein darauf bedacht, die Formen zu finden, die die bestmögliche Gestaltung erlaubten.

Michelangelo sah Piero in die Augen. Der Freund nickte.

Nichts bereitete ihm größere Freude, als zu sehen, wie der durchscheinende Marmor unter den kundig geführten Schlägen von Hammer und Meißel Form annahm.

Es war wie eine Urgeburt, eine geradezu biblische Schöpfungstat. Michelangelo ließ seinen Blick auf dem Marmor ruhen, auf diesen perfekten Blöcken, und erkundete in seiner Vorstellung bereits die intimsten Äderungen und Fältelungen.

Dann legte er eine Hand auf Pieros Schulter. »Gut, machen wir uns an die Arbeit.«

7
Die Suche nach dem Richtigen

Giulia hatte ihn voller Verlangen angesehen. Seit dem Tag, an dem sie ihn kennengelernt hatte, wurde sie von einer Leidenschaft verzehrt, die ihren Körper erbeben ließ vor Qual und Lust, beide so intensiv, dass sie schier unbeherrschbar waren.

Das hatte sie ihm gesagt. Und diese Worte, durchzogen von der Essenz der Wollust, hatten ihm geschmeichelt.

Corsini wusste, dass er den Frauen gefiel. Mutter Natur hatte es gut mit ihm gemeint und ihm breite, starke Schultern und einen muskulösen Körper verliehen, voller Kraft und pulsierend vor Leben. Und diese animalische Sinnlichkeit, die so offen zu Tage lag, dass es schon an Unverfrorenheit grenzte, verfehlte seine Wirkung auf die jungen Damen aus den vornehmen Familien nicht. Ebenso wenig bei den Kurtisanen oder den etwas reiferen Damen, eben aus dem Grund, dass sie erfahrener waren und darauf brannten, ihm auf tausenderlei Weisen, die das Leben sie gelehrt hatte, Vergnügen zu bereiten.

Er umgab sich wenn möglich gern mit den für ihr jugendliches Alter wenig lieblichen, ja herben Gewächsen aus Gottes Garten.

Und in diesem Moment war dieses Mädchen, dessen Augen von so dunkler Farbe waren wie die des Waldes im

Herbst, mehr, als er sich hätte wünschen können. Ihre weiße Haut, die Unmenge schwarzer, duftender Haare, die glänzten wie das Gefieder eines Raben, waren dem Auge ein unwiderstehliches Versprechen der Verdammnis.

Sie hatte kleine Brüste, mit spitzen, harten Nippeln, die geradezu danach gierten, von seinen kräftigen Fingern berührt zu werden, die in ihren Liebkosungen schonungslos sein konnten.

Er verweilte bei diesem glatten, jungen, wohlgeformten Körper. Seine Lippen näherten sich Giulias und streiften sie kaum. Er zog sich scheinbar wieder zurück, doch dann presste er seinen Mund erneut auf ihren, zupackend, und biss sie dabei, dass sie blutete. Mit dem süßen Aroma des Blutes auf der Zunge umzüngelte er die ihre, beinahe schon einpeitschend.

»Nehmt mich, Liebster«, flehte Giulia voll Ungeduld, was Hauptmann Corsini noch größere Befriedigung verschaffte. Die Erregung schoss ihm durch Brust und Bauch wie eine eiskalte Furie; brennend wie Eis durchloderte sie ihn genau in dem Moment, in dem er in sie eindrang.

Ihr samtig feuchter Schoß zog ihn in einen Strudel von Gefühlen.

Giulia nahm ihn auf, und ihr war, als würden ihr die Sinne schwinden, als sie den Stoß der geilen, heißen Ramme brennend zwischen ihren Schenkeln spürte.

Sie kostete die wilde Mischung aus Schmerz und Lust aus. Sie schlang die Beine um ihn und bohrte ihre kleinen Absätze in seine Gesäßbacken, die so hart waren wie Marmor. Sie wollte mehr. Immer noch mehr.

Sie ließ sein Glied ihre geheimsten Winkel erkunden und genoss es in vollen Zügen. Als er fast befriedigt schien, führte sie eine Hand zwischen die Beine, umfasste den großen, pulsierenden Penis unten am Schaft und zog ihn aus sich heraus.

Sie kniete sich vor ihn und nahm ihn begierig in den Mund. Als sie den Hauptmann vor Vergnügen stöhnen hörte, hielt sie inne.

Sie zwang ihn, sich auf den Rücken zu legen, um ihn dann zu besteigen wie eine wilde Amazone. Er umfasste mit den Händen ihre perfekten Pobacken. Sie waren klein und fest wie Pfirsiche und verströmten die Hitze entfesselter Leidenschaft. Sie bedeckte seine Hände mit ihren, sie wollte, dass ihr Fleisch vollkommen mit seinem verbunden sei, sie wollte sich mit ihm auf jede erdenkliche Art vereinen.

Sie bewegte sich auf ihm und erlegte ihm einen verhaltenen, fast unbeteiligten, langsamen, aber unnachgiebigen Rhythmus auf. Sie biss sich auf die Lippen, bog den Rücken durch und versuchte, dem Körper des Hauptmanns noch den letzten Tropfen seiner Körpersäfte abzuringen, bis sie schließlich merkte, wie ein heißer Strahl sich in sie ergoss und sie hörte, wie er ein Röcheln von sich gab, so rau und tief, als wäre er gerade dabei, in einer Woge der Wollust zu versinken.

Es war ein anstrengender Morgen.

Die kleine Giulia war wirklich ausgehungert nach ihm. Trotzdem hatte er gewiss nicht vor, ihr mehr zu geben, als ihm möglich war. Sex und Spaß war alles, worauf er aus war. Nicht im Traum käme er deshalb auf die Idee, um ihre Hand anzuhalten.

Corsini war einer dieser Männer, die anscheinend nur dafür lebten, jedwedes Gelüste zu befriedigen. Im Grunde waren es bloß zwei: Waffen und Frauen. Doch beide gingen so tief, dass sie unergründlich waren. Aus diesem Grund räumte er der Körperpflege und seiner Kleidung einen nicht unerheblichen Teil seiner verfügbaren Zeit ein. Er wusste Konversation zu machen und hatte zuhauf Geschichten von Leidenschaft oder Mut zu erzählen, mit denen er weder in den römischen Salons noch in den Spelunken hinterm Berg hielt und sie entsprechend den Zuhörerinnen anpasste.

Wie es sich für einen anständigen Verführer gehörte, kannte er seine Stärken und stellte sie vielfältig zur Schau: sein Antlitz mit den markanten aristokratischen Zügen, die Augen, so hell und klar wie Regentropfen, der perfekt gewichste Schnurrbart. Die bemerkenswerte Statur und das kühne Betragen vervollständigten das Bild, das für alle Frauen unwiderstehlich war, die mit ihm zu tun hatten, und sei es auch nur für einen Moment.

Jedenfalls wusste der Hauptmann der Gendarmen, wohin er an diesem Tag zu gehen hatte. Er wusste genau, wer ihm den perfekten Spion für die Aufgabe vermitteln konnte, die ihm Kardinal Carafa aufgetragen hatte. Sie war vielleicht die einzige Frau, die, anders als die anderen, nicht seiner Ausstrahlung erlag. Und das machte sie in seinen Augen sehr gefährlich.

Was den geeigneten Spion anging – das konnte bestimmt kein Söldner sein, kein Landsknecht, einer von denen, die es sich in den Tavernen gut gehen ließen und mit jedem erstbesten Händel anfingen, der des Weges kam.

Die Marchesa di Pescara von so einem Kerl oder sonst einem Angeber dieser Art beschatten zu lassen wäre genau das Richtige, um Verdacht zu erregen. Und wenn sein Mann erst einmal enttarnt wäre, wäre er zu nichts mehr nütze.

Nein, es gab eine unauffälligere und intelligentere Art, ans Ziel zu gelangen.

Und doch führte der Weg zur Lösung seiner Probleme immer wieder über eine Taverne. Nachdem er den Rossmarkt passiert hatte, wo herrliche Tiere mit glänzendem Fell und kräftigem Rücken mit Gold aufgewogen wurden, und auch den Palazzo Orsini hinter sich gelassen hatte, war der Polizeihauptmann auf dem Campo de' Fiori angekommen. Von dort ging er weiter ins Viertel Parione, bis er bei einem ihm wohlbekannten Wirtshaus angekommen war.

Auf dem Schild prangte eine weiße Gans auf rotem Grund. Kaum war er eingetreten, fühlte sich Vittorio Corsini in eine ihm vertraute Welt versetzt, in der er sich außerordentlich wohlfühlte. Wo er nicht länger in der Rolle des Gendarmeriehauptmanns auftreten musste und sich den Tätigkeiten widmen konnte, die ihm am meisten entsprachen: Wein zu trinken und junge Mädchen zu entjungfern. Kurz gesagt, er war ein Mann, der das Laster nicht scheute und der in diesem Moment dennoch nicht aus dem Blick verlieren durfte, weswegen er hier war.

Also beobachtete er ein wenig abwesend die Gäste, die schon zu dieser morgendlichen Stunde Rotwein in sich hineinschütteten und gebratenes Fleisch verschlangen. Es waren Söldner, Taschendiebe, Schmuggler, Diebe, Maler, Studenten und Bettler, die ihr Leben für den einzigen ihnen möglichen Rausch gaben. Sie sprachen wie immer über Papst und Kaiser, darüber, wie sehr die Kirche das Land mit Steuern ausplünderte und dass ihre Herren die niedrigsten Löhne seit Menschengedenken zahlten. Jeder von ihnen hatte seine eigene Theorie, nach der er erklärte, Roms Tage seien gezählt, denn es könne kein Zweifel daran bestehen, dass der Niedergang, dem die Päpste sie im Namen Gottes ausgeliefert hatten, nur die Vorhölle zum Fegefeuer war, das sie alle verschlingen würde.

Den paar Bravi, die in ihm den bewaffneten Arm der Römischen Inquisition erkannten und ihn feindselig anstarrten, maß er kein großes Gewicht bei. Es beunruhigte sie ihrerseits auch nicht sonderlich, denn wenn Corsini wirklich alle verhaften wollte, die Tag für Tag gegen das Gesetz Gottes verstießen, wäre am Ende in diesem Gasthaus keiner mehr übrig. Doch als Lanzi – deutsche Söldnerinfanteristen –, die sie nun einmal waren, hassten sie vor allem alles, was mit dem katholischen Glauben zusammenhing. Sie trugen lange Haare, herabhängende Schnurrbärte, auffallend farbige Uniformjacken und blickten verschlagen drein, doch entgegen ihrer Gewohnheit hüteten sie sich, Obszönitäten oder Drohungen von sich zu geben. Ihr großmäuliges Benehmen passte perfekt bei Schwächeren, doch ihm gegenüber wäre es vollkommen unangebracht gewesen.

Um keine dummen Gedanken aufkommen zu lassen, gab Orsini ihnen mit einem kurzen Kopfnicken zu verstehen, dass sie sich nicht erdreisten sollten, nach ihren Korbschwertern an ihrem Gürtel zu greifen. Fügsam begnügten sich die beiden weiterhin damit, sich umzuschauen und sich leise in ihrer barbarischen Sprache, dem Deutschen, zu unterhalten.

Der Hauptmann gönnte sich mehr als einen Blick auf die Frauen, die an den Tischen bedienten. Es waren fünf, und sie waren aufreizend, denn so wollte es die Hausherrin. Sie trugen Kleider mit tiefen Ausschnitten, und sie verstanden sich darauf, mit dem, was sie zeigten, die Gäste zu blenden. Alles war darauf angelegt, der essenden und trinkenden Meute so viele Scudi wie möglich abzuknöpfen. Corsini passierte die

Tische und den Tresen, auf denen die Wirtin Käse und Schinken anbot, und nahm die Treppe hinauf in den ersten Stock.

Nach zwei kurzen Treppenabsätzen erreichte er eine Galerie, die sich zu einem Gang verlängerte, von dem mehrere kleine Türen abgingen. Er ging ihn ganz bis zum Ende. Ein schwerer Samtvorhang markierte den Eingang zu etwas, das mit etwas Fantasie als Arbeitszimmer durchgehen konnte. Er räusperte sich, um sich bemerkbar zu machen.

Einen Augenblick später schob ein blendend aussehender Mann den Vorhang beiseite. Er hatte dunkle Augen und langes schwarzes Haar. Er trug ein gut geschnittenes ochsenblutfarbenes Wams. Seine Stiefel reichten ihm bis zum Knie, und vom Gürtel hing ein Schwert mit Korbgriff.

Wäre da nicht seine beinahe schon wilde Haartracht gewesen, hätte man ihn mit einem Edelmann verwechseln können.

»Hauptmann«, sagte er, ehrlich überrascht. »Ich gestehe, dass wir Euch nicht erwartet haben.« Dabei wechselte seine Stimme in einen amüsierten Ton, als hätte er nach einem kurzen Zögern wieder die völlige Kontrolle über die Situation zurückgewonnen.

»Gramigna!«, rief der Gendarmeriehauptmann aus. »Wie geht's? Ich will hoffen, Ihr habt nichts angestellt, was Ihr bereuen müsstet.«

»Nicht im Geringsten, nicht im Geringsten!«, beeilte sich der andere ein wenig steif zu erwidern. »Seht Ihr, ich mache hier das Dienstmädchen für unsere gemeinsame Freundin. Wie sollte ich da in der Gegend herumlaufen und Schaden anrichten können?«

»Meine Güte, Gramigna! Ihr sprecht ja wie gedruckt! Meinen Glückwunsch! Euer deutscher Akzent ist fast nicht mehr zu bemerken. Wie dem auch sei, hütet Euch vor unüberlegten Unternehmungen. Denn ich würde davon erfahren, da könnt Ihr sicher sein!«

Gramigna schien eine Antwort zu erwägen. Er bewahrte die Fassung.

»Ihr sucht die schöne Imperia?«

»Wen sonst?«

»Gebt mir nur einen Augenblick, dass man Euch ankündigt. Immerhin handelt es sich immer noch um eine Dame.«

Der Hauptmann der Gendarmen des Sant'Uffizio hätte sich auch selbst ankündigen können, doch er ließ ihn gewähren. Schließlich war er es, der auf die Hilfe einer der mächtigsten Kurtisanen der Stadt angewiesen war, daher wollte er das Spiel dieses eine Mal mitspielen. »Einverstanden, ich warte.«

Mit einem Kopfnicken verschwand Gramigna hinter dem Vorhang.

Corsini musste nicht lange warten.

Schon bald darauf kehrte der Prahlhans zurück, verbeugte sich und schob mit einer einladenden Geste den Vorhang beiseite.

8
Die Kurtisane

Bei ihrem Anblick musste Vittorio Corsini lächeln. Imperia war immer noch eine attraktive Frau. Man konnte ihre Haut natürlich nicht mehr straff nennen, und die Fältchen im Gesicht sah man nur allzu gut, und doch konnten sie ihrer Schönheit nichts anhaben, im Gegenteil, sie verliehen ihr eine Anmutung von Lebenserfahrung, die ihre Wirkung auf ihr Gegenüber nicht verfehlte.

Eine Flut kastanienbrauner Locken umrahmte das perfekte Oval ihres Gesichtes, Augen von der Farbe dunklen Honigs blitzten aufmerksam und begehrenswert; volle, glänzende Lippen machten ihrem Ruf als Verführerin und Kurtisane Ehre. Sie trug ein schlichtes aquamarinfarbenes Kleid.

Corsini betrachtete sie ganz ohne Scheu. Er bewunderte ihre bloßen Schultern und ihren üppigen Busen, der sich mit jedem Atemzug hob. Mit einem Hüsteln gewann Imperia seine Aufmerksamkeit zurück.

Der Hauptmann richtete seine Augen wieder auf das Gesicht der Kurtisane. Das einstige Freudenmädchen hatte die Kunst perfektioniert, so lange mit der Verweigerung zu spielen, bis sie darüber die Geldbörsen so mancher Kunden gründlich geleert hatte, die dem Ruf ihrer legendären Schönheit gefolgt waren. Nun war sie eine erfolgreiche Unternehmerin, die Wirtshäuser kaufte und verkaufte, legte ihre Einnahmen an und machte ein Vermögen, mit dem sie schließlich Grundbesitz und Palazzi erwarb.

So war Imperia zu einer der mächtigsten und einflussreichsten Frauen von Rom geworden. Und das aus zwei Gründen: Zum einen tauschten ihre Mädchen ihr kostbarstes Gut gegen Informationen aus erster Hand – und es gab keinen Prälaten oder Edelmann, der nicht die Wirtshäuser oder Freudenhäuser der schönen Imperia aufsuchte. Auf der anderen Seite nutzte Imperia diese Informationen, um sie auf dem Marktplatz der Worte, die gefährlicher waren als die Klingen oder Arkebusen der Gendarmen, mithilfe von Erpressung und Korruption umzuschlagen.

Sie war von fast raubtierhafter Gerissenheit; das Leben hatte sie gelehrt, die Kunst der Täuschung und der Intrige perfekt zu beherrschen, was das Wichtigste war, um sie reich und vermögend zu machen, kurz – ihr Respekt zu verschaffen.

Doch dieser Anstrich einer anständigen Frau und ehrbaren Kurtisane, den sie sich gab, hatte ihren Hunger noch nicht gestillt, im Gegenteil. Denn Imperia war sich vollkommen darüber im Klaren, dass es einem Scheitern gleichgekommen wäre, auch nur einen Schritt zurückzuweichen und wieder die abgenutzten Kleider einer Straßendirne zu tragen. Als eine solche würde sie den vier Stufen des gesellschaftlichen Abstiegs nicht entkommen: von der Vermieterin zur Puffmutter, zur Wäscherin und schließlich zur Bettlerin auf den Stufen einer Kirche.

Nichts machte ihr größere Angst, und genau aus diesem Grund hatte sie stets ein waches Auge und scharfes Ohr. Selbst bei Unterhaltungen, von denen man glauben mochte, sie würden sie im Grunde überhaupt nicht interessieren, wog sie jedes Wort peinlich genau ab – sie sagte nichts, ohne dabei ein ganz bestimmtes Ziel zu verfolgen.

Corsini war mit Imperias Temperament bestens vertraut, und noch besser kannte er ihre Fähigkeiten, daher hütete er sich, sie auch nur einen Augenblick lang zu unterschätzen.

»Nun, mein hübscher Hauptmann«, sagte die schöne Kurtisane gleichermaßen leutselig wie kess. »Was verschafft mir das Vergnügen Eures Besuches?« In ihren Augen blitzte es.

Corsini lächelte. Diese Frau verfügte über eine Anziehungskraft, mit der sie jeden in ihren Bann ziehen konnte: Er wusste also, dass er auf der Hut sein musste, doch ohne es sie merken zu lassen. Sollte ihm diesbezüglich ein Fehler unterlaufen, würde Imperia sofort begreifen, dass es da etwas gab, das weit über das hinausging, worum er sie bat. Um ehrlich zu sein würde sie es wohl aufgrund der Tatsache, dass er der Hauptmann der Gendarmerie des Sant'Uffizio war, sowieso merken, doch er wollte sich wenigstens einen Augenblick lang der Illusion hingeben, er sei für die schöne Kurtisane nicht bloß ein offenes Buch.

»Liebe, anbetungswürdige Imperia«, setzte er leicht zögernd an, »ich störe Euch an diesem Morgen in der Hoffnung, dass Ihr mir bei einem kleinen Anliegen behilflich sein könnt. Zwar handelt es sich um einen einfachen Sachverhalt, doch ist die Angelegenheit mit aller Diskretion und Vorsicht zu behandeln.«

Die Kurtisane nickte und durchbohrte ihn dabei mit diesem honigsüßen und zugleich maliziösen Blick. Mit einem Kopfnicken forderte sie ihn auf weiterzusprechen.

»Seht Ihr, ich habe mich kürzlich in eine Dame vornehmer Herkunft verguckt, eine Marchesa von so hochgestellter Abstammung, dass ich mir keine Hoffnung machen darf, ihr Herz zu gewinnen ...«

»Ich bitte Euch, Corsini«, sagte Imperia. »Ihr beleidigt meine Intelligenz, wenn Ihr Euch eine derart schlechte Lüge ausdenkt. Bleibt bei den Tatsachen.«

Der Hauptmann seufzte. War sein Versuch wirklich so unbeholfen gewesen? Imperia war so taktvoll, ihn anzulächeln. Und dieses Lächeln vermochte die Realität zu versüßen.

»Nun gut. Vor Euch kann man wirklich nichts verbergen«, stellte er hilflos fest. »Ich fange noch mal von vorne an.«

»Ich danke Euch.«

»Die Person, für die ich arbeite – unnötig zu erwähnen, wer das ist, denn Ihr wisst darüber bestens Bescheid –, hat mir aufgetragen, eine der gesellschaftlich bedeutsamsten Edeldamen von Rom zu beschatten. Tag und Nacht. Mit Diskretion und Vorsicht, wie gesagt. Einmal die Woche werde ich Euch aufsuchen, um mich über den neuesten Stand zu informieren. Für den ersten Monat erhaltet Ihr die Summe, die ich Euch zur Abgeltung Eures Aufwandes geben werde. Keinen einzigen Dukaten mehr.« Bei diesen Worten holte Corsini unter seinem Mantel ein Samtsäckchen hervor. Er legte es auf den Schreibtisch.

Die Kurtisane ließ es augenblicklich verschwinden, und der Gendarmeriehauptmann sah, wie sich ihr Gesichtsausdruck änderte. Er wurde raffgierig, erbarmungslos und kalt. Unmittelbar darauf wirkte sie wieder vollkommen ruhig, ihre Augen leuchteten wie flüssiger Bernstein.

»Um wen geht es?«

»Um die Marchesa di Pescara.«

»Ihr meint Vittoria Colonna?«

»Ganz genau.«

Imperia sah den Hauptmann scharf an. »Es muss sich um etwas Ernstes handeln.«

»So ist es. Deshalb frage ich Euch: Kennt Ihr eine Person, die es versteht, ein solches Unterfangen erfolgreich zu Ende zu bringen?«

»Na, und ob! Ihr könnt mir glauben, sie wird es bestimmt nicht vermasseln.«

»Seid Ihr auch wirklich sicher? Denn in diesem Fall können wir uns keine Fehler erlauben.«

Imperia zog einen Schmollmund. Auch wenn das eigentlich für eine Frau ihres Alters unpassend war, gelang es ihr dennoch, dadurch unwiderstehlich zu wirken. »Habe ich Euch in all den Jahren je enttäuscht?«

Corsini tat so, als müsse er über die Frage nachdenken. Doch das war nur Theater.

»Tatsächlich nicht.«

»Nun, werter Hauptmann, dann überlasst alles Weitere mir.«

»Wir sind uns also einig?«

»Ihr hättet Euch nicht klarer ausdrücken können. Wir sehen uns in einer Woche?«

»Ganz genau.« Aus Sorge, er könnte in Versuchung geraten, sich einmal mehr an diesem sündigen Ort der Verführung aufzuhalten und im Wissen darum, dass er sich das gerade nicht erlauben konnte, fügte er hinzu: »Ich muss jetzt gehen. Es war wie immer ein Vergnügen, Euch zu sehen.«

»Ich danke Euch für Euren Besuch, Hauptmann. Ich erwarte Euch in acht Tagen hier mit allen Neuigkeiten zum Fall«, verabschiedete ihn die Kurtisane.

Den Samtvorhang anhebend verließ Vittorio Corsini den Raum.

Im Gehen hatte er das irritierende Gefühl, Gramigna mache sich mit Blicken über ihn lustig, als würde der Handlanger Imperias ihn verspotten.

Er gab sich selbst erneut das Versprechen, ihm bei einem zukünftigen Treffen seine gute Laune auszutreiben.

Auch wenn er damit Aufmerksamkeit auf sich ziehen würde.

Sein Beiname mochte der harmlosen Quecke, einem zähen und langlebigen Süßgras, geschuldet sein, doch Gramigna war ein Lanzo, ein Landsknecht, und gehörte damit zur blutrünstigsten und erbarmungslosesten Kriegerkaste der bekannten Welt.

9
Malasorte

An diesem Tag hatte Imperia nach ihr rufen lassen. Diese Frau war vom Teufel besessen. Da war sie sicher. Man wurde nicht zu dem, was sie war, wenn man nicht mit dem Teufel ins Bett gegangen war. Und hatte man das erst einmal getan, blieb man für immer seine Hure. Doch sie hatte Imperia alles zu verdanken. Daher war sie unverzüglich zur Wirtschaft Dell'Oca rossa aufgebrochen.

Malasorte durchquerte die schmalen Gassen von Trastevere, dieses Gewirr aus gewundenen Sträßchen, wo man nur mit Mühe hindurchkam. Obwohl die Sonne schon hoch am Himmel stand, waren die Gassen auch zu dieser Morgenstunde menschenleer, denn Wagen konnten diese engen Straßen nicht passieren. Ganz zu schweigen davon, dass das Pflaster das holprigste war, das man sich vorstellen konnte. Ein paar im Fischgrätmuster verlegte Ziegelsteine, die wer weiß woher stammten, waren wie dafür gemacht, die Wagenräder zu ruinieren.

Malasorte machte das nichts aus. Sie streifte liebend gern durch die Gassen, bewunderte die Palazzi der Patrizier mit ihren eindrucksvollen Fassaden, um dann plötzlich vor einer Piazza oder einer so außergewöhnlichen und verblüffenden Kirche wie Santa Maria in Trastevere zu stehen. Was für ein Anblick! Obwohl es Winter war, strahlte die Sonne am Himmel, und der Platz war in gleißendes Licht getaucht. Voller Bewunderung betrachtete sie den Säulengang und die Figuren des Mosaiks im oberen Teil der Fassade. Es zeigte eine Reihe von Frauen, die die stillende Gottesmutter umgaben. Jede trug eine Öllampe. Malasorte wusste nicht warum, doch immer, wenn sie sie sah, machten diese Figuren ihren Tag freundlicher. In ihrer Vorstellung wurden sie lebendig. Es bereitete ihr Freude, sich vorzustellen, wie sie sich bewegten, sich unterhielten, dem Kind in einem stummen Zeremoniell ihre Ehrerbietung darbrachten.

Das war ihr Geheimnis, dass sie sich solch unmöglichen Fantasien hingab. Während sie so mit offenen Augen träumte, fiel ihr Blick auf die Stände der fliegenden Händler, die Obst und Gemüse anboten, und die Schilder der Tavernen. Die Piazza war voller Leute. Auf dem Kirchplatz drängten sich Bürger und Händler in dichten Trauben und machten ein Durchkommen beinahe unmöglich. Ihre Stimmen vermengten sich zu einem herzerwärmenden Geplapper, das der strengen Kälte dieses Morgens zu trotzen schien. Weiße Dampfwölkchen stiegen in die Luft.

Irgendjemand pfiff ihr nach. Malasorte ließ ein schüchternes Lächeln sehen. Sie entwickelte sich und bemerkte ihre zunehmende Wirkung auf die Männer. Sie hätte sich nicht als Schönheit bezeichnet, aber sie wusste, dass sie straffe, schön gebräunte Haut, üppige schwarze Locken und leuchtend grüne Augen hatte. Sie hätte gern größere Brüste gehabt, aber ihre langen Beine blieben auch nicht unbemerkt, und selbst in ihrem abgerissenen Kleid und dem Schal über den Schultern machte sie was her.

Doch sie konnte auch Schaden anrichten. Ihre Mutter sagte ihr das, seit sie ein kleines Mädchen war, seit sie auf ihre kleineren Geschwister hatte aufpassen müssen – nie hatte sie es anständig gemacht, wenn man ihrer Mutter glauben durfte. Deshalb war sie abgehauen, denn sie war die Standpauken und die Schläge leid. Sie hatte Besseres verdient.

Eine Zeit lang hatte sie in den Tag hineingelebt, hatte geklaut und sich einer Kinderbande angeschlossen. Die Bande fand, sie sei in Ordnung und würdig, bei den »Mäusen«, den *Sorci di Trastevere*, aufgenommen zu werden. Sie schliefen mal hier, mal dort, sie wuschen sich wenig und lebten von kleinen Delikten. Was immer sie in die Finger bekommen konnten, teilten sie.

Drei Jahre waren vergangen. Eines Morgens im Frühjahr hatte Malasorte auf dem Markt auf der Piazza Navona, begünstigt von der Menschenmenge und dem allgemeinen Durcheinander, versucht, eine wunderschöne, auffällig gekleidete Frau zu bestehlen. Sie war sich sicher gewesen, dass es geklappt hätte, als sie sich plötzlich einem großen, kräftigen Mann gegenübersah, der sie bloß mit Blicken nötigte zurückzugeben, was sie entwendet hatte. Sie hatte sofort begriffen, dass sie es mit einem Meister der Gewaltausübung zu tun hatte, mit einer Leibwache.

So hatte sie Imperia kennengelernt. Doch zu ihrer größten Überraschung hatte die Kurtisane sie weder bestraft noch den Gendarmen übergeben, sondern sich um sie gekümmert. Sie hatte ihr ein Dach über dem Kopf und das nötige Kleingeld zum Überleben gegeben. Und sie hatte freundliche und warme Worte für sie gehabt, selbst ihren Namen, der so viel wie »Unglück« bedeutete, fand sie dennoch großartig und zugleich beunruhigend, so wie ihr Gesicht.

Malasorte war ihr unendlich dankbar. Sie freute sich, dass es in ihrem Leben wenigstens etwas Schönes gab. Imperia hatte recht, sie kannte niemanden, und mit einem Namen wie ihrem und trotz der Tatsache, dass sich alle bekreuzigten, wenn sie ihn hörten, musste man doch zugeben, dass sie einen eigenartigen Reiz ausübte. Erst recht, wenn man das unverbrauchte, zugleich ein wenig verschlagene Gesicht des Mädchens sah.

Deshalb lächelte sie beim Pfiff dieses Mannes, der sie mit großen Augen ansah. Malasorte prustete los und beschleunigte ihre Schritte.

Nachdem sie Santa Maria in Trastevere hinter sich gelassen hatte, ging sie vorbei an der Kirche San Lorenzo de Curtis und dann weiter geradeaus durch den Vicolo del Cinque, bis sie zur Piazza di Ponte Sisto gelangte.

Sie ging noch ein Stück weiter bis zu den Gendarmen, die vor dem Zugang zur Brücke patrouillierten. Sie waren dort stationiert und waren wirklich eindrucksvoll mit ihren großen Schwertern am Gürtel, den glänzenden Helmen und farbenfrohen Uniformjacken. Doch Malasorte kam oft dort vorbei und kannte inzwischen die gesamte Garnison. Natürlich gab es unter ihnen auch solche, die ausnutzen wollten, dass sie allein war, und Annäherungsversuche unternahmen, manchmal auch aggressiv, doch Malasorte hatte sie immer auf ihren Platz verweisen können, und niemand hatte sich mehr erlaubt, sie zu provozieren. Wenn man in einem Gasthaus arbeitete, lernte man sofort, sich zu verteidigen, und das Mädchen hatte eine große Klappe und genug Mumm, sogar dem Teufel ins Gesicht zu spucken. So hatte sich schnell herumgesprochen, dass man sie besser in Ruhe ließ, dass sie nicht ganz richtig im Kopf war und sie diesen etwas ungewöhnlichen und sonderbaren Namen wirklich zu Recht trug.

Mit einem der Gendarmen namens Mercurio hatte Malasorte sogar eine seltsame Art von Freundschaft geschlossen. Vielleicht war es für ihn etwas anderes. Aber was zählte, war, dass sie kaum warten musste, wenn er da war. Das war auch an diesem Morgen der Fall.

Er sah sie an, als wollte er sie bei lebendigem Leibe auffressen, sie warf ihm einen unwiderstehlichen Blick zu, und der junge Mann ließ sie mit einem Kopfnicken passieren.

Augenblicklich sauste das Mädchen los. Wenn sie sich beeilte, könnte sie blitzschnell in der Via delle Zoccolette auf der anderen Seite des Tibers sein.

Plötzlich hörte sie, wie jemand sie mit einer Stimme wie aus der Hölle von hinten anfuhr. Sie wurde nicht beim Namen gerufen, doch sie fühlte sich ganz klar angesprochen. Sie tat, als ob nichts wäre, und setzte ihren Weg fort, bis etwa auf der Mitte der Brücke eine Hand sie mit solcher Kraft und Heftigkeit an der Schulter packte, dass sie sich umdrehen musste. Da sie aus dem Gleichgewicht geraten war, kippte sie seitlich weg, versuchte sich vergeblich an der Brüstung festzuhalten und stürzte gegen den Angreifer.

Da sah sie ihn.

10
Guidobaldo II. della Rovere

»Messer Michelangelo, ich glaube, ich muss Euch nicht daran erinnern, wie viel meine Familie im Laufe der Jahre für die Fertigstellung dieses Grabmals meines geliebten Großonkels aufgewendet hat. Ganz zu schweigen davon, dass zu den Summen, die Ihr erhalten habt, der Wahrheit die Ehre zu geben, auch all die Aufträge gezählt werden müssten, die er Euch außerdem noch erteilt hat und die aus Euch einen der reichsten Männer Roms gemacht haben! Ich verlange nun nicht, dass Ihr alle Statuen des Grabmals selbst anfertigt! Meine Familie hat schon vor geraumer Zeit Abstand von dieser Überlegung genommen. Nicht von ungefähr waren wir damit einverstanden, dass die *Madonna*, die *Sibylle* und der *Prophet* von Raffaello da Montelupo ausgeführt würden. Das geschah mit dem Ziel, Euch die Arbeit zu erleichtern. Genau darum solltet Ihr wirklich innerhalb der nächsten zwei Jahre fertig werden. Mittlerweile dauert die Fertigstellung schon eine Ewigkeit.«

Guidobaldo II. della Rovere war vor Wut das Blut zu Kopf gestiegen. Nur mit Mühe hielt er den Groll zurück, den er über die Jahre gehegt und genährt hatte. Man sah, dass er es hasste, sich mit derartigen Geschäften befassen zu müssen. Er war Soldat und als solcher weniger geeignet für derlei Angelegenheiten. Auf der anderen Seite war auch klar, dass er um jeden Preis wollte, dass dieses Projekt, das der Künstler unter seinem berühmten Großonkel begonnen hatte, Anerkennung bekäme.

Michelangelo sah ihm direkt in die Augen. Er war müde und verschwitzt. Er war den ganzen Tag und ohne Pause geritten. Er hätte sich lieber nicht mit della Rovere getroffen, aber er wusste auch, dass er es nicht für immer vermeiden konnte. Daher war er, nachdem er die Marmorblöcke ausgesucht und grob behauen hatte, eiligst nach Rovigo aufgebrochen. Dieses Treffen war schon vor einiger Zeit vereinbart worden, und er wusste, dass er es nicht versäumen durfte. Er hatte keine Angst vor Guidobaldo, und ebenso wenig hatte er vor, wegen erhaltener Zahlungen, die ihm zugestanden hatten, eine Büßerhaltung einzunehmen. »Ich verstehe, was Ihr sagen wollt, doch Ihr wisst sehr gut, dass es Euer Onkel persönlich war, der mich bat, mit dem Projekt des Grabmals zu beginnen, um dann ein völlig anderes bei mir in Auftrag zu geben. Wir hatten gemeinsam ein majestätisches, beeindruckendes Grabmal ersonnen, das seinen Platz in der Basilika von Sankt Peter finden sollte. Kein Jahr später hatte er seine Meinung geändert und verwarf das erste Projekt mit der Begründung, es stünde unter schlechten Vorzeichen. Und all das, obwohl er selbst es gewesen war, der es von mir so verlangt hatte! Und nachdem ich mich nach Carrara begeben hatte, um persönlich die Marmorblöcke auszusuchen und zu kaufen, sie zu behauen und nach Rom transportieren zu lassen!«

»Mit dem Geld, das Euch vom Pontifex dafür gezahlt worden war!«

»Selbstverständlich! Von welchem Geld hätte ich es sonst tun sollen?«

»Messer Michelangelo, Ihr seid fürwahr ein sonderbarer Mann! Einmal angenommen, dass es stimmt, was Ihr sagt, rechtfertigt das dennoch nicht das Beharren auf der Nichterfüllung des Auftrags. Ich erinnere Euch daran, dass der Folgevertrag, der zweite, Euch verpflichtete, das Werk innerhalb von sieben Jahre nach der neuerlichen Auftragserteilung fertigzustellen. Und nicht einmal in diesem Fall wart Ihr imstande, den Auftrag zu erfüllen.«

Michelangelo schüttelte den Kopf. Das stimmte so nicht, dachte er. Guidobaldo reduzierte alles auf die grundsätzliche Nichterfüllung, aber die Situation war viel komplexer, als er es darstellte! »Wenn es so wäre, wie Ihr sagt! Doch so ist dem keineswegs, ich erinnere Euch daran, dass die vorgesehenen Zahlungen für mich nicht einmal zum Überleben reichten. Es war dumm von mir, den vertraglichen Knebel der Exklusivität zu akzeptieren, erst recht in Anbetracht der Tatsache, dass die anfängliche Summe sich über die Maßen reduziert hat. Ich war gezwungen, neue Arbeiten anzunehmen, weil ich mit dem Grab allein meine Familie bestimmt nicht satt bekommen hätte. Und das wisst Ihr genau.«

»Das verstehe ich nicht«, sagte Guidobaldo II. della Rovere und wurde lauter. »Ihr beklagt Euch, wenig zu verdienen, und dabei hat meine Familie Tausende von Dukaten für Euch ausgegeben! Jemand anders könnte von einer solchen Summe fürstlich leben. Seht dagegen Euch an – Ihr wirkt wie ein Bettler! Ihr kommt mit schmutzigem Bart und zerwühlten Haaren hier an. Und obwohl der Fehler bei Euch liegt, hegt Ihr einen unbegreiflichen Groll. Den kann ich Euch ansehen!«

Das war der Tropfen, der das Fass zum Überlaufen brachte.

»Ich habe einen schmutzigen Bart, das ist richtig. Und zerraufte Haare. Und wisst Ihr warum? Weil ich mich beeilt habe, zu Euch zu kommen. Ich habe das Äußerste aus meinem Pferd herausgeholt, nachdem ich zuvor auf dem Monte Altissimo gewesen bin, um wieder einmal Marmor auszusuchen, aus dem ich die Statuen machen könnte. Ein weiteres Mal! Wie schon vor vierzig Jahren!«

Guidobaldo sah ihn voller Verachtung an. An diesem Tag trug er einen prächtigen Brustharnisch aus goldverziertem Leder, unter dem ein rotes Seidenhemd zu sehen war. Die ebenfalls leuchtend rote Hose mit Schamkapsel vervollständigte seine sorgfältig ausgewählte und prächtige Garderobe, die für eine Parade geeigneter schien als für den Krieg. Dennoch biss sich Michelangelo auf die Zunge, denn er wusste, dass er sich mit dem Oberbefehlshaber des venezianischen Heeres der Terraferma nicht noch mehr anlegen durfte. Auch der Salon, in dem er empfangen worden war, kündete vom Prunk, in dem Guidobaldo lebte: fein geschnitzte Möbel aus Eichenholz, ein reich gedeckter Tisch, Büsten aus weißem Carrara-Marmor und Fresken an den Wänden. Und das störte ihn ungeheuerlich – diese Art, Wohlstand und Vermögen zur Schau zu stellen, erschien ihm unmoralisch gegenüber all denen, die nicht einmal genug zu essen hatten. Und in Rovigo gab es reichlich arme Leute. Noch mehr als in Rom, wenn das überhaupt möglich war; sie bevölkerten das Land, quetschten sich in überfüllte Hütten, drängten sich in winzigen, übel riechenden Räumen. Sie waren dazu verdammt, Tag für Tag in einer Hölle zu leben, von denen Familien wie die della Rovere nicht die leiseste Ahnung hatten.

Er schnaubte. Aus tiefstem Herzen wünschte er sich, woanders zu sein. Doch das ging nicht. Dieses Projekt war inzwischen zur großen Tragödie seines Lebens geworden, und es war ihm nicht möglich, sich dem zu entziehen. Es war ein Fluch, eine Strafe, eine Aufgabe, die ihm der Teufel persönlich gegeben zu haben schien.

»Dieses Mal werden die Päpste Euch nicht retten können, ist das klar? Viele Male seid Ihr wegen Eurer schändlichen Versäumnisse beinahe vor Gericht gelandet. Ich erwarte daher, dass Ihr die Statuen ausführt, für die Ihr zuständig seid, und Eure Gehilfen überwacht, dass sie das Grab rechtzeitig fertigstellen. Ich werde Euer Wachhund sein, habt Ihr mich verstanden? Ich werde Euch nicht aus den Augen lassen, darauf gebe ich Euch mein Wort!«

Michelangelo nickte. Er war so müde. Er merkte, wie ihm die Beine zitterten und ihm eiskalte Schauer über den Rücken liefen. Er musste alle Energie aufbringen, um sich auf den Beinen zu halten. Das Fieber ergriff von seinen Augen Besitz, und die Sicht wurde immer undeutlicher. Er biss die Zähne so fest zusammen, dass sie fast schon knirschten.

»Ich verspreche Euch, dass Ihr bekommt, was Ihr verlangt. Wenn es sonst nichts gibt, das Ihr mir sagen wollt, bitte ich Euch, gehen zu dürfen.«

Guidobaldo schien ihn mit seinem Blick vernichten zu wollen. Er merkte wohl, dass er Michelangelo leiden lassen konnte, indem er ihn festhielt, denn er ließ sich alle Zeit, ihm die Erlaubnis zu erteilen zu gehen. Michelangelo rührte sich nicht vom Fleck. Er hätte seinem Gegenüber auch einfach den Rücken zukehren und durch die Tür hinausgehen können, aber das wäre einer Kriegserklärung gleichgekommen, und er wollte das Verhältnis nicht noch mehr belasten oder wenigstens nicht riskieren, handgreiflich zu werden.

Er wusste, dass Guidobaldo inzwischen nur noch davon träumte, ihn vor Gericht zu bringen oder, lieber noch, eine Entschuldigung dafür zu bekommen, ihm zwei Handbreit Eisen in die Brust zu treiben.

Er war aufgebracht.

Das konnte er ihm vom Gesicht ablesen.

Am Ende hatte der Hauptmann wohl Mitleid mit ihm, weil er ihm mimisch ein Zeichen gab.

Michelangelo drehte sich um und hatte fast schon den Ausgang erreicht, als Guidobaldo ihn zurückrief. »Wartet, ich muss Euch eine letzte Sache sagen.«

Michelangelo blieb stehen.

»Der *Moses* – den will ich für das Grabmal meines Onkels.«

Ohne darüber nachzudenken, gab Michelangelo seiner wütenden Verzweiflung nach. »Wie könnt Ihr mich darum bitten? Obwohl Ihr doch genau wisst, dass die Statue zu groß ist, sie wird niemals in die Nischen unter dem Kranzgesims passen!«

»Da habt Ihr natürlich recht, deshalb will ich sie ja auch für die mittlere Nische. Wenn sie dort nicht hineinpassen sollte, werdet Ihr sie entsprechend anpassen. Wie Ihr das macht, ist nicht mein Problem. Oder? Ihr habt den Wert des Werkes bereits immens gemindert, indem Ihr drei Statuen Montelupo überlassen habt! Und wenn ich richtigliege und vier Statuen aus Eurer Hand vereinbart waren, dann will ich als Letzte den Moses und keine andere, haben wir uns da verstanden? Wenn Ihr Euch nochmals weigert, dann werde ich nach Euch suchen, und zwar aus einem einzigen Grund: Euch umzubringen. Nur damit Ihr es wisst. Und es ist mir egal, was dann passiert. Mir wird die Gewissheit genügen, Euch den missratenen Schädel vom Rumpf getrennt zu haben.«

Michelangelo sah Guidobaldo an, als wolle er ihn abschlachten. Er hasste ihn. Ohne Abstriche. Wenn er gekonnt hätte, hätte er ihm ein Messer an den Hals gesetzt und ihm die Kehle durchgeschnitten.

Stattdessen schwieg er.

Die frische Wunde pulsierte wie ein lebendiges Wesen, bereit, ihn von innen zu verschlingen. Er genoss das. Denn dieser intensive stechende Schmerz erinnerte ihn einmal mehr daran, zu was für einer Hölle sein Leben geworden war. Er hielt an diesem Leiden fest, es war ihm willkommen, denn in den letzten Blick, den er Guidobaldo zuwarf, legte er all die Wut, die dieser frische, unmittelbare und reißende Schmerz in ihm verursachte.

Dann wandte er sich ab.

Er erreichte die Tür und schlug sie dermaßen heftig hinter sich zu, dass es ein Wunder war, dass sie nicht zersprang.

11
Gnadegott

Malasorte hatte eine riesige Hand auf ihrer Schulter gespürt. Einen Augenblick später schlug sie gegen die Brüstung des Ponte Sisto. Kurz nur hatte sie den Tiber wie einen blauen Splitter vor Augen, im nächsten Augenblick war es ein Band, das vor ihrem Blick verschwand, als der Schmerz jeden Punkt ihres Körpers erreicht hatte.

In dem Moment, in dem sie gegen die steinerne Brüstung schlug, entwich die Luft ihrer Kehle in einem eiskalten Strom. Stechender Schmerz fuhr ihr in den Rücken und schmetterte sie zu Boden. Sie hatte nicht einmal mehr die Kraft für einen Gedanken.

Mit größter Mühe kam sie auf die Knie, während jemand sie mit Worten in einer harten und brutalen Sprache traktierte. Sie verstand deren Bedeutung nicht, aber sie kannte diesen Hauch der Hölle. Es war die Sprache der Lanzi, ein Idiom, das dem Kläffen eines Hundes weit ähnlicher zu sein schien als der menschlichen Sprache.

Sie blickte über die Schulter und sah einen auffällig farbenfroh gekleideten Soldaten. Die kurze Jacke aus gefüttertem Leder protzte mit mindestens vier verschiedenen Farben: Gelb, Azurblau, Rot und Grün. Er hatte einen großen, herabhängenden Schnurrbart und lange, schmutzige Haare, auf denen ein breitkrempiger Filzhut mit Federn in denselben

Farben thronte. Helle und grausame Augen blitzten sie an, glasig vom Weinrausch.

Der Mann kam näher und fasste sich in den Schritt der eng anliegenden Hose – eine vulgäre Geste, mit der er mehr als deutlich sagte, was er nun vorhatte.

Die Kehle eingeschnürt vor Angst konnte Malasorte nicht einmal schreien. Sie brachte nur ein heiseres Röcheln zustande. Eine Hand tastete verzweifelt nach der Innentasche des Mieders.

Der Lanzo kam ihr nun schon gefährlich nahe. Er streckte eine Hand nach ihr aus. Malasorte umklammerte den Dolch und hieb damit blindlings durch die Luft, in der Hoffnung, ihn dadurch auf Abstand zu halten.

Die Klinge blitzte auf und hinterließ in der linken Handfläche des Lanzo einen scharlachroten Halbkreis. In hohem Bogen schoss das Blut heraus und regnete auf die Steine der Brücke nieder. Unzählige rote Tröpfchen sprenkelten die Brüstung und Malasortes Gesicht.

Ein Schrei zerriss die Luft, als der Lanzo sich einen Schritt entfernte und dabei die linke Hand mit der rechten umklammerte. In seinem Blick lag Ungläubigkeit, so als könne er nicht glauben, was gerade geschehen war. Seine Zähne biss er vor Schmerz heftig aufeinander. Vorsichtig stand Malasorte auf und behielt ihn im Blick. Das Mädchen streckte den Arm aus, den Dolch fest in ihrer Hand. Gertenschlank, gesammelt und bereit zum Sprung. Jetzt, nachdem sie den Lanzo einmal getroffen hatte, war die Angst einer überraschenden und ungewohnten Angriffslust gewichen, etwas, das ihrer Person völlig fremd zu sein schien, in diesem Moment aber offenbar Besitz von ihr ergriff. Malasortes Gesicht war völlig verändert, ein grimmiges Grinsen lag auf ihren Lippen, der Blick war wie aus Eis. Zorn umgab sie wie eine anwachsende eisige Aura, so als würde sie auf einmal auf Geheiß einer Kriegsgöttin von der kalten morgendlichen Herbstluft umflossen.

Der Lanzo zückte seinen schweren Katzbalger mit der Rechten, während die Linke weiter blutete. Malasorte wich zurück. Das Schwert des Gegners hatte eine breite und noch viel längere Klinge als ihr Dolch mit dem sprechenden Namen Gnadegott.

Der Lanzo rückte vor, ein verächtliches Lächeln spielte um seine Lippen. Er spuckte auf den Boden. Er wusste, dass er dieses verfluchte kleine Mädchen nun in seiner Hand hatte. Er war gerade im Begriff, sich auf sie zu stürzen, doch als er schon seine Hand zum Schlag erhoben hatte, hielt ihn jemand auf.

»Wagt es nicht, sie anzurühren!«, ertönte eine Stimme. Malasorte riss die Augen auf und der Lanzo, als er sich umwandte, ebenso. Zwei Gendarmen kamen ihnen entgegengelaufen. Das Mädchen erkannte Mercurio, mit dem sie eben noch gesprochen hatte.

Die beiden waren nur wenige Schritte vom Lanzo entfernt. Sie richteten ihre Schwerter auf ihn und Mercurio obendrein eine Radschlosspistole. Der Lanzo hatte sie genau vor seinen Augen, der Lauf drohte ihm die Kugel mitten in die Stirn zu schießen.

»Lasst sie in Ruhe, Messere«, schrie Mercurio, »sonst werdet Ihr bereuen, geboren worden zu sein, das schwöre ich bei Gott! Ich habe gesehen, was Ihr getan habt, daraus gibt es für Euch kein Entkommen!«

Der andere Gendarm ging ebenfalls auf ihn los, die Klinge seines Rapiers bewegte sich auf die Brust des Landsknechtes zu.

Ein dritter Mann näherte sich von der entgegengesetzten Seite des Ponte Sisto.

Der Lanzo wirkte, als würde er über das nachdenken, was Mercurio ihm zugeschrien hatte. Einen Augenblick lang schien er ablassen zu wollen, aber gerade als der Gendarm glaubte, er habe aufgegeben, stürmte er nach vorn und wich zugleich seitwärts aus, womit der Hieb seines Gegners ins Leere ging. Dann bohrte er ihm den Katzbalger direkt in die Brust, und zwar durch bis zur anderen Seite. Mit einem unmenschlichen Schrei legte er die blutende linke Hand auf den Brustkasten des Gendarmen. Er drückte dagegen, während er mit der rechten Hand das Schwert herauszog. Es fühlte sich eigenartig an, wie die Klinge durch das Fleisch und die Jacke aus dicker Wolle glitt.

Lautlos fiel der Gendarm auf den Ponte Sisto. Genau in dem Augenblick, als er leblos auf dem Boden aufschlug, gab Mercurio Feuer.

Malasorte sah den orangen Blitz des Mündungsfeuers, sie hörte den Donnerschlag des Schusses und sah ein graues Rauchwölkchen aufsteigen.

Die Kugel traf den Unterkiefer des Lanzo und riss ihm so das halbe Gesicht weg, eine Explosion aus rotem Fleisch und weißem Knochen.

Mercurio zog das Schwert, doch er merkte rasch, dass er es nicht mehr brauchte. Sein Gegner ließ den Katzbalger los, der mit unheilvollem Klirren aufs Pflaster fiel und bis zur Brüstung polterte. Die rechte Hand drückte weiter gegen die grauenhafte Wunde, das Gesicht war völlig zerfetzt, der gesamte Kiefer zertrümmert.

Der Lanzo sah Malasorte an. Zwischen Blutbläschen und Knochensplittern blubberte er irgendetwas hervor, dann sackten ihm schlagartig die Beine weg. Er klammerte sich an die Brüstung und hievte sich mit letzter Kraft hoch. Er taumelte einen Moment lang und ließ sich schließlich kopfüber in den Tiber fallen.

Malasorte fehlten die Worte. Absolut reglos saß sie auf der Brücke und sah Mercurio an. »Los, lauf!«, rief der. »Lauf weg! Lasst sie passieren!«, rief er gleich darauf den Gendarmen am anderen Ufer zu.

Die nickten.

»Lauf weg!«, rief Mercurio Malasorte nochmals zu. »Das hier ist alles nicht gut für dich, verstehst du? Nur Unglück und Pein! Ganz wie es dein Name verheißt!« Die Stimme des jungen Gendarmen schien bis zum blitzblauen Himmel über Rom aufsteigen zu wollen.

Das Mädchen kam wieder zu sich. In ihre grünen Augen kehrte das Leben zurück, und sie steckte den Dolch in das Mieder ihres Kleides.

12

Seelenqual

Der Putz schimmelte. Er hatte keine Ahnung wieso, aber so war es. So wie das aussah, begriff man sofort, dass man unter diesen Umständen keine einzige Figur mehr darauf malen konnte. Dabei hatte er mit großer Sorgfalt die Gruppe zusammengestellt, die mit ihm arbeiten sollte: Francesco Granacci und Giuliano Bugiardini, Aristotile da Sangallo und Agnolo di Donnino. Es waren Florentiner, und sie waren bestens vertraut mit den Tücken, die die Freskomalerei mit sich brachte. Mit einigen von ihnen hatte Michelangelo in Ghirlandaios Florentiner Werkstatt gelernt. Insbesondere mit Granacci war er gut befreundet; er kannte alle Geheimnisse der Malerei, sodass er zum gefragtesten Künstler am Hof des Magnifico aufgestiegen war. Auch später noch fand er, trotz des steten Auf und Ab der Machtverhältnisse, Scharen von Auftraggebern und war zu Wohlstand gekommen.

Auch aus diesem Grund war Michelangelo überzeugt, den Dämon der Malerei bezwingen zu können. Er hatte es dem Papst noch nicht gestanden, und ihm graute davor. Alles, was Bramante Julius II. eingeflüstert hatte, stimmte. Honigsüße Worte hatten über das Gift hinwegtäuschen sollen, das Bramante, diese Schlange, ihm einträufelte – er hatte versucht, Michelangelo den Auftrag wegzuschnappen, indem er behauptete, dieser sei ein Bildhauer und keinesfalls Maler. Und er hatte recht behalten. Trotz des Gerüstes, all den Brückenträgern und dem Hängewerk, den Kartons mit den Vorzeichnungen, dem Rauputz, der im Gewölbe aufgebracht war, wusste Michelangelo nun nicht mehr, wie er weitermachen sollte.

Der Putz schimmelte.

Er sah, wie die Figuren vergammelten. Die *Sintflut*, die ihn so viel gekostet hatte, für die er seine Augen ruiniert und sich beinahe die Arme ausgerenkt hatte, als er die Figuren aus seiner Vorstellung auf das vermaledeite Deckengewölbe übertragen wollte.

Er hatte die Szene in dreißig Teile unterteilt, den Putz in dreißig Abschnitte aufgeteilt, die ebenso vielen *giornate* entsprachen. Doch nach Abschluss der *Sintflut* war offensichtlich, dass die Farbe nicht auf dem Putz haften blieb und der Schimmel die Pigmente vernichtete. Er fraß sich voran wie ein übel riechender Schatten und verschlang seine Arbeit.

Michelangelo konnte nicht begreifen, wieso.

Der Putz schimmelte.

Das nagte an seiner Seele, seinem Herzen und seinem Geist. Die Angst wuchs in ihm wie eine tosende Flut, die ihm die Trommelfelle zerriss. Er wollte nur schlafen, sich in seinem Haus in Macel de' Corvi hinlegen. Er wünschte, er hätte diese Arbeit niemals angenommen, die ihm das Leben raubte, die ihn Tag für Tag aufrieb in einer Kapelle, die ihm zum Gefängnis geworden war. Ein Käfig, in den er sich selbst eingesperrt hatte, nur um Bramante die Stirn zu bieten.

Was für ein Dummkopf er gewesen war.

Der Putz schimmelte.

Er begrüßte seine Niederlage, sein Scheitern, die Schande,

die ihn überschwemmen würde und in die Welt hinausschrie, dass Michelangelo nicht malen konnte.

Die Farbmischung stimmte nicht.

Florenz war das Problem. Er hatte einen Fehler begangen, als er glaubte, Rom mit einer Gruppe Florentiner herausfordern zu können.

Rom musste von innen heraus erobert werden.

Der Putz schimmelte.

Die Arbeit war zum Erliegen gekommen. Und die Hände schmerzten ihn wie nie zuvor. Die Beine waren müde und schwer. Der Rücken schien zerbersten zu wollen.

Was sollte nun aus ihm werden?

Er war verzweifelt.

Er wachte schweißgebadet auf.

Er sah sich um. Er war bei sich zu Hause. Er war auf der Pritsche in der Werkstatt eingeschlafen. Immer noch war er in der Sixtina. Immer noch träumte er von den entsetzlichen, inzwischen Jahre zurückliegenden Momenten, als er herausgefunden hatte, dass seine Mischung aus Puzzolanerden und Travertinkalkstein grundfalsch war; es hatte sich herausgestellt, dass der daraus hergestellte und als Grundierung aufgetragene Feinputz gegenüber der Mischung aus Arnosand und Mergelton zu enormen Veränderungen in Proportionen und Qualität führte. Er hatte die Florentiner wegschicken müssen, die er zuvor zum Arbeiten hergeholt hatte. Nun, erwacht, betrachtete er, was gerade qualvoll Besitz von ihm ergriff: die Mosesstatue. Er hatte sie mit drei weiteren gegen die Summe von eintausendvierhundert Scudi eingetauscht, um sich der Tragödie des Grabmals zu entledigen.

Er war so stolz auf seine Arbeit. Die Falten der Gewänder,

den ernsten, feierlichen Blick des Mannes, der Israel aus Ägypten herausführte, der lange Bart, der seinem eigenen so sehr ähnelte. Michelangelo betrachtete die Statue und verspürte dabei den Wunsch, so zu sein wie Moses – mit moralischer Haltung, innerer Kraft und dem Vertrauen eines ganzen Volkes in den eigenen Händen. Er hingegen hatte seine Ideale noch früher verraten als seine Freunde.

Und nun bot Vittoria Colonna ihm die Möglichkeit, Erlösung zu finden und seine Seele zu retten, indem er die Kunst gänzlich in den Dienst Gottes stellte. Das hatte er so bisher noch nie getan, jetzt aber wollte er es von ganzem Herzen tun.

Aus diesem Grund hatte er sich nach Carrara begeben, deshalb hatte er sogar mit den Wölfen gekämpft und anschließend die weißen Marmorblöcke vorbereitet. Und aus demselben Grund war er dann zu Guidobaldo II. della Rovere geeilt, um den nunmehr sechsten Vertrag zu unterzeichnen.

Den letzten.

An diesen Statuen würde er anders arbeiten. Einfacher, ernsthafter, reiner. Dies wäre die richtige Gelegenheit, sich Gott wieder anzunähern.

Er hatte unendliches Verlangen danach.

Nachdem er den Neid überwunden hatte, der beim ersten Blick auf Leonardos Vorzeichnungen zur *Schlacht von Anghiari* in ihm aufgekommen war und er sich gefragt hatte, ob er jemals besser zeichnen würde; nachdem er Perugino dafür gehasst hatte, dass er es gewagt hatte, die nackten Körper der Soldaten in seiner *Schlacht von Cascina* zu kritisieren; nachdem Raffael als bester Künstler Roms gefeiert worden und er somit in die zweite Reihe verwiesen worden war, auch als er sich an den Wänden der Sixtinischen Kapelle abarbeitete und schindete, schwor sich Michelangelo, dass er fortan einzig und allein zum Ruhme Gottes arbeiten würde und niemals wieder, um sich und der Welt zu beweisen, der beste Künstler seiner Zeit zu sein.

Gott allein sollte der stumme Zeuge seiner Liebe zur Kunst sein. Ihm würde er die Früchte seiner Arbeit darbringen. Nichts und niemandem sonst. Keinem Papst, Fürsten oder Monarchen. Nicht einmal sich selbst. Oder seiner dummen Eitelkeit, die ihn wie ein Dämon in ihren Klauen hatte und ihn tun ließ, was sie von ihm verlangte. Sie machte ihn zum Sklaven seiner schlimmsten Instinkte und ärgsten Niederträchtigkeiten.

Er sah dem Moses tief ins Auge.

Schließlich lächelte er, weil er zum ersten Mal seit langer Zeit wieder inneren Frieden gefunden hatte.

13
Tarnung

Imperia beobachtete sie verstohlen. Ihre großen, leicht hinterhältig funkelnden Augen unter schwarzen Wimpern. Auch wenn die Kurtisane vorgab, sich für die Papiere auf ihrem Schreibtisch zu interessieren, wusste Malasorte, dass sie ihr Verhalten prüfen wollte.

»Nun, wieso habt Ihr so lange gebraucht?«

»Es gab einen Zwischenfall«, erwiderte Malasorte, die immer noch das vom Pistolenschuss zerfetzte Gesicht des Lanzo vor Augen hatte, die blutig rote Masse und die weißen Knochen, die überall herumflogen. Sie schloss die Augen im verzweifelten Versuch, diesen Gedanken zu vertreiben.

»Etwas Unangenehmes?«, fragte Imperia, die die innere Unruhe des Mädchens gespürt haben musste und nun mit ihr spielte. So übte sie ihre Macht aus – sie ließ ihre Dienerin wissen, dass ihr klar war, dass etwas nicht stimmte. Aber sie ließ sie zappeln, bis sie schließlich mit einer direkten Frage zuschlug wie mit einem Schwert.

Malasorte wollte das jedoch nicht abwarten und ließ die Katze aus dem Sack. »Auf dem Weg zu Euch wurde ich überfallen.«

»Von wem?«

»Von einem Landsknecht.«

Imperia hob eine Augenbraue. »Ist das wahr?«

Malasorte nickte.

»Doch Ihr lebt, wie ich sehe.«

»Wie durch ein Wunder.«

»Was habe ich Euch in all den Jahren beigebracht?«

»Dass es keine Wunder gibt.«

»Sehr gut. Das heißt also?«

»Ich habe mich verteidigt.«

»Und wie?«

»Damit.« Bei diesem Wort zog Malasorte den Dolch, den Gnadegott, aus dem Mieder.

Imperia lächelte. »Braves Mädchen, Ihr habt schnell gelernt. Ich wusste, Ihr seid die Richtige für diesen Auftrag.«

Diesmal war es an Malasorte, die schöne Kurtisane fragend anzuschauen.

»Gestern hatte ich Besuch vom Oberbefehlshaber der Gendarmen des Sant'Uffizio, dem Hauptmann Vittorio Corsini«, erläuterte Imperia.

Malasorte wusste nicht, wer das war. »Was wollte er?«, fragte sie bloß.

»Er bat mich, die Marchesa di Pescara umsichtig und aufmerksam beschatten zu lassen. Er will eine Person, die über jeden Verdacht erhaben ist, eine, die sich nicht erwischen lässt, die leise und unauffällig ist, wie es nur eine Diebin sein kann. Und wir wissen bestens, dass dies Eure frühere Beschäftigung war, ehe ich Euch unter meine Fittiche genommen habe, nicht wahr, meine Kleine? War es nicht genau dieser Broterwerb, dem Ihr diese raschen Reflexe und die Geistesgegenwart zu verdanken habt, um es heute Morgen mit Eurem Lanzo aufnehmen zu können?«

»In dem Fall war es die gute Freundschaft zu einem der Gendarmen vom Ponte Sisto.«

Imperia fehlten die Worte. Dann klatschte sie in die Hände. »Malasorte, Ihr seid wirklich immer für eine Überraschung gut. Das muss ich unbedingt auch dem alten Kauz Gramigna erzählen! Ich bin wirklich überrascht ... angenehm überrascht, muss ich sagen. Doppelten Glückwunsch! Nun, seid Ihr dazu bereit?«

»Die Marchesa von Pescara zu beschatten?«

»Sie zu beschatten und mir von allem zu berichten, was sie tut, wohin sie geht, wen sie trifft. Was ihre Gewohnheiten und Unternehmungen sind, alles, was mit ihr zu tun hat, also.«

»Ihr müsst mir nur befehlen, Herrin.«

Bei diesen Worten stand Imperia auf, schob den eleganten Sessel zurück, auf dem sie gesessen hatte, und ging um den Schreibtisch herum.

Sie ging auf Malasorte zu. Sie streichelte ihr über die Wange. »Ihr seid so hübsch, mein Mädchen. Keine könnte Euch widerstehen, egal ob Frau oder Mann. Aber damit Ihr gleichermaßen faszinierend wie beweglich seid, habe ich Euch bei meinem persönlichen Schneider zwei Sächelchen machen lassen.« Mit diesen Worten wies Imperia auf eine mit Reliefs verzierte Truhe. »Schließ sie auf und öffne sie!«

Malasorte tat, wie ihr geheißen.

Als sie den Deckel anhob, leuchteten ihr Stoffe in strahlenden Farben entgegen.

»Nur zu! Worauf wartet Ihr? Nehmt sie!«

Malasorte griff tief in die Truhe und holte die dort abgelegten Kleider hervor. Es waren zwei wunderbare Gewänder. Das heißt, das eine bestand eigentlich aus einem Leinenhemd, einem Mieder und einem langen Rock aus himmelblauem Atlas und Schuhen von derselben Farbe. Beim zweiten begriff Malasorte zunächst nicht, worum es sich genau handelte. Um ihr zu helfen, nahm Imperia es und breitete es auf dem Schreibtisch aus.

Als sie es so sah, erkannte das Mädchen, dass es sich um eine Art Anzug handelte, schwarz wie die Nacht: ein Hemd, eine Samtjacke, eine eng anliegende Samthose mit kniehohen Stiefeln sowie ein Mieder, ebenfalls schwarz. Schließlich zauberte Imperia auch noch eine samtene Maske derselben Farbe hervor.

»Ihr werdet die Farbe der Dunkelheit tragen, weil Ihr Euch im Dunkel bewegen werdet. Doch für den Tag habt Ihr das himmelblaue Kleid, damit Ihr Euch in der Sonne des helllichten Tags zeigen und schön sein könnt, ohne bei den Personen, denen Ihr begegnet, übertriebenen Verdacht zu erregen. Doch für Vittoria Colonna müsst Ihr ein unsichtbarer Schatten sein.«

Malasorte nickte stumm. Im Innern jedoch jubelte sie aus vollem Herzen. Zwei wunderbare Kleidungsstücke, die ihr gehören sollten – einen solchen Schatz hatte sie noch nie besessen.

»Ah, da ist natürlich noch etwas.« Imperia kehrte zum Schreibtisch zurück und öffnete mit dem Doppelbartschlüssel, den sie um den Hals trug, ein kleines Geheimfach. Im nächsten Augenblick zog die Kurtisane ein ziemlich umfangreiches Bündel daraus hervor. Als sie den Stoff aufschlug, erblickte Malasorte darin zwei herrlich glänzende Dolche.

»So, nun ist Eure Ausstattung vollständig. Glaubt nicht, dass mir Eure kämpferische Begabung entgangen wäre. Bevor ich Euch in meinen Dienst nahm, habe ich Euch beobachten lassen und wusste daher, dass Ihr geschickt seid im

Umgang mit der Waffe. Auch wenn ich nicht geglaubt hätte, dass Ihr den Mut hättet, es sogar mit einem Lanzo aufzunehmen. Na los, zeigt mir Euer altes Messer!«

Wortlos übergab Malasorte den Gnadegott und ließ ihn aufblitzen.

»Auch nicht schlecht!«, rief Imperia aus und spielte mit der Klinge in ihren Händen. »Und außerdem ganz schön scharf«, merkte sie mit gewisser Genugtuung an. »Ich war mir nicht ganz sicher, ob Ihr die Probe bestehen würdet. Aber wie Ihr ja gemerkt habt, ist die Welt grausam. Leben oder sterben – wer nicht in der Lage ist, mit den unvorhergesehenen Dingen im Leben umzugehen, wird untergehen!«

Malasorte riss die Augen auf. »Er hätte mich töten können! Ist Euch das klar?« Sie war außer sich.

Die Kurtisane blieb ungerührt.

»Nicht im Geringsten, ich hatte ihm gesagt, er solle Euch nur erschrecken.«

»Ich versichere Euch, dass das nicht den Tatsachen entspricht!«

Imperia setzte sich mit einem Wimpernschlag über die Bemerkung hinweg, und mit einer unwirschen Handbewegung sagte sie: »Nun macht doch keine so große Sache daraus!«

»Es ist immerhin ein Mann ums Leben gekommen!«

»Ein Lanzo weniger ... was ist das schon für ein Verlust?« Imperia klang spöttisch. »Ich musste sichergehen, dass Ihr in der Lage seid, es mit Schwierigkeiten aufzunehmen.«

»Und dann noch einen Gendarmen!«

»Wenn es nötig ist, bringe ich jeden zum Schweigen. Es gibt niemanden, der nicht käuflich wäre.«

Malasorte seufzte. Imperia schien auf alles eine Antwort zu haben.

»Wie ich Euch schon sagte, hat mir einer der Gendarmen geholfen«, beharrte sie.

»Na und? Umso besser! Das bedeutet, dass Ihr Euch sogar mit den Gesetzeshütern zu verbünden vermögt. Mit Verlaub, besser kann es doch gar nicht sein! Nun schweigt und hört mir zu!«

Malasorte gehorchte. Sie betrachtete die Dolche, die Imperia ihr ausgehändigt hatte. Sie waren wunderschön, die Klingen waren schmal und scharf, die Griffe kunstvoll gearbeitet, und bei beiden Dolchen war ein Rubin im Knauf eingelassen.

»Ihr fragt Euch bestimmt, warum ich all das für Euch mache, nicht wahr?«

»Da Ihr mich fragt – ja, in der Tat«, antwortete das Mädchen lediglich. Sie hatte begriffen, dass sich die Frage des Lanzo für Imperia erledigt hatte, daher war es besser, ihr nicht zu widersprechen.

»Weil ich Euch mag, liebes Kind. Ihr erinnert mich an mich in meiner Jugend. Und Ihr werdet sehen, dass Rührung und Zartbesaitetheit typisch sind für alte Frauen. Und Gott allein weiß, wie alt ich inzwischen bin.«

»Ihr seid überhaupt nicht alt.«

»Doch, doch. Bei dem Leben, das ich führen musste, zählen die Jahre außerdem doppelt. Ich denke, Euch wird es genauso gehen, aber eine Weile zumindest seid Ihr noch jung. Und dann möchte ich Euch vor all dem bewahren, was ich durchmachen musste. Wenn Ihr es richtig anstellt und die Gaben nutzt, die der liebe Gott Euch geschenkt hat, könnt Ihr mithilfe Eurer Fähigkeiten sogar reich werden. Nehmt das hier«, sagte Imperia, öffnete Malasortes Hand und legte ein klimperndes Ledersäckchen hinein. »Als Entschädigung – für den schlechten Streich, den ich Euch heute Morgen gespielt habe. Das sind fünfzig Dukaten. Setzt sie klug ein. Wenn sie aufgebraucht sind, gibt es mehr.«

»Ich danke Euch, Herrin.«

»Dankt mir nicht, Ihr habt sie Euch verdient. Und außerdem werdet Ihr das Geld bei der Aufgabe, die Euch erwartet, gebrauchen können.«

»In Ordnung.«

»Nun ist es für Euch Zeit zu gehen, meine Liebe. Ihr werdet nächste Woche wiederkommen. Ich erwarte, dass Ihr dann etwas zu berichten habt. Jeder ist nützlich, aber niemand unersetzlich, also strengt Euch an, denn ob Ihr es glaubt oder nicht, mir steht eine Reihe von Meuchelmördern zur Verfügung, die für deutlich weniger für mich arbeiten würden. Enttäuscht mich also nicht. Ich habe Euch eine große Chance verschafft, aber Ihr macht Euch keine Vorstellung davon, was Euch erwartet, wenn Ihr versagt.«

Malasorte nickte und schwieg. Es nutzte nichts, in Momenten wie diesen mit Imperia sprechen zu wollen. Sie knickste und begab sich zum Ausgang.

Als die Kurtisane ihr nachsah, fiel ihr Blick auf den Gnadegott auf dem Schreibtisch. Das Mädchen hatte ihren alten Dolch liegen lassen.

Nicht schlimm, dachte Imperia, früher oder später würde sie ihn ihr schon zurückgeben. Jetzt würde sie ihn erst mal an einem sicheren Ort verwahren. Ihr Schreibtisch schien perfekt. Wer weiß, vielleicht würde sich dieser Gnadegott eines Tages noch als nützlich erweisen.

14

San Pietro in Vincoli

Die Statuen des Monumentes schienen ihn anzusehen. Doch in ihren Augen konnte Michelangelo kein Leben entdecken. Montelupo war es, soweit es ihn betraf, nicht gelungen, auch nur einen Fünkchen Menschlichkeit einfließen zu lassen. Urbino noch weniger.

Die Statue des kriegerischen Papstes hingegen, die Michelangelo vor Kurzem hatte fertigstellen können, behielt weiter eine befremdliche Zentralposition, in seinem Blick lag ein gewisser Zweifel, der unbestreitbar die Fragen und Unsicherheiten widerspiegelte, die er selbst in diesen Tagen nährte.

Michelangelo merkte, dass er in die sich aus dem Liegen leicht aufrichtende Figur ein solches Maß an Beunruhigung und Ängsten gelegt hatte, dass sie auch Guidobaldo II. nicht verborgen bleiben würden.

Zumindest vermutete er das.

Wie anders Julius II. in dieser Darstellung aussah! Der Mann, der mit ungewöhnlicher Entschlossenheit und Autorität die Geschicke des Stuhls Petri lenkte. Dafür hatte er allerdings ausgiebig von Nepotismus und Korruption Gebrauch gemacht. Er hatte die Simonie abgeschafft, das schon. Doch gleichzeitig hatte er sich keineswegs gescheut, Kardinalswürden für jeweils zehntausend Dukaten zu verkaufen, als er Geld für seinen Krieg gegen die Franzosen brauchte.

Und doch spürte Michelangelo, dass er mit dieser Unsicherheit, die er in den weißen Marmor gehauen hatte, Rom selbst und sein Wesen eingefangen hatte, seinen brüchigen Glauben. Denn genau das war es, was ihn so erschreckte: dass er in diesen Zeiten voller Blut und Wahnsinn Gott nicht finden konnte.

Wie sollte er auch? Erst am Tag zuvor, als er aus Rovigo nach Rom zurückgekehrt war, hatte er auf Wunsch von Papst Paul III. Kardinal Giovanni Maria Ciocchi del Monte getroffen, der ihn schon lange sprechen wollte. Er hatte eine Bitte an ihn.

Kaum hatte er ihn gesehen, wusste Michelangelo, was für einen Menschen er da vor sich hatte. Alles, was dieser an seinem Wohnsitz anhäufte, vermittelte ihm überdeutlich dessen Frivolität. Erst recht, sobald er den Jungen mit den schönen Augen und den vollen Lippen gesehen hatte, der im Haus herumlief. Mit Innocenzos Auftauchen war ihm alles klar. Er wusste selbst, was es bedeutete, ständig einen jungen, gut gebauten Körper vor Augen und in Reichweite zu haben. L'Urbino, sein Gehilfe, war nicht so attraktiv wie dieser Knabe, aber er war zumindest ein junger Mann. Ganz abgesehen davon, dass Michelangelo sich zu beherrschen wusste, auch wenn es Opfer und Verzicht bedeutete. Er hatte l'Urbino niemals angefasst, obwohl ihn seine Zuwendungen und seine breiten, wohlgeformten Schultern gewiss nicht kaltließen. Allein schon für diese Gedanken verachtete Michelangelo sich. Und er setzte seinem Rücken mit wütenden Peitschenhieben zu, mit denen er sich für seine unzüchtigen Gedanken bestrafte.

Von daher war er auch nicht anders als dieser Kardinal.

Viele glaubten, dass Innocenzo der Sohn von Giovanni

Maria sei, den er mit einer Straßendirne hatte, den er zu sich ins Haus geholt und dafür seinem Bruder Baldovino die Vaterschaft übertragen hatte.

Michelangelo hatte die Wahrheit zwar erkannt, und doch war er sich lange Zeit nicht sicher gewesen. Aber sobald sich die Gewissheit erst einmal in ihm eingenistet hatte, konnte er seine tiefe Abscheu für diesen Mann nicht mehr zügeln.

Denn mit dieser schändlichen Begierde, triefend vor Geifer und schmeichelnden Worten und schlecht getarnt durch Floskeln und Anspielungen, führte er ihm mit aller Deutlichkeit vor Augen, dass er Diener einer Kirche war, die sich selbst untreu geworden war.

Stimmte es also, was man sich über del Monte erzählte? Wie zur Bestätigung seiner hasserfüllten und verwirrten Gedanken hatte Michelangelo auf einer Wand in dem schönen Saal, in dem man ihn empfangen hatte, ein großes Gemälde entdeckt. Es zeigte den Kardinal auf einem Stuhl, der reich mit Schnitzereien und goldenen Intarsien verziert war, und zu beiden Seiten zwei junge Ministranten. Auf ihren zarten Wangen lag ein rosiger Hauch wie von Schamhaftigkeit. Ihre Lippen waren wie Rosenknospen und ihre Körper schön und geschmeidig. Es hatte Michelangelo keine große Mühe gekostet zu bemerken, dass der Kardinal mit seinem Blick an diesem Bildnis hing. Schlimmer noch war es für ihn zu sehen, wie sehr sich Giovanni Maria bemühte, Innocenzo zu gefallen, sobald dieser den Raum betrat.

Von dem Moment an war er voll Hass auf ihn, und als er schließlich gehen konnte, hatte er sich nochmals geschworen, sich gut zu merken, was er gesehen hatte.

Und wie er nun die Statue von Julius II. vor sich hatte, wurde ihm bewusst, dass er, wie als Reaktion darauf, eine

Figur geschaffen hatte, die von solcher Wesentlichkeit war, als wollte er zu verloren gegangener Mäßigung zurückkehren, zur Einfachheit, die in jenen Jahren des Lasters und der Verführung abhandengekommen war.

So war die Tiara, wie er sie gestaltet hatte, eher von der nüchternen Eleganz, wie sie auch auf dem Wappen der della Rovere zu sehen war – bei Weitem nicht so mit Edelsteinen geschmückt, wie Julius II. sie schließlich hatte ausstatten lassen, um sie so kostbar wie möglich zu machen. Genauso schlicht hatte er die Kleidung gehalten: eine einfache Tunika, die sich um die breiten Schultern und den muskulösen Brustkorb schmiegte. Die Drehung der liegenden Figur bewirkte, dass sie sich dem Blick gewaltiger darbot, als sie es von ihren Dimensionen her sein konnte, was wiederum der reduzierten Größe geschuldet war, die von Julius' Erben gewünscht war. So hatte sich Michelangelo für die gegenüber dem ursprünglichen Entwurf recht engen Platzverhältnisse kühne Lösungen einfallen lassen.

Doch die ganze Wahrheit war, dass ihm diese Reduzierung des Werkes mittlerweile gar nicht so schlecht gefiel, und zwar nicht nur, weil er auf diese Weise weniger Arbeit hatte, sondern auch, weil es in seinen Proportionen weniger triumphal, weniger ehrfurchtgebietend sein würde – auf diese Weise würde es ihm auch möglich sein, in dieser neuen Richtung weiterzumachen, die er nun verfolgen wollte.

Wenn man das Antlitz von Julius II. genau betrachtete, war seine Miene ernst, wie in schwere Gedanken versunken, als wollte der Pontifex den Verfall und die Lasterhaftigkeit anprangern, denen die Kirche anheimgefallen war.

Sein Ausdruck war also der eines Mannes, der bereit war, zu mahnen und anzuklagen, und diese schlichte Tiara unterstrich ebenso wie die Sandalen an den Füßen diese Rückkehr zur Demut, zum wahren Kern der Kirche. Michelangelo hatte den Fanon noch nicht gehauen, auch die Stola nicht, und das nicht einfach aus Nachlässigkeit oder Faulheit, sondern um ebendiesen Eindruck von Bescheidenheit und größerer Nähe zum Geistigen als zum weltlichen Glanz zu verdeutlichen.

Dies war sein erstes Gelöbnis der Auflehnung gegen das gewesen, was in der Ewigen Stadt geschah, gegen die ausufernde Korruption und verderbten Sitten, die von den Palazzi Besitz ergriffen und sich in den Herzen ihrer Bewohner eingenistet hatten.

Dasselbe galt für den rauschenden Bart, der das Gesicht umrahmte. Weich und lockig hatte Michelangelo ihn im Marmor gestaltet. Er wollte damit – was inzwischen notwendig war – an die Zeit erinnern, in der Julius II. gegen den König von Frankreich in die Schlacht gezogen war und sich zum Zeichen der eigenen Buße und Reue und als Würdigung seines Kampfes gegen Ludwig XII. zwischen Herbst 1510 und März 1512 nicht rasiert hatte. Er hatte den Bart erst wieder abgenommen, als er sich sicher war, dass der König von Frankreich italienischen Boden verlassen hatte, den er ungestraft besetzt hatte.

Indem er ihn wie einen Büßer darstellte, bar der irdischen und vergänglichen Pracht, wie einen Soldatenmönch, im Begriff aufzustehen, hatte Michelangelo ihn mit der Sittlichkeit und Würde eines Mannes wiedergegeben, der sich bewusst war, Gott mit all seinen Unzulänglichkeiten gegenüberzutreten, aber auch im Wissen darum, sich von allem Vergänglichen losgesagt zu haben, um das ewige Seelenheil zu erlangen.

Wie er ihn so betrachtete, wusste Michelangelo, dass er es richtig gemacht hatte. Das war seine Art, die Schuld zu tilgen, die er Tag für Tag auf seine Schultern geladen hatte.

Er wollte sich von dieser Bürde befreien, von dieser unnützen Last aus Bedauern und Betrübnis, doch dafür musste er den Marmor in eine andere Form bringen.

Beim Blick auf die Statue von Julius II. wusste er, dass er recht hatte.

Dieses neue Bewusstsein ließ in seinen Augen einen Funken der Hoffnung aufleuchten.

Winter 1542 – 1543

15
Erschöpfung

Eure Heiligkeit, ich flehe Euch an, entbindet mich von diesem Auftrag, der mich verzehrt wie ein Fieber, legt ein gutes Wort für mich ein, und ich verspreche Euch, dass ich mich ab jetzt nur noch Euch und Euren berechtigten Anliegen widmen werde. Da ich derzeit meine Arbeitskraft dafür einsetzen muss, Guidobaldo II. della Rovere zufriedenzustellen, kann ich derzeit nicht mehr tun, wie Ihr wisst. Das ist nur die halbe Arbeit, das ist mir klar, aber anders geht es nicht. Wenn ich von der Fertigstellung der letzten Statuen für das Grabmal Julius II. freigestellt würde, könnte ich meine Zeit allein auf die Arbeit an der Kapelle verwenden. Ich bin alt, Heiligkeit. Und ich bin erschöpft.«

Michelangelo klang betrübt, denn er war von den ständigen Anforderungen tatsächlich ermüdet. Er kannte das Gemüt des Papstes. Er war ein Mann, der in sich selbst genauso verliebt war wie in die Macht. Er betrieb den Nepotismus so weit, dass er Novara wie ein Lehen behandelte und es seinem Sohn Pier Luigi, dem Hauptmann des päpstlichen Heeres, übertragen wollte. Der war ein junger Perverser, der während eines bewaffneten Ausfalls dem dortigen Bischof heftige Avancen gemacht hatte. Als Letzterer sich weigerte, sein Lager mit ihm zu teilen, hatte er sich nicht gescheut, ihn festnehmen zu lassen und ihn dann mit vorgehaltenem Dolch zu vergewaltigen.

Aus ebendiesem Grund versuchte Michelangelo, eine Intervention des Papstes zu erreichen. Er wusste, dass Paul III. ihn nur dann von der Aufgabe entbinden würde, persönlich das Grabmal Julius II. fertigzustellen, wenn davon die erfolgreiche Beendigung der Fresken in der ihm gewidmeten Kapelle abhing. Der Papst war einzig und allein in Begriffen seines persönlichen Prestiges und der Wahrung der eigenen Größe zu erreichen. Nicht nur das. Er vertraute sich Michelangelo an, so oft er konnte, und dieser begab sich bereitwillig überall dorthin, wo der Pontifex ihn hinbeorderte, und er tat es aus noch weit dümmeren Gründen als denen, über die er an diesem Tag bereits nachgedacht hatte.

Er hasste es, dies tun zu müssen – sich vor einem Mann erniedrigen zu müssen, der zwar ein Kulturliebhaber und ausgesprochen intelligent war, es aber duldete, dass sein Sohn unsagbare Liederlichkeiten beging, die überdies noch ungesühnt blieben. Aber war er selbst letztlich frei von Schuld? Er machte gute Miene zum bösen Spiel und richtete seinen Blick wieder auf ihn. Dabei versuchte er, sich so ruhig und überzeugend wie möglich zu geben.

Paul III. sah ihn durchdringend an. Mit einer Hand strich er sich über den langen weißen Bart. Wären da nicht der Talar aus Moiréseide und sein prächtiges Ornat gewesen, hätte er sogar ein Prophet sein können.

Er schien das Anliegen abzuwägen. Beim schwachen Licht der Kerzen, die als leuchtende Punkte das Kirchenschiff erhellten, schien seine Entscheidung noch schwerwiegender zu sein, eine Bürde, die ihn jeden Augenblick hätte erdrücken können.

»Mein Freund, ich verstehe Eure Beweggründe, und was die Probleme des Alterns angeht, so kann ich auch die bestens verstehen, denn ich habe an Jahren noch mehr als Ihr. Und doch müssen wir alle unsere Aufgaben ernst nehmen. Ihr seid ein Mann von großem Genie und unerschöpflicher Energie. Ihr werdet bestimmt einen Weg finden, die Kapelle mit Fresken auszumalen und zugleich das Grabmal der della Rovere fertigzustellen. Ich werde natürlich sehen, was ich für Euch tun kann, und wenn Euch das tröstet, verspreche ich Euch, meinen Neffen, Kardinal Farnese, der Guidobaldo II. gut kennt, zu bitten, für Eure Sache einzutreten, aber ich kann Euch nichts versprechen, das ich nicht in der Hand habe. Seht Ihr, Michelangelo, auch mir ist eine gewagte Aufgabe übertragen worden – nämlich die katholische Kirche vor den dunklen Machenschaften der Protestanten zu verteidigen. Während wir uns hier unterhalten, sind einige Männer des Glaubens vielleicht gerade bei einem Treffen in Trient, genau auf der Hälfte zwischen Rom und Deutschland, und diskutieren dort einen Weg, wie man den Riss kitten könnte, den ein deutscher Mönch verursacht hat, als er vollkommen unbedacht die Gläubigen mit völlig haltlosen Thesen spaltete.«

»Ich verstehe, Eure Heiligkeit, und ich verstehe auch vollkommen, wie schwierig und verantwortungsvoll die Aufgaben sind, vor denen Ihr Tag für Tag steht. Selbstverständlich sind meine Scherereien dagegen Lappalien, verträgliche Bagatellen. Dennoch bitte ich Euch, mein Anliegen zu unterstützen und es Guidobaldo II. vorzutragen.«

»Das werde ich tun. Aber Ihr müsst mit Eurer Arbeit weitermachen, lieber Freund. Wie kommt Ihr mit der *Bekehrung des Apostels Paulus* in der Cappella parva voran?«

Michelangelo unterdrückte eine unwirsche Handbewegung. Sollte es wirklich so sein, dass die Päpste sich nur für das interessierten, das ihren Ruhm mehren und preisen konnte? Die Cappella parva war die kleine Kapelle im Apostolischen Palast. Er hatte den Auftrag erst vor knapp einem Monat angenommen, und trotzdem fragte der Pontifex ihn schon, wie weit er sei. Er entblödete sich also nicht, völlig scheinheilig ganz allgemein von der Kapelle zu sprechen, als sei der Auftrag tatsächlich im Sinne der Kirche erteilt worden. Diese Scheinheiligkeit war es, die in Michelangelo das Blut in Wallung brachte.

Über die Jahre war er zu der Erkenntnis gelangt, dass diese fatale Mischung aus Selbstbeweihräucherung und falscher päpstlicher Bescheidenheit das zutiefst Irdische und Gewöhnlichste war, dass die Menschheit hervorbringen konnte. Und wenn er zugestimmt hatte, die beiden Kapellen mit Fresken auszumalen, hatte er das nur getan, weil er mit der Bezahlung, die er dafür erhalten hatte, seine Familie unterhalten konnte, seinen Vater und die zahlreichen Geschwister. Und auch diesen zügellosen Burschen l'Urbino, der ihm öfter in den Sinn kam, als ihm lieb war. Doch diesen jungen Kerl brauchte er in diesen Tagen der Zipperlein und Schwierigkeiten mehr denn je – er half ihm bei den täglichen Verrichtungen, er führte die Bücher und war ihm eine große Hilfe bei der Arbeit, indem er die Farben für ihn mörserte und Außenstände eintrieb.

Er seufzte. Er hatte schon vor langer Zeit gelernt, dass es nicht ratsam war, dem Papst mit offener Feindseligkeit gegenüberzutreten. Wann immer er das in der Vergangenheit getan hatte, hatte es Folgen gehabt. In einem solchen Augenblick musste er sich fügen. Erst recht, wenn man bedachte, dass ein Bündnis mit Paul III. die Möglichkeit bot, sich von letzten Verpflichtungen gegenüber den della Rovere zu befreien.

»Eure Heiligkeit, auch wenn ich alt bin, denke ich doch sagen zu können, dass ich noch kontinuierlich arbeiten kann. Ich müsste lügen, wenn ich behaupten wollte, ich würde die tausend Wehwehchen nicht spüren, aber meine Gemütsverfassung ist stabil und mein Wille stark. Sie sind es, auf die ich mich oben auf dem Gerüst verlasse. Ich habe mit der *Bekehrung des Apostels Paulus* begonnen, wie Ihr gewünscht habt. Ich verwende meine schönsten Farben – Lapislazuli für das Blau, ferner roten Ocker und Bianco San Giovanni als Weißpigment für Gesichter und Hauttöne. Ich habe jedes Fresko in achtzig zu bearbeitende *giornate* unterteilt. Doch solange ich dieses elende Grabmal der della Rovere beenden muss, kann ich für die Einhaltung der vorgegebenen Zeiten nicht garantieren.« Die letzten Worte klangen bitterer, als er gehofft hatte, und nach Erpressung, obwohl er diesen Eindruck unbedingt hatte vermeiden wollen.

Sollte der Papst es bemerkt haben, war er ausnahmsweise einmal taktvoll genug, es sich nicht anmerken zu lassen. Er lächelte. Und ging auf den positiven Gehalt von Michelangelos Worten ein. »Es tröstet mich zu wissen, dass Geist und Wille noch intakt sind, mein Freund. Und es freut mich zu wissen, dass Ihr dieselben Farben verwendet habt wie für Euer wunderbares *Jüngstes Gericht*. Niemand weiß es mehr zu schätzen als ich.«

»Es gab andere, die sich daran gestört haben. Biagio da Cesena und Pietro Aretino haben ablehnend geurteilt ...« Michelangelo war nicht Herr über den Groll, der seiner Seele plötzlich einen Stich versetzte.

»Davon habe ich gehört«, unterbrach ihn der Papst, »aber

wie Ihr inzwischen wissen müsstet, mein Freund, ist es allein eine Meinung, die zählt. Zumindest so lange der gütige Gott barmherzig ist und mich am Leben erhält.«

»Ich danke Euch, Eure Heiligkeit.«

Der Papst hüstelte und strich sich über den weißen Bart. »Ich bin es, der Euch zu danken hat, Messer Michelangelo. Euer Talent kennt keine Grenzen und ist unübertroffen, lediglich Euer Temperament geht gelegentlich mit Euch durch und erhitzt sich wegen Nichtigkeiten.«

Michelangelo versuchte sich zu rechtfertigen. »Ihr braucht mir nichts zu erklären«, kam ihm der Pontifex zuvor, »ich verstehe das schon und akzeptiere es. Jetzt jedoch muss ich Euch wirklich bitten, mich allein zu lassen. Ich muss die Andacht halten und habe dann endlos viele Dinge zu erledigen.«

Wortlos beugte Michelangelo das Knie und küsste den Fischerring.

Dann ging er.

16
Blicke im Kirchenschiff

Malasorte kniete nieder. Sie sah mit solcher Inbrunst aufs Kruzifix, dass jeder die junge Frau für besonders gottesfürchtig gehalten hätte. Sie murmelte die Worte, wiegte sie leise, schaukelte sie im Singsang. Sie klammerte sich an die Gebete, wisperte mit gefalteten Händen eins nach dem anderen. Es war die beste Art, verstohlen die Szenerie vor ihren Augen zu beobachten. In Santa Maria sopra Minerva hatte die Marchesa di Pescara an diesem Tag einen Mann getroffen. Kaum war er eingetreten, hatte Malasorte etwas Besonderes an ihm wahrgenommen. Er war sehr schlank, ziemlich groß und stark, doch vor allem verfügte er trotz seines Alters über solch offensichtliche Kraft, dass es fast schon dreist und anmaßend wirkte. Und das Leuchten in seinen Augen! Es blendete jeden, der es wagte, ihm ins Gesicht zu schauen. Man hätte darin auch eine Spur Wahnsinn sehen können, aber Malasorte wusste genau, dass dieser Mann, so sonderbar er auch sein mochte, nicht im Geringsten verrückt war.

Selbst sie kannte die Wunderwerke, die Michelangelo Buonarroti in Rom vollbracht hatte. Imperia hatte ihr von den unglaublichen Farben der Sixtinischen Kapelle erzählt, die sich wie zu einem Traumbild zusammenfügten, und vom Marmor, der unter dem Schlag seines Hammers so samtweich zu werden schien, dass er sich wie von selbst in die tausend Falten von Marias Gewand in der Gruppe der *Pietà* zu legen schien. Diese Berichte hatten sie unglaublich fasziniert, und eines Tages hatte Imperia, als sie den Tiber entlanggingen, mit dem Kinn auf einen Mann gewiesen und gesagt, dass dieser Mann mit dem langen, dichten Bart der größte Künstler seiner Zeit sei.

Malasorte hatte sein Gesicht mit einem plötzlichen und unerklärlichen Interesse fixiert, sie fand es so faszinierend und außergewöhnlich, dass sie die Augen nicht von ihm abwenden konnte. Als Michelangelo aus ihrem Blick verschwunden war, hatte sie schließlich begriffen, warum sie so beeindruckt war. Es war das Licht in seinen Augen.

Und nun hatte sie ihn wieder erblickt. Auch wenn Jahre vergangen waren, der Bart weiß geworden und das Gesicht voller Falten war, hatte Michelangelo Buonarroti sich nicht verändert. Sie hätte ihn überall wiedererkannt.

Wer weiß, was er an einem Ort wie diesem tat, noch dazu, um sich mit der Marchesa di Pescara zu treffen? Das blieb ein Geheimnis. Die beiden unterhielten sich lange. Er hielt ihre Hände in seinen und sah sie ganz verzückt an. Malasorte konnte nicht verstehen, dass ein Mann wie Michelangelo Gefallen an einer wie ihr finden konnte. Sie war elegant, gewiss. Aber es hätte sie niemand wirklich schön genannt. Ihre Gesichtszüge waren zu hart, wenngleich nicht ganz ohne eine gebieterische Ausstrahlung. Sie war zwar groß, doch schlank konnte man sie nicht nennen. Und doch gab es etwas an ihr, dem Michelangelo sich fügte, oder es war vielmehr so, als teilte er mit ihr eine geheime Leidenschaft. Nichts Greifbares und erst recht nichts Fleischliches, eher ein Einklang der Seelen. Malasorte nahm das ganz klar und eindeutig wahr.

Michelangelo und Vittoria unterhielten sich halblaut, und Malasorte konnte nur Teile des Gespräches verstehen. Wenn sie die Worte zusammenfügte, ahnte sie, welches Thema beiden offenbar sehr am Herzen lag.

Sie diskutierten über Religion und Glauben. Mehrfach hatte sie die Ehre Gottes und die Rückkehr zur Einfachheit erwähnt. Sie hatte noch viel mehr gesagt, das Malasorte nicht ganz verstanden hatte, aber bei einem war sie sich sicher: Die Marchesa hatte angedeutet, sie gedenke in ein paar Monaten jemanden in Viterbo zu treffen.

Noch etwas meinte Malasorte sicher gehört zu haben, und zwar den Namen Kardinal Reginald Pole. Sie hatte keine Ahnung, wer das genau war, aber diesen Namen würde sie nicht vergessen. Er war es, der darauf bestand, Michelangelo zu sehen, betonte Vittoria.

Malasorte beschloss, genug gehört zu haben. Sie wollte ihr Glück nicht zu sehr herausfordern. In diesem herrlichen himmelblauen Kleid war sie der Inbegriff der Unschuld. Auch wenn sie sich nicht ganz wohlfühlte in ihrer Haut, musste sie sich doch eingestehen, dass Imperia ihr nicht nur ein wunderbares Geschenk gemacht hatte, sondern als Kennerin der menschlichen Psyche einen simplen, aber äußerst wirksamen Trick angewandt hatte, um die unverdächtigste Spionin ganz Roms in ihren Dienst zu nehmen. Denn auch wenn sie hübsch angezogen war, wusste Malasorte doch genau, dass sie nach dem aussah, was sie war, nämlich ein einfaches Mädchen aus dem Volk, und gewiss keine kultivierte Dame. Allerdings auch kein derbes, auffälliges Straßenmädchen. Nein, es war die richtige Balance, die sie schützte, diese perfekte Mischung aus hinlänglicher Anmut und Zurückhaltung, die das Kleid und ihre erfrischende, schlichte Eleganz ausmachten.

Und es war genau diese Art von Spiel, das sie verrückt machte. Sie wusste genau, welches Risiko sie einging. Dennoch gelang es ihr, diese Aufgabe mit angemessener Begeisterung und gleichzeitiger Gelassenheit zu erfüllen. Sie hätte nicht gedacht, dass es so einfach sein würde. Bis zu diesem Augenblick hatte sie tatsächlich noch keinerlei Probleme oder Überraschungen erlebt. Nicht einmal als sie ein paar Nächte zuvor mit ihrer sprichwörtlichen Geschmeidigkeit und Geschicklichkeit ganz in Schwarz gekleidet über die Dächer der Stadt geklettert war, um die Marchesa aus den luftigen Höhen Roms auszukundschaften.

Mit diesen Gedanken im Sinn bekreuzigte sie sich.

Und als sie sich sicher war, dass weder Vittoria noch Michelangelo in ihre Richtung blickten, schlich sie zum Ausgang der Kirche.

17
Bestätigungen und Verdächtigungen

Was Imperia ihm erzählt hatte, übertraf alle Erwartungen. Während er sich die Worte der schönen Kurtisane noch einmal durch den Kopf gehen ließ, wurde dem Hauptmann der Gendarmerie klar, dass die Sekte, von der Kardinal Carafa andeutungsweise gesprochen hatte, sehr viel weiter verbreitet war, als er erwartet hatte.

Er hatte es absolut richtig eingeschätzt, dass Reginald Pole nicht nur Carafas politischer Gegner im Schoß der Kirche war, sondern Vorreiter einer neuen Denkungsart, ein Mann, der imstande war, einen Kompromiss zwischen den protestantischen Thesen und dem katholischen Glauben zu finden. Doch die jüngsten Entdeckungen machten ihn, gelinde gesagt, zum Feind Nummer eins.

Denn durch seinen verlängerten Arm in Gestalt von Vittoria Colonna war er dabei, die Seele des Mannes zu verderben, der seit jeher der ausgemachte Favorit der katholischen Kirche gewesen war: Michelangelo Buonarroti.

Das war für Hauptmann Corsini so leuchtend klar wie die Strahlen der winterlichen Sonne, die Roms Kuppeln vergoldeten. Wenn die Sekte, wie es den Anschein hatte, nicht nur einige hohe Prälaten und eine der mächtigsten Frauen der Stadt um eine so hochrangige Persönlichkeit der Kirche scharte, sondern sogar den prominentesten Künstler aller

Zeiten – den Bildhauer, der sich als Maler erwiesen und ganz zweifellos die überwältigendsten und bedeutungsvollsten Werke von Rom geschaffen hatte –, dann lag es auf der Hand, dass Carafa nicht nur recht hatte, sondern aufpassen musste, dass diese Krankheit sich nicht zu einer Epidemie auswuchs. Denn Pole konnte sowohl auf die kirchliche Macht als auch die weltliche des Adels zählen, nicht zuletzt hatte er enormen Einfluss auf die Kunst.

Michelangelo Buonarroti war in Rom und der ganzen Welt eine anerkannte Größe. Seine Werke vermittelten Glanz und Schönheit des Absoluten, und nichts war mächtiger als eine solche Vision.

Darüber dachte Hauptmann Vittorio Corsini nach, als ihm ein übler Geruch in die Nase stieg. Sobald er den Palazzo des Sant'Uffizio in der Via Ripetta betreten und sich bei einem Bediensteten angemeldet hatte, hatte er sich in den Ostflügel bringen lassen, wo die Verliese und Zellen der Gefangenen untergebracht waren. Genau dort hatte sich Kardinal Carafa mit ihm verabredet.

In seine Gedanken versunken hatte er die elenden und schreckenerregenden Haftbedingungen der Gefangenen aus seinem Bewusstsein ausgeblendet – und so fiel ihn nun jäh der ekelhafte Gestank der Eimer voller Fäkalien, der mangelhaften Kanalisation und der fehlenden hygienischen Möglichkeiten an, was er mit einer abwehrenden Handbewegung quittierte. Er war bestimmt nicht zart besaitet, so schnell war ihm nichts unangenehm, aber bei diesem beißenden Geruch verschlug es ihm den Atem. Je näher sie den Zellen kamen, desto intensiver und überwältigender wurde er.

Einen Augenblick lang fürchtete Corsini das Gleichgewicht zu verlieren, so benommen war er. Warum zum Teufel hatte Carafa verlangt, ihn hier zu treffen?

Der eine Bedienstete übergab ihn einem weiteren.

Schreie des Wahnsinns hallten von den Wänden der winzigen Verliese wider, die nichts Menschliches mehr an sich hatten. Der Hauptmann durchschritt einen schmalen Gang, von dem enge, übel riechende Zellen abgingen. Krumme Hände mit gesplitterten schwarzen Nägeln krallten sich an die Gitterstäbe. Ganz plötzlich tauchten sie auf, als seien sie aus dem Dunkel geboren, in dem die Gefangenen ausharrten.

Fackeln an den Wänden verbreiteten ein bösartiges, unstetes Licht, während der Weg rhythmisch vom düsteren Klang des Schlüsselbundes des Gefängniswärters begleitet wurde, der ihm bei jedem Schritt gegen den Gürtel schlug.

Schließlich blieb der Wärter vor der letzten Zelle im Gang stehen. Die Tür stand offen, und Corsini sah sofort, dass genau dort Kardinal Carafa auf ihn wartete.

Im Gegensatz zu dem, was man erwartet hätte, sah der Hauptmann, dass die Zelle ziemlich lang gestreckt war. Ein oder zwei Klafter von ihm entfernt lag ein Gefangener in Hand- und Fußfesseln und war gegen einen Schemel gesunken. Ein Kerkermeister schien sich große Mühe gegeben zu haben, ihm ein Geständnis zu entreißen, wovon die Eisenzange kündete, die er in der Hand hielt, und ein paar gelbe Zähne, die in einer Eisenschale in einer Blutlache schwammen.

»Hauptmann!«, begrüßte ihn der Kardinal. In seinem purpurfarbenen Gewand, mit seinem langen Bart und den Rubinringen, die im Licht der Kerzen glänzten, hatte Carafa etwas Beunruhigendes an sich, auch wenn Corsini sich hütete, darauf einzugehen. Der Kardinal umklammerte einen Pomander, einen kugelförmigen Duftstoffbehälter; er führte ihn in regelmäßigen Abständen an die Nase und atmete die ihm entströmenden Kampferdünste ein, um seiner Nase die Zumutung der üblen Gerüche zu ersparen, die den Raum erfüllten wie ein besonders starker Fluch. Corsini hätte sehr gern auch einen gehabt. Nur weil er Soldat war, hieß das nicht, dass er eine Leidenschaft für Schmutz oder ekelerregende Ausdünstungen hatte.

»Ihr fragt Euch sicher, warum ich Euch gebeten habe, sich mit mir an diesem gottverlassenen Ort zu treffen.«

Corsini begnügte sich damit, Carafa in die Augen zu schauen, ohne sich auch nur ansatzweise zu beklagen.

»Nun gut, Eure Unerschütterlichkeit gefällt mir. Das gereicht Euch zur Ehre. Nichts Geringeres darf man von einem Mann in Eurer Stellung und einem ganzen Kerl, wie Ihr es seid, erwarten. Der Gefangene, den Ihr hier an diesem Schemel liegen seht, ist niemand anders als Henry Wilkinson, ein Parteigänger dieses Erzhäretikers von Heinrich VIII. von England. Nachdem er sich in Venedig und Padua aufgehalten hatte, hatte er als guter Protestantenfreund heimliche Treffen mit Kardinal Reginald Pole und half ihm, sich in einem der schönsten Palazzi von Viterbo häuslich niederzulassen. Dort ist unser Widersacher nun dabei, die Basis dieser Bewegung zu schaffen, von der ich Euch erzählt habe. Aus diesem Grund habe ich Euch gebeten, mich hier zu treffen. Um die Informationen zusammenzufügen, die wir gesammelt haben. Was habt Ihr mir dazu zu sagen?«

Corsini zögerte. War es klug, dem Kardinal in Anwesenheit des Kerkermeisters zu enthüllen, was er von Imperia erfahren hatte?

Carafa schien seine Gedanken gelesen zu haben. »Wenn Ihr Angst habt, Mastro Villani könne wem auch immer von dem berichten, was Ihr mir erzählen wollt, kann ich Euch sogleich beruhigen. Er wird es nicht tun. Ich habe blindes Vertrauen in ihn. Im Kampf gegen die Häresie ist er immer schon an meiner Seite. Und was Messer Wilkinson angeht – nun, wie Ihr sehen könnt, ist er in einer Verfassung, in dem er niemandem mehr schadet.«

Durch diese Worte ermutigt berichtete Corsini, was er erfahren hatte. »Euer Gnaden, ich überbringe Neuigkeiten, die Euch möglicherweise nicht gefallen werden. Folgendes habe ich herausgefunden: Wie Ihr selbst soeben gesagt habt, hat Reginald Pole vor, Viterbo zum Zentrum seiner häretischen Kirche zu machen. Er scheint sehr gute Kontakte zu haben, denn diese erstrecken sich nicht nur auf einige wichtige Persönlichkeiten der katholischen Kirche und auf die adelige Vittoria Colonna, Marchesa di Pescara, inzwischen scheint er sich auch bis in die Welt der Kunst und ihrem prominentesten Vertreter vorgearbeitet zu haben.«

Carafa hob eine Augenbraue: »Sprecht nicht in Rätseln, Hauptmann, nicht mit mir.«

»Michelangelo Buonarroti«, sagte Corsini, »könnte in diesen Plan gegen die Kirche involviert sein.«

18
Schatten der Angst

»Seid Ihr Euch da sicher?«

»Meine Quelle ist zuverlässig.«

»Wenn das so ist, ist die Lage schlimmer, als ich geglaubt habe!«, rief Carafa, ernstlich besorgt, aus.

»Das habe ich auch gedacht.«

»Nicht nur dass die Kirche einen Dämon in ihren Reihen nährt, nicht genug, dass diese Häresie sich im Adel verbreitet – denn dass ein Vertreter der Colonna, einer der mächtigsten Familien Roms, ziemlichen Einfluss hat, ist klar –, sondern dass sogar Michelangelo Buonarroti, der Mann, der den Päpsten Ruhm und Reichtum verdankt, seine Stellung verleugnet, macht deutlich, dass man die Anziehungskraft dieses Gedankenguts nicht unterschätzen darf.«

»Soviel ich mitbekommen habe, ist die Marchesa di Pescara wirklich die Hauptverantwortliche für diese überraschende Verstrickung des Künstlers«, merkte Corsini an.

»Wollte Ihr mir sagen, dass Michelangelo in sie verliebt sei? Das wäre eine interessante Neuigkeit. Bis jetzt habe ich geglaubt, dieser Mann sei nicht empfänglich für irdische Reize gleich welcher Art, erst recht, wenn sie weiblicher Natur sind.«

»Was wollt Ihr damit sagen?«

»Ach, kommt schon, Hauptmann, Ihr wollt mir doch

nicht weismachen, Ihr wüsstet nicht, was böse Zungen behaupten.«

»Spielt Ihr auf die Behauptungen an, Buonarroti wüsste die Gestalt einiger seiner Gehilfen und Schüler allzu sehr zu schätzen?«

»Ich spiele auf gar nichts an. Ich gebe lediglich wieder, was die Leute so sagen. Und wenn das, was man so sagt, auf der Wahrheit beruht, verblüfft mich die Tatsache, dass eine Frau wie Vittoria Colonna, die ehrlich gesagt nicht einmal besonders attraktiv ist, einen so derben und strengen Mann wie Michelangelo umkrempeln sollte. Es sei denn …« Carafa unterbrach sich, als müsse er erst noch darüber nachdenken, ehe er den Satz zu Ende führte.

»Es sei denn?«

»Es sei denn, es hat mit Liebe überhaupt nichts zu tun. Zumindest nicht der körperlichen. Es könnte eine geistige Verbindung sein, was einmal mehr die unwiderstehliche Kraft des Glaubensbekenntnisses unter Beweis stellen würde, das Pole zu bieten hat.« Mit diesen Worten führte Kardinal Carafa den Zeigefinger zur Stirn. An den Kerkermeister gewandt ordnete er an: »Aus dem holen wir nichts mehr raus, Mastro Villani. Packt Eure Werkzeuge weg und haltet Euch zur Verfügung. In der Zwischenzeit werde ich meine Unterhaltung mit dem Hauptmann an einem etwas weniger ungemütlichen Ort fortsetzen. Kommt«, sagte er, an Corsini gewandt, dann führte er noch einmal den Pomander an die Nase und atmete die kräftigen Kampferdämpfe ein. Danach verließ er die Zelle und ging den Gang hinab, durch den der Hauptmann der Gendarmen zuvor gekommen war.

Erfreut über den unverhofften Ortswechsel nickte Corsini dem Kerkermeister zu und folgte dem Kardinal.

Am Ende des Flurs erreichte Carafa einen großzügigen Vorraum. Er blieb vor einem Gemälde einer Kreuzigung stehen und schlüpfte in eine Nische, in der sich eine kleine Tür befand. Er steckte einen silbernen Schlüssel in das Schloss des Türchens und öffnete es. Er forderte Corsini auf hindurchzugehen und schloss hinter ihnen zweimal ab. Dann ging er ihm voran die Treppe hinunter. Die Stufen waren eng und steil, und auf den ersten Treppenabsatz folgte ein weiterer, an dessen Ende die beiden auf einen recht breiten Absatz gelangten, von dem zwei Türen abgingen.

Augenblicklich zog Carafa einen weiteren Schlüssel hervor, öffnete die linke Tür und trat ein.

Als Corsini ihm folgte, gelangte er in einen Raum, der ihm wie die Zelle eines Mönchs vorkam.

»Dies, Hauptmann, ist mein Refugium«, sagte Carafa, ohne eine Antwort zu erwarten. »Der Ort, an den ich mich zurückziehe, um Frieden zu finden. Wie Ihr sehen könnt, enthält er nichts, das nicht der Strenge und dem wahren Gebet dient.« Mit theatralischer Geste zeigte er dabei auf einen Betstuhl, dessen Holz abgewetzt war, eine Sitzbank, die ebenfalls deutliche Spuren der Zeit trug, ein paar schlichte, schmucklose Strohgeflechtsstühle sowie ein Votivbild an der Wand. »Da seht Ihr, wie haltlos die Vorwürfe sind, die Pole und die anderen gegen mich vorbringen wie zuvor schon gegen den Papst und viele andere Männer der Kirche, die sich jeden Tag darum verdient machen, die verlorenen Schäfchen aus Gottes Schar zur Vernunft und vor allem zum Glauben zurückzuführen.«

Corsini nickte. Was hätte er sonst tun sollen? Tief im Innern wusste er, dass dieser kleine Vortrag die Absicht verfolgte, das Bild zu korrigieren, wonach das Sant'Uffizio und die Kirche im Allgemeinen ein Sündenpfuhl aus Männern seien, die den weltlichen Gelüsten und den Annehmlichkeiten eines kultivierten und gehobenen Lebensstils zugetan waren – auch wenn es so war.

»Was Ihr mir heute gesagt habt, mein Freund, hat mich wirklich sprachlos gemacht. Michelangelo Buonarroti! Der Künstler, der erst dank dem Einschreiten und dem Wohlwollen der Päpste zu dem wurde, was er ist, sollte nun geheime Beziehungen zu dieser Sekte von Protestanten unterhalten, deren Anführer Pole ist? Ausgerechnet er, der mehr als jeder andere mit seinen obszönen Gemälden für einen Skandal gesorgt hat, mit den unerträglichen Nackten dieser frivolen Darstellung des *Jüngsten Gerichtes*? Er, der vor Verlangen jedes Mal Zuckungen bekommt, wenn er einen nackten Mann zu malen hat, und der den Marmor mit solch zügelloser Wollust formt, dass das allein schon eine lebenslange Gefängnisstrafe wert wäre? Und ein solcher Mann, ein Florentiner, der von einem Papst nach dem nächsten protegiert wurde, der von der Kirche für jede seiner Sonderbarkeiten, ach, was sage ich, Verrücktheiten, Rückendeckung und Unterstützung erhalten hat – dieser Mann sollte jetzt einer Idee anhängen, die eine Rückkehr zur Einfachheit, zum Wesentlichen, eine Beziehung ausschließlich zu Gott predigt und sich gegen uns auflehnen? Und uns beschuldigen, fleischlichen Genüssen und finanziellen Vorteilen nachgegangen zu sein? Ist unser Leben nicht schon von Strenge und Maßhalten bestimmt? Wer hat ihn zum Richter erkoren? Und mit welcher Arroganz! Unverschämt!«

Bei diesen Worten hatte Kardinal Carafa nach einem silbernen Papiermesser gegriffen, das auf einem kleinen

Schreibtisch ganz hinten in der Ecke des Raumes gelegen hatte.

»Euer Gnaden ...«, flüsterte Corsini.

Doch er kam nicht mehr dazu, den Satz zu beenden, da sich der Kardinal mit der Klinge bereits in die Hand geschnitten hatte, und zwar so tief, dass aus der roten Wunde das Blut lief. Carafa ballte die Hand zur Faust, bis schließlich ein paar dunkle Tropfen auf die Kniebank des Betstuhls fielen und sie befleckten.

»Ich weiß genau, was Vittoria Colonna vorhat – oder Reginald Pole, der sich ihrer bedient«, fuhr Carafa fort.

»Seht Ihr, Hauptmann, der Grund, aus dem Papst Paul III. mir die Leitung der Römischen Inquisition übertragen hat, hat damit zu tun, dass Seine Heiligkeit ganz genau weiß, dass ich in der Lage bin, mehr zu sehen als das, was offensichtlich ist. Und was ich in dem sehe, was Ihr mir berichtet habt, ist exakt der Versuch von Reginald Pole, durch die Kunst des einflussreichsten und außergewöhnlichsten Künstlers unserer Zeit eine neue Vision Gottes zu propagieren. Für diese Vision gibt es nur einen einzigen Namen – Häresie!«

So wie Carafa dieses Wort ausgesprochen hatte, verursachte es Corsini einen eiskalten Schauer auf dem Rücken.

Es war etwas Übertriebenes und zutiefst Beunruhigendes darin, wie der Kardinal auf die jüngsten Enthüllungen reagierte. Wenn der Hauptmann dafür ein Wort hätte finden sollen, dann gäbe es dafür kein anderes als *Fanatismus*.

Doch es erschien ihm angebracht, seinen Gesprächspartner zu bestärken: »Was soll ich tun? Ihn auf der Stelle verhaften?«

»Und mit welchen Beweisen? Glaubt Ihr wirklich, das sei die Lösung, die mir vorschwebt? Nicht im Geringsten,

Hauptmann, nicht im Geringsten. Wir sollten lieber weitere Informationen sammeln, Einzelheiten, alles, was für eine Ermittlung benötigt wird, die diese Bezeichnung verdient. Dann, und nur dann, werden wir eine Verhaftung vornehmen können. Michelangelo ist mächtig und beim Papst wie beim Volk gleichermaßen beliebt. Er gehört dieser speziellen, ja ich möchte sogar sagen, einzigartigen Kategorie von Künstlern an, die einerseits von der Nachsicht der geistlichen wie der weltlichen Gewalt profitiert und zugleich den Beifall des Volkes genießt, was ihn in einem solchen Augenblick unangreifbar macht. Wir müssen große Vorsicht walten lassen. Doch genau aus diesem Grund muss sich Euer Spion nach Viterbo begeben und uns alles berichten, was er in Erfahrung bringen kann.«

»So wird es geschehen, Eminenz«, versprach Corsini, zunehmend besorgt.

»Glaubt mir, nur so werden wir diese Sekte von Häretikern in den Griff bekommen!« Carafas Blick war dabei so irre, dass es dem Hauptmann das Blut in den Adern gefrieren ließ.

Sommer 1543

19
Viterbo

Den ganzen Tag hatte die Sonne sengend heiß herabgeschienen. Michelangelo war durch die sonnenverbrannte Landschaft geritten. Das goldene Korn, das auf den Feldern leuchtete, die saftig grünen Wiesen, die Olivenbäume mit ihren robusten, knotigen Stämmen und die Reben, die im Herbst erlesene Trauben tragen würden: Die Natur blendete ihn förmlich mit ihrer Pracht und Fülle.

Michelangelos Haare waren schweißnass, er war müde und erschöpft vom langen Ritt. Die Schwüle nahm ihm den Atem. Er spürte, wie ihm der Stoff der leichten Tunika am Körper klebte.

Der schwarze Überrock, die *palandrana*, die er immer beim Reiten trug, war ihm unerträglich geworden. Er hatte sich sehr beeilt, weil er keinesfalls zu spät kommen wollte, daher hatte er Inchiostro nicht geschont.

Er kannte die Stadt kaum, aber Vittoria hatte ihm erklärt, wo er sie finden könnte, und soweit er es verstanden hatte, war der Treffpunkt gar nicht so schwer auszumachen.

So war er zur Porta San Matteo gelangt.

Die massigen Stadtmauern von Viterbo ragten über den Pilgern und Wanderern auf. Die Wachen hatte ihn durchgelassen, sobald Michelangelo das päpstliche Siegel vorgezeigt hatte, das er auf Anraten Pauls III. immer bei sich trug. So konnte er sich frei bewegen, es verschaffte ihm freies Geleit, und Michelangelo machte davon bei Bedarf Gebrauch, so als sei es ein Talisman.

Nachdem er das Stadttor passiert hatte, bog er nach Osten ab und erreichte im Handumdrehen die Piazza Dante Alighieri, in dessen Mitte das Kloster Santa Caterina aufragte.

Erst vor wenigen Jahren war es gegründet und in kurzer Zeit errichtet worden, und dank der finanziellen Unterstützung der Adeligen Nicola Bonelli und Giambattista Cordelli aus Viterbo schmückte sich das Kloster mit einer klassizistischen Fassade. Das erste Stockwerk erhob sich über einem vornehmen Arkadengang aus Rundbögen. Schmucklos eingefasste Fenster reihten sich dort aneinander.

Michelangelo stieg vom Pferd und klopfte. Eine Nonne öffnete die eisenbeschlagene Tür, und er stellte sich vor.

Sobald die Schwester wusste, wer er war, rief sie einen Stallburschen herbei. Der Junge nahm Inchiostro in seine Obhut.

Die Nonne hatte eine mürrische Miene, und ihr Blick war wie aus Stahl, doch in ihrem Umgang erwies sie sich als freundlich. »Messer, Ihr wurdet bereits erwartet. Erlaubt, dass ich mich vorstelle, ich bin Mutter Cristina, und bevor ich Euch zu Madonna Vittoria führe, werde ich Euch etwas bringen, womit Ihr Euch frisch machen und den Staub und die Hitze der Reise abwaschen könnt.«

»Ich danke Euch«, konnte Michelangelo gerade noch sagen, denn ohne abzuwarten, führte ihn Mutter Cristina durch einen Kreuzgang aus einfachen Säulen. Sie gingen durch eine Tür, und nachdem sie eine Treppe hinaufgestiegen waren, zeigte die Nonne Michelangelo ein kleines Bad.

»Bitte sehr. Ihr werdet auch frische Kleidung finden, die die Marchesa di Pescara für Euch ausgesucht hat. Ich komme gleich wieder, um Euch zu ihr zu bringen. Sie erwartet Euch mit einem Freund in der Bibliothek.«

Mehr sagte Mutter Cristina nicht und verschwand, wie sie gekommen war.

Michelangelo sah sich um. Der Raum war klein, doch komfortabel. Auf einem kleinen Lehnstuhl hatte jemand ein sauberes Gewand aus weißem Leinen bereitgelegt.

Er zog die verschwitzte und verschlissene Tunika aus und trat mit freiem Oberkörper ans Waschbecken. Er entdeckte ein schönes Stück Aleppo-Seife auf einem weißen Stück Leinen und tauchte den Kopf in das Wasser, das er zuvor aus einem Krug in das Becken geschüttet hatte. Es war ungeheuer erfrischend. Mit tropfenden Haaren tauchte er wieder auf und trocknete sie mit dem Leintuch, dann seifte er die Haut ein, und mit dem Seifenschaum spülte er auch die Müdigkeit des Tages ab.

Schnell trocknete er sich ab. Er nahm einen Flakon mit Acqua di Talco und spritzte sich davon ein wenig auf die Brust. Die Frische des Duftwassers war äußerst belebend. Er zog das Leinengewand an. Es passte perfekt. Er kam kaum dazu, die schmutzigen Kleider zusammenzulegen, als es an der Tür klopfte.

Michelangelo öffnete und sah sich der Marchesa di Pescara gegenüber.

Vittoria trug eine schlichte, aber elegante salbeifarbene *gamurra*. Die weißen Puffärmel der Bluse wirkten wie weiße Blütenkelche, die ihre Handgelenke rahmten. In der Linken hielt sie ein Taschentuch mit Spitzen und Schleifen, was neben dem Fächer mit dem Griff aus Elfenbein und getriebenem Silber in ihrer Rechten die einzigen Zugeständnisse an die weibliche Eitelkeit waren.

»Mein Freund, endlich seid Ihr da«, sagte sie mit einer herzlichen Umarmung.

Michelangelo ließ sich einen Augenblick lang gehen und versank in ihr. Wenn er sie berührte, spürte er bisweilen etwas, das über eine einfache Freundschaft hinausging. Es war ein eigenartiges Gefühl, das schwer zu beschreiben war. Es gefiel ihm, das schon, aber tief im Innern fürchtete er, diese Berührung könnte zu weit gehen und das vollkommene Einvernehmen gefährden, das sie weit tiefer verband als jede Umarmung. Einerseits ersehnte er stets diesen Augenblick, andererseits fürchtete er, dass im selben Moment gewissermaßen der Segen ihrer wunderbaren Übereinkunft durch irgendeinen bösen Zauber vernichtet werden könnte.

Als Vittoria sich aus der Umarmung löste, sah sie ihm in die Augen.

»Das Gewand ist perfekt. Kommt, Messer Michelangelo, ich will Euch zu einem Freund bringen.«

Sie nahm ihn bei der Hand und führte ihn so die Treppe hinab, anschließend passierten sie auf dem Weg hinaus nochmals den Kreuzgang und gelangten zu einer Tür, an die sich ein kurzer Gang anschloss. Er führte zur Klosterbibliothek.

In dem weitläufigen Raum sah Michelangelo einen hufeisenförmigen Eichentisch stehen. An den Wänden ringsherum waren in hohen Regalen aus Nussholz Tausende Bücherbände aufgereiht. Die Fenster waren zum großen, von Obstbäumen bestandenen Hof hin weit geöffnet.

Am Tisch saß eine einzelne Person: ein Geistlicher, wahrscheinlich ein Kardinal, dem Purpur seiner Kleidung nach geurteilt. Sein Gesicht trug vornehme Züge, er hatte hohe

Wangenknochen und flinke blaue Augen, einen Spitzbart und zerzauste Haare unter dem roten Barett.

Vittoria stellte sie einander vor. »Eminenz, hier ist der Mann, der viel für die *Ecclesia Viterbiensis* tun kann. Ihr kennt den Rang Michelangelo Buonarrotis, und ich weiß, dass Ihr seiner Kunst grenzenlose Bewunderung entgegenbringt. Genau wie ich. Andererseits weiß ich, dass er sich mit den Grundsätzen der neuen Glaubensrichtung anfreunden könnte, die Ihr propagiert. Von daher kann ich mir kein gewinnbringenderes Treffen vorstellen als dieses.«

Michelangelo trat näher, während Pole sich von seinem Stuhl erhob. So standen sie nun voreinander und gaben sich die Hand. Nichts lag dem Kardinal ferner, als die Ehrbezeugungen entgegenzunehmen, die ihm seinem Amt gemäß eigentlich zustanden; er wollte Michelangelo von Anfang an offen auf Augenhöhe begegnen, ganz ohne die Förmlichkeiten, die Status und Titel mit sich brachten. »Maestro, Ihr macht Euch keine Vorstellung, wie willkommen mir diese Gelegenheit ist.«

Überrascht sah Michelangelo den jungen Kardinal an, der ihn so herzlich begrüßte. »Vittoria hat mir viel von Euch erzählt, Eminenz.«

»Umgekehrt ebenso. Meine Bewunderung für Euer Werk ist maßlos, und Vittoria hat daran großes Verdienst. Es gibt niemanden, der Euer Werk besser kennt, das könnt Ihr mir glauben.«

»Daran hege ich nicht den geringsten Zweifel.«

»Lasst mich Euch sagen, wie glücklich ich bin, Euch endlich zu begegnen. Ich glaube, ich kenne jede einzelne Linie der wunderbaren *Kreuzigung*, die Ihr Vittoria geschenkt habt, auswendig. Es ist, als hättet Ihr darin das ganze Leid unserer armen Kirche zusammengefasst und so mit wenigen, aufs Wesentliche reduzierten Merkmalen all das verdeutlicht, was im Herzen eines guten Christen wohnen sollte: Demut, Liebe und Vergeben. Sind es nicht diese Tugenden, auf die sich der Glaube gründen sollte? Und doch ist es so, Michelangelo, dass sich die Kirche heutzutage der weltlichen Macht hingibt, der fleischlichen Lust, dem Geld und der Politik!« Pole sprach das letzte Wort mit solcher Verachtung aus, dass es wie ein Fluch klang.

»Kaum zu glauben, dass ich gerade erst in Trient gewesen bin, im verzweifelten Versuch, die katholische Sicht, die sich allzu weit von den ursprünglichen Werten entfernt hat, mit der strikten und vehementen Version der protestantischen Thesen in Einklang zu bringen. Aber ich muss gestehen, ich habe Angst vor einem Schisma. Ganz davon abgesehen, dass wir natürlich auch noch warten müssen, ehe ein Konzil stattfinden kann.«

Bei Poles Worten versteinerte sich Vittorias Miene.

Michelangelo hingegen konnte seine mit Neugier gepaarte Verblüffung nicht verbergen. »Das Konzil, natürlich. Oder besser seine Einberufung. Denn wenn ich es nicht missverstanden habe, befindet Ihr Euch im Augenblick in der Vorbereitung. Und doch frage ich Euch, warum vernehme ich von Euren Lippen Worte so hart wie Eisen?«

Der Kardinal schüttelte den Kopf. »Ich bin vor Kurzem erst aus Trient zurückgekehrt. Ich bin in meiner Eigenschaft als päpstlicher Legat zum Konzil berufen worden. Wie Ihr richtig sagtet, hat Paul III. es ein weiteres Mal aufgeschoben, doch das wird er nicht bis in alle Ewigkeit tun können. Da er gut vorbereitet sein will, sammelt er die Stimmen seiner Bischöfe und Kardinäle. Ich wusste, dass dies geschehen würde, aber ich war nicht wirklich darauf eingestellt zu kämpfen. Ich wollte bloß versuchen, für eine Leitlinie zu sorgen, anhand derer der Riss, der zwischen der Kirche Roms und der neuen protestantischen Konfession entstanden ist, sich wieder zusammenfügen ließe. Dieser Handreichung folgen einige Freunde wie zum Beispiel Kardinal Morone. Ich bin unserem Papst zu großem Dank verpflichtet und sehe in ihm, was er ist: ein guter Mensch, der lediglich versucht, diejenigen in den Schoß der katholischen Kirche zurückzuführen, die sich von ihr entfernt haben, um den nachvollziehbaren Forderungen Luthers zu folgen. Dafür jedoch muss er ihre Fundamente erneuern und zugleich versuchen, die Spaltung nicht zu verschlimmern. Mag dies auch seine Absicht sein, kann man das von den anderen Kardinälen nicht behaupten, die, obschon sie von ihm selbst mit wichtigen Aufgaben betraut wurden, nun anscheinend eine Linie drakonischer Härte verfolgen wollen.«

»Ich fürchte, Ihr setzt zu großes Vertrauen in Paul III.«, sagte Vittoria lakonisch, die damit dieselbe Verwunderung zum Ausdruck brachte wie Michelangelo, der die Schwächen des Papstes sehr wohl kannte.

»Ich habe Verständnis für das, was Ihr sagt, Vittoria, und Ihr wisst, welche Bewunderung ich für Euch hege, welche Aufmerksamkeit und Wertschätzung ich Euren Worten entgegenbringe. Doch ich denke, in diesem Fall wird Euer klarer Blick verdunkelt durch die Verfolgung, der Eure Familie unterworfen war. Den Colonna gegenüber hat sich Paul III. unzulässig verhalten.«

»Unzulässig?«, platzte Michelangelo ungläubig heraus. »Macht Ihr Witze? Was der Pontifex mit den Colonna gemacht hat, lässt sich nur als ruchlos bezeichnen! Ascanio Colonna hat sich zu Recht geweigert, die Salzsteuer zu bezahlen. Ein ausdrückliches Privileg, das er von Martin V. erhalten hat. Und doch hat der Papst, der auf seiner Verweigerung beharrte, sich nicht gescheut, einen kompromisslosen Krieg gegen Colonna anzuzetteln, in dem er so weit ging, die Rocca di Paliano dem Erdboden gleichzumachen. So zwang er Colonna, nach Neapel zu flüchten.« Michelangelo hatte sofort Partei für die Marchesa di Pescara ergriffen.

Doch Vittoria beruhigte ihn nun. »Mein Freund, ich danke Euch für Eure Worte, doch das gehört der Vergangenheit an. Wir wollen uns den Tag nicht von solchen Unerfreulichkeiten verderben lassen. Schließlich haben wir mit dem Papst ja auch eine Aussöhnung erreicht.«

»Ihr habt ja recht, Michelangelo, doch glaubt mir, derzeit ist es nicht der Papst, den wir zu fürchten haben, sondern ein Gedanke, der sich wie Lepra unter den Kardinälen verbreitet und von einigen unter ihnen auch noch aufgebauscht wird«, sagte Pole, fast schon warnend.

»Drückt Euch klarer aus!«

»Ich weiß, dass Ihr öfter im Vatikanpalast zu Gast seid. Ich verstehe das und halte es sogar für richtig. Doch vor einem Mann müsst Ihr Euch in Acht nehmen.«

»Wem?«, drängte Michelangelo.

»Gian Pietro Carafa.«

Der Name, der so unvermittelt fiel, blieb wie ein Todesurteil in der Luft hängen.

»Der Mann an der Spitze des Sant'Uffizio?«

Pole nickte mit Nachdruck. »Ihr macht Euch keine Vorstellung, wen wir da zum Gegner haben.«

»Ich verstehe nicht.«

»Seit Ihr Euch mit Vittoria angefreundet habt, habt Ihr Euer Urteil unterschrieben«, sagte Pole besorgt.

20
Nächtliches Abenteuer

Reginald Poles Worte hatten einen zarten Schleier der Beunruhigung über ihn gelegt. Es war geradezu greifbar, ein zartes Unbehagen, das ihm unter die Haut gekrochen war wie ein Fieber.

Als er das Kloster verließ, war es Nacht. Die Straßen der Stadt waren dunkel und nur schwach von Fackeln und Kohlebecken erleuchtet.

Inchiostro trottete langsam voran.

Michelangelo hatte Vittoria und dem Kardinal versprochen, dass er ihnen am nächsten Tag einen Besuch abstatten würde. Er spürte, dass er die Antworten finden würde, die er suchte. Fragen, die ihn schon seit so langer Zeit, viel zu langer Zeit, quälten. Er hatte jedoch das Bedürfnis, sich bis zum Morgen in einem guten Bett auszuruhen. Also machte er sich auf den Weg ins Zentrum der Stadt, um in einem Wirtshaus abzusteigen.

Er erreichte den Brunnen von Sipale und hielt kurz an, um Inchiostro zu tränken. Er hörte das Wasser plätschern inmitten der nächtlichen Stille. Das zu hören war so schön und ungewohnt, dass er dabei fast zur Ruhe kam. Um ihn herum herrschte so tiefe Stille, dass ihm das Mondlicht in den Apuanischen Alpen in den Sinn kam.

Er fasste sich. Er ritt im Schritt weiter und bog in die Via del Macel Maggiore ein, in der sich viele Fleischerläden befanden.

Irgendetwas zog plötzlich seine Aufmerksamkeit auf sich.

Es war wie ein falscher Ton in dieser perfekten Melodie aus Stille und Frieden.

Er zog die Zügel an und blieb mitten auf der Straße stehen.

Einen Augenblick lang war er sicher, Schritte gehört zu haben.

Er hatte das deutliche Gefühl, verfolgt zu werden.

Hatte er sie gesehen? Malasorte war sich nicht sicher, aber nach dem geurteilt, wie er das Pferd angehalten hatte, stimmte etwas nicht. Sie glitt in den Schatten und rührte sich nicht. Sie hatte hinter die niedrige Mauer eines Hauses huschen können. Jemand hatte leere Holzfässer daran gelehnt und musste sie dort vergessen haben. Der Geruch nach Wein ließ keinen Zweifel daran, was zuvor darin gewesen war. Zusammen mit den verwesenden Fleischfetzen, die ein nachlässiger Metzger zurückgelassen hatte, löste er bei ihr einen Brechreiz aus. Malasorte beherrschte sich, so gut sie konnte. Ihr Leben stand auf dem Spiel. Was würde geschehen, wenn Michelangelo sie entdecken würde? Sicher würde er wissen wollen, warum sie ihn verfolgte. Und noch dazu auf diese Art und Weise!

Die Nacht war schwül, die unerträgliche Hitze verstärkte den Geruch nach vergorenen Trauben und verdorbenem Fleisch, sodass es ihr fast den Atem verschlug. Sie spürte, wie ihr die Kleidung am Leib klebte und der Schweiß über die Stirn rann. Sie atmete kaum noch. Sie betete im Stillen, dass der große Bildhauer nicht kehrtmachte.

Wegen der schwarzen Maske, die sie trug, würde er sie zumindest nicht so leicht erkennen können.

Vom Kloster aus war Michelangelo durch die Via Macel Maggiore zur Piazza San Pellegrino gegangen. Anfangs hatte Malasorte leichtes Spiel bei der Verfolgung, aber jetzt musste Michelangelo etwas gemerkt haben. Sie hatte nicht den Eindruck gehabt, irgendetwas falsch gemacht und sich verraten zu haben. Wer weiß, wieso Michelangelo das Gefühl bekommen hatte, verfolgt zu werden. Vielleicht war er gewarnt worden?

Dabei hatte sie sich bewegt wie eine Katze, sie hatte darauf geachtet, unbemerkt zu bleiben.

Sie hörte die Hufe wieder auf dem Pflaster klappern. Sie wagte allerdings nicht nachzuschauen, bis sie sicher war, dass Michelangelo seinen Weg fortgesetzt hatte. Als sie aus ihrem Versteck schlüpfte, um zu sehen, was geschehen war, riss sie vor Überraschung die Augen auf.

Michelangelo war verschwunden. Nur das Pferd war noch da, mitten auf der Straße.

Wo zum Teufel war er abgeblieben?

Malasorte blieb nicht genug Zeit, um zu begreifen, was geschehen war. Etwas schlug gegen ihre Seite. Sie erfuhr nie, was es war, doch hatte sie deutlich das Gefühl, entdeckt worden zu sein – ihr Herz hatte die Wahrheit gewissermaßen schneller erfasst als der Verstand.

Instinktiv drehte sie sich um und rannte, ohne auch nur eine Sekunde länger zu verlieren, los. Sie verschwand unter einem steinernen Bogen, von dort sprang sie auf einen Balkon, schließlich auf das Dach eines Palazzo. Dabei hörte sie jemand unterhalb von ihr die steinerne Außentreppe heraufkommen. Sie machte sich nicht die Mühe herauszufinden, was vor sich ging, sondern sprang vom Dach und rollte sich ab. Sie bog in ein schmales Sträßchen ein. Hinter sich hörte sie Schritte immer näher kommen, wie zum Beweis, dass der Verfolger keineswegs aufgegeben hatte.

Sie rannte mit aller Kraft. Sie bog nach rechts ab in ein anderes enges und gewundenes Gässchen.

Am Ende angekommen meinte sie zu hören, dass die Schritte sich entfernten.

Sie ging durch einen zweiten steinernen Bogen und sah auf der rechten Seite des Gässchens eine Außentreppe. Ohne Zögern stieg sie hinauf. Auf dem oberen Absatz angekommen stieg sie die Treppe zur anderen Seite wieder hinab. Erneut fand sie sich in einem schmalen Sträßchen wieder, dem sie bis zu einer kleinen Tür folgte. Sie stand offen. Ohne lange nachzudenken, ging sie hinein und befand sich gleich darauf in einem Innenhof. Eine Fackel beleuchtete schwach die Umgebung. Sie überquerte diesen dem Anschein nach ungenutzten Platz. Auf der anderen Seite meinte sie eine verfallene Mauer auszumachen.

Sie erhöhte die Zahl ihrer Schritte und lief wie eine Verrückte blindlings ins Dunkel, alles, woran sie dachte, war, möglichst großen Abstand zu ihrem Verfolger zu gewinnen. Sie nahm Anlauf, setzte zum Sprung an und erreichte mit den ausgestreckten Armen die Mauerkrone. Mithilfe ihrer sehnigen und muskulösen Beine gelang es ihr, sich mit einer letzten Kraftanstrengung in einer geschickten Drehung hinaufzuhieven.

Ehe sie sich auf die andere Seite fallen ließ, riskierte sie einen Blick über die Schulter.

Sie hatte den Eindruck, dass ihr niemand gefolgt war. Natürlich konnte sie sich nicht sicher sein, angesichts der Dunkelheit, die sie umgab. Aber das nervöse Trappeln der Schritte ihres Verfolgers war nicht mehr zu hören. Doch man konnte nie wissen. Lieber kein Risiko eingehen. Es konnte auch sein, dass Michelangelo von einem Moment auf den anderen auftauchte, wenn man bedachte, wie er sie damit überrascht hatte, dass er vom Pferd gestiegen war, um dann irgendetwas nach ihr zu werfen. So jedenfalls hatte sich der dumpfe Aufprall angefühlt.

Nachdem sie sich ihrer Sache sicher war, sprang sie ins Nichts.

Als sie unten aufkam, dankte sie Gott dafür, dass sie auf etwas Weichem gelandet war. Im Dunkeln erkannte sie nicht sofort, was es war, doch der Geruch nach Stroh beruhigte sie.

Da hörte sie das Knurren.

Und änderte ihre Meinung.

21

Das Gasthaus

Michelangelo war zu Inchiostro zurückgegangen und aufgestiegen. Langsam begab er sich in Richtung Piazza San Pellegrino.

Der Verdacht, den Reginald Poles Worte nahegelegt hatten, hatte sich bestätigt. Jemand spionierte ihm nach. Und wer weiß, wie lange schon. Wahrscheinlich wusste das Sant'Uffizio schon von seiner Reise nach Viterbo und von seiner Freundschaft mit Vittoria Colonna.

Doch bis zu diesem Moment hatte er nicht ernsthaft darüber nachgedacht. Er konnte gut verstehen, dass Vittorias Ideen von der Kurie nicht sonderlich geschätzt wurden – und seine ebenso wenig, um die Wahrheit zu gestehen. Aber dass dies wirklich eine Beschattung durch die Schergen und Spione des Sant'Uffizio nach sich zog, änderte alles. Schön, vielleicht irrte er sich. Aber als er den Stein in die Richtung geworfen hatte, aus der er das Geräusch gehört hatte, hatte er im rötlichen Licht der Fackeln, die die Straßenkreuzung schwach beleuchteten, doch deutlich gesehen, wie ein Schatten zwischen die Häuser glitt.

Ein Umstand, der jegliche Ungewissheit ausräumte. Das konnte selbstverständlich nur ein Mann der Inquisition sein. Doch wer hätte das sein sollen? Und wozu?

Es musste aber so sein. Und seine natürliche und spontane

Reaktion darauf war ein noch heftigerer Hass auf diese furchtsame, treulose, kriecherische Kirche, die sich allein zum Zweck, sie zu bestrafen, darum bemühte, ihre eigenen Leute zu kontrollieren und ihren Willen zu brechen, statt einmal den Blick auf sich selbst zu richten, auf die eigenen Widersprüche und offenkundigen Fehler, die ihr Fundament immer weiter untergruben.

Sollte er auch nur den geringsten Zweifel an der Angemessenheit oder Aufrichtigkeit der *Ecclesia Viterbiensis* Reginald Poles gehegt haben, wurde er durch diese Entdeckung umgehend getilgt und bestätigte Michelangelo nicht nur in seiner Vision, sondern auch in seiner Absicht zu tun, was in seiner Macht stand, um die unerschütterlichen Gewissheiten der Päpste zur Diskussion zu stellen.

Während Inchiostro voranschritt, fragte Michelangelo sich, was die Inquisition wirklich vorhatte. Er hatte dem Spion nicht ins Gesicht sehen können. Er hatte gerade mal den Schatten seines Verfolgers erhaschen können. Und obwohl sein Schachzug erfolgreich gewesen war, das Pferd auf der Straße zu lassen und zu versuchen, den gedungenen Mörder zu überraschen, hatten ihn Alter und Erschöpfung daran gehindert, über längere Zeit die Verfolgung dieser schwarzen Katze aufzunehmen, die zwischen einem steinernen Bogen und einer Treppe hindurchhuschte.

Er grämte sich deswegen nicht unnötig. Es war praktisch sicher, dass derjenige früher oder später wieder auftauchen würde, und dann wäre er vorbereitet.

Bis zu diesem Augenblick würde er weiter das tun, was er für richtig hielt. Er war zu alt, um sich um sein Leben zu sorgen. Doch er würde nicht zulassen, dass eine echte Freundin wie Vittoria Colonna um ihre Sicherheit fürchten musste. Diese so reine, freundliche, intelligente Frau hatte schon einen viel zu hohen Preis gezahlt und verdiente kein weiteres Leid. Soweit es ihm möglich wäre, würde er an ihrer Seite sein.

Nachdem er durch einen steinernen Torbogen gegangen war, erreichte er schließlich das Kloster San Belardino und den Platz, der nach ihm benannt war. Von dort aus ging er nun bloß noch geradeaus bis zur Piazza del Mercato Vecchio.

Es herrschte inzwischen tiefe Dunkelheit, kaum erhellt vom Licht der Fackeln. Als er den Platz fast erreicht hatte, sah er auf der einen Seite ein Gasthausschild »A gallo nero«. Das schien ihm genau das Richtige zu sein. Anscheinend war dieses Haus nicht zu stark besucht und daher besonders geeignet für einen Mann wie ihn, der nichts anderes wollte als ein sauberes Bett und eine Flasche wohlfeilen Wein.

Er ging nach hinten, und nachdem er ein paarmal vergeblich gerufen hatte, nahm sich ein eher lustloser Stallknecht seiner an, der Inchiostro in Empfang nahm. Ehe er das Pferd übergab, vergewisserte sich Michelangelo, dass der Bursche ihn anständig behandelte. »Das ist ein halber Dukaten«, sagte er und gab ihm eine Münze. »Wenn ich mein Pferd wieder abhole und es in besserem Zustand vorfinde, als ich es verlassen habe, bekommt Ihr eine zweite Münze.«

Der Stallknecht nickte. »Natürlich, mein Herr, Ihr werdet sehen, dass ich Euch nicht enttäusche.« Ungeachtet seiner anfänglichen Trägheit schien der Bursche brauchbar.

Michelangelo nickte ihm zu und entfernte sich dann in Richtung Wirtshauseingang.

Was er sah, als er eintrat, gefiel ihm nicht schlecht. Es war sauber und nicht allzu viel los. Hinter dem Tresen stand eine Bedienung mit großem Busen und breiten Hüften. Sie trug eine weiße Schürze, ihr Blick war offen und direkt, und die schwarzen Haare wurden von einer Haube zusammengehalten. An den Tischen saß nicht mehr als ein halbes Dutzend Gäste. Jeder schaute auf seinen eigenen Becher oder den Teller, den er vor sich hatte. Michelangelo ging zum Tresen und verlangte etwas zu essen und ein Zimmer für die Nacht.

Die Schankwirtin antwortete schnell, aber höflich: »Mein Herr, das Zimmer kostet zehn Baiocchi. Zum Abendessen kann ich Euch Rotwein, Brot und Wildpastete anbieten.«

»Das ist in Ordnung.« Michelangelo legte die Baiocchi für das Zimmer in einer Reihe auf den Tresen. Die Wirtin nickte mit einem Aufblitzen von Gier im Blick. Michelangelo begab sich zu einem Tisch.

Er wurde bald bedient und verschlang die Pastete. Das Brot rührte er nicht an, trank aber den Wein. Er goss sich einen zweiten Becher voll ein, stand auf und ging zur Bank vor dem Kamin. Er lehnte sich an die Wand, und wie er so in die Flammen schaute und sich der Stille überließ, die nur ab und an durch das Knacken und Knallen der glühenden Scheite unterbrochen wurde, wurde er nach und nach von Wärme und Müdigkeit überwältigt und schlief ein.

Er sah, wie große Kreise den Boden bedeckten. Sie schienen sich langsam und zeitlos in ständiger Bewegung zu drehen. Er war dem unterworfen, so als gehorchten sie den Gesetzmäßigkeiten der Zauberei.

Er konnte den Blick nicht abwenden, bis er ihn schließlich nach übergroßer Anstrengung auf eine marmorne Brüstung richtete. Sie war verziert mit Girlanden und Putti, die ein Wappen hochhielten. Dieser Anblick schien ihn zu überwältigen: Er erkannte rechts Fresken mit Geschichten aus dem

Leben Jesu und links aus dem Leben von Moses. Sie waren wundervoll und so beeindruckend, dass er ganz eingeschüchtert war. Er fühlte sich schwach und geblendet von solcher Herrlichkeit. Er konnte es kaum ertragen: Perugino, Botticelli, Ghirlandaio, Cosimo Rosselli, Biagio d'Antonio, Signorelli. Seine Beine zitterten, der Atem stockte, Schweiß lief ihm von der Stirn.

Er wäre am liebsten geflohen, aber irgendetwas hinderte ihn daran und drängte ihn, noch näher heranzugehen, obwohl dieser – wenn auch wunderbare – Anblick ihn unsagbar beklommen machte.

Unterhalb der Bilderzählungen verlief ein gemalter Vorhang mit dem Wappen Sixtus IV., oberhalb hingegen waren, paarweise in Nischen zu beiden Seiten der Fenster die Päpste angeordnet. Es kam ihm so vor, als wollten sie über ihn urteilen, als würden sie arrogant seinen Wert abschätzen.

Auf der Altarwand Peruginos befand sich ein Fresko mit der Darstellung von Mariä Himmelfahrt.

Das Deckengewölbe war mit einem herrlichen Himmel aus Lapislazuli und Gold von Pier Matteo d'Amelia überzogen.

Da geschah es: Die himmelblaue Farbe begann zu schmelzen und herabzutropfen, bis sie schließlich als dichter Regen herabfiel, sodass ihm schien, er würde in der Farbe ertrinken. Er glaubte schon zu ersticken, während er, wie bei einem Schiffsuntergang, versuchte, sich auf den Beinen zu halten, obwohl der Pegel dieses seltsamen azurfarbenen Wassers schnell anstieg.

Plötzlich verschwand es, und er lag am Boden, über ihm noch immer die Sterne, die vom Himmel des Gewölbes herableuchteten. Sie strahlten fast so, als seien sie echt, wie geraubt aus der Nacht von Rom.

Und in ihrem Lichterglanz kam Michelangelo wieder zu Atem; nun wusste er wieder, dass der Glanz der Kunst den Abglanz des Göttlichen einzufangen vermochte – und sei es nur ein Funken –, indem sie zur einzigen und einzigartigen Brücke zwischen Christus und den Menschen wurde.

Lange betrachtete er diesen Himmel des Pier Matteo d'Amelia, und er sah wieder Piero Rosselli vor sich, der das wunderbare Gewölbe aufhackte, um die Aufbringung des Grobputzes und schließlich des feinen Kalkputzes als Malgrund vorzubereiten. Er hatte ihn ausgesucht, um Bramantes hasserfüllte Andeutungen zu widerlegen, er sei unfähig, die Decke auszumalen.

Bramante, der ihm zu einem hängenden Gerüst in luftiger Höhe geraten hatte, nur um ihn scheitern zu sehen! Doch er hatte die Lösung gefunden: eine stabile, brückenartige Gerüstkonstruktion, die entlang der Seitenwände aufgerichtet wurde. Auf dieses Weise ließen sich die Löcher vermeiden, die Bramante in der Decke hatte anbringen wollen, um dort die Seile der Arbeitsbühne zu verankern.

Wie er ihn hasste!

Er stand auf. Der sternenbesetzte Himmel brach auf, zersprang in lauter Bruchstücke, die wie farbige Glassplitter umherflogen und seine Ängste widerspiegelten. Er sah nochmals vor sich, wie Julius II. ihm auftrug, das Gewölbe mit den Figuren der zwölf Apostel auszumalen, eingeteilt durch die geometrischen Motive im Zentrum. Dann sah er sich selbst die Leiber, Szenen, Abschnitte vervielfachen. Die Aufteilung der Decke hatte er nach einem bestimmten Grundschema vorgenommen, das aus drei baulichen Gliederungselementen bestand: den Stichkappen, den Eckzwickeln und den Lünetten. Im Mittelfeld dann die Erschaffung von Mann und Frau sowie die Sintflut und schließlich die Propheten und Sibyllen – also die, die das Kommen Christi vorhergesagt hatten. Als Nächstes die Generationen, die seinem Kommen vorausgegangen waren: Männer und Frauen, die wie in einem großen Aufzug seine nichts ahnenden Herolde gewesen waren. Und schließlich Gottes Eingreifen in die Geschicke des Volkes Israel: Davids Sieg über Goliath, Judith, die ins Lager der Babylonier eingedrungen war, um den Oberbefehlshaber Holofernes zu enthaupten.

Er lächelte.

Es war ein grandioses Vorhaben. Fast unmöglich. Aber der Wille war der Schlüssel zu allem. Sein einziges Ziel war diesmal deshalb, die Größe Gottes und der Kirche zu verherrlichen und damit zu guter Letzt auch die von Rom.

Rom – diese wunderbare Stadt, die im Weiß des Marmors und in den Farben der Fresken neu zu erstrahlen begann. Das Rom, das bis vor Kurzem noch die Heimstätte von Wölfen und Hirten gewesen war, funkelte nun wieder wie ein riesiger Tempel voll Glanz und Herrlichkeit.

Und dann fügte sich der Sternenhimmel plötzlich wieder zusammen, und er sah, was er getan hatte …

… schlagartig wurde er wach.

»Messere, es ist spät«, sagte die Schankwirtin besorgt. »Was quält Euch?«, fragte sie und sah ihn an.

Michelangelo trocknete die herablaufenden Tränen.

»Das Unheil, das wir angerichtet haben, indem wir glaubten, uns über Gott erheben zu können«, gab er zur Antwort.

Sie nickte, als könnte sie seine Pein verstehen.

Doch die Frau hatte recht: Es war spät. Am übernächsten

Tag würde er nochmals mit denen sprechen müssen, die ihm Hoffnung versprachen.

Er stand auf und machte sich müde auf den Weg zur Treppe, die ins obere Stockwerk zu den Zimmern führte.

22
Eine unruhige Nacht

Das Knurren schien kein Ende nehmen zu wollen; es war ein finsteres Grummeln, bei dem man Gänsehaut bekam.

Nur ein paar Schritte weiter erblickte Malasorte zwei leuchtende Punkte, gelb wie Bernstein, die sie unverwandt ansahen. Sie fühlte sich vollkommen nackt, als könnten sie ihr in die Seele schauen. Sie wusste genau, was sie vor sich hatte. Erst recht angesichts dieses halblauten Knurrens, das jeden Moment zu einem Ausbruch führen konnte.

Malasorte hatte keine Ahnung, wo das Viech sich befand, im Dunkel konnte man nichts sehen. Aber sie durfte keine Zeit verlieren. Auf alle Fälle stimmte da was nicht. Die Bestie, die ihr gegenüberstand, hätte sich schon längst auf sie stürzen und sie zerfleischen müssen. Doch das hatte sie nicht getan. Wieso? Hinderte sie etwas daran? Angst hatte sie bestimmt nicht vor ihr. Sie versuchte, bei klarem Verstand und so kaltblütig zu bleiben wie möglich. Sie ignorierte die eiskalten Schauer, die ihr über den Rücken liefen, und ihre schlotternden Knie. Ihre Angst war so unbeschreiblich groß, dass sie keinen klaren Gedanken fassen konnte. Doch sie musste sich dazu zwingen.

Sie beschloss, auf ihre Wahrnehmungen zu bauen. Das Stroh, auf das sie gefallen war, war trocken. Und der Feuerschläger, den sie in ihrer Ledertasche verwahrte, wäre genau das Richtige, um es anzuzünden. Mit ein bisschen Glück könnte sie eine Art Fackel basteln und im Feuerschein ein bisschen mehr erkennen. Natürlich riskierte sie so, jemanden aufzuwecken, und die Bestie würde sie genau sehen, doch was machte das schon? An diesem Punkt war jeder gewonnene Augenblick ein Geschenk Gottes.

Das Knurren hörte nicht auf, und die Angst zerfraß sie.

Wenn sie dort jemand vorfinden würde, gäbe es bestimmt nicht gerade eine Belohnung dafür.

Sie nahm all ihre Kraft zusammen. Nervös kramte sie aus ihrer Tasche das Schlagstahlfeuerzeug hervor. Geduldig schlug sie den metallenen Feuerschläger immer wieder gegen den Feuerstein, bis schließlich ein Funkenregen niederging. Das Stroh, das sie zuvor locker zu einem Haufen aufgeschichtet hatte, fing Feuer. Blutrote Flammenzungen loderten auf.

Und nun war das Geschehen deutlicher zu erkennen.

Vor sich hatte sie ein enorm großes, wildes Tier. Es ließ nicht unbedingt an einen Hund denken, sah jedoch ganz nach einem Molosser aus. Er hatte schwarzes, glänzendes Fell. Er war von riesigem Körperbau, und jemand hatte ihn aus Gründen, die Malasorte nicht nachvollziehen konnte, in einen eisernen Käfig gesperrt.

Wer immer das gewesen war, hatte ihr, ohne es zu wissen, das Leben gerettet.

Sie befand sich in einer Art Hof. Drei Seiten waren von Trockenmauern umschlossen, die vierte wurde von einer Art Stall oder Lager gebildet, wo sich hinter Gitterstäben der Molosser befand, aufrecht auf seinen muskulösen Hinterbeinen sitzend.

Malasorte sah sich um und suchte nach einem Ausgang. Zurück konnte sie nicht, denn die Mauer, von der sie herabgesprungen war, war zu hoch. Doch das Stroh war gleich verbrannt, die Flammen wurden schon schwächer. Sie fügte ein paar Halme zu einem Bündel zusammen und ging zum Lager, dabei hielt sie Abstand zum Käfig, in dem der Molosser sich inzwischen beruhigt zu haben schien. Malasorte sah ihn sich an. Er hatte kleine hellbraune Augen, und obwohl er von außerordentlich robuster Statur war, war er erschreckend mager. Sein dunkles Fell war von Narben übersät. Helle und rosige Linien, die das kurze und kompakte Haar durchzogen. Wunden, die ihm jemand zugefügt haben musste.

Als würde er von ihr nun Hilfe erwarten, begann der Molosser zu jaulen und am rostigen Eisen des Käfigs zu kratzen. So wie er sich jetzt anhörte, schien er eine völlig andere Kreatur zu sein, keinesfalls die Bestie, die sie gerade erst um ein Haar zerfleischt hätte.

Und anders als zuvor empfand sie nun Mitleid. Fast schien es, als würde er weinen. Es versetzte ihr einen Stich in die Magengrube. Jetzt kam ihr dieser Hund wie ein sanftmütiges Geschöpf vor, Opfer von jemandes Wut und Grausamkeit. Wie um ihren letzten Gedanken zu bestätigen, begann der Molosser mit dem Schwanz zu wedeln.

Da fragte sich Malasorte, warum der Besitzer einen Hund wie diesen in einem Käfig hielt, statt ihn im Hof freizulassen. Erst recht, wenn man bedachte, dass er der perfekte Wachhund für das Anwesen wäre!

Es ergab keinen Sinn.

Ebenso wenig wie das, was sie zu tun vorhatte.

Die Flamme wurde schwächer. Als sie sich umsah, sah

sie in einer Ecke des Lagers einen Holzvorrat. Die Stapel waren in unordentliche Haufen zerfallen, vielleicht so von jemandem zurückgelassen, der fortgegangen war. Mit einem raschen Blick erkannte sie zwischen den Scheiten ein paar dünne Äste. In einem Eimer mit Öl oder einer anderen zähen und streng riechenden Flüssigkeit lag ein Lappen. Damit bastelte sie eine Art Fackel und entzündete sie Stück für Stück mit dem brennenden Stroh. Schon bald loderte eine rote Flammenzunge auf.

Der Molosser kratzte an den Gitterstäben. Er jaulte immer lauter, und sein Blick war herzzerreißend. Seiner Magerkeit und den Spuren, die er auf dem Körper trug, nach musste er viele durchgemacht haben. So wie sie.

Dieser Ort schien verlassen zu sein. Das mochte einerseits perfekt sein, um sich zu verstecken, zumindest solange sich Michelangelo in Viterbo aufhielt, andererseits war es nicht allzu komfortabel. Aber nun mochte Malasorte diesen armen, braven Riesen in seinem Eisenkäfig nicht mehr zurücklassen.

Deshalb versuchte sie mit der Fackel in der Hand herauszufinden, wie sie den Käfig aufbekommen konnte. Sie ging um ihn herum und entdeckte, dass die Tür mit Kette und Vorhängeschloss gesichert worden war. Nichts, was man nicht aufbekommen könnte, wenn sie nur einen Hammer oder einen Eisenstab hätte.

Als ob er ihre Absicht erraten hätte, näherte sich der Molosser der Käfigtür.

»Ich hatte Angst, weil du so geknurrt hast, als ich im Dunkeln hier gelandet bin. Jemand muss dich bis aufs Blut geschlagen habe, den Schnitten und Wunden nach, die du auf dem Rücken hast.« Dann besah sie sich das Vorhängeschloss.

»Aber wenn dich jemand hier eingeschlossen hat«, dachte sie laut, »muss er das mit einem Schlüssel getan haben.«

Also machte sie sich unverzüglich auf die Suche. Es war aussichtslos, ihn zu finden, denn bestimmt hat der Besitzer ihn mitgenommen. Andererseits, wenn er vorgehabt hatte, diesen Ort zu verlassen – und danach sah es aus –, hätte er ihn auch irgendwo in dieses Durcheinander schmeißen können.

Wie eine verlorene Seele streifte sie im Licht der Fackel umher. Sie sah verrostete Eimer, zerbrochene Ziegel, ein paar alte Hufeisen. Ihr wurde klar, dass das Grundstück viel größer war, als sie anfangs gedacht hatte. Sie stieß auf eine Schmiede, entdeckte am Boden herumliegende Blasebälge, ein Stück weiter fand sie einen alten Amboss und in einer Ecke ein paar rostige Nägel. Und schließlich an Haken an der Wand eine Reihe von Hufschmiedewerkzeugen: Raspeln, Klingen zum Losnieten der Nägel und Hämmer. Sie wählte einen der Hämmer, den größten und robustesten, den sie finden konnte. Da sah sie wenige Meter vor sich eine Tür, vermutlich der Eingang zur Werkstatt. Als Erstes fiel ihr auf, dass quer über die großen, massiven Türflügel ein schwerer Eisenriegel zu den beiden seitlichen Scharnieren verlief. An der Wand daneben erblickte Malasorte ein Schlüsselbund.

Mit ein bisschen Glück wäre auch der Schlüssel für den Käfig darunter.

23
Auf zum Kloster

Morgenlicht durchflutete die Werkstatt. Es war, als würde sie von einem Schwall flüssigen Goldes geweckt. Trotz der leichten Brise war die Hitze erbarmungslos. Malasorte wusste zunächst nicht, wo sie war, doch dann half Ringhios raue Zunge ihrer Erinnerung auf die Sprünge. Er leckte ihre Hand ab. Es war trotzdem erst mal überraschend, seine große, dunkle Schnauze zu sehen, die feuchte Nase, die traurigen kleinen Augen.

Doch gleich darauf fielen ihr die Abenteuer der letzten Nacht ein – die Flucht, die Entdeckung des Molossers im Käfig und der verlassenen Werkstatt. Mit dem Schlüsselbund, den sie gefunden hatte, war es ihr tatsächlich gelungen, das Schloss zu öffnen. Langsam und vorsichtig war der Hund herausgekommen, und sie fragte sich nochmals, ob es nicht Wahnsinn war, was sie da tat. Doch er hatte sich auf die Hinterbeine gesetzt, den großen Kopf schief gelegt und glücklich gewinselt. So hatte Malasorte ihren Mut zusammengenommen und ihn hinter den Ohren gekrault. Der Hund hatte sie daraufhin voll Dankbarkeit abgeleckt.

Mittlerweile erschöpft vor Hitze, Angst und Hunger hatte sie ein bisschen Stroh zusammengesammelt, um sich daraus ein Nachtlager zu bereiten. Der Molosser war ihr gefolgt, und als sie sich hingelegt hatte und ein wenig schlafen wollte, hatte er sich zu ihren Füßen niedergelassen.

Ehe sie sich dem Schlaf überließ, hatte Malasorte ihn angesehen und gesagt: »Ich werde dich Ringhio nennen, denn dein Knurren war das Erste, was ich von dir wahrgenommen habe.« Glücklich über den neuen Freund war sie lächelnd auf dem Stroh eingeschlafen, während er ein leises Brummen hören ließ, das sich fast wie ein Gutenachtgruß anhörte.

Nun, da sie wach war und Ringhio ihr bereits einen guten Morgen gewünscht hatte, fiel Malasorte ein, dass sie furchtbar viel zu tun hatte. Als Erstes wollte sie sich das Gesicht waschen, dann für sich und den Hund etwas zu essen kaufen.

Die Via del Macel Maggiore kam ihr in den Sinn. Sicher würde sie dort etwas für Ringhio finden. Sie erinnerte sich an den großen Brunnen, der mitten auf der Straße stand, dort würde sie sich das Gesicht waschen können. Zum Glück hatte sie in ihrer Tasche auch ein Kleid. Es war grau und einfach, aber sauber.

Sie hatte vor, zum Kloster Santa Caterina zu gehen und sich als sonst wer auszugeben. Das Kleingeld ging ihr langsam aus. Mit ein bisschen Glück würde sie an ein paar Informationen kommen, und dann würde sie, nachdem sie das Pferd abgeholt hatte, das sie bei einem Wirtshaus vor der Stadt gelassen hatte, nach Rom zurückkehren und Imperia von den Neuigkeiten berichten.

Sollte sie etwas Wichtiges entdeckt haben, würde die Kurtisane bestimmt großzügig sein.

Also stand sie auf. Der Duft in der Luft, die morgendliche Stille, Ringhios lang gezogenes Brummen – all das machte ihr gute Laune. Sie holte das Kleid aus der Tasche und zog es an. Wie jedes Mal, wenn sie ein sauberes Kleid anzog, löste der leichte Stoff, der ihrer Haut schmeichelte, einen wohligen Schauer aus, der sie verblüffte. Sie lächelte. Sie musste sich das Gesicht waschen, doch Ringhio konnte sie unmöglich mitnehmen, auch wenn sie es gern getan hätte. Sie bliebe bestimmt nicht unbeobachtet. Eine junge Frau mit einem Hund wie diesem, den vielleicht jemand erkannte. Das wäre wirklich keine gute Idee.

»Du musst hierbleiben! Ich komme wieder, das verspreche ich, und ich bringe dir auch etwas zu fressen mit.«

Der Molosser sah sie mit seinen nussbraunen Augen an. Er bellte. Sie streichelte seinen großen Kopf und versuchte, ihn so zu beruhigen. Ringhio rollte sich mit heraushängender Zunge im Stroh zusammen, er hechelte wegen der Hitze.

Malasorte deutete sein Verhalten als Gehorsam und ging zum Eingangstor. Sie nahm die Schlüssel, öffnete das Schloss, das am langen Holzriegel befestigt war, und schob ihn beiseite. Als sich der Türflügel zur Straße hin öffnete, hörte sie Ringhios gedämpftes Winseln.

»Warte auf mich. Ich bin bald zurück.«

24

Das Kloster

Sie hatte sich das Gesicht an einem großen Brunnen gewaschen, und das kühle Wasser hatte ihr eine erquickende Erfrischung beschert. Ringhio hatte sie mit Fleisch gefüttert, das sie in einem der vielen Fleischerläden in der Straße dort gekauft hatte. Anschließend hatte sie auf den Nachmittag gewartet. Dann war sie wieder allein zur Piazza Dante Alighieri und zum Kloster Santa Caterina aufgebrochen. Sie wusste noch nicht, wie sie sich vorstellen wollte, aber im Laufe der Zeit würde sie noch einen Plan aushecken.

Sie wusste mit Sicherheit, dass Michelangelo dort in Kürze eintreffen würde, um mit der Marchesa di Pescara zusammenzukommen. Und sie brauchte verwertbare Informationen. Imperia wurde ungeduldig, und sie wollte sie nicht enttäuschen. Mal abgesehen vom nicht unerheblichen Umstand, dass ihr das fast schon freie Leben nicht schlecht gefiel. Um es jedoch führen zu können, war sie auf klingende Münzen angewiesen. Sie wusste, dass sie als Spionin kein geringes Risiko einging. Und dass die ausgeübte Tätigkeit nicht gerade eine der angesehensten war. Tatsächlich war sie ja nichts anderes als eine Diebin im Dienste einer Kurtisane. Doch wenn man bedachte, was sie noch vor Kurzem hatte tun müssen, um zu überleben, stellte das, was ihr passiert war, einen unverhofften Glücksfall dar.

In diese Gedanken versunken war Malasorte beim Kloster angekommen.

Sie hatte geklopft und gewartet.

Schließlich hatte eine Nonne den Kopf durch das Fensterchen in der Tür gesteckt, sie ein wenig überrascht angesehen und sie gefragt, was sie wolle. Und Malasorte hatte darauf bestanden, mit ihr zu sprechen. Sie brauche einen Schlafplatz für die Nacht, hatte sie gesagt, denn sie wisse nicht, wo sie hingehen solle. Sie fliehe vor dem Zugriff eines Mannes, der versucht habe, sie zu missbrauchen. Die zerrauften Haare und ihr müdes Gesicht von der unruhigen Nacht waren dabei eine Hilfe.

Als die Schwester schließlich die Tür geöffnet hatte, hatte sie so getan, als ginge es ihr nicht gut, und hatte sich ihr in die Arme fallen lassen, eine Ohnmacht vortäuschend.

Die Nonne, die beinahe genau so jung war wie Malasorte und von daher Novizin sein musste, hatte ein gutes Herz. Vielleicht hatte sie auch etwas von sich selbst in diesem verirrten Mädchen erkannt. Aus diesem Grund hatte sie andere Schwestern gerufen und sie in eine kleine Zelle bringen lassen. Sie hatten sie auf eine winzige Pritsche gelegt, auf eine Matratze aus strohgefülltem Sackleinen. Dann hatten sie ihr frisches Wasser gebracht. Die Schwestern waren der Ansicht, die Ruhe würde ihr Übriges tun. Dies sei die beste Methode, die Einzelteile ihrer Seele wieder zusammenzufügen. Sobald sie sich besser fühle, würde sie zum Essen ins Refektorium gebracht, gleich nach der Vesper und vor dem Komplet. Sobald dies möglich sei, würde die Mutter Oberin mit ihr sprechen, um sich ihre Geschichte anzuhören, und dann würde man entscheiden, was mit ihr zu tun sei.

Und so befand sich Malasorte nun im Inneren des Klosters.

Sie hatte keine Zeit zu verlieren, dachte sie.

Sobald sie sie allein ließen, nahm sie ihre Haare zusammen, zog sich aus und legte die Tunika mit dem weißen Skapulier und dem schwarzen Schleier an, die sie ihr am Fuße des Bettes dagelassen hatten. Um die Taille band sie den Ledergürtel.

Sie wusste, dass sie ein großes Risiko einging, aber sie hatte keine andere Wahl. Sie vertraute darauf, dass man sie mindestens bis zur Vesper in Ruhe lassen würde. Davon abgesehen durfte sie hoffen, dass sie in diesem klösterlichen Gewand nicht auffallen würde.

Ohne sich noch länger aufzuhalten, öffnete sie die Tür und schlüpfte hinaus.

Malasorte lief einen langen Gang hinab. Er war verlassen, kühl und dunkel. Schließlich mündete er in einen wunderschönen Kreuzgang. Kleine Obstbäume und Blumen in leuchtenden Farben umgaben den zierlichen Springbrunnen in der Mitte wie eine vielfarbige Wolke. Einen Augenblick lang bestaunte sie dieses Wunderwerk. Das Zwitschern der Vögel beschenkte sie mit einem weiteren Glücksgefühl.

Doch sie war schließlich nicht zu ihrem Vergnügen hier.

Gerade jetzt kam ihr das Schicksal in einer Weise zu Hilfe, wie sie es nicht für möglich gehalten hätte. Denn genau in diesem Moment lief sie der Marchesa di Pescara über den Weg.

Sie erkannte sie sofort. Sie ging im Säulengang auf und ab. Und sie kam auf sie zu.

Sie waren allein.

Sie sprach sie an. »Schwester«, sagte sie ohne Umschweife

und mit höflicher Bemühtheit, »dürfte ich Euch bitten, in der Küche einen Krug Wasser und fünf Becher zu holen und sie in die Bibliothek zu bringen?«

Mit diesen Worten zeigte sie auf eine Tür, die auf den Kreuzgang ging.

»Natürlich«, erwiderte Malasorte mit einem freundlichen Lächeln. Damit begab sie sich zu der Tür, aus der ein köstlicher Duft nach frischem Brot drang.

Und richtig, sie gelangte in die Klosterküche. »Ich hole nur eben einen Krug Wasser und Becher für die Marchesa di Pescara«, sagte sie. Es war mitten am Nachmittag, und es war unschwer zu erkennen, dass niemand da war. Die Küchenmeisterin machte Pause oder machte, was noch wahrscheinlicher war, gemeinsam mit der Wirtschafterin Besorgungen.

Malasorte füllte einen Krug mit Wasser. In einem Schrank fand sie Terrakottabecher. Sie stellte alles auf ein Holztablett, und darauf bedacht, nicht zu viel Aufmerksamkeit zu erregen, begab sie sich zu der Tür im Kreuzgang, die ihr die Marchesa di Pescara gezeigt hatte.

25
Das Traktat

An diesem Tag waren noch andere Personen bei Vittoria und Kardinal Reginald Pole. Seine schöne Freundin stellte sie ihm vor.

Michelangelo gab Alvise Priuli die Hand, einem venezianischen Adeligen, der den Händedruck herzlich erwiderte.

»Maestro, Euch heute hier in dieser Bibliothek zu sehen ist wie ein Segen für uns. Wir haben ein solches Glück nicht zu erhoffen gewagt.«

Michelangelo hob bloß abwehrend die Schultern.

»Die Ehre ist ganz meinerseits.«

Dann war die Reihe an Marcantonio Flaminio. Er hatte tiefgründige schwarze Augen, und sein dunkler Bart war von Weiß durchzogen. Das Haar war in der Mitte gescheitelt und fiel ordentlich auf seine Schultern, wobei es ein dünnes Gesicht mit ausgeprägten Wangenknochen umrahmte.

Auch er hatte Worte voller Dankbarkeit und Ehrerbietung.

Michelangelo war der Grund der großen Zuneigung nicht klar. Vielleicht lag es an dem ihm eigenen Misstrauen. Anfangs waren ihm alle Personen zumindest ihm gegenüber allzu gekünstelt vorgekommen, doch dann reifte in ihm allmählich ein anderer Eindruck. Diese Veränderung geschah teilweise dank der Blicke von Vittoria, die seine Hand hielt, teils war sie Pole zu verdanken, der die natürliche Gabe hatte, dafür zu sorgen, dass Menschen sich wohlfühlten. Er besaß anscheinend von Geburt an eine ganz eigene Anmut, die durch seine schmale Silhouette, sein elegantes Auftreten sowie sein heiteres und freundliches Gemüt betont wurde, ohne dabei jedoch steif zu wirken.

Auf diese Weise ließ sich Michelangelo nach und nach durch seine Wärme und Aufrichtigkeit gewinnen.

Er war neugierig, den Grund für diese Zusammenkunft zu erfahren. Mit Vittoria und Kardinal Pole hatte er vereinbart, sich am darauffolgenden Tag wiederzusehen, das schon, doch Pole schien ihn in dieser Runde dabeihaben zu wollen, um ihm eine große Neuigkeit mitzuteilen.

Michelangelo hatte nicht die geringste Idee, worum es sich handeln könnte, hatte aber, teils um Poles Freundlichkeit zu erwidern, teils weil Vittoria darauf bestanden hatte, einer weiteren Verabredung zugestimmt.

Der Tag war weniger heiß als der vorangegangene, doch kühl konnte man ihn trotzdem nicht nennen.

Der Kardinal war gerade mal dazu gekommen, alle zu begrüßen und zu fragen: »Meine teuren Freunde, kennt Ihr *Il Beneficio di Cristo*?«, als es an der Tür klopfte. Der Kardinal unterbrach sich. »Herein!«, rief er eine Spur verärgert.

Im nächsten Augenblick trat eine Nonne ein. Sie trug ein Tablett mit einem Krug Wasser und fünf Bechern. »Verzeiht mir, ich bringe etwas zu Eurer Erfrischung an diesem heißen Tag, wie Madonna Colonna es wünschte.«

Vittoria nickte.

»*Il Beneficio di Cristo*?«, fragte Priuli.

Der Kardinal bestätigte mit einem Kopfnicken.

Die Nonne stellte das Tablett auf einen Tisch, entschuldigte sich nochmals für die Unterbrechung und begab sich zur Tür.

Michelangelo sah ihr nach, und ihr Anblick machte ihn einen Augenblick sprachlos. Er sah diese grünen Augen, deren Farbe so intensiv war, dass es ihm den Atem raubte. Damit nicht genug. Es löste bei ihm eine Empfindung aus, die er anfangs nicht genau einordnen konnte.

Der Kardinal wartete, bis die Nonne gegangen war, doch statt zu sprechen, zog er mit einer recht theatralischen Geste ein Büchlein aus der Tasche des Talars hervor.

»Bitte sehr«, sagte er in triumphierendem Ton. »Ich halte in meinen Händen *Il Trattato utilissimo del Beneficio di Giesu Christo, crocifisso verso i christiani*, das Messer Flaminio uns mutigerweise mitgebracht hat.«

»Es wurde von Andrea Arrivabene in Venedig für uns gedruckt.«

»Der Herr sei gelobt für dieses Wunder«, sagte der Kardinal. »Seht Ihr, meine Freunde, dieser kurze Text ist mir deshalb so lieb, weil er mir einen neuen Zugang zum Glauben aufzeigt. Ein Leben, das auf der Kommunion des Menschen mit Christus basiert, der zu uns herabgestiegen und am Kreuz gestorben ist, der sterblich wurde für unsere Unsterblichkeit.« An dieser Stelle legte Kardinal Pole eine Pause ein, wie um durch sein Schweigen diese Aussage hervorzuheben. Dann fuhr er fort: »Nun jedoch frage ich Euch, wozu dienen sinnvolle und gute Werke wie das Spenden von Almosen, die Ablässe und das Ehren der Sakramente?«

Bei diesen Worten sah er Michelangelo mit seinen hellen Augen eindringlich an.

Dieser nahm eine Energie am Kardinal wahr, die ihm zuvor noch nicht aufgefallen war. Sein gnadenloser Blick schien ihn einen Moment lang herauszufordern, um dann wieder in einem Strudel der Melancholie zu versinken.

Doch Michelangelo hatte die Frage genau verstanden. »Müssten nicht auch die Liebe und die Demut dieselbe Essenz des Glaubens enthalten?«, fragte er, nun seinerseits konsterniert von Poles Ansprache.

»Ganz genau, Messer Buonarroti! Mehr noch, was Ihr sagt, ist so zutreffend, dass ich meine, dass der Gottesdienst und die anderen Werke, wie sie derzeit von der katholischen Kirche verstanden werden, nichts anderes sind, als der Versuch, mit Gott Handel zu treiben, ein Art Tauschgeschäft, das ihn auf dieselbe Stufe wie den Menschen stellen würde. Ihr wisst, dass dies ganz und gar unmöglich ist.«

Priuli und Flaminio nickten.

Und Vittoria ebenfalls, wobei sie die Hände mit solcher Inbrunst faltete, dass Michelangelo fast schon überrascht war. Er für seinen Teil spürte, welch überwältigende Kraft in dem lag, was Pole gerade gesagt hatte. Wie konnte der Mensch auch nur annehmen, er könnte vor Gott von seinen Sünden reingewaschen werden durch Mildtätigkeit und Ablässe, als ob diese Taten ein unreines Herz erheben könnten? Im Gegenteil! Wenn diese Werke aus unreinem Herzen kamen, konnten sie ihrerseits nur unrein sein.

»Doch was bedeutet das dann, Euer Gnaden?«, fragte Michelangelo in aller Unschuld. »Dass gute Werke nichts nützen?«

»Nicht im Geringsten«, versicherte Pole lächelnd. »Nicht im Geringsten, mein Freund. Doch hört mir gut zu: Versteht man den Glauben als eine Vereinigung der Seele mit Gott, kann er nicht von den guten Werken getrennt gesehen werden, sodass, wie es im *Il Beneficio di Cristo* heißt, letztere keinen Umstand außerhalb desselben darstellen. Sie werden nicht erst zu einem späteren Augenblick bewertet, vielmehr kann derjenige, der an Gott glaubt, gar nicht anders, als gut zu handeln, allein aufgrund des Umstands, ein guter Christ sein zu müssen. Hier, hört gut zu!« Mit diesen Worten öffnete er das Büchlein, das er in Händen hielt, und las mit melodiöser Stimme vor.

»*Der Glaube also ist wie eine Flamme, und als solcher scheint er hell. Die Flamme verbrennt das Holz ohne Zutun des Lichtes, und doch ist das Licht untrennbar mit der Flamme verbunden. In gleicher Weise tilgt und verbrennt der Glaube die Sünden, ohne auf gute Werke angewiesen zu sein. Und doch kann er nicht ohne sie auskommen, andernfalls wäre er eitel wie eine gemalte Flamme.*«

Die Worte drangen tief in sein Bewusstsein. Michelangelo erkannte die enorme Sprengkraft, das Potenzial zur Neuordnung, und zugleich war ihm klar, dass dieser Gedanke nichts anderes bedeutete, als dem Glauben an Christus wieder den zentralen Stellenwert zu geben, den er in der Vergangenheit gehabt hatte. Er kam jedoch nicht umhin anzumerken: »Euer Gnaden, eine derartige Auffassung entspricht doch ganz ohne Zweifel der des heiligen Paulus?«

»Gewiss! Tatsächlich tut dieses Bändchen, das wir uns glücklicherweise zu Gemüte führen können, nichts anderes, als der Kirche die Liebe und Versöhnung mit den Worten des heiligen Paulus zu predigen. Darüber hinaus vertritt es die Überzeugung, dass die Gläubigen durch den Glauben mit Gott verbunden sind und dieser Glaube sich nur durch gute Taten ausdrücken kann.«

Michelangelo nickte, bestätigt durch diese Worte.

Er sah zu Vittoria hinüber, die ihm zulächelte.

Jetzt verstand er, wieso seine Freundin so großen Wert darauf legte, dass er sie in Viterbo aufsuchte. Kardinal Pole war ein großer Mann, und er konnte tatsächlich die Wunden seiner geschundenen Seele heilen. Auf einmal schienen sich all die Zweifel, die Verdachtsmomente und die Furcht aufzulösen, ebenso sein Unmut im Hinblick auf den weltlichen Lebenswandel des Papstes, den Ablasshandel sowie die Verwendung seiner Kunstwerke als Verherrlichung einer vergänglichen Macht, die nichts mit dem reinen und einfachen Glauben zu tun hatte, und er empfand endlich inneren Frieden.

Mit sich und allen um ihn herum.

Es war wie eine Befreiung. Michelangelo konnte gar nicht fassen, wie sehr Poles Worte alles enthielten, was nötig war, um zu einem neuen Lebenswandel zu finden. In Demut und in der Liebe zu Gott und seinem Nächsten würde er seine Erlösung finden. Er würde nicht länger sorgenvoll darauf bedacht sein, auch ja das Richtige zu tun. Es ergäbe sich ganz von selbst, denn das war der einzige Weg, sein Leben mit Gott zu führen.

Er begriff, dass das Leben wie eine Skulptur war. Um seine wahre Schönheit zu erfassen, musste man abtragen, statt immer mehr anzuhäufen – das Wunder, das sich in seinem Wesen verbarg, entdecken wie mit Hammer und Meißel. Wenn die gut geführt wurden, konnten sie die Perfektion einer höher gearteten Gestalt freilegen, herausgearbeitet durch Wölbungen und Höhlungen, vorgezeichnet durch die unsichtbaren Linien, die wie geheimnisvolle Adern die reine Materie des weißen Marmors durchliefen.

Er fühlte sich bestärkt und spürte doch zugleich die Geringfügigkeit seines Werkes. Alles wurde in einer neuen, größeren Perspektive angeordnet. Er würde sich mit Maß und Strenge als neuen Quellen seines Lebens verbinden. Er hatte sich immer schon an ihnen orientiert und stets nach ihnen gestrebt, doch nun, beschloss er, würde er ihnen noch mehr Aufmerksamkeit widmen.

Es würde nicht leicht werden, das wusste er. Er konnte nur nach dieser Perfektion streben, doch dank seiner neuen Freunde fühlte er sich stärker. Mehr noch, unbesiegbar. Denn Kardinal Pole und Vittoria hatten ihm endlich gezeigt, wie seine Kunst beschaffen war. Und zwar nicht, weil sie von den Päpsten gerühmt wurde, sondern weil sie Ausdruck seiner Liebe zu Gott war. Allein auf diese Weise hatte Gott sich ihm mitgeteilt.

Wenn er doch nur vermocht hätte zuzuhören.

Fast so, als hätte er seine Gedanken gelesen, sah Kardinal Reginald Pole ihn an. Dann sagte er: »Habt Vertrauen in Gott, Michelangelo, Ihr könnte nicht besser sein, als Ihr bereits seid. Dann wird es einfacher.«

Dennoch ging ihm noch etwas im Kopf herum, nachdem die Worte verklungen waren. Er sah seine neuen Freunde an, dann ließ er seinen Blick in dem von Vittoria ruhen. Und schließlich begriff er, wonach sein Geist im hintersten Winkel unablässig gesucht und ihm keine Ruhe gelassen hatte – bis jetzt.

Die Augen der Nonne! Er hatte sie schon einmal gesehen!

Ein Irrtum war ausgeschlossen.

Diese Erkenntnis raubte ihm fast den Atem. Im Versuch, sich ein Glas Wasser zu nehmen, erhob er sich aus seinem Sessel. Er schwankte. Er umklammerte die Armlehne, um nicht zu fallen.

»Michelangelo!«, rief Vittoria beunruhigt.

»Messer Buonarroti«, echote Priuli.

»Die Frau, die eben hereingekommen ist …«, flüsterte er, die Stimme versagte ihm.

»Wer?«, frage Pole.

»Die Nonne … die, die uns das Wasser gebracht hat. Ich habe sie schon einmal gesehen!«, rief er aus.

»Wo?«

»In der Kirche Santa Maria sopra Minerva«, brachte er mit Mühe hervor und sah dabei Vittoria an.

»Seid Ihr sicher?«, fragte Pole.

»Ich habe nicht den geringsten Zweifel. Ich könnte diese Augen niemals vergessen. Und außerdem …«

»Eine Spionin?«, fragte der Kardinal mit wachsender Unruhe.

»Ich fürchte ja«, bestätigte Michelangelo. »Außerdem«, setzte er nochmals an, »ist mir vergangene Nacht jemand gefolgt, als ich auf dem Weg ins Wirtshaus war.«

Als er das hörte, stürzte Alvise Priuli zum Ausgang.

»Messer Priuli, was tut Ihr da?«, fragte Marcantonio Flaminio besorgt.

»Ich versuche, diese Frau aufzuhalten«, war die Antwort, und im nächsten Moment hatte der venezianische Edelmann schon die Tür aufgerissen und war eilends den kurzen Flur zum Kreuzgang hinabgelaufen.

26
Ein knappes Entkommen

Il Beneficio di Cristo! Sie hatte keine Ahnung, worum es sich handelte, aber sie würde diese Worte niemals vergessen. Und sie wusste, dass sie allein die Reise wert waren.

Jetzt musste sie nur das Pferd wieder abholen, Ringhio einsammeln und abreisen.

Als Nonne gekleidet war sie ans Klostertor gelangt, und dank der Verkleidung und des gesenkten Blicks war sie unbemerkt aus dem Kloster geschlüpft. Die Nonne an der Tür hatte sie ohne Weiteres durchgelassen. Sie hatte ihr Kleid in der Zelle zurückgelassen, aber mit dem, was ihr Imperia als Bezahlung für ihre Tätigkeit gegeben hatte, würde sie wenigstens drei neue Kleider kaufen können.

Ihr kam es fast schon wie ein Wunder vor, dass die Nonnen ihre kleine List, mit der sie in die Bibliothek gelangt war, nicht bemerkt hatten.

Es war alles schon fast zu glatt gelaufen. Aber warum sollte sie nicht wenigstens einmal Glück haben?

Und so begab sie sich mit gesenktem Kopf und darauf bedacht, allen Blicken auszuweichen und die Verkleidung bestmöglich zu nutzen, erneut in die verlassene Werkstatt, wo Ringhio auf sie warten würde.

Sie hatte vor, auf den Einbruch der Nacht zu warten und sich im Schutze der Dunkelheit mit dem Molosser auf den

Weg nach Rom zu machen. Sie würde in dem Wirtshaus beim Stadttor von Viterbo haltmachen, wo sie das Pferd untergestellt hatte, und galoppieren, bis sie die Stadt erreicht hätte.

Sie schlug den Weg zur Werkstatt ein.

Die Schlüssel, die sie die Nacht zuvor entdeckt hatte, waren mit einem Lederband zusammengebunden. Sie hatte sie wie einen Rosenkranz um den Hals getragen. Als sie beim Tor ankam, drehte sie möglichst unauffällig den mächtigen Schlüssel im Schloss und öffnete.

»Pah!«, sagte eine Stimme, die sich rostig anhörte. »Du warst das also, die den räudigen Hund befreit hat? Eine Nonne?«

Zunächst begriff Malasorte nicht. Sie schmeckte bloß den Geschmack nach Eisen in ihrem Mund. Derjenige, der sprach, hatte sie in die Werkstatt gezerrt und in eine Ecke gestoßen, sodass sie gegen irgendetwas fiel.

Ihre Lippe war aufgeplatzt.

Sie spuckte rot aus.

Wenn sie nur ihre Tasche finden könnte.

Wo zum Teufel hatte sie sie hingetan?

Malasorte konnte keinen klaren Gedanken fassen.

Doch das musste sie – und zwar schnell.

»Du also hast den Hund freigelassen, richtig?«

Wie zur Bestätigung seiner Worte ließ Ringhio ein leises Brummen hören. Malasorte hob den Blick und sah den Molosser in einer Ecke. Er war von Wunden überzogen und saß reglos da. Jemand musste ihn bis aufs Blut geschlagen haben.

Als sie versuchte, wieder auf die Füße zu kommen, richtete sie ihre Aufmerksamkeit auf diese kratzige Stimme, die einem gerade aus den Tiefen der Erde entstiegenen Teufel zu gehören schien. Sie hatte einen großen, kräftigen Mann vor sich, mit sehnigen Armen, einem langen schwarzen Bart und einem glänzenden Schädel ohne Haare.

»Bei Gott, dieser Bastard hätte mich fast umgebracht!«

Als sie das hörte, sah Malasorte, dass der Mann einen Knüppel in der Hand hielt. Der Ärmel des anderen Arms war zerfetzt und offenbarte frische Fleischwunden. Ringhio musste ihn angegriffen haben. Der Mann hatte sich mit dem erhobenen Arm zu schützen versucht, und das war das Ergebnis. Es musste ihm gelungen sein, den Hund mit dem riesigen Knüppel mehr als einmal zu schlagen, den blutigen Spuren nach, die den Körper des armen Tieres mit roten Krusten überzogen. Er hatte ihn mit einer Kette an einen Eisenring gebunden.

»Dafür wirst du zahlen, dass du's nur weißt, meine Liebe«, tönte der Mann und schwenkte den malträtierten Arm durch die Luft.

Wütendes Gebell fiel dieser Drohung ins Wort.

»Versuch nur, dich zu rühren!«, schrie der Mann dem Hund zu. »Dann wirst du schon sehen, ob ich dir nicht den Schädel einschlage.« Bei diesen Worten schwang er den blutigen Knüppel.

Malasorte wusste, dass sie nur eine Chance hatte. Sie musste zum Holzschuppen. Denn dort hatte sie ihre Tasche versteckt. Hoffentlich bekam sie sie rechtzeitig auf.

Doch der Mann kam näher, umfasste ihre Beine und zog sie zu sich heran. Sie landete auf der Erde und schlug sich das Gesicht auf. Er riss ihr den Schleier herunter. Dann spürte Malasorte die eisige Kälte einer Klinge. Der Mann hielt sie ihr an die Kehle. Dann griff er nach dem Saum ihrer Tunika, schnitt sie entlang des Rückens auf und teilte sie sauber in zwei Hälften.

Wieder spürte sie die Klinge auf der Haut. Ein eiskalter Schauer überlief sie.

»Und jetzt wollen wir doch mal sehen, ob du so schön bist, wie es den Anschein hat«, grölte der Mann.

Es war, als wüsste Ringhio augenblicklich, was er vorhatte.

Unvermittelt sprang er auf, zerriss die Kette, mit der er angebunden war, und stürmte wie eine Furie auf den Angreifer los.

Malasorte begriff, dass dies ihre letzte Chance war. Ohne noch eine weitere Sekunde zu verlieren, schoss sie zum Schuppen.

Sie spürte einen Schmerz an der Schulter. Sie hätte sich gern umgedreht, aber sie wusste, dass sie sich und Ringhio viel besser helfen konnte, wenn sie ihr Vorhaben durchzog.

Sie räumte die Scheite beiseite und griff in die Ledertasche und fand, was sie suchte.

In diesem Moment bekam der Mann erneut ein Bein zu fassen und zog sie zurück.

Doch dieses Mal lagen die Dinge anders. Malasorte war blitzschnell. Mit einem Fußtritt befreite sie sich aus dem Griff, und einen Augenblick später drehte sie sich um und stürzte sich auf ihn. Die Klingen der Dolche schossen durch die Luft. Sie stieß den ersten in die Brust ihres Angreifers. Dann den zweiten. Sie spürte eine Art doppeltes Reißen – Stahl, der Fleisch zerfetzte. Der Mann sah sie mit aufgerissenen Augen an, er schien nicht glauben zu können, was ihm da gerade geschehen war.

Er ließ den Knüppel fallen, den er mehr schlecht als recht

in der zerfleischten Hand hielt. Doch zu mehr war er nicht imstande. Die Beine gaben nach, als wären sie aus Lehm.

Er fiel auf die Knie.

Dann sackte er seitlich zusammen, das Gesicht lag auf dem Boden zwischen Dreck und Stroh.

Malasorte sah ihn entsetzt an.

Sie hatte soeben einen Mann getötet.

Sie rührte sich nicht von der Stelle, die Kehle vor Angst zugeschnürt. Sie hatte das Gefühl zu ersticken. Sie merkte, wie ihr schwindelig wurde. Dann spürte sie, wie Übelkeit in ihr aufstieg und sie zu überschwemmen drohte. Der Magen schien von Brechreiz gebeutelt. Sie beugte sich vor und übergab sich in einen Eimer.

Wie tot verharrte sie eine Weile.

Bis sie spürte, wie Ringhio ihr das Gesicht ableckte.

Als sie sich setzte, sah sie, wie ein kleiner Fliegenschwarm die Leiche des Mannes umkreiste, den sie gerade umgebracht hatte.

27
Die Novizin

Die beiden Nonnen sahen sie zerknirscht an.
»Ich konnte mir nicht vorstellen, dass diese junge Frau eine Spionin sein sollte. Sie war mir einfach wie ein Mädchen in Schwierigkeiten vorgekommen. Das können meine Mitschwestern bestätigen«, sagte die Novizin mit merklichem Bedauern.

Die Äbtissin sah sie mit milder Strenge an. »Macht Euch keine Vorwürfe, meine Liebe. Doch erinnert Euch jetzt so genau wie möglich. Versucht sie zu beschreiben.«

»Sie hatte leuchtend grüne Augen«, begann sie.

Michelangelo hielt die Luft an. Es war genau diese Augenfarbe, die ihn hatte aufmerken lassen.

»Ihr frisches und freundliches Gesicht war von schwarzen Haaren umgeben. Sie war recht groß und noch keine zwanzig, ich glaube sogar, sie war eher jünger.«

»Fällt Euch sonst noch etwas ein?«, versuchte Pole, noch etwas aus ihr herauszubekommen.

»Sie sagte, sie fliehe vor der Grausamkeit eines Mannes. Aus diesem Grund habe ich sie hereinkommen lassen.«

»Da wird sie höchstwahrscheinlich gelogen haben«, folgerte Flaminio mit einem Kopfschütteln.

»Sie trug ein sehr schlichtes Kleid«, setzte die Nonne hinzu.

»Jenes, das ich euch gezeigt habe«, sagte die Äbtissin, an Pole gewandt.

Der Kardinal nickte.

»Ich darf gar nicht darüber nachdenken, dass ich ihr begegnet bin, ehe ich in die Bibliothek kam«, gestand Vittoria traurig.

Michelangelo sah die Freundin überrascht an. »Wirklich?«

»Ja, ausgerechnet sie habe ich gebeten, einen Krug Wasser und Becher zu bringen.«

»Erinnert Ihr Euch an Einzelheiten an dieser Frau? An noch etwas anderes, als uns die Schwester bereits erzählt hat?«, wollte Pole wissen.

»Leider nein«, sagte Vittoria seufzend.

»Sie war sehr freundlich, aber sie trug den Habitus einer Nonne, und ich konnte ansonsten nichts weiter erkennen als das, was schon gesagt wurde. Ihr habt recht«, sagte die Marchesa di Pescara zur Novizin, »die Farbe ihrer Augen war besonders schön und intensiv. Man konnte sie nicht übersehen.«

Reginald Pole seufzte. »Leider können wir nun nichts mehr tun. Aber an Eurer Stelle würde ich mir keine allzu großen Sorgen machen. Wie dem auch sei, wir haben nun die Bestätigung, dass uns jemand ausspioniert.«

»Wer würde so etwas wagen?«, fragte die Äbtissin.

»Das will ich lieber gar nicht so genau wissen, ehrwürdige Mutter. Entscheidend ist, dass diese Spionin das Kloster verlassen hat. Seid ab jetzt vorsichtiger mit Reisenden, die um Unterkunft bitten. Was mich, meine Freunde und unsere unschuldigen Treffen angeht, werden wir dafür sorgen, dass sie in der Rocca abgehalten werden, wo man uns großzügig

Gastfreundschaft gewähren wird. So werden wir Euch keine weiteren Unannehmlichkeiten bereiten.«

Die Äbtissin nickte. Dann fügte sie hinzu: »Eminenz, Ihr bereitet niemandem Unannehmlichkeiten, unser Kloster steht Euch stets offen.«

Das letzte Wort hatte der Kardinal. »Daran habe ich keinen Zweifel, doch es liegt auf der Hand, dass heute jemand in Euer Kloster eingedrungen ist, der an unserer Zusammenkunft interessiert ist. Und sich eigens eine Verkleidung verschafft hat, bloß um in die Bibliothek zu gelangen.«

Die Äbtissin antwortete nicht.

»Danke für die Informationen, die Ihr uns gegeben habt.« Mit einem Kopfnicken brachte Pole auch der jungen Novizin seine Dankbarkeit zum Ausdruck. Dann stand er auf und begab sich, gefolgt von Alvise Priuli und Marcantonio Flaminio, zum Ausgang.

Auch Michelangelo erhob sich und ging gemeinsam mit Vittoria zur Tür.

Im Kreuzgang brachte Pole seine Besorgnis zum Ausdruck. »Die Betreffende muss den Verweis auf das *Beneficio di Cristo* mitbekommen haben. Sicher wird das Sant'Uffizio bald von unserer Lektüre erfahren. Das ist natürlich schlecht, aber jetzt ist es nun mal geschehen.«

»Eminenz, es tut mir furchtbar leid«, sagte Priuli. Er war es gewesen, dem die harmlose Frage herausgerutscht war, die in diesem Moment leider mehr offenbart hatte als tausend Worte.

»Quält Euch nicht, mein Freund«, beruhigte ihn Pole.

»Früher oder später wäre das sowieso passiert. Wir werden von jetzt an aber lieber vorsichtiger sein. Ich bezweifle, dass die guten Schwestern nochmals so leicht jemanden hereinlassen werden. Was mich im Hinblick auf Vittoria beruhigt. Was ich von Euch nicht sagen kann, Messer Buonarroti.«

Michelangelo hob die Schultern. »Eminenz, wie ich Euch schon sagte, habe ich nichts zu befürchten. Ich habe inzwischen viele Jahre auf dem Buckel. Ich kehre nach Rom zurück und versuche, die Augen offen zu halten.«

»Verstehe. Ihr seid berühmt, Maestro. Und sehr beliebt. Soweit ich weiß, ist der Papst Euch wohlgesinnt. Ihr habt es bestmöglich vergolten. Mit Eurer Arbeit. Glaubt jedoch keinen Moment lang, Ihr wärt in Sicherheit. Von dem Moment an, wo Ihr Euch unserem Kreis anschließt, seid Ihr unter strenger Beobachtung.«

Mit diesen Worten verabschiedete sich Pole von ihm. Dann umarmte er Vittoria. Auch Priuli und Flaminio empfahlen sich. Sie wollten zurück zur Rocca.

Wieder allein blieben Michelangelo und Vittoria noch eine Weile im Kreuzgang und bewunderten die Bäume und Blumen, feurig beleuchtet vom Rot des Sonnenuntergangs. Einzig die Fontäne des wunderhübschen kleinen marmornen Springbrunnens schien mit seinem Geplätscher die ansonsten perfekte Stille zu stören. Doch war es ein angenehmes, wohlklingendes Geräusch, leise und lieblich. Ihm lauschend nahm Michelangelo die Hand seiner Freundin, führte sie an die Lippen und küsste sie.

Vittoria sah ihn ganz hingerissen an, dann verdüsterte sich ihre Miene ein wenig. »Michelangelo – ich habe Euer Leben aufs Spiel gesetzt, das werde ich mir nie verzeihen.«

»Ach, meine Freundin, was sagt Ihr denn da?«

»Nur meinetwegen seid Ihr in dieser Situation. Sonst würde nun niemand über Eure Zugehörigkeit zur Gruppe um Kardinal Reginald Pole Bericht erstatten.«

»Ihr könnt nicht begreifen, wie wichtig Ihr für mich seid. Ich bin Euch unendlich dankbar dafür, dass Ihr mich mit Seiner Eminenz bekannt gemacht habt. Seine Worte, die so voller Kraft und Güte waren, sind die beste Medizin für meine Seele, der die Hoffnung fehlte. Ich bitte Euch, mir eine Ausgabe des *Beneficio di Cristo* zu besorgen, damit ich es so bald wie möglich lesen kann. Die Thesen darin werden mir ein großer Trost sein.«

»Seid Ihr sicher?«

Michelangelo nickte.

»Etwas Besseres kann ich mir nicht wünschen«, erwiderte die Marchesa di Pescara.

»Im Gegenzug werde ich dem Kardinal eine Pietà malen, um mich zu revanchieren. Sie wird so schön sein wie keine andere zuvor, denn ich werde sie aus tiefster Seele malen und er wird vor ihr beten können.«

»Oh, wirklich? Eine solch große Freude würdet Ihr mir bereiten? Das ist wahrlich mehr, als zu erhoffen war. Denn was Ihr für den Kardinal tut, tut Ihr für mich. Seht Ihr, Michelangelo, sein jugendliches Alter, seine Freundlichkeit, sein Mut machen ihn in meinen Augen zu dem Sohn, den ich nie hatte. Er selbst ist so liebenswürdig, mich als eine Mutter zu bezeichnen. Dieser Umstand entschädigt mich gleich Eurer Freundschaft für die bitteren Erfahrungen, die das Leben für mich bereithielt.«

»Wie könnt Ihr das fragen? Ich würde alles für Euch tun, Vittoria. Was Ihr gerade gesagt habt, bekräftigt nur meine Entschlossenheit, sofort das kleine Bild anzufertigen, dass ich im Kopf habe.«

Aus diesen Worten hörte sie die Erhabenheit und den Mut seines großen Geistes.

Er schwieg. Ihr schien es, als würde sie auf der feinen Brise dahingleiten, die endlich aufgekommen war. Das Gefühl, sich mit großen flammenden Flügeln im roten Himmel halten zu können, ergriff sie mit der überwältigenden Kraft des Geständnisses, dass er gerade gemacht hatte.

Dann zauberte sie wie aus dem Nichts ein Bündel hervor. Michelangelo wusste nicht, wo sie es bis dahin verborgen gehalten hatte.

»Diesmal bin ich es, die ein Geschenk für Euch hat.«

Michelangelo wollte etwas sagen, doch Vittoria verschloss ihm mit dem Zeigefinger die Lippen. »Schaut her«, sagte sie und wickelte den Stoff ab.

Einen Augenblick später kam eine glänzende Linse zum Vorschein, die auf einem silbernen Fuß montiert war.

»Ich habe sie bei einem venezianischen Glasmacher für Euch anfertigen lassen«, erklärte Vittoria. »Ich weiß, welche Mühe es Euch bereitet, die Figuren und die Farben zu erkennen, die Ihr in der Cappella Paolina für das Fresko anbringt. Ganz zu schweigen davon, dass, wie ich vermute, die Feinarbeiten im Marmor Euch dieselben Schwierigkeiten bereiten. Euer Sehvermögen ist nicht mehr so wie früher, Ihr habt Euch die Augen bei der tagtäglichen Arbeit an der Decke der Sixtina und für das *Jüngste Gericht* auf der Altarwand verdorben. Wollt Ihr daher bitte meine kleine Gabe annehmen, die Euch erlauben wird, es mit ebenbürtigen Waffen mit den Widrigkeiten aufzunehmen, die Euch Eure Kunst jeden Tag aufs Neue auferlegt?«

Michelangelo sah sie voller Entzücken an. Er nahm die Linse aus den Händen seiner Freundin entgegen. Er bewunderte sie lange schweigend. Wie schön sie war. So glänzend und perfekt auf diesem prächtigen Silberfuß, der in den letzten Sonnenstrahlen schimmerte.

Er empfand Dankbarkeit und unsagbare Zuneigung für Vittoria. Wäre das möglich, würde er sie noch mehr lieben, als er es jetzt schon tat. Er wagte nicht, sie zu fragen, ob sie sich je mehr gewünscht hatte; gewiss würde Vittoria nicht einmal im Traum einfallen, es ihm zu sagen. Deutlich jedoch spürte er die Kraft ihrer Wahlverwandtschaft, die in diesem Augenblick den gesamten Kreuzgang ausfüllte, sich über die Säulen hinwegzusetzen und in den Himmel hinaufzusteigen schien. Doch das war weit entfernt von jenem alles verzehrenden Fieber, dass er in Gegenwart des l'Urbino empfand, für das er sich selbst so schämte, wie er es niemals für möglich gehalten hätte. In seiner Gegenwart musste er an sich halten, nichts Unzüchtiges oder Verwerfliches zu tun.

Doch in ihren Augen sah er wieder diese unglaubliche innere Kraft und Gelassenheit, dass er sich, ohne länger dagegen anzukämpfen, dem beugte, was er empfand. Er gab sich diesen köstlichen Empfindungen hin und ließ es geschehen, dass sie sich auf denkbar rechtschaffene und aufrichtige Weise entfalteten, ohne von sich mehr zu verlangen, als er geben konnte.

Vittoria an seiner Seite zu haben war die größte Belohnung, die er sich erträumen konnte.

Und während er sie so betrachtete, begann sie zu weinen.

»Vittoria, was ist los, warum die Tränen?«

»Oh, macht Euch keine Gedanken, mein Freund, diese Tränen sollten Euch freuen, denn Euch allein verdanke ich solch wunderbare Momente wie diesen.«

Er nahm sie in die Arme und wiegte sie sanft.

Herbst 1543

28

Der alte Drucker

Il Beneficio di Cristo war also ein Buch?

Und ein solcher Gegenstand konnte derartige Macht ausüben?

Malasorte war sich nicht sicher. Zwar liebte sie Bücher und wie sich die Wörter beim Lesen in ihrem Kopf zu Geschichten zusammenfügten, wenn sie die Zeit dafür fand. Vor ein paar Jahren hatte Imperia sie in diese Form der Magie eingewiesen, und nun liebte sie den wundervollen Luxus des Lesens. Es war ihre heimliche Leidenschaft sowie Trost und Labsal für die Seele.

Novellen oder Gedichte – sie hätte nicht sagen können, welches Genre ihr lieber war, aber eines stand fest: Wann immer sie die Gelegenheit hatte, vertiefte sie sich gern in ein gutes Buch. Imperias Regale waren gut gefüllt, und sie durfte sich daraus nehmen, was immer sie wollte. *Il Peregrino* von Iacopo Caviceo beispielsweise hatte sie verschlungen, denn in dieser Geschichte hatte sie mehr als bei jeder anderen den Bann des Abenteuers verspürt, außerdem Gefühl und Leidenschaft, die die Gemüter der Protagonisten aufwühlten und die Seiten mit solcher Spannung erfüllten, dass es einen als Leser sprachlos machte. Das Buch erzählt von der großen Liebe zwischen Ginevra und Peregrino. Nur um mit der Frau seines Herzens sprechen zu können, verkleidet sich dieser, geflüchtet vor Schwierigkeiten mit der Justiz und der Aufsicht seiner Verwandtschaft entronnen, als Bauernlümmel, Kaminkehrer oder Bettler. Dann folgt er seiner Schönen auf die Feste, dringt in das Haus von Polissena, der kranken Cousine, ein oder verbirgt sich im dunklen Keller eines Freundes oder sogar unter dem Altar der Kirche – alles nur, um sie zu sehen und ihr seine verzehrende Leidenschaft zu gestehen. Wie verwegen doch dieser junge Verliebte war! Und mit welch abgemessener und freundlicher Ausgeglichenheit Ginevra versucht, diese Anwandlungen zu mäßigen, obwohl sie sich zugleich vor Liebe zu ihm verzehrt.

In dieser Handlung, so voller Überraschungen und Wendungen, hatte Malasorte solche Glückseligkeit gefunden, dass sie dieser wunderbaren Tätigkeit all ihre freie Zeit widmen wollte.

Wenn sie die nicht hatte, musste eben der Nachtschlaf dran glauben. Und so hatte sich ihre Welt mit Geschichten und Figuren bevölkert, die sie bisweilen von dem gefährlichen Leben ablenken konnten, das sie führen musste.

Dank der Lektüre verweilte sie im Geiste im Leben von Peregrino und Ginevra oder verfolgte den Verrat der untreuen Ehefrauen besitzergreifender und gewalttätiger Männer in den Novellen von Masuccio Salernitano. Doch vielleicht war es die von Luigi da Porto verfasste Novelle über Romeo und Julia und ihrer verhinderten Liebe in Verona, die ihr mehr als jede andere ans Herz gegangen war. Solch große Liebessehnsucht war darin enthalten, ein so furchtbarer Konflikt, der sich zu großem Leid der beiden Liebenden zuspitzte, dass Malasorte beim Lesen die Tränen nicht zurückhalten konnte.

Das waren ihre Helden. Ihnen und ihren Abenteuern war es zu verdanken, dass die junge Frau die Welt aus Lügen und nächtlichen Fluchten, aus Spionage und Falschheit, in der sie Tag für Tag lebte, erträglicher fand. Auch wenn sie sich weiter damit zu beruhigen versuchte, dass nichts Böses an dem war, was sie tat, hatte sie in Wirklichkeit doch ganz deutlich das Gefühl, die Privatsphäre eines anständigen Mannes und großen Talentes und die aufrichtigen Sorgen einer vornehmen und freundlichen Frau zu hintergehen.

Sie hätte es lieber nicht getan.

Wie lang was es doch her, dass sie, noch ganz am Anfang ihrer Nachstellungen, sich von der Faszination des Verbotenen hatte verführen lassen. Jetzt jedoch hasste sie sich selbst dafür, dass sie dazu bereit gewesen und nun nicht imstande war, sich aus diesem Joch zu befreien, eine Spionin zu sein.

So klammerte sie sich in diesen Tagen an die Geschichten; gleichviel ob es um Schlachten und Duelle oder um Liebe und Leidenschaft ging, niemals hätte Malasorte geglaubt, dass Literatur zu einer Waffe werden konnte.

Sie war ganz fassungslos, als sie Imperia berichtete, was sie herausgefunden hatte. Doch ihre Herrin erstaunte das wenig: Selbstverständlich konnten Worte mehr treffen als ein Schwert! Insbesondere in einer Zeit wie dieser, in der die Kirche von inneren Streitigkeiten zerrieben wurde. Und wenn dies kleine Bändchen – *Il Beneficio di Cristo* – bis nach Viterbo gelangt war, dann musste es in Rom erst recht zu bekommen sein.

Folgendes hatte Imperia ihr verraten: *Il Beneficio di Cristo* war in diesen Tagen eins der mächtigsten und gefährlichsten Bücher auf dem gesamten Erdkreis.

Diese Tatsache war so unbestritten, dass sie ihr diese Information aus Viterbo mit der stattlichsten Summe vergolten hatte, die sie je erhalten hatte.

So schwer es ihr auch fiel, es zu glauben – Malasorte hatte bald erkannt, dass dieser Text für die Personen, denen Imperia versprochen hatte, sie auf dem Laufenden zu halten, von großem Interesse sein musste.

Daher hatte die Kurtisane sie unverzüglich zu einem Drucker ihres Vertrauens geschickt, um sich zwei Exemplare des fraglichen Büchleins zu beschaffen.

Und nun befand sich Malasorte auf der Schwelle zur Druckerei von Antonio Blado auf dem Campo de' Fiori.

Sie sah Ringhio an, der ihr bis hierhin gefolgt war. Der Molosser war ihr seit dem Tag ihrer Rückkehr nach Rom treu ergeben, und sie hatte bald entdeckt, wie vorsichtig selbst die unverfrorensten Männer wurden, sobald sie sie mit diesem Riesenvieh an ihrer Seite erblickten.

Sie streichelte seine große Schnauze: »Warte hier auf mich, ich bin schneller wieder da, als du denkst.«

Ringhio gab ein zustimmendes Winseln von sich und setzte sich gehorsam in eine Ecke. Malasorte lächelte ihn an. Die Treue dieses Tieres war rührend und überraschte sie stets aufs Neue.

Dann klopfte sie und trat ein.

Beim Anblick dessen, was sie vor sich hatte, verschlug es ihr die Sprache. Ein großer Tresen aus Nussbaumholz trennte den öffentlichen Eingangsbereich von der Werkstatt. Dahinter herrschte reges Treiben. Malasorte hatte natürlich keine Ahnung von der Druckkunst, doch konnte sie ohne Weiteres große Setzkästen erkennen, die mit beweglichen Lettern vollgepackt waren, hergestellt aus einer speziellen Legierung aus Blei, Zinn und Antimon. Deutlich nahm sie den Geruch nach Druckerfarbe und dem Papier wahr, das in großen weißen

Packen aufgestapelt war so wie die weißen Säulen einer lang zurückliegenden Zeit. Inmitten des Aufgebots an Maschinen und Material sah sie den Pressmeister, der Papier in den Schließrahmen einlegte, und während die Einfärber mit ledernden Druckerballen die Druckformen mit Farbe versahen, war ein Setzer dabei, aus einem Setzkasten Buchstaben, Trennfugen und Sonderformen zu nehmen, um sie auf einer Art Schiene, dem Winkelhaken, anzuordnen.

Unwillkürlich riss Malasorte bei diesem herrlichen Anblick staunend die Augen auf.

Sie fuhr beinahe erschrocken zusammen, als der alte Drucker Antonio Blado sie mit einer dünnen und unangenehmen Stimme anfuhr: »Was für ein hübsches Mädchen! Und was wollt Ihr hier, in der Werkstatt eines Druckers, obwohl Ihr vielleicht noch nicht einmal lesen könnt?«

Schlagartig kam Malasorte zu sich und antwortete dem alten Drucker prompt: »Wohl kann ich lesen, und ich liebe die Geschichten von Jacopo Caviceo und Luigi da Porto!« Sie sagte das so überzeugt und nachdrücklich, das Messer Blado nicht wenig überrascht war.

Er kniff seine stechenden Augen zu einem schmalen Schlitz zusammen, als sei er ein Raubvogel, im Begriff, seine Beute am Himmel auszumachen. Doch nach diesem Augenblick des Misstrauens schien er sich zu beruhigen und bereitwillig einzusehen, dass er seine Gesprächspartnerin falsch eingeschätzt hatte.

Messer Blado trug Hemd und Schürze. Seine Hände waren voller Druckerfarbe, und unter den Nägeln hatte er dicke Trauerränder. Ein dünner weißer Bart ließ sein Kinn spitz wirken, und eine Menge zerraufter Haare ließen ihn so verschroben aussehen, wie es wohl seinem Naturell entsprach.

Dessen ungeachtet hatte er ein gutes Herz, und die Tatsache, eine junge Frau in seiner Werkstatt zu sehen, hatte ihn nach anfänglichem Misstrauen milder, ja fast schon freundlich gestimmt.

»Ich möchte mich dafür entschuldigen, dass ich Eure Fähigkeiten angezweifelt habe, meine Dame, es gibt unter uns nicht viele Frauen, die lesen können. Dennoch frage ich mich, was Euch in meine bescheidene Druckerei geführt haben mag. Wenn ich etwas für Euch tun kann …«

»Donna Imperia schickt mich«, erwiderte Malasorte ohne Umschweife. »Sie nannte mir Euren Namen, weil sie sicher war, dass Ihr ohne Zögern meinem Anliegen nachkommen würdet, das Eure Kenntnisse im Feld der Druckerzeugnisse betrifft. Deshalb bin ich hier!«

Nun war es an Messer Blado, die Augen überrascht aufzureißen. Es dauerte zwar einen Augenblick, doch er kannte natürlich den Namen der stadtbekannten Kurtisane, die auf der sozialen Leiter so weit aufgestiegen war, dass sie nun zu seinen Stammkunden zählte. Dieses junge Ding kam also auf Geheiß einer solch mächtigen Herrin? Dann sollte er jetzt besser die Augen offen halten, denn er wusste sehr wohl, dass in dem Fall auch Gramigna, der furchtbare Landsknecht, der in ihren Diensten stand, nicht weit sein konnte.

Als hätte sie die Besorgnis des Druckers erraten, beruhigte sie ihn sofort: »Ich bin allein.«

Sichtbar erleichtert sah Blado sie mit fragendem Blick an. »Was kann ich für Euch tun?«

»Für den Anfang könntet Ihr damit aufhören, mich so anzustarren«, sagte Malasorte, die über den misstrauischen Blick noch nicht hinweg war, mit dem der alte Drucker sie bei ihrem Eintreten bedacht hatte. »Und dann könnt Ihr mir zwei Ausgaben des Bändchens besorgen, wonach meine Herrin im Namen eines Freundes sucht.«

»Und wer wäre dieser Freund?«, fragte Blado, dem es nicht gelang, seine Neugier zu zügeln.

»Das geht Euch nichts an.«

Der Drucker nickte einsichtig. »Natürlich«, sagte er in einem unerwartet zuvorkommenden Ton. »Darf ich Euch wenigstens fragen, von welchem Buch wir reden?«

Malasorte nickte. Sie schien zu überlegen, dann sagte sie: »*Il Beneficio di Cristo*«.

Einen Augenblick lang schien Messer Blado seinen Ohren nicht zu trauen.

Dann fasste er sich. »Meint Ihr den theologischen Text, der vom Mönch Benedetto Fontanini geschrieben und kürzlich von Marcantonio Flaminio überarbeitet und ergänzt wurde?«

»Genau den.«

»Seid Ihr sicher? Wisst Ihr, wovon Ihr sprecht?«

Malasorte hatte nicht vor, sich in eine theologische Diskussion verwickeln zu lassen, der sie mit Sicherheit nicht gewachsen war. Sie wollte dieses verdammte Buch, weil ihre Herrin es ihr so aufgetragen hatte. Sie hatte nicht vor, es zu lesen! Von derartigen Themen war sie meilenweit entfernt.

»Madonna Imperia hat es mir gegenüber erwähnt ...«

»Hat es Euch gegenüber erwähnt, sagt Ihr?« Messer Blado schüttelte ungläubig den Kopf. »Das glaube ich kaum, so unvorsichtig, wie Ihr den Titel nennt. So laut, dass es jeder hören kann.«

»Habt Ihr es nun oder nicht?«, fragte Malasorte ungeduldig, denn sie begann, sich unbehaglich zu fühlen.

Blado hob die Augenbrauen und seufzte. »Der Text wurde

in Venedig gedruckt.« Bei diesen Worten zeigte sich ein Anflug von Verwirrung in Malasortes Blick.

»Aber«, fuhr Blado fort, der heimlich Gefallen daran zu finden schien, sie ein wenig zappeln zu lassen, »ich habe gerade ein paar Exemplare aus der Serenissima Repubblica geliefert bekommen. Ob nun zu Recht oder zu Unrecht hat dieses Buch unerwarteten Erfolg. Alle wollen es haben, und Gott allein weiß, ob das nicht das Ende Roms, des Papstes und der Kirche ist, wie wir sie kennen.« Er seufzte, als ob er seinen eigenen Worten die Vorahnung entnehmen könnte, die in ihnen lag.

Malasorte senkte den Blick. Der Drucker hatte also die benötigten Exemplare da. Sie lächelte.

Sie sah ihn wieder an. Und schwieg.

Blado erriet den Sinn dieses Schweigens. Während seine Arbeiter mit der Tätigkeit an Druckerpresse und Bleisatz fortfuhren, entschuldigte er sich kurz. »Wenn Ihr hier auf mich warten wollt – ich bin gleich mit dem zurück, worum Ihr mich bittet.«

Malasorte nickte.

Während sie wartete, richtete sie den Blick wieder auf die Frontispize der Bücher, die auf dem Tresen lagen. Sie war fasziniert vom Schwung der Buchstaben, der eleganten Schrift, der Faserung des Papiers. Tief sog sie diesen intensiven, leicht stechenden Geruch ein.

Als Messer Blado zurückkam, hatte er zwei Büchlein bei sich. »Hier sind sie«, sagte der alte Drucker. »Das macht zehn Baiocchi, fünf für jedes Exemplar.«

Malasorte zählte die Münzen auf den Tresen.

Blado raffte sie mit einer gierigen Handbewegung zusammen und ließ sie im Geldbeutel verschwinden. »Wenn Ihr meinen gut gemeinten Rat wollt, empfehle ich Euch, augenblicklich zu verschwinden und die Bücher so schnell wie möglich wieder loszuwerden, sonst würde ich keinen Dukaten auf Euren Kopf setzen – darauf gebe ich Euch mein Wort.«

Das ließ sich Malasorte kein zweites Mal sagen und sah zu, dass sie hinauskam.

29
Zusammenkunft des Sant'Uffizio

Gian Pietro Carafa wusste, dass es nicht leicht sein würde. So machtverliebt er auch war, hatte der Papst dennoch versucht, die verschiedenen Positionen auszugleichen, die derzeit in der Kirche aufeinanderprallten.

So befürworteten nicht alle Kardinäle, die dem Kollegium des Sant'Uffizio angehörten, einen unnachgiebigen Kurs.

Er wusste zumindest mit Sicherheit, dass er auf Bartolomeo Guidiccioni zählen konnte, der im Kampf gegen die protestantische Reform mindestens so radikal war wie er selbst; er hatte in jüngerer Zeit eine Liste mit zwanzig Punkten zur Widerlegung der lutherischen Thesen aufgesetzt. In seiner politischen Ausrichtung war er ein Freund der Franzosen, darüber hinaus zeichnete er sich durch erstrangige juristische und theologische Kenntnisse aus und pflegte eine Leidenschaft für Literatur. Daher war er ein wichtiger Verbündeter, dessen blutrünstiges Wesen sich seinem höhnischen Grinsen nach bereits auf das Gemetzel freute, das in Kürze losbrechen würde.

Tommaso Badia, Magister sacri palatii, also der päpstliche Haustheologe, war hingegen aus ganz anderem Holz geschnitzt. Gemäßigt, besonnen, offen, Unterzeichner des *Consilium de emendanda ecclesia* und Verfasser des *Consilium quattuor delectorum a Paulo III super reformatione*

S. R. Ecclesiae, Dokumente, die den Reformen Rechnung trugen, die dem Papst vorschwebten. Dieser Mann war darum bemüht, eine Brücke zwischen der katholischen Kirche und den Protestanten zu schlagen, wie seine jüngsten Reisen nach Worms und Regensburg belegten. Carafa konnte ihn nicht ausstehen, doch daran ließ sich nichts ändern.

Er konnte also von Glück sagen, dass gerade erst im letzten Jahr Dionisio Laurerio, Generalvikar der Serviten, verstorben war. Auch er war ein Anhänger dieser verdammten Strömung von Friedensstiftern, die um jeden Preis den Bruch kitten wollten, den die Protestanten zu verantworten hatten. Was den Mann anging, den er gerade vor sich hatte, konnte er nicht sagen, wie er sich verhalten würde. Juan Álvarez de Toledo, Bruder von Pedro de Toledo, Vizekönig von Neapel. Gewiss, er war ein Mann von Karl V. und war gewiss nicht als Freund der Franzosen zu bezeichnen, doch in letzter Konsequenz wusste Carafa, dass er mindestens mit Widerstand, wenn nicht einem offenen Konflikt zu rechnen hatte. De Toledo war ein Mann von seltsamer Gesinnung, der fast immer unversöhnlichen Auffassungen anhing. Vor allem aber war ihm Reginald Pole verhasst. Carafa würde also dafür sorgen, dass die *Ecclesia Viterbiensis* ganz speziell auch mit ihm in Verbindung gebracht würde und sich so die Unterstützung von de Toledo und Guidiccioni sichern. Wenn auch das letzte Mitglied des Kollegiums, Pietro Paolo Parisio, sich auf eine weniger strenge Haltung einlassen sollte, hätte er zumindest eine Stimme mehr.

So oder so war die Situation nicht ganz einfach.

Was ihm Hauptmann Corsini zuletzt enthüllt hatte, war, gelinde gesagt, wirklich bestürzend.

Kaum hatte er von der Existenz einer neuen Auflage des *Il Beneficio di Cristo* erfahren, hatte Kardinal Carafa sich ein Exemplar beschafft. Der Hauptmann der Gendarmen hatte ihm diesen Wunsch sofort erfüllt, und Carafa hatte es umgehend gelesen. Was er dem entnommen hatte, hatte ihn veranlasst, mit großer Besorgnis das Kollegium einzuberufen.

Nun waren sie alle da.

»Meine Lieben«, begann Carafa, »ich habe Euch heute hier zusammengerufen, weil sich eine Katastrophe über uns zusammenbraut, und was es noch gefährlicher macht, ist, dass dies klammheimlich und im Verborgenen geschieht. Wo wir noch darum bemüht sind, einen Weg zu finden, uns zu schützen und, wo es möglich ist, die von den Protestanten gewollte Spaltung unserer Kirche zu überwinden, frisst sich eine neue furchtbare Epidemie durch Volk und Adel, von Mailand bis Neapel, von Venedig bis Genua – tödlicher als die Pest und gnadenloser als das Fleckfieber.«

Guidiccioni riss die Augen auf, als er das hörte. De Toledo schloss sie lediglich und wartete ab.

»Was ist es, das Euch Angst macht, mein Freund?«, fragte Pietro Paolo Parisio frei heraus. Der Kardinal war der Ruhigste unter den Anwesenden, immer bereit, andere Meinungen anzuhören, und stets darum bemüht, die verschiedenen Positionen miteinander zu versöhnen und auf diese Weise Konflikte zu vermeiden, die seiner Ansicht nach nur dazu beitrugen, die Kirche weiter zu schwächen, die schon so uneins und zermürbt war.

»Die Macht des gedruckten Wortes«, erwiderte Carafa geheimnisvoll. Nach einer Kunstpause fuhr er fort: »Ich nehme an, Ihr wisst, welchen Ideen die Kardinäle Giovanni

Morone und Reginald Pole anhängen. Darüber hinaus war der päpstliche Legat erst vor wenigen Monaten mit ihnen zusammen, aus Anlass der Vorbereitungen zum bevorstehenden Konzil in Trient, die trotz der lobenswerten Bemühungen unseres Papstes nur langsam vorankommen.«

»Die Schwierigkeiten sind beträchtlich, Kardinal. Was Morone und Pole angeht, kann ich Euch unsere gemeinsame Reise bestätigen, auch wenn mir nicht klar ist, worauf Ihr hinauswollt.«

»Ihr seid Euch dessen bewusst, dass Kardinal Reginald Pole sich in diesen Tagen in Viterbo aufhält?«

»Gewiss! Er ist genau dort, wo er sein soll, da er zum Verwalter des Patrimonium Petri und damit der Provinz des Kirchenstaates ernannt wurde, der auch Viterbo und Civitavecchia umfasst.«

»Ich bitte Euch, erspart mir diese unnütze Pedanterie, Kardinal!«, rief Carafa unwirsch aus und unterstrich seine Worte mit einer Handbewegung.

Pietro Paolo Parisio war fassungslos.

Doch Carafa war noch nicht fertig. Es war vielmehr erst der Beginn seiner Vorhaltungen. Wollte er triumphieren, nachdem er zunächst mit Andeutungen und Überraschungsmomenten aufgewartet hatte, musste er nun schnell und unerwartet zustoßen.

»Das stimmt schon«, sagte er mit feinem Grinsen der Vorfreude auf das, was er in petto hatte. »Doch solltet Ihr wissen, dass Pole neben der Wahrnehmung seiner offiziellen Aufgaben ganz im Geheimen seine *Ecclesia Viterbiensis* aufbaut, in der er die Gefolgsleute von Juan de Valdés um sich schart, einen Kreis aus Intellektuellen, Adeligen, Kardinälen und anderen Prälaten und nicht zuletzt Künstlern, die von der neuen, unsagbaren Häresie beeinflusst sind. Er hat vor, sein Gedankengut zu verbreiten wie Lepra.«

Parisio reagierte ebenso kühl wie schroff: »Könntet Ihr uns klar und deutlich und in aller Ausführlichkeit darlegen, was Ihr uns damit sagen wollt?«

Die anderen Reaktionen fielen weniger gesittet aus.

»Ich wusste es«, dröhnte Guidiccioni und erhob sich. »Ich habe diesen Engländer noch nie gemocht.«

»Was habt Ihr anderes erwartet vom Sohn des Cousins dieses Häretikers Heinrich VIII.?«, stieß de Toledo ins selbe Horn.

»Ruhig, meine Freunde, ruhig«, versuchte Tommaso Badia sie zu beruhigen. Doch das war nicht leicht. Guidiccioni schien wie besessen: die Augen aufgerissen, die Lippen zusammengepresst, schmal und rot wie eine Messerwunde.

De Toledo an seiner Seite schien dem nicht nachstehen zu wollen und fuhr fort: »Poles Handeln ist unverantwortlich und vollkommen unvereinbar mit seinem Amt.«

»Sei dem, wie dem wolle«, verkündete Carafa. »Tatsachen sprechen eine klare Sprache.« Und mit großer Geste warf er eine Ausgabe des *Beneficio di Cristo* auf den Tisch.

30
Wut und Groll

Michelangelo war verärgert. Mehr noch, er war wütend. Guidobaldo II. della Rovere war unangekündigt in sein Haus gepoltert wie ein Gewittersturm. Er stand in seiner Rüstung vor ihm, die von der langen Reise mit Schlamm bedeckt war, in hohen Stiefeln und mit diesem hochmütigen Blick, der jedes Gegenüber zu einem Bettler degradierte. Er wurde von einem zweiten Mann begleitet, einem Mann der Waffen, der ebenso schweigsam war wie sein Blick bedrohlich.

Guidobaldo erhob Ansprüche und spie vom ersten Augenblick seines Eintretens an Verwünschungen aus. Am Ende lockte sein Getöse auch noch l'Urbino hinzu; der hatte in den Räumen geruht, die er gerade erst an seine eigenen angebaut und so im letzten Jahr seine Behausung vergrößert hatte. L'Urbino war aufgestanden, um herauszufinden, wer solch einen Lärm veranstaltete.

»Ich kann nicht verstehen, Messer Buonarroti, wie Ihr in solch einer elenden Behausungen leben könnt, in einem so gewöhnlichen Viertel und so miserabel ausgestattet, dass es wie der Unterschlupf verwahrloster Elendsgestalten aussieht. Doch deshalb bin ich nicht hier. Wo Ihr lebt, ist Eure Sache, und sei es zwischen Ratten und Bettlern. Das, was mir auf den Nägeln brennt, ist, dass ich gerade die Statue gesehen habe, die Ihr meinem verehrten Onkel gewidmet habt, und es ist wohl überflüssig zu sagen, dass sie mich, gelinde ausgedrückt, enttäuscht hat!«

Das war zu viel! Verstand sich der Heerführer neuerdings auf Kunst?

»Ist das wahr?«, sagte Michelangelo kühl. »Seid Ihr also imstande, Euch über Kunst zu äußern? Habt Ihr eine Vorstellung davon, was es bedeutet, Marmor zu bearbeiten? Mit welcher Überheblichkeit glaubt Ihr, Ihr könntet in mein Haus kommen und mir sagen, wie ich die Statue Eures Onkels zu gestalten habe! Das wäre so, als wollte ich Euch lehren, wie man die Truppen aufzustellen hat!«

»Darum geht es hier nicht!«

In diesem Augenblick trat Francesco Amadori, genannt l'Urbino, ein. Er trug sein schönes blondes Haar offen. Die breiten Schultern und der kräftige Brustkorb spannten die Tunika bis zum Zerreißen. Er sah aus wie ein Kriegsgott.

»Und wer seid Ihr?«, fragte er, aufrichtig erstaunt, Guidobaldo II.

»Wer ich bin? Wer seid Ihr, Signore? Ihr kommt ungebeten hierher und habt nichts Besseres zu tun, als meine und die Arbeit des Maestros zu beleidigen. Wie lange wir schon Schweiß und Mühen in das Projekt Eures Onkels stecken! Aber für Euch spielt das alles keine Rolle. Für Euch ist es nicht wichtig, dass mein Maestro trotz seines Alters immer noch gezwungen ist, sein Augenlicht und seine Hände dabei zu verschleißen, den Marmor so zu formen, dass es Euch glücklich macht. Denn Ihr habt an anderes zu denken …«

»Wie könnt Ihr es wagen, in diesem Ton mit mir zu sprechen!«, unterbrach ihn della Rovere. »Und Ihr, Messer Buonarroti«, sagte er, an Michelangelo gewandt, »erlaubt

Eurem Laufburschen, mir zu sagen, was ich tun und lassen soll? Ihr lasst Euch von ihm verteidigen, wie ich sehe! Da haben wir also den Grund für den Ärger ...«

»Ihr denkt nur an Euer eigenes Interesse, an die Fertigstellung des Grabmals, ohne zu wissen, was in der Vergangenheit vorgefallen ist. Ihr beurteilt die Arbeit eines Maestros mit einer derart schändlichen Leichtfertigkeit, dass mir schon übel wird, wenn ich es nur höre!«, fuhr l'Urbino unerschrocken fort, als hätte della Rovere nichts gesagt.

Michelangelo war hingegen die letzte Bemerkung des Hauptmanns nicht entgangen. Und er fand sie besonders beleidigend. »Genug, Francesco!« Er wusste den Eifer des jungen Mannes zu schätzen, der ihm seit dreizehn Jahren treu ergeben war und sich eingemischt hatte, um ihn zu verteidigen. Doch er war nicht zum berühmtesten Künstler seiner Zeit geworden, indem er es anderen überließ, ihn zu beschützen. »Was Euch angeht, Messer della Rovere« – und sein Ton duldete keinen Widerspruch –, »habe ich kein Interesse daran, Eure Meinung zu meinem Werk zu erfahren, denn Euch fehlt es an der Qualifikation, das zu beurteilen. Ihr habt vier Statuen in Auftrag gegeben, und die werdet Ihr bekommen. Die erste ist fertig. Sie wurde in dieser Weise ausgeführt, weil, wie Ihr gesehen habt, die Aufteilung und die Größenordnungen des Monuments sich vollständig geändert haben, und da ich die Maße der Nischen berücksichtigen musste, hielt ich es für angebracht, die Statue, die den Papst darstellt, ins Zentrum zu setzen und ihn in die richtige Proportion zu den anderen Statuen zu bringen. Ich erwarte nicht, dass Ihr das versteht, und es ist mir auch egal. Um ehrlich zu sein, erkenne ich in Euch genau dieselbe Launenhaftigkeit, die Julius II. eigen war. Das ständige Ändern seiner eigenen Pläne, die blindwütige Vorliebe, Kriege zu führen, das ständige Bedürfnis, neue Vorhaben anzugehen, mit denen er mich beauftragt hat, nur um mich dann wieder davon abzuziehen: sein Grabmal, dann der Neubau der Basilika von Sankt Peter – alles unvollendete Vorhaben, die auch nicht umsetzbar waren, weil er sofort das Interesse daran verlor!«

»Ihr seid dermaßen undankbar!«, donnerte della Rovere mit blutunterlaufenen Augen. »Ihr vergesst zu leicht, dass es mein Großonkel war, der Euch unvergänglichen Ruhm verschafft hat, der Euch mit den Fresken der Sixtina betraut hat!«, sagte er und spuckte auf den Boden.

Francesco sah rot vor Wut. Er löste ein Messer vom Gürtel. Die Klinge blitzte im Licht der Kerzen auf.

»Sagt Eurem Liebhaber, er soll das Messer wegstecken, oder ihm fehlt gleich ein Ohr, habe ich mich klar genug ausgedrückt?«

»Wenn Ihr auch nur versucht, mich anzufassen, werdet Ihr sehen, was dann passiert! Kein weiteres Wort zu meinem Maestro, oder dieser Dolch wird bei Gott, Messere, mit Eurem Blut getränkt.«

Nun zückte auch der Mann, der della Rovere begleitete, sein Schwert. Das Risiko konnte Michelangelo nicht eingehen.

»Halt! Niemand legt hier Hand an die Waffe! Wie ich schon sagte: Ich habe nicht die geringste Absicht, mit Euch darüber zu diskutieren, was die Ausführung der Statue betrifft, ganz abgesehen davon, dass der Vertrag sich da ganz klar ausdrückt. Ich verpflichte mich, vier Statuen zu liefern, die so gestaltet sind, dass sie sich harmonisch und schlüssig in das Monument einfügen, das dem Gedenken an Euren

Onkel gewidmet ist. Die erste ist bereits aufgestellt, die anderen werden folgen. Was den Ruhm betrifft, den der Auftrag Julius II. mit sich bringt, denke ich, er ist wohlverdient, nicht schon allein deswegen, weil mir dieser Auftrag anvertraut wurde, sondern weil, Messer della Rovere, die Fresken im Gewölbe der Sixtina alle Erwartungen übertreffen werden. Und schließlich, was Eure arrogante und anmaßende Bemerkung angeht, Francesco sei mein Liebhaber, ist dies eine Angelegenheit, die Euch nichts angeht. Ich finde diese Behauptung ungeheuerlich, umso mehr, als Ihr hier ohne Einladung meinerseits erschienen seid.«

Michelangelo hielt inne und machte l'Urbino ein Zeichen, den Dolch wieder einzustecken. Sobald er das getan hatte, fuhr Michelangelo fort: »Ich habe keinerlei Veranlassung, mich einem Mann gegenüber zu rechtfertigen, der jünger ist als ich, der sich erst noch beweisen muss, der in mein Haus spuckt und mich eines Verhaltens bezichtigt, dass, wenn man es genau betrachtet, eher Eurem Großonkel zuzuordnen ist als mir!«

Francesco Amadori konnte sich ein Grinsen nicht verkneifen.

Guidobaldo II. riss ungläubig die Augen auf. »Ihr wagt es zu behaupten, dass Giuliano della Rovere, der Papst, ein Sodomit war? Seid Ihr Euch dessen bewusst, dass Ihr damit nicht nur mich, sondern ganz Rom beleidigt? Ihr wisst wohl nicht, mit wem Ihr es zu tun habt, elender Mistkerl! Ihr glaubt, Ihr könntet Euch benehmen, wie es Euch gefällt, nur weil Ihr für Eure obszönen Bilder und ebenso vulgären Skulpturen ein bisschen Anerkennung erhalten habt?«

»Sagt, was Ihr wollt«, sagte Michelangelo, »dort ist die Tür.«

»Na schön, ich werde jetzt gehen, denn ich ertrage diese niveaulose Unterhaltung nicht länger. Aber glaubt nicht, unantastbar zu sein, Messer Buonarroti. Entgegen Eurer Überzeugung ist mein Stern dazu bestimmt, immer heller zu leuchten. Wohingegen Ihr bloß alt und tatterig seid. Der Tag ist nicht fern, an dem mich der Papst zum Generalkapitän des päpstlichen Heeres ernennen wird, und dann, mein Freund, seid nicht mal Ihr sicher vor meiner Rache!«

»Geht! Sofort!«, dröhnte Michelangelo wutentbrannt.

Wortlos, doch mit einem diabolischen Lächeln im Gesicht begaben sich Guidobaldo II. della Rovere und sein Begleiter zur Tür.

31
Die Macht der Ideen

»*Il Beneficio di Cristo*?«, flüsterte Kardinal Badia nicht ohne Überraschung.

Carafa nickte herablassend. »Gedruckt in Venedig.«

»Im weltlichen Venedig«, fügte de Toledo hinzu.

»Im ketzerischen Venedig«, wie Guidiccioni mit gewissen Nachdruck hervorhob. »Eine Stadt, die sich seit jeher unserer Autorität entzieht, als sei sie etwas anderes und als würden die Gesetze Gottes für sie nicht gelten.«

»Sei dem, wie dem wolle«, schnitt ihm Carafa das Wort ab, »dieses Bändchen erfährt eine ebenso überraschende wie unglaubliche Verbreitung. Von Mailand bis nach Venedig, von Padua nach Florenz und weiter nach Neapel, unter Adeligen wie dem einfachen Volk, unter Reichen wie unter armen Leuten sind die Worte von Benedetto Fontanini ein verklausulierter Nachhall der Thesen Martin Luthers.«

»Seid Ihr da sicher?«, fragte Kardinal Badia mit einem Anflug von Besorgnis.

Als Antwort nahm Carafa das Bändchen zur Hand, öffnete es und las die erste Seite, die ihm unterkam: »*Dies ist ebenjener heilige Glaube, ohne den nichts gottgefällig sein kann, und durch welchen alle Heiligen des Neuen und des Alten Testamentes ihr Heil erfahren haben, wie der heilige Paulus es von Abraham bezeugt, über welchen die Schrift sagt: ›Abraham hat Gott geglaubt, und das wurde ihm zur Gerechtigkeit gerechnet.‹ Und daher sagt er kurz zuvor: ›Wir glauben daher, dass der Mensch sich durch den Glauben rechtfertigt und nicht durch die Werke nach dem Gesetz.‹«*

Bei allen, die um diesen Tisch saßen, bewirkten diese Worte betroffenes Schweigen. Denn jeder wusste, dass in diesem kleinen Text eine umsturz- und zerstörungsträchtige Kraft innewohnte. Zwar waren dies die Worte des heiligen Paulus, doch in den Händen beliebiger Personen. Darin lag die Macht der Verbreitung eines Büchleins wie *Il Beneficio di Cristo*: Es erlaubte jedem Einzelnen, in eine persönliche Beziehung zu Gott zu treten, wobei die »Werke nach dem Gesetz« gänzlich außen vor blieben und somit der Befugnisbereich der Kirche, die dadurch auf einen Platz verwiesen wurde, der nicht einmal mehr untergeordnet zu nennen war.

Es war Kardinal Badia, der als Erster das bleierne Schweigen brach. Er tat es aus Liebe zur Wahrheit. Carafa wusste, dass er am schwierigsten zu überzeugen sein würde. Und das auch im Hinblick auf seine Worte. »Freunde, ich verstehe vollkommen, wie sehr Sätze wie diese das empfindliche Gleichgewicht zerstören können, das wir so mühevoll wiederherzustellen versuchen, nachdem die protestantischen Thesen einen Bruch herbeigeführt haben. Andererseits frage ich mich, ob die gerade vorgelesene Passage die einzige dieser Art ist oder ob es noch weitere Stellen gibt – und da ich die Texte von Benedetto Fontanini kenne, fürchte ich, dass es sich eher so verhält – die in den falschen Händen eine Rebellion auslösen könnten, die, das muss ich eigentlich nicht erwähnen, das Ende unserer geliebten Kirche bedeuten würde.«

Guidiccioni wollte gerade etwas sagen, doch Carafa kam ihm zuvor und las einen weiteren Abschnitt: »*Bestätigend, dass nach Paulus' Willen allein der Glaube ausreicht, Gerechtigkeit zu erfahren, sodass der Mensch allein durch den Glauben gerecht werde, auch wenn er keinerlei Werke vollbracht hat. So wird der Dieb gerechtfertigt ohne Werke des Gesetzes, denn der Herr sucht nicht, was er in der Vergangenheit getan habe, noch erwartet er, dass er irgendetwas bewerkstellige, nachdem er glaubte, doch da er ihn allein durch das Bekenntnis gerechtfertigt hatte, nahm er ihn als Gefährten an, dem der Eingang ins Paradies zustehen soll.*«

Der Saal schien in ein noch größeres und bedrückteres Schweigen gehüllt zu sein. Carafa wusste, dass dies der Moment war, um zu handeln. Er musste die Fassungslosigkeit und die Angst ausnutzen, die diese wenigen Worte ausgelöst hatten – allein durch die Tatsache, dass sie ausgesprochen wurden.

»Ich glaube, dass dieser Text so gefährlich ist, dass er verboten werden muss. Ich habe noch keine Vorstellung, wie das zu bewerkstelligen ist, ich werde noch darüber nachdenken, doch das ist jetzt nicht das größte Problem. Ich erlaube mir, uns alle daran zu erinnern, dass das Konzil bevorsteht, bei dem der Papst mit seinen besten Männern versuchen wird, eine Aussöhnung mit den Protestanten zu erzielen und sie in den Schoß der katholischen Kirche zurückzuführen – darüber freue ich mich. Doch wegen des Amtes, das uns anvertraut wurde, ist es auch unsere Pflicht, wachsam zu sein. Und es ist wohl keiner unter uns, der nicht sähe, wie schädlich und abträglich ein solcher Text für die Kirche ist.«

Carafa goss sich Wasser ein. Er wusste, dass er seine Gesprächspartner überzeugen musste, wenigstens einen Teil von ihnen. Und dabei musste er mit Bedacht vorgehen, er bewegte sich auf unsicherem Terrain. Solange er trank, wagte niemand, ihn zu unterbrechen. Doch das Wasser stillte seinen Durst nicht. Er wollte gern noch mehr, durfte aber auch nicht zu lange warten, ehe er weitersprach. Er hatte sie fast so weit, deshalb sprach er weiter.

»Doch die Lage ist noch weit schlimmer. Denn wenn es stimmt, dass Benedetto Fontanini der Verfasser dieses missratenen theologischen Machwerks ist, dann ist Marcantonio Flaminio auch unbestritten der Herausgeber. Er hat es jüngstens mit Beispielen und Überlegungen angereichert, die zweifelsohne auf die Thesen Luthers zurückgehen, tatsächlich aber die kühne Auffassung von Reginald Pole aufgreifen, denn zu ihm unterhält Flaminio geheime Beziehungen. Während ich hier mit Euch spreche, hält der Kardinal in der Nähe von Viterbo Vorträge über dieses Werk und sammelt einige der einflussreichsten Persönlichkeiten unserer Zeit um sich, sodass die *Ecclesia Viterbiensis* zu einer Kirche in der Kirche heranwächst. Wie man es auch dreht und wendet, es ist offensichtlich, dass dieser Umstand nicht zu tolerieren ist.«

»Einflussreichste Persönlichkeiten?«, fragte Kardinal Pietro Paolo Parisio nach, der von dem, was Carafa soeben vorgelesen hatte, sichtlich erschüttert war.

»Wollt Ihr Namen wissen?«

Parisio nickte.

»Zunächst einmal Vittoria Colonna.«

»Die Marchesa di Pescara?«, erkundigte sich Badia.

»Sie ist Dichterin, Intellektuelle, Anhängerin von Juan de Valdés und Bernardino Ochino, Schwester von Ascanio Colonna, demjenigen, der vor zwei Jahren erst eine Revolte gegen den Papst angezettelt hat.«

»Furchtbar«, kommentierte de Toledo.

»Gibt es noch weitere Persönlichkeiten?«

»Kardinal Giovanni Morone.«

»Wirklich?«

»Seine Freundschaft mit Reginald Pole dürfte allgemein bekannt sein«, sagte Carafa, »ganz abgesehen davon, dass seine Ernennung zum Nuntius in Gent sowie seine Teilnahme an den Zusammenkünften von Hagenau, Worms, Regensburg und Speyer gezeigt haben, dass er um einen Kompromiss mit den Protestanten bemüht ist.«

Kardinal Badia seufzte.

Carafa ignorierte ihn. »Vor allem aber haben eingehende Nachforschungen vollkommen zweifelsfrei erwiesen, dass einem solchen Kreis in jüngerer Zeit auch einer der größten Künstler der Gegenwart angehört, ein Mann, dessen Ruhm und Popularität so weitreichend ist, dass es für uns der achten biblischen Plage gleichkäme, wenn sich allein das herumspräche.« Carafa hielt inne. Er goss sich nochmals Wasser ein. Er trank und ließ die fünf Kardinäle voller Spannung warten.

Und dann nannte er den Namen, der diesen Tag vollkommen verändern sollte: »Michelangelo Buonarroti.«

32

In der Sixtina

Die Sixtinische Kapelle zu betreten hatte immer eine seltsame Wirkung auf ihn. Obwohl er sie als sein persönliches Werk ansah, blieb sie für ihn doch auch immer ein Geheimnis, so etwas wie ein alchemistisches Behältnis, ein mystischer Ort, der zu leben und zu atmen schien.

Er war jedes Mal ganz verzaubert von den unterschiedlichen Formelementen. Denn der Grundriss war zwar ein Viereck, doch die beiden Längsseiten waren keineswegs streng parallel, vielmehr wurde der Abstand nach unten hin schmaler. Und als sei dies noch nicht genug, wirkte der Boden, als sei er geneigt.

Der Grund für eine derartige Eigenwilligkeit lag darin, dass sein Schöpfer, der Architekt Baccio Pontelli, sie über der inzwischen zerstörten Vorgängerin, der Cappella Magna, errichtete. Für den Bau hatte er sich am salomonischen Tempel in Jerusalem orientiert, daher hatte er dessen Abmessungen übernommen. Seine Länge entsprach etwa siebzig *braccia*, was dem Doppelten der Breite und dem Dreifachen der Höhe entsprach, die dreiundzwanzig *braccia* betrug. Zudem hatte Baccio Pontelli den Wünschen Sixtus' IV. entsprechen müssen, sodass die Wände überaus dick waren – fünfeinhalb *braccia*. Außen am Gebäude waren oberhalb des Deckengewölbes die Unterkünfte und Umgänge für die Wachen eingearbeitet worden, die Schießscharten für die Bogenschützen und eine ganze Reihe von Verteidigungsvorrichtungen, die aus ihr eine echte militärische Festung machten.

Im Inneren jedoch raubten ihm die Schönheit der Fresken, vor allem die von Perugino und Botticelli in ihrer vornehmen Anmut den Atem. Wenn er sich wieder einmal Tag und Nacht den Rücken kaputt gemacht hatte, im Bemühen, die Arbeit an der Decke zu Ende zu bringen, waren ihm die wundervollen Figuren Botticellis unendlicher Trost gewesen. Und die Tatsache, dass er sie oben auf dem Gerüst und damit also die meiste Zeit nicht sehen konnte, war für ihn eine echte Qual gewesen.

Als er jetzt die Kapelle betrat, um dem Papst unter die Augen zu treten, der in der Mitte des Raums auf ihn wartete, fiel sein Blick noch einmal auf diese leuchtenden Farben und dieses Frauengesicht, das Botticelli im Fresko der Versuchung Christi so lieblich gestaltet hatte. Die weibliche Figur balanciert ein Bündel Holz auf dem Kopf, ihr Gesicht leuchtet förmlich, so marmorhell ist die Haut, das Gewand ist weiß und der Umhang himmelblau. Es handelte sich um eine mythische Gestalt, und jedes Mal, wenn er sie ansah, kam Michelangelo Vittoria in den Sinn.

Doch der Zauber war zum Vergehen verurteilt, denn der Papst wartete, und danach, wie er seine Hände rang, hatte er ihm nichts Gutes zu sagen.

Schweren Herzens ging Michelangelo zu ihm, kniete nieder, küsste ihm das Gewand und dann den Ring. Schließlich stand er wieder auf. Was er dann sah, gefiel ihm überhaupt nicht.

Paul III. schüttelte den Kopf, und ein bitteres Lächeln lag auf seinen Lippen. »Michelangelo, mein Freund, Ihr macht

Euch keine Vorstellung, wie leid es mir tut, für Euch und für mich.« Er schien wirklich untröstlich. »Ich will Euch nicht verheimlichen, dass ich lange darüber nachgedacht habe, was ich tun soll, und ich bin natürlich zu dem Schluss gelangt, mich auf Eure Seite zu stellen. Doch ich muss gestehen, dass Ihr alles dafür tut, der größtmöglichen Zahl von Feinden eine Angriffsfläche zu bieten, und zwar Feinden, die so mächtig sind, dass Ihr, wenn Ihr so weitermacht, Euren eigenen Untergang herbeiführen werdet. Doch seht nur, seid Ihr nicht der Schöpfer dieses herrlichen Kunstwerks?« Dabei zeigte der Papst auf die Altarwand vor ihnen.

Michelangelo kannte sie gut. Er hatte das *Jüngste Gericht* vor etwas mehr als einem Jahr fertiggestellt und wusste bestens, wie viel Arbeit und welche Ängste ihn das gekostet hatte. Doch er schwieg, denn er ahnte, dass der Papst noch nicht fertig war. Er kannte ihn schon zu lange, um sich da zu irren. Das war erst der Anfang.

»Ihr seid ein Mann, der imstande ist, all dies zu schaffen«, fuhr der Papst fort. »Die Engel, die das Kreuz Christi forttragen und die Dornenkrone halten, stellen die Seligen dar, die dort auf der anderen Seite nehmen die Säule mit sich, an die Christus gebunden war und gegeißelt wurde, sowie das Rohr, auf das der essiggetränkte Schwamm gespießt war. Doch das Zentrum, der Gravitationspunkt, das Herz des gesamten Wunderwerks sind Jesus und Maria, eingehüllt in eine Aureole aus Licht. Jedes Mal, wenn ich sie anschaue, ist mir, als müssten mir die Augen übergehen, denn auch nach tausend und abertausend Malen, die ich sie gesehen habe, bin ich nicht gefasst auf die derartige Schönheit.« Der Papst seufzte. Es war, als würde er Michelangelo zum ersten Mal aus tiefstem Herzen sagen, was er über sein Werk dachte.

Doch dieses Ausschütten von Lob und Bewunderung schien nur etwas Unangenehmes verschleiern zu sollen, das ihm früher oder später über die Lippen kommen würde.

Michelangelo hoffte, dass dem nicht so sei, doch er spürte es ganz klar und unausweichlich. Die Worte von Paul III. bestätigten vielmehr seine schlimmsten Befürchtungen, und so war er erst recht auf der Hut und fragte sich beunruhigt, was man ihm wohl vorwerfen würde.

»Ihr sagt ja gar nichts, mein Freund?«, versuchte der Papst, ihn zu ermutigen.

»Ich höre Euch zu«, antwortete Michelangelo knapp.

»Ich verstehe. Aber Ihr müsst mir glauben – Ihr könnt Euch gar nicht vorstellen, wie sehr ich Euer Meisterwerk liebe. Unter all den Prachtstücken in dieser Kapelle ist das *Jüngste Gericht* mir das liebste. Meine Augen wissen gar nicht, wohin sie bei all der Herrlichkeit zuerst hinschauen sollen – auf die über das Haupt erhobene Hand Christi oder seinen nach unten weisenden Blick, wo die Schlünde der Hölle nach den Verdammten schnappen, während seine leicht gebeugte Linke, die sich auf derselben Höhe wie der Blick Marias befindet, die Seligen beruhigen zu wollen scheint. Es steckt so viel Liebe in diesem Fresko, es ist so triumphal, dass man seine Größe beinahe nicht erträgt. Und doch ...«

Das letzte Wort kam geradezu ächzend über die Lippen des Papstes, denn das, was er zu sagen hatte, kostete ihn Überwindung. Sogar einen Mann wie ihn.

»Und doch?«, setzte Michelangelo nach. Wenn der Pontifex ihm den Krieg erklären wollte, dann konnte er es auch gleich tun. Wozu noch warten?

»Und doch lasst Ihr keine Gelegenheit aus, mich in Verlegenheit zu bringen. Stimmt es, was ich über Euren Umgang gehört habe?«

»Worauf spielt Ihr an, Eure Heiligkeit?«

Paul III., der mit dem Rücken zu ihm stand, die Augen immer noch auf das *Jüngste Gericht* geheftet, drehte sich um und durchbohrte ihn mit seinem Blick.

»Ich mache keine Anspielungen, ich stelle fest. Ich weiß von Euren Beziehungen zu Vittoria Colonna. Und zu Reginald Pole, Marc Antonio Flaminio, Sebastiano Priuli – und mit wem wohl noch alles? Ist Euch eigentlich klar, was Ihr da tut? Ich muss Euch warnen, Michelangelo, denn damit stellt Ihr Euch gegen die Kirche, die ich vor der protestantischen Strömung zu beschützen versuche, die wie eine Flut über Rom hereinzubrechen droht. Fast schlimmer noch als die Apokalypse. Und Ihr, Michelangelo, Ihr, als unser Hofkünstler, Ihr kehrt Euch so von uns ab?«

»Doch es wart Ihr selbst, der Reginald Pole zum Legaten für die Einberufung des Konzils von Trient bestimmt habt!«

»Keine Spielchen bitte. Wir wissen beide bestens, dass der Kardinal ein Mann von wahrer Geistesgröße ist und dass er sich im Rahmen des Möglichen für einen Dialog mit Luther eingesetzt hat. Doch eine *Ecclesia* zu gründen, die die Thesen unseres gewaltigsten Feindes aufgreift, geht doch etwas darüber hinaus, meint Ihr nicht? Und genau das tut Pole.«

»Ihr habt mich also beschatten lassen?«

»Nicht ich. Doch wer immer das entschieden hat, hat recht gehabt, wie ich sehe.« Paul III. seufzte erneut. Er war von unverkennbarer Enttäuschung und Bitterkeit beherrscht, die er nicht verbergen konnte.

»Was soll ich Eurer Meinung nach tun?«

»Zunächst einmal, sie nicht mehr zu sehen. Das führt zu nichts Gutem.«

»Droht Ihr mir?«

»Euch drohen? Wie könnt Ihr das nur denken? Ihr selbst seid der Grund für Euer Ungemach. Seit ich Papst bin, mache ich mir Sorgen um Euer Wohlergehen. Wer hat Euch denn zum *Supremo Pittore e Scultore dei Sacri Palazzi Vaticani*, zum obersten Maler und Bildhauer des Vatikanpalastes, ernannt? Und Euch damit ein Gehalt von hundert Dukaten im Monat verschafft? Wer beschützt Euch heute, obwohl Ihr alles dafür tut, Euch auf die Seite der Kirchenfeinde zu schlagen?«

»Ihr wisst genau, dass es nicht das Geld ist, wonach ich strebe!« Michelangelo sprach diese Worte aus, als seien sie eine Beleidigung.

»Davon bin ich überzeugt. Doch das ändert nichts an der Sache, versteht Ihr das? Ihr könnt nicht meinen, Euch mit bestimmten Personen treffen zu können und weiterhin unsere Galionsfigur, das Aushängeschild der christlichen Kirche von Rom zu sein.«

»Warum? Warum?«, brach es erbittert aus Michelangelo heraus. »Warum bin ich Euch nicht mehr gut genug? Tue ich nicht genug zu Eurer Verherrlichung und zur Mehrung Eures irdischen Ruhms?«

»Gottes Ruhms, Michelangelo.«

»Wirklich, Heiligkeit? Oder ist es nicht vielmehr diese Eure Kirche, die im Laufe der Zeit vergessen hat, dass sie die Dienerin unseres Herrn ist? Denn seht Ihr, es gibt so viele Männer Gottes, die jeden Tag die abscheulichsten Verbrechen begehen, dass ich wirklich Mühe habe, den vorgeblichen moralischen Führungsanspruch anzuerkennen. Simonie, Ablasshandel, Sodomie, Vergewaltigung, Korruption, Pädophilie!«

»Wie könnt Ihr es wagen?« Paul III. stützte sich auf die Armlehnen seines Thrones. Er kam ins Wanken, so sehr hatten ihn die Worte getroffen, so gänzlich ohne Vorwarnung, unverblümt, schonungslos, furchtbar.

»Wie ich es wagen kann? Eure Heiligkeit, es geht hier ja nicht um Behauptungen, sondern um Fakten. Könnt Ihr vielleicht leugnen, dass Euer Sohn, Pier Luigi Farnese, nicht nur gemeinsam mit den Landsknechten am Sacco di Roma teilgenommen hat, sondern, kaum dass er den Palazzo der Familie verteidigt hatte, am Tag nach dem Massaker im Umland von Rom Diebstähle, Schändungen und Morde beging, sodass ihn Papst Clemens VII. sogar mit Exkommunikation und Bannfluch belegt hat? Und was sagt Ihr zu der Schändlichkeit, die er vor ein paar Jahren in Fano beging, wo er den Bischof mit vorgehaltenem Messer vergewaltigte? Und was tatet Ihr, um ihn zurechtzuweisen? Ihr gabt ihm das Herzogtum Castro als Lehen!« Michelangelos Wut hatte ihren Höhepunkt erreicht. Er wusste, dass er sehr weit – zu weit – gegangen war, doch er war es leid, Geisel von Männern zu sein, die ihm drohten, die sich Diener Gottes nannten, was aber nicht im Mindesten zutraf.

Paul III. setzte sich wie erschlagen vom Gewicht der scharfen Worte, die wie Pfeile auf ihn abgeschossen worden waren, erschöpft auf seinen Stuhl.

Er senkte den Kopf, denn er konnte die Wahrheit nicht leugnen. »Ihr habt keinen Respekt, Messer Buonarroti.«

Doch Michelangelo machte keine Anstalten nachzugeben. Er tobte. »Es ist mir egal, was Ihr über mich denkt. Ich bin es leid, Angst zu haben, ich bin es leid, diesen Wahnsinn mitzutragen, der diese Stadt verschlingt!«

Paul III. hob die Hand. »Ihr versteht das nicht. Ich denke deshalb darüber nach, Guidobaldo II. della Rovere zum Generalkapitän der päpstlichen Truppen zu ernennen. Mein Sohn kennt kein Maß. Und vielleicht auch keine Disziplin, da habt Ihr recht. Doch was macht Ihr? Ihr streitet selbst mit della Rovere. Kürzlich erst habe ich mir seine Klagen angehört, dass Ihr ihn angegriffen hättet ...«

»Es ist ja nicht zu fassen! Heiligkeit, nicht ich habe della Rovere angegriffen, sondern er mich! Er ist in mein Haus geplatzt, hat sich in unangemessener Weise ein Urteil über meine Arbeit erlaubt, mein Werk verunglimpft und erklärt, die Julius II. gewidmete Statue sei dem Glanz und der Größe seines Großonkels nicht angemessen.«

»Genug davon, Michelangelo, ich bitte Euch, verschont meine Ohren«, sagte der Papst, der inzwischen schon ganz ermattet war.

»Einverstanden! Doch Ihr solltet wissen, dass ich auf Euch vertraut habe, von diesem Auftrag entbunden zu werden. Ich würde mich gerne ausschließlich den Fresken in der Cappella parva widmen können, ganz zum Ruhme Gottes. Stattdessen verwende ich meine Zeit für die Arbeit an den Statuen für das Grabmal Julius' II.!«

»Ich bin müde, Michelangelo. Geht. Eure Gegenwart hat mich heute so geschwächt, dass ich Euch bitte, nun zu gehen, ehe meine Kräfte zurückkehren und ich Euch bestrafe, wie Ihr es für Eure Unverfrorenheit verdient hättet. Kümmert Euch lieber darum, die Fresken der Kapelle fertigzustellen.« Damit schwieg der Papst, sein Antlitz wurde zu einer Maske aus Leid und Groll.

Während ihm noch der Zorn aus den Augen blitzte, beugte Michelangelo das Knie. »Ganz wie Eure Heiligkeit befiehlt.« Er küsste das Gewand des Papstes, dann den Ring. Schließlich stand er auf und verließ die Sixtinische Kapelle in schwerem und düsterem Schweigen. Er wusste, dass der Papst sich nach dem, was er gesagt hatte, hüten würde, für ihn einzutreten.

Durch sein unbesonnenes Verhalten hatte er Vittoria noch mehr in Gefahr gebracht, als sie es ohnehin schon war.

Er könnte es sich nicht verzeihen, sollte ihr etwas zustoßen.

33
Zorn

Nein, das würde er ihnen niemals verzeihen!

Sie hatten ihn und Vittoria verfolgt, die nichts Böses getan hatten. Sie hatten ihn nicht vor della Roveres Anmaßungen beschützt, der nicht nur von ihm verlangte, dieses verdammte Grab fertigzustellen, sondern es wagte, die Qualität seiner Arbeit infrage zu stellen, als hätte er jemals etwas von Kunst verstanden! Sie schützten ihre eigenen Laster und Privilegien und propagierten diese Verkommenheit als den Willen Gottes.

Er war es leid.

Er war angewidert.

So sehr wie noch nie.

Bitterkeit überschwemmte ihn. Es war wie eine riesige schwarze Welle, die sich über ihm aufbaute, um dann wie ein Wasserfall auf ihn herabzustürzen und ihn schließlich erschöpft und erschlagen am Ufer des Lebens auszuspucken, ohne jegliche Hoffnung und verstummt. Er war ein Wrack, ein zerschelltes Boot, die Planken und Aufbauten ruiniert; er war der völligen Zerstörung nahe.

Er weinte, weil er sich verraten fühlte. Er weinte, weil er wusste, dass er an die Rechtschaffenheit der Leute geglaubt hatte, an ihre Aufrichtigkeit, stattdessen überall nur Korruption, Berechnung, Schacherei, wohin er auch blickte. Und

Rom, Rom, dem er zu einer Schönheit hatte verhelfen wollen, wie sie einer Königin anstand; Rom, das mit all seinen weißen Säulen ebenso erstrahlte wie mit der Farbenpracht seiner Fresken, Rom, das mit marmornen Brücken über den Tiber neu erstand, sein Rom, ein einziges Blendwerk, ein Schrein der Schönheit! Nun war die Stadt nichts weiter als eine geschändete Geliebte, verwundet tat sie ihre letzten Atemzüge; sie war zur Beute der Begehrlichkeiten und der Gier von Verrätern und Dieben geworden, von Mördern und Lügnern. Er hatte gehofft, dass dieser Papst anders als die anderen sein würde, doch das war überhaupt nicht der Fall. Auch der tat nichts anderes, als an seine eigene Familie zu denken, vergab immer neue Lehen an seine Bastarde, die er mit einer Kurtisane hatte und die nichts anderes waren als Vergewaltiger, Diebe, Sodomiten und Gotteslästerer. Und der warf ihm vor, einen schlechten Charakter zu haben, den Willen Gottes nicht zu begreifen, sich mit Häretikern zu umgeben! Sie waren doch die Philister, die Verräter des wahren Glaubens. Sie waren es, die das goldene Kalb anbeteten. Nicht er. Er lebte in einem armseligen und einfachen Haus, unterstützte die Familie durch seine Arbeit und die Werke, die er im Namen Gottes verwirklichte. Und das Geld reichte nie! So war er gezwungen, immer weiter Marmor zu bearbeiten und Kapellen mit Fresken zu versehen, obwohl er immer schlechter sehen konnte und die Umrisse der Figuren nicht mehr richtig erkannte.

Doch sie verfolgten stattdessen Pole, verfolgten Vittoria, die ihm dieses schöne venezianische Glas geschenkt hatte, mit dem er seine Fehlsichtigkeit korrigieren und wieder arbeiten konnte! Die hingegen füllten die Stadt mit Lügen, verschlangen Rom Stück für Stück und erzählten unentwegt, sie müssten die Sünde ausrotten.

Paul III. hatte sogar eine Institution zum Zweck derartiger Verfolgungen geschaffen – das Sant'Uffizio. Geleitet von einem Mann, den Michelangelo nicht kannte, den Pole aber unverblümt als einen blutdurstigen Dämonen bezeichnet hatte: Kardinal Carafa.

Er hasste es, sich so zu fühlen. Warum konnte nicht auch er einmal einen Augenblick des inneren Friedens genießen? Er schüttelte den Kopf.

Er betrachtete die Statue des Moses. Groß, ja riesig, stand sie vor ihm. Moses, der das eigene Volk in das gelobte Land geführt hatte. Moses, der die Gesetzestafeln mit sich geführt hatte, auf denen die zehn Gebote standen. Moses, der Wasser aus einem Felsen sprudeln ließ, indem er mit einem Stock daraufschlug. Moses, der die Höhen des Sinai erklommen hatte und dort vierzig Tage und Nächte geblieben war.

Wie viel hatte er selbst für sein Volk geopfert, vertrauend auf den Glauben an Christus? Allein bei dem Gedanken fühlte Michelangelo sich armselig und schwach. Ständig machte er sich nur um sich selbst Sorgen. Er empörte sich über die Ungerechtigkeit gegenüber seiner Kunst und dass die Kirche ihm nachspionierte. Wie konnte er auch nur daran denken, Zeit auf derartige dumme Fragen zu verschwenden? Hatte Moses nicht ganz andere Prüfungen bestanden? Und hatte er nicht immer Vertrauen in den Herrn gehabt? Und hatte der Herr ihn jemals verraten? War es nicht Gott, der die Wasser des Roten Meeres geteilt hatte, um sein Volk zu retten? Und hatte er sie nicht wieder geschlossen, um den Pharao und seine Kriegswagen zu verschlingen? Hatte Gott nicht Manna vom Himmel regnen lassen, als das Volk Israel nichts mehr zu essen hatte?

Im Glauben war die Antwort auf seine Fragen zu finden.

Der Zorn, der ihn wie ein Feuer verzehrte, musste sich in Eis verwandeln und ihm innere Ruhe und Kraft für den Dienst an der Kunst geben. Er würde Gott mit seiner Arbeit loben und seine Größe preisen.

Er sah Moses in die Augen und wusste, dass er etwas tun musste.

Es klopfte an der Tür. Michelangelo hatte keine Ahnung, wer das sein könnte.

Er öffnete und stand vor Tommaso de' Cavalieri.

Zunächst war er ganz verblüfft. Sie hatten sich eine Weile nicht mehr gesehen. Lange Zeit hatte Michelangelo für ihn unsagbare Gefühle genährt; am Ende war Tommaso der einzige wirkliche Grund, aus dem er vor zehn Jahren Florenz verlassen und nach Rom zurückgekehrt war.

An diesem Tag war er schöner denn je: lange kupferrote Haare, hohe kräftige Wangenknochen, helle Augen so klar und rein wie aus dem Himmel geschnitten.

Er umarmte ihn, und es war ihm, als würde er in dieser Umarmung versinken – diese muskulösen Arme und die breiten Schultern! Und wie er gekleidet war! In schwarzen Samt mit aufgestickten Goldmünzen.

»Kommt herein, Tommaso, sonst gefriert Ihr noch zum Eiszapfen.« Der Adelige ließ sich das nicht zweimal sagen.

Vor dem Kamin streckte Tommaso die Hände aus, um sie ein wenig zu wärmen, dabei kehrte er dem Maestro den Rücken zu. Michelangelo schaute ihn hingerissen an.

»Wie geht es Euch, Messer Buonarroti?«, fragte der Jüngere mit seiner weichen und angenehm modulierten Stimme.

»Wie es einem alten Mann eben geht, Tommaso. Ich gestehe, Ihr habt mir gefehlt. Wir leben in schwierigen Zeiten.«

»Ach ja?«

Michelangelo seufzte. Wenn er Tommaso sah, hatte er Schwierigkeiten, die richtigen Worte zu finden. Er war so elegant, hoheitsvoll und unerreichbar für ihn. Es brachte ihn ein wenig durcheinander. Er gab sich einen Ruck. »Ihr trefft mich in einem schwierigen Augenblick an.«

»Und wieso das?«, fragte Tommaso und drehte sich um. Das unschuldige Lächeln eines Kindes lag auf seinem Gesicht.

»Weil ich spüre, dass die Statue des Moses, die Ihr in der Vergangenheit schon gesehen habt, nicht so ist, wie sie sein sollte.«

»Das heißt?«

»Ich weiß nicht. Es ist, als stimme etwas mit der Haltung nicht.«

Tommaso machte große Augen. Er begriff nicht. »Das verstehe ich nicht – habt Ihr die Skulptur nicht selbst geschaffen?«

Michelangelo kam es so vor, als mache er alles falsch. Er hatte Tommaso eine Weile nicht gesehen, und das Erste, worüber er mit ihm sprach, waren seine Zweifel wegen des Moses. Er hätte beim besten Willen kein schlechterer Gastgeber sein können. »Mögt Ihr etwas trinken? Wein vielleicht? Oder eine Schale heiße Brühe, um Euch aufzuwärmen?«

»Nein danke, mir geht es bestens. Wollt Ihr meine Frage nicht beantworten?«

»Doch, natürlich. Es ist nur, dass ich Euch längere Zeit nicht gesehen habe. Deswegen kam es mir dumm und unhöflich vor, Euch mit meinen Zweifeln zu behelligen.«

»Macht Euch deswegen keine Sorgen. Ich war gerade in

der Gegend und dachte, es wäre schön, vorbeizuschauen und guten Tag zu sagen. Warum sehen wir uns den Moses nicht einfach einmal gemeinsam an? Wenn es Euch so zu schaffen macht, können wir vielleicht gemeinsam eine Lösung finden.«

Michelangelo lächelte. Im Innersten dankte er Tommaso für seine Freundlichkeit. »Natürlich«, sagte er und stand dabei auf. »Kommt mit mir.« Er führte ihn in die Werkstatt.

Im Zentrum stand, aus leicht durchscheinendem, perfekt poliertem Marmor prächtig anzusehen, die Mosesstatue.

Als er sie sah, sparte Tommaso nicht mit Lob. »Was für ein unglaubliches Wunderwerk Ihr geschaffen habt. Es fällt schwer zu glauben, dass Ihr mit einem solchen Prunkstück immer noch nicht zufrieden seid.«

»Ja, an sich ist sie schon gelungen, doch mir scheint, dass die Figur in ihrer jetzigen Haltung das Licht nicht richtig einfängt.«

»Das Licht?«

Michelangelo schüttelte den Kopf. »Ihr habt recht, Tommaso, ich muss es Euch zunächst erklären. Seht Ihr, in der Kirche San Pietro in Vincoli, wo sich das Grabmal von Julius II. befindet, liegen sich rechts und links davon zwei Fenster genau gegenüber. Durch sie fällt ein ganz wunderbares Licht herein. Der Moses soll im unteren Register des Grabmals seinen Platz finden. So wie es im Augenblick ist, mit dem Blick nach vorn, würde er den Altar ansehen, doch so könnte er den Lichtkegel nicht einfangen, der durchs linke Fenster fällt, dem er sich natürlicherweise zuwenden würde.«

»Ich glaube, ich verstehe«, sagte Tommaso. »Und ich muss zugeben – als ich ihn sah, habe ich auch gedacht, wenn Moses zur Seite sähe, wäre die Statue, glaube ich, noch schöner, als sie schon ist. Doch nun wird man das wahrscheinlich nicht mehr ändern können.«

Michelangelo sah ihn an. In diesem Augenblick wusste er, was er tun musste, doch er beschloss, Tommaso nicht zu sagen, was er im Sinn hatte. Wäre es nicht schön, ihn mit etwas Außergewöhnlichem zu überraschen? Deswegen schwieg er. Dann fragte er ihn: »Mögt Ihr mich in zwei Tagen wieder besuchen?«

»Gewiss. Jetzt allerdings sollte ich gehen, denke ich. Wie ich Euch schon sagte, bin ich in Eile. Ich würde gerne noch länger bleiben, aber …«

»Macht Euch keine Gedanken. Das verstehe ich vollkommen. Wir sehen uns übermorgen, und dann werden wir mehr Zeit haben.«

Mit diesen Worten begleitete er ihn zur Tür.

34
Dem Licht verpflichtet

Er nahm den Meißel.
Er schlug mit dem Hammer zu. Der Schlag hatte solche Wucht, dass der ganze Arm zu erzittern schien und die freigesetzte Energie bis in die Schulter hinaufstieg und weiter bis zum Hals und dem Kopf.

Er liebte die Mosesstatue; er hatte sie in der Hoffnung gehauen, dass sie ihm wenigstens ein wenig ähnelte. Doch jetzt hatte er beschlossen, dass es so nicht mehr passte.

Würde er nach vorne schauen, wären die Augen des Propheten auf den Inbegriff des katholischen Aberglaubens gerichtet, jenen Altar mit den Ketten Petri, gleichsam der Eckstein einer weltlichen Macht, von der sich die Kirche noch lange nicht verabschieden wollte. Und er wollte nicht zum Fortbestand einer solchen Schande beitragen. Er wusste jedoch, dass die Statue so aufgestellt werden würde, dass sich genau zu ihrer Linken ein Fenster befände; von dort würde das benötigte Licht einfallen, um den Blick des Propheten zu erleuchten. Ein reines, pures Licht, befreit von aller irdischen Unvollkommenheit.

Deshalb musste er es so einrichten, dass Moses den Blick zur Seite wandte – weg vom Altar hin zur Lichtquelle.

Das war der Grund, aus dem er den Marmor nochmals bearbeitete. Der erste Hammerschlag hatte ihn aus seiner

Abgestumpftheit gerissen, in der er, wie eingesponnen in das unendliche Netz aus Lügen, gefangen gewesen war.

Er arbeitete mit großer Entschlossenheit. Er wusste, dass er den Marmor im Bereich des linken Beines nutzen musste, er musste es nach hinten versetzen, damit der Fuß genügend Platz hatte. Eine andere Möglichkeit gab es nicht.

Während er meißelte, flogen die Marmorsplitter nur so umher, und er dachte darüber nach, wie er das Problem des linken Knies lösen sollte, das gegenüber dem rechten weitaus kleiner ausfallen würde. Er bearbeitete den Stein, bis die Tunika das linke Bein von Moses bedeckte. Durch das Raffen des Gewandes schuf er einen großen Faltenwurf. So täuschte er den Blick des Betrachters, und auf diese Weise gelang es ihm, die falschen Proportionen zu kaschieren.

Während sich der Meißel in den Marmor fraß und seine Arme weiterhin unter den Hammerschlägen vibrierten, lief ihm der Schweiß von der Stirn.

Je mehr er jedoch die Haltung der Statue veränderte, desto mehr spürte er, dass es richtig war. Ein Lied schien seine Brust zu weiten, eine Befreiung von all den Zumutungen und Einschränkungen, die ihm über die letzten Jahre von einer scheinheiligen Kirche auferlegt worden waren – die er aufs Entschiedenste hätte zurückweisen sollen.

Er wusste nicht, woher die unbekannte Musik kam, vielleicht vom unbändigen Teil seiner Seele. Vielleicht war er aber auch dabei, verrückt zu werden, oder es lag daran, dass das Einzige, was noch zählte, der verzweifelte Versuch war, den Symbolen ebenso ihre Würde wiederzugeben wie der Figur des Propheten.

Er ging an die Gestaltung des Bartes und ließ die herabwallenden marmornen Strähnen von links nach rechts hinüberfließen; dabei sah es so aus, als hätte sich die rechte Hand in den Bartlocken verfangen. Er blieb locker, aber genau und nahm Stück für Stück die Anpassungen vor. Geradezu liebkosend bearbeitete er den herrlich glänzenden Marmor, schlug etwas weg, wo es nötig war, doch mit Rücksicht auf die Eigenheiten des Materials, so als sei er ein lebendiges, vor Leidenschaft bebendes Wesen.

Er merkte gar nicht, wie lange er schon daran arbeitete, und auf einmal hielt er inne, ganz erschöpft von der Anstrengung.

Er wusste jedoch, dass es nun zu spät war, mit der begonnenen Umgestaltung aufzuhören. Er würde damit weitermachen, bis die Arbeit beendet war. Er taumelte und ließ den Hammer fallen. Vor Ermattung humpelte er beinahe ins andere Zimmer. Dort ließ er sich auf einen Stuhl fallen. Sein Atem ging keuchend, seine Augen brannten, die Muskeln ebenso. Auf dem Tisch stand ein Krug mit Wasser. Er nahm einen Becher und schüttete sich etwas davon ein. Das Wasser erfrischte ihn. Er schaute auf die bewegte Wasseroberfläche, in der sich sein Blick spiegelte.

Einen Augenblick blieb er noch. Dann stand er auf – er musste weiterarbeiten, bis er fertig war.

Er betrachtete, was er geschaffen hatte. Nun sah Moses nach links. Weit fort von einem Altar, wo die Ketten des heiligen Petrus verehrt und Ablässe gewährt wurden. Fort von einer Kirche, die sich selbst untreu geworden war.

Es war ihm, als hätte er sein eigenes Abbild geschaffen, einen Abglanz dessen, der er hätte sein können, oder mehr noch, dessen, der er wirklich hätte sein wollen. Er hätte gerne gewusst, was Moses dachte, jener Moses, der ihm so ähnlich sah und doch besser war als er, denn er hatte es verstanden, seinen Blick von falschem Schein und Götzenbildern abzuwenden.

Michelangelo hätte sich einen Arm dafür ausgerissen, um zu hören, was er zu sagen hätte. Doch das konnte er nicht. Aufgrund dieser ganz offensichtlichen Tatsache ergriff eine absurde und sonderbare Enttäuschung Besitz von ihm. Sie breitete sich in ihm aus wie ein Fieber und ließ ihn verstummen in der Stille seines Hauses, die durchtränkt war von Schweiß und Ermattung.

Er sah ihn an und versuchte, seinen Blick einzufangen, der nun nach links abschweifte.

Er umklammerte den Hammer und trat näher. Er spürte, wie warm er war, richtig heiß sogar von den heftigen Schlägen kurz zuvor.

Dann hob er plötzlich, ohne recht zu merken, was er tat, den Hammer hoch über den Kopf und ließ ihn mit einem letzten verzweifelten Schlag auf das marmorne Knie der Statue herabdonnern.

»Warum sprichst du nicht?«

35
Moses

Michelangelo wartete auf ihn.

Tommaso de' Cavalieri wusste, dass der große Künstler etwas im Sinn gehabt hatte, als er ihn bat, nochmals vorbeizuschauen.

Warum, wusste er nicht. Anfangs hatte er geglaubt, den Grund erraten zu haben: Lange Zeit hatte Michelangelo eine gewisse Leidenschaft für ihn gehegt, er war geradezu in ihn vernarrt gewesen. Die Zeichnungen, die er ihm vor zehn Jahren zum Geschenk gemacht hatte, waren das Gewagteste und in manchen Aspekten das Befremdlichste, was er je gesehen hatte. Insbesondere der *Raub des Ganymed* hatte ihn sprachlos gemacht. Die Zeichnung war großartig, doch in manchen Einzelheiten verstörend. In ihr drückte sich eine solche erotische Energie aus, dass sie Michelangelos Empfindungen für ihn recht zweideutig erscheinen ließen; auch wenn Tommaso zunächst geglaubt hatte, der Maestro suche nur einen Gesprächspartner, war ihm recht bald klar geworden, dass das Verlangen, das dieser empfand, etwas sehr viel Intensiveres und Glühenderes sein musste.

Der Adler, der Ganymed gen Himmel emportrug, schlang seine Schwingen um die Arme des Knaben und presste ihm seinen kräftigen Hals in einer Weise auf die Brust, die man ohne Weiteres als lasziv bezeichnen konnte. Tommaso hatte sich lange angesehen, wie der große Kopf des Raubvogels und der kräftige, gebogene Schnabel mit den Brustwarzen des Jungen, des Mundschenks der Götter, zu spielen schien.

Der Mythos besagte, dass der Knabe von solch unwiderstehlicher Schönheit war, dass sich der Göttervater, Zeus, in ihn verliebt hatte. Darum raubte und vergewaltigte er ihn, um ihn zu seinem Knecht zu machen.

Tagelang hatte er die herrliche Zeichnung bewundert, bis er schließlich in sich ein brennendes, unkontrollierbares Verlangen verspürte. Die Schönheit der Linienführung, die Fülle der Einzelheiten und Formen, die Energie der Figuren waren überwältigend. Tommaso konnte seine Augen nicht von dem lösen, was er sah. Wie gebannt und betört von einem unerklärlichen Zauber, der ihn umtrieb und zum unentrinnbaren Impuls wurde, dem nachzugeben, was er in diesem Augenblick fühlte. Er spürte ein heftiges Verlangen, sich den wilden Empfindungen hinzugeben, die seinen Körper durchströmten, entzündet von jener überraschenden und zugleich verfluchten Fantasie. Er barg ein solch tiefes Bedürfnis, gewaltsam genommen zu werden, dass es ihn fast verrückt machte.

Er hatte geglaubt, den Verstand zu verlieren. Das ging so weit, dass er sich nicht mehr von dieser Zeichnung trennte und sie unter den kostbarsten Dingen verwahrte, die er besaß. Drei weitere Zeichnungen waren gefolgt. Sie waren ebenso großartig und ähnlich gehalten. Fast hatte man den Eindruck, dass Michelangelo sein eigenes Verlangen nach ihm mit einer hemmungslosen Perversion ausgelebt hatte, die ihm nicht guttat. Nachdem er sie betrachtet hatte, war Tommaso ganz ausgelaugt und überwältigt von dieser berstenden Ausdruckskraft.

Nach diesen quälenden Monaten jedoch, die beherrscht waren von einer seltsamen, befremdlichen und zugleich sehr mächtigen Leidenschaft, in denen ihm der Maestro quasi zu Füßen lag – in der Hoffnung auf ein Zeichen der Zuneigung –, war ihm aufgefallen, dass dieser unbeherrschbare Drang sich gelegt hatte, und Michelangelo, der klug genug gewesen war, sich weitergehender Avancen zu enthalten, hatte nie wieder davon gesprochen.

Er hatte nicht das Gefühl, dass sich jetzt so etwas wiederholen würde, dennoch hatte er in seinem Blick den großen Wunsch bemerkt, ihn zu verblüffen, ihn sprachlos zu machen wie bereits zehn Jahre zuvor.

In der Tat hatte Michelangelo ihn wortlos empfangen, hatte ihn nicht einmal begrüßt und sich damit begnügt, ihn in die Werkstatt zu führen. Dort stand Tommaso nun vor der kolossalen Statue des Moses, die völlig anders aussah als vor zwei Tagen.

»Seht Ihr? Moses hat sich zur Seite gedreht.« Keinerlei Dünkel lag in seinen Worten, keine Arroganz. Vielmehr eine Art mystischer Ekstase, so als ob Moses sich wirklich hätte bewegen können.

Es war gar nicht zu glauben, dass Michelangelo es geschafft hatte, in so kurzer Zeit eine so perfekte Drehung des Kopfes und des Oberkörpers zu bewerkstelligen.

So schwer es ihm fiel, Tommaso musste zugeben, dass es so war.

Nun schaute der Prophet nicht mehr nach vorn. Sein Blick suchte das Licht links von ihm. Doch nicht nur der Kopf schien anders ausgerichtet zu sein als noch vor zwei Tagen, denn nun war beispielsweise auch das linke Bein so stark nach hinten versetzt, dass die Beugung zu einem Krampf zu führen drohte. Die Drapierung des Stoffes über dem Knie war völlig verändert; die wundervollen langen Bartlocken glitten wie Meereswellen zur rechten Seite und schlangen sich reizvoll um Zeige- und Mittelfinger.

Wie das alles innerhalb von zwei Tagen möglich gewesen war, blieb ein Geheimnis.

Er suchte im Blick das Maestros nach einer Bestätigung, doch er entdeckte dort nichts als eine gewisse Befriedigung, die sich in dem ruhigen Gesichtsausdruck spiegelte.

Er war gleichermaßen verstört und unwiderstehlich angezogen. Er wusste, dass er auf seine Fragen hin nicht mehr erfahren würde, als er schon wusste, also fragte er nicht.

»Ihr habt recht, Moses hat sich zur Seite gedreht. Und nun nimmt er tatsächlich die Haltung ein, die ihm am meisten entspricht.«

Michelangelo nickte.

Sie blickten beide weiter auf die Statue.

Doch in diesem Schweigen und in dieser plötzlichen Veränderung der Figur lag für Tommaso etwas Übermenschliches und Bedrohliches, sodass er bald darauf das Bedürfnis hatte zu gehen. Die Größe dieses Mannes war zu überragend. Michelangelos Talent raubte ihm den Atem.

»Ich brauche frische Luft.«

»Geht nur«, antwortete Michelangelo, »ich warte hier auf Euch.«

In diesen einfachen Worten erkannte Tommaso die Kraft des Absoluten im Maestro, so als sei er selbst Moses.

Und plötzlich sah er für einen kurzen Moment, doch ganz ohne Zweifel in den Augen der Statue den brennenden Blick Michelangelos aufscheinen.

Er ging, denn er hielt es nicht länger aus.

Winter 1543 – 1544

36
Die Überraschung

Es war kalt.

In Rom herrschte Glatteis. Es war äußerst gefährlich, Michelangelo ungesehen zu verfolgen. Malasorte durfte keinen falschen Schritt machen. Sie war durch die Erfahrung beachtlich geschickter geworden, aber der Winter und die Wollkleidung halfen ihr bei ihrer Aufgabe sicher nicht. Ringhio hielt Abstand, verlor sie aber keinen Moment aus den Augen.

Die gemeinsam verbrachte Zeit hatte ihn so treu werden lassen, Malasorte hätte nicht einmal zu träumen gewagt, je einen solchen Leibwächter zu haben. Sie wusste, dass ihr mit ihm nichts Schlimmes passieren konnte. Er hatte gelernt, ihr in den Straßen zu folgen, selbst wenn sie über die Dächer kletterte.

Es war erstaunlich.

Malasorte hatte Michelangelo aus seinem Haus an der Piazza Macel de' Corvi treten sehen. Von da ab hatte sie sich an seine Fersen geheftet, um herauszufinden, wohin er ging.

Sie behielt eine gewisse Distanz bei, damit nicht dasselbe geschah wie in Viterbo, als er sie entdeckt und sogar versucht hatte, sie zu verfolgen.

Dieses Mal hatte Michelangelo nicht das Pferd genommen. Das hatte sie überrascht, denn wenigstens ihren Beobachtungen zufolge ritt er fast immer, wenn er irgendwo hinwollte.

Doch dieses Mal hatte er beschlossen, zu Fuß zu gehen. Und das war umso merkwürdiger, da gerade jetzt die Kälte und das Eis am schlimmsten waren.

Michelangelo war über die Piazza Sant'Eustachio geeilt, mit ihrer Kirche mit dem breiten Säulengang, dem hohen Glockenturm und den Marmorsäulen auf dem Gipfel. Rechts neben der Kirche zeichneten sich zwei weitere, viel höhere Säulen ab, reckten sich wie weiße Stelen vor dem dämmernden Himmel.

Während sie ihm folgte, war ihr bewusst geworden, dass er sich gar nicht zum Campo de' Fiori orientierte, wie zunächst gedacht, sondern er schien in Richtung der Via del Monte della Farina zu gehen.

Da Malasorte ihm mit reichlich Abstand folgte, befürchtete sie, ihn zu verlieren, und beschleunigte daher ihren Schritt.

Doch als sie um eine Ecke bog, Ringhio mit etwas Abstand hinter ihr, stand sie direkt vor der Brust eines Mannes. Sie hatte so viel Schwung, dass sie das Gleichgewicht verlor und zu Boden fiel. Als sie den Kopf hob, sah sie Michelangelo, der sie von Kopf bis Fuß musterte.

Sie riss vor Überraschung die Augen auf, denn ihr war schlagartig klar geworden, dass dieser endlose Spaziergang nur mit einem Ziel begonnen worden war, nämlich sie aufzudecken.

Mit seinen ungekämmten Haaren und dem langen, struppigen Bart sah Michelangelo aus wie ein Prophet. Dessen ungeachtet schien er nicht gerade glücklich, sie zu sehen. Auch er hatte einen Augenblick ungläubig gewirkt, jetzt kniff er die Augen jedoch so fest zusammen, dass sie nur noch ein Strich waren, und starrte sie wütend an.

Dass ihr nun Ringhio zu Hilfe kam, bellend und mit aufgerissenem Maul, sodass das lila Zahnfleisch und die spitzen Zähne entblößt waren, schien dem Mann vor ihr keine Angst einzujagen.

Michelangelo überragte sie. »Sagt Eurem Hund, dass er nicht mal versuchen soll, mich anzugreifen. Er würde es bereuen.«

Diese Worte waren mit so großer Ruhe geäußert worden, dass Malasorte Ringhio tatsächlich befahl, sich zurückzuhalten.

Doch Michelangelo wollte sie anscheinend nicht so einfach gehen lassen.

»Ihr seid es also!«, sagte er. »Fast noch ein Kind. Die Männer der Glaubenskongregation suchen ihre Spione geschickt aus. Eure Augen haben Euch verraten! Sie haben eine so schöne Farbe, dass man sie nicht vergessen kann. Also«, drängte er sie, »Ihr verfolgt mich mindestens, seit ich vor fast einem Jahr nach Viterbo gekommen bin. Sagt mir, wer Ihr seid und was Ihr über mich und meine Freunde wisst.«

Malasorte spürte, wie sich ihr vor Angst der Hals zuschnürte. Wenn sie ihm den Grund verriet, warum sie ihm folgte, würde sie nicht nur den Hauptquell ihres Einkommens verlieren, sondern höchstwahrscheinlich auch ihr Leben. Sie kannte Imperia und wusste, dass sie keine Fehler zuließ: So großzügig sie sich denen gegenüber zeigte, die ihre Aufgaben erledigten, so erbarmungslos war sie zu denen, die versagten.

Und sie hatte gerade einen Riesenfehler gemacht.

»Hofft nicht, dass jemand kommt, um Euch zu helfen! Und nun, bei Gott, steht auf und kommt mit mir ins Lager meines Hauses. Dort kann Euch niemand hören, und Ihr könnt mir alles erzählen, was Ihr wisst!«

37
Ein gefährliches Versprechen

Michelangelo zündete einige Kerzen an. Malasorte befand sich in einem großen Raum voller Staffeleien, Tischen, Pappen, Pinseln, Hämmern, Kettbäumen, Skalpellen, vielen Bögen Zeichenpapier, Meißeln, Stiften, Eisen und allen möglichen Gerätschaften zum Bildhauern, Zeichnen und Malen. Alles war irgendwie durcheinandergeworfen, als wäre dieser Raum verlassen oder gehöre einem verrückten Künstler. Und wenn man es genau nahm, dann spiegelte diese Unordnung, dieses Chaos aus Papier, Holz, Eisen und Stein ganz den Besitzer all dessen wider.

»Nun«, sagte Michelangelo zu ihr, als sie saß und er sie im Schein einer Öllampe genau betrachten konnte, »möchte ich wissen, wie Ihr heißt und wer Euch den Auftrag gegeben hat, mich zu verfolgen. Zwingt mich nicht dazu, es wiederholen zu müssen.«

Malasorte begriff, dass sie keine Fluchtmöglichkeit hatte und auch Ausreden nicht helfen würden. Außerdem war sie all die Lügen leid, all diese nächtlichen Verfolgungen und auch die Scham für das, was sie tat. Ihr blieb nichts anderes übrig, als auszupacken.

»Ich heiße Malasorte. Vor einem Jahr habe ich von meiner Herrin den Auftrag erhalten, Euch zu verfolgen und ihr zu berichten, was Ihr tut.«

»Und wie heißt Eure Herrin?«

Malasorte zögerte, aber nur einen Augenblick: »Meine Herrin ist die Kurtisane Imperia.«

»Die Besitzerin des Wirtshauses Dell' Oca rossa?«

Malasorte nickte.

»Und warum sollte sie das tun?«

»Das weiß ich nicht, ich glaube, sie arbeitet für den Hauptmann der Gendarmen des Sant'Uffizio.«

»Hauptmann Vittorio Corsini?«

Malasorte zuckte mit den Schultern.

Sie war sich nicht sicher, ob sie diesen Namen kannte. Sie zog es vor, nichts von den Machenschaften der Kurtisane zu wissen. Das waren deren Angelegenheiten, und sie hatte keinerlei Lust, Details zu erschnüffeln, die sie an den Galgen bringen könnten. Und zuzugeben, dass sie den Namen schon einmal gehört, aber den Mann ganz sicher nie getroffen hatte, änderte schlussendlich gar nichts.

»Wollt Ihr mir sagen, dass Ihr nicht wisst, wer das ist?«, beharrte Michelangelo.

»Ganz genau!«

»Und Ihr erwartet, dass ich das glaube?«

»Es ist mir egal, ob Ihr mir glaubt. Ich wiederhole, dass ich nicht weiß, wer das ist. Wir können bis morgen früh hier bleiben, meine Antwort wird sich nicht ändern.« Malasortes Augen zeugten von Entschlossenheit.

Irgendetwas musste Michelangelo überzeugt haben, denn er bedrängte sie nicht weiter. Ja, um das noch deutlicher zu machen, hob er sogar die Hände.

Dieses Mädchen hatte irgendetwas, das ihn überraschte und ihm die Sprache verschlug. Die Schönheit ihrer Augen und ihre schwarz glänzenden Haare raubten ihm fast den

Atem. Er war hingerissen von der Grazie, und er empfand Mitleid mit ihr, auch weil er spürte, dass sie aus Scham schwieg. Trotzdem konnte er das Schweigen nicht billigen. Daher versuchte er, sie umso mehr zum Sprechen zu bringen.

»Warum habt Ihr Eurer Herrin gehorcht, habt einem solchen Plan zugestimmt? Spioniert Ihr mir gern hinterher? Welcher Vorteil erwächst Euch daraus?«

Das Mädchen schüttelte den Kopf. Und als es sprach, schien es, also wolle es sich von einer Last befreien. »Ihr geht hart mit mir ins Gericht. Ich tadle Euch deswegen nicht, aber Ihr wisst nicht, was Not ist, was es bedeutet, alleine aufzuwachsen, gezwungen zu sein zu stehlen, um zu überleben. Ich … habe Fehler gemacht, sicher, aber ich hatte keine Wahl. Ich habe Euch und die Marchesa di Pescara ausspioniert und diesen Kardinal, der in Viterbo lebt und Euch im Kloster getroffen hat …«

»Wusste ich doch, dass Ihr das gewesen seid!«

»Natürlich. Und alles, was Ihr könnt, ist anklagen! Drohen! Mich Spionin nennen. Und Ihr habt recht. Aber ich hatte keine Wahl. Imperia hat mir Arbeit gegeben, Geld, Kleidung, um mich zu bedecken. Sie hat mir ein Zuhause gegeben! Was sonst hätte ich tun sollen? Zu Euch gehen? Hättet Ihr mir geholfen?« Bei diesen Worten spuckte das Mädchen auf den Boden. Sie war außer sich und hatte keine Angst. Sie sprach weiter, ließ all ihre Wut und Verzweiflung heraus. »Ich kann nichts, Messer Buonarroti, außer den Männern zu gefallen und zu stehlen. Mich hat die Straße erzogen, und ich habe nichts anderes gelernt, außer meine Liebe zu Legenden zu kultivieren, aber Ihr könnt Euch vorstellen, dass das niemanden interessiert!« Trotz des Zorns und der Entschlossenheit benetzte eine Träne ihr Gesicht.

Als Michelangelo diese Worte hörte, war er zum zweiten Mal innerhalb kurzer Zeit überrascht. Dieses Mädchen konnte lesen?

Während er noch darüber grübelte, nahm er ein kleines Leintuch und reichte es ihr. »Hört auf zu weinen. Ich will Euch nicht in diesem Zustand sehen.«

Als er das sagte, begann der Molosser, der bisher brav zu Füßen seines Frauchens gelegen hatte, leise zu bellen.

»Beruhigt Euren Hund.«

Das Mädchen nahm daraufhin das Tuch und bedeutete dem Hund, still zu sein.

Michelangelo fuhr fort: »Euer Name lautet also Malasorte. Wirklich außergewöhnlich. Und auch melancholisch. Und Ihr könnt lesen und liebt Geschichten. Wisst, dass sie mir gleichfalls sehr gefallen, und Ihr habt recht, ich hatte kein so hartes Leben wie Ihr, auch wenn ich mir mein Brot ebenfalls verdienen musste.« Er seufzte. Er hatte keine solche Situation erwartet.

»Wollt Ihr etwas essen?«, fragte er barsch. »Irgendwo muss ich noch Quittenkompott und Brot haben.«

Malasorte nickte, und jetzt, da ihre Augen getrocknet waren, glänzten sie wieder, und Michelangelo begriff, dass sie kurz davor war, sich ihm anzuvertrauen. »Nur Mut«, sagte er, »tut euch keinen Zwang an. Ich entschuldige mich für das, was ich gesagt habe, aber Ihr müsst verstehen, dass auch Ihr Fehler gemacht habt.«

Das Gesicht des Mädchens erhellte sich. Sie lächelte.

»Also, möchtet Ihr von dem Kompott?«, fragte er erneut.

»Das wäre nett von Euch«, stimmte sie zu.

Michelangelo stand auf. Er ging im Raum nach hinten, und als er zurückkehrte, trug er einen Teller.

Das Mädchen sah helles Brot, das frisch zu sein schien, und ein Schüsselchen mit Kompott. Es duftete wunderbar: süß und aromatisch. Ihr lief das Wasser im Mund zusammen, als sie das Brot brach und in das Kompott tunkte. Der köstliche Geschmack verschlug ihr fast den Atem.

»Ich habe kein Wasser, aber ich kann Euch Wein geben, wenn Ihr möchtet.«

Malasorte nickte.

Michelangelo stand erneut auf und kehrte rasch mit einem halb vollen Weinglas zurück.

»Trinkt langsam.«

Der Wein war dunkel und stark, aber das störte Malasorte nicht.

»Und was tun wir jetzt?«, fragte Michelangelo fast flüsternd. »Glaubt Ihr, Ihr könnt unser Geheimnis behalten? Denn es ist klar, wenn Imperia oder Corsini es entdecken, werden sie Euch sicherlich wehtun. Vielleicht wäre es am besten zu fliehen.«

»Wohin denn?«, fragte Malasorte.

Michelangelo schüttelte den Kopf. »Richtig!«, gab er, unangenehm berührt, zu.

»Nein, wir tun nichts dergleichen«, sagte das junge Mädchen. »Wir lassen alles, wie es war.«

»Seid Ihr sicher?«

»Ich sehe keine andere Möglichkeit. Im Moment ist wichtig, dass Ihr mir ab und zu etwas gebt, das mir nützlich ist, etwas, das Euch nicht schadet, aber mir erlaubt, Informationen weiterzugeben, mit denen ich sie überzeugen kann, dass ich nicht entdeckt wurde.«

»Gut, aber was?«

»Informationen.«

»Aber so …«

»Nicht wie Ihr denkt«, unterbrach sie ihn. »Ich brauche Nachrichten, Details, die vielleicht nutzlos sind oder bekannt, die aber irgendwie beweisen, dass ich weiterhin meine Arbeit erledige und, noch besser, dass ich auf ihrer Seite stehe.«

Michelangelo dachte darüber nach. »Einverstanden«, sagte er. »Erfinden wir etwas.«

38
Ein unerwarteter Besuch

An diesem kalten Januarmorgen war der Hauptmann der Gendarmen, Vittorio Corsini, gleichzeitig amüsiert und enttäuscht. Er hatte erfahren, dass heute Vittoria Colonna nach Rom kam, in einer Kutsche, die zum Benediktinerkloster Sant'Anna in Sant'Eustachio fuhr, und das amüsierte ihn auf gewisse Weise, weil es ihm erlaubte, dieser Dame, die Sympathie für die Feinde der Kirche hegte, eine hübsche Überraschung zu bereiten. Andererseits war er auch enttäuscht, weil diese Nachricht nicht aus seiner Quelle stammte, und ehrlich gesagt versäumte Imperia es schon seit Längerem, ihn mit nützlichen Einzelheiten zu den Spirituali und der *Ecclesia Viterbiensis* von Reginald Pole zu versorgen.

Das war erst mal kein Problem, Kardinal Carafa und natürlich auch er selbst hatten andere Spione überall in Rom und im gesamten Kirchenstaat, aber die Gründe für ein solches Schweigen Imperias mussten erforscht und bestraft werden.

Laut dem, was der Kardinal ihm gesagt hatte, müsste die Kutsche jedenfalls bald ankommen, daher beeilte Corsini sich und machte sich bereit. Er stieg vom Pferd und zog seinen Umhang fester um die Schultern.

Ein kalter Wind wehte durch die Stadt, und als ihm klar wurde, dass er noch warten musste, beschloss er, ein nahes

Gasthaus aufzusuchen. Seine Männer könnten das Kloster beobachten und ihm Bescheid sagen, wenn die Kutsche kam. Er würde sich auf keinen Fall länger die Nase in der Kälte abfrieren!

Ohne länger zu zögern, nahm er den Hut mit der großen Feder vom Kopf, machte seinen Leuten ein Zeichen und trat durch die Tür des Gasthauses Botton d'oro.

Vittoria machte sich Sorgen. Nicht so sehr wegen der Reise, die fast beendet war, sondern wegen einer Krankheit, die sie plagte. In den letzten Tagen hatte sie sich müde gefühlt, erschöpft vor Mühsal, und konnte es kaum erwarten, sich im Kloster Sant'Anna zu erholen. Bedauerlicherweise kam die Kutsche auf den heruntergekommenen Straßen Roms nur mühsam voran. Sie spürte kalten Schweiß auf ihrer Stirn, und es lief ihr eiskalt den Rücken hinunter, sodass sie zitterte, als hätte der Tod sie mit seinen Knochenhänden berührt.

Sie fragte sich, wo Michelangelo war, und hoffte, dass er sie bald besuchen würde. Sie sehnte sich nach ihm, nach seiner Kraft, seinem entschlossenen Blick. Seit den Tagen in Viterbo im Sommer, als die *Ecclesia* von Reginald Pole noch vereint und stark gewesen war, hatte sie ihn nicht mehr gesehen. Jetzt jedoch befürchtete der junge Kardinal, der sie mit der Hingabe eines Sohnes behandelte, noch einmal zum Papst gerufen zu werden, um dem bevorstehenden Konzil von Trient als Gesandter beizuwohnen. Und das belastete sie bereits jetzt.

Auf jeden Fall hatten sowohl Michelangelo als auch Pole ihr versprochen, sie in Sant'Anna zu besuchen, und sie erwartete sie, als wären es zwei Engel. Außerdem befand sich ihre beste Freundin im Kloster: Giulia Gonzaga. Sie hoffte daher, dass der Aufenthalt durch diesen vertrauten Freundeskreis weniger schmerzhaft würde.

Sie war in Gedanken versunken, als sie merkte, dass die Kutsche angehalten hatte.

Einen Augenblick später wurde die Tür geöffnet, und sie sah Gaspare, ihren Kutscher, der ihr mit blassem Gesicht und einem zerknirschten Ausdruck eine extrem merkwürdige Nachricht übermittelte.

»Euer Gnaden, verzeiht meine Unverschämtheit, aber der Hauptmann der Gendarmen des Sant'Uffizio, der ehrenwerte Vittorio Corsini, möchte Euch sprechen.«

Vittoria war so überrascht, dass sie kaum etwas herausbekam, aber nach einem Moment der Verwirrung hatte sie die Geistesgegenwart zu antworten: »Sehr gut, Gaspare. Dann sagt dem Hauptmann, er soll zu mir in die Kutsche steigen, da ich mich nicht wohl genug fühle, um auszusteigen.«

Der Kutscher nickte.

Kurz darauf betrat ein gut aussehender Mann das Trittbrett, setzte sich ihr gegenüber und schloss die Tür. Er nahm seinen breitkrempigen Hut mit großer Feder ab und enthüllte ein Gesicht mit eleganten Zügen, grauen und spitzbübischen Augen, markanten Wangenknochen und einem perfekt gewachsenen, spitzen Schnurrbart. Alles an ihm strahlte einen gewagten und verfluchten Charme aus, und Vittoria konnte sich gut vorstellen, dass Frauen seinetwegen Dummheiten begingen. Er trug eine elegante Samtjacke in Purpurrot, verziert mit dem Wappen des Kirchenstaats, zwei Schlüsseln: einer mit Goldfäden gestickt, der andere mit Silberfäden. Aus der Jacke ragte der makellose Hemdkragen. Eine Hose bis zum Knie, lange Stiefel und ein großes Cape mit Pelzkragen vervollständigten seine Kleidung. Während der Hauptmann ihr sein liebenswürdigstes Lächeln schenkte, konnte Vittoria das Schwert mit der großen Glocke und die Radschlosspistole am Gürtel nicht übersehen.

»Euer Gnaden, erlaubt mir, mich vorzustellen: Ich bin der Hauptmann der Gendarmen des Sant'Uffizio, Vittorio Corsini. Ich bitte um Verzeihung, Eure Reise auf so vulgäre Art zu stören, aber wie Ihr verstehen werdet, ist es nötig.«

Vittoria blieb ruhig. »Hauptmann, macht Euch keine Sorgen, ich bin ganz Ohr.«

Corsini schien von so viel Höflichkeit fast überrascht, aber nur kurz, denn er fuhr fort: »Seht, Signora, ich habe mir diese Störung erlaubt, weil ich mir Sorgen um Euch mache.«

»Um mich?«, fragte die Marchesa verblüfft. »Aber warum denn nur, Hauptmann?«

»Das erkläre ich Euch sofort«, und damit verschwand Corsinis Lächeln. »Aus verschiedenen Quellen hörte ich, dass Euer Gnaden sich mit gefährlichen Leuten umgibt.«

»Tatsächlich?«, fragte Vittoria erneut und hob eine Augenbraue. »Und seit wann sind meine Kontakte von öffentlichem Interesse?«

Corsini hüstelte.

Die Marchesa wusste nicht, ob aus Verlegenheit oder um eine dramatische Pause zu kreieren. Sie kannte den Hauptmann nicht, aber ihr Eindruck von ihm wurde mit jedem Augenblick schlechter.

»Seit Euer Gnaden den Kardinal Reginald Pole frequentiert, die Intellektuellen Alvise Priuli und Marcantonio Flaminio und das kürzlich in Venedig gedruckte *Il Beneficio di Cristo* lest, einen Text, der sich gefährlich dem Protestantismus annähert. Nun, wie Ihr seht, habe ich als Vertreter des Kardinals Gian Pietro Carafa, dem Leiter der Inquisition, das Recht, ja sogar die Pflicht, Euch vor gewissen Kontakten zu warnen, damit Ihr Euch nicht selbst verliert.«

Als sie diese Worte hörte, war Vittoria sprachlos. Dann hatte Pole also recht: Die Römische Inquisition wusste alles! Sie hatte versucht zu vergessen, was vor einigen Monaten in Viterbo im Kloster Santa Caterina geschehen war, doch so sehr sie sich auch nach Kräften bemüht hatte, wurde ihr jetzt bewusst, welchen Schaden der Besuch dieser verfluchten Spionin angerichtet hatte.

Und jetzt dieser Hauptmann! Er drohte ihr in ihrer eigenen Kutsche. Vittoria fasste Mut. Sie würde diesem Übergriff nicht nachgeben.

»Mein lieber Hauptmann: Mit wem ich in meinem Leben Umgang pflege, ist meine Sache, sicherlich nicht Eure. Ich will nicht einmal wissen, auf welche Weise Ihr solche Informationen über mich erhalten habt. Wenn Ihr jedoch andeuten wollt, dass ich eine Häretikerin bin, nun, dann liegt Ihr wirklich völlig falsch. Ihr seht ja selbst, dass ich auf dem Weg ins Benediktinerkloster Sant'Anna bin, um dort Ruhe und Reue zu finden. Und auch um eine Krankheit zu kurieren, die mich momentan quält.«

»Eure Krankheit betrübt mich«, sagte Corsini, doch das Grinsen, das sich auf seinem Gesicht abzeichnete, bezeugte das Gegenteil. »Auf jeden Fall würde ich mir nie erlauben, auch nur anzudeuten, dass Ihr im Verdacht der Häresie steht. Jedenfalls nicht ohne angemessene Beweise«, schloss er.

Vittoria entging nicht, wie hinterhältig, doch erschreckend real diese Drohung war. »Sagt, was Ihr zu sagen habt, dann verlasst meine Kutsche.«

Corsini hob die Hände. »Ich bin fertig«, sagte er und öffnete bei diesen Worten die Tür. »Aber denkt daran«, fügte er hinzu, »dass wir Euch im Auge behalten. Zwingt mich nicht dazu, zu Euch zurückzukehren, denn beim nächsten Mal könnte ich Euch zur Sant'Uffizio bringen, um Euch auf eine ganz andere Art zu befragen. Habe ich mich klar ausgedrückt?«

»Raus hier!«, rief Vittoria empört.

Ohne ein weiteres Wort stieg der Hauptmann aus und schloss die Tür, doch sein Blick sagte mehr als tausend Worte.

Während sie sah, wie er sich im Regen entfernte, der an diesem Tag, kalt wie die Angst in ihrer Brust, zu fallen begonnen hatte, sank Vittoria auf den Samtkissen zusammen.

Die Kutsche fuhr an.

Vittoria spürte einen Druck auf der Brust. Dann war also alles verloren! Sie wurde von einem Hustenanfall fast zerrissen. Sie beugte sich vor, legte die Hand vor den Mund.

Als sie sich wieder gefangen hatte, sah sie, dass ihre Hand rot vor Blut war.

39
Eine schrecklich komplizierte Frage

Wenigstens war der erste Teil der Arbeit zu einem guten Ende gekommen!

Corsini wusste, dass dieser Tag noch nicht zu Ende war. Daher war er, nachdem er die Marchesa di Pescara gesehen und bedroht hatte, ins Dell' Oca rossa gegangen.

Er brauchte etwas, bis er dort ankam, doch als er das Gasthaus betrat und Gramigna sah, der wie üblich den Vorhang für ihn hob, damit er durchgehen konnte, überraschte ihn der Anblick dort. Denn sicher, Imperia war schön, elegant, ihr Blick intelligent, aber was ihn erstaunte, ja sogar etwas befremdete, war die Anmut der jungen Frau neben ihr.

Ein solches Wunder geschah ihm nicht oft, aber wenn, dann fiel es ihm auf.

Und das zunächst unscheinbare Mädchen vor ihm verfügte über eine erstaunliche Grazie. Es war eine einfache und unruhige Schönheit, daher unwiderstehlich. Wenigstens für ihn.

Sie trug ein prachtvolles pfirsichfarbenes Damastkleid. Und die Spitze des Hemdes, die sich zu einer hauchdünnen hellen Wolke kräuselte, die die zarte Rundung im Dekolleté andeutete, verfehlte ihre Wirkung nicht.

Aber das war nicht die wahre Schönheit. Es war sie selbst, melancholisch und umwerfend, die den Hauptmann überraschte.

Das Gesicht mit der hellen Haut schien aus Schnee geformt, wie er bald auf Rom fallen würde. Die grünen, tiefgründigen Augen nahmen den Blick eines jeden gefangen, der es wagte, diesem Gesicht die Stirn zu bieten. Dessen war sich der Hauptmann sicher. Und er sah sie tatsächlich länger an, als angemessen gewesen wäre. Die schwarzen Haare waren nicht zusammengefasst, sondern fielen in wilden Strähnen, als wären sie nächtliche Kornblumen. Sie umgab nicht bloß Schönheit, sondern eine Aura des Unglücks.

»Signora«, sagte Corsini zu Imperia, »es ist mir immer ein großes Vergnügen, Euch zu sehen, doch ich glaube, das hübsche Mädchen, das heute bei Euch ist, kenne ich noch nicht.«

Imperia nahm dem Hauptmann die etwas steif und affektiert gesprochenen Worte nicht ab. Sie wusste ganz genau, aus welchem Holz Corsini geschnitzt war. »Mein lieber Hauptmann, wie ich es Euch bereits gesagt habe, versucht nicht, mich mit Euren Schmeicheleien einzuwickeln. Wir wissen sehr gut, warum Ihr hier seid. Diese Person hier ist Malasorte, ein Mädchen, das mir seit einigen Jahren treu zu Diensten ist und dem ich absolut vertraue. Aber wisst, dass sie, trotz ihres Aussehens, die Spionin ist, von der ich Euch bereits erzählt habe. Erinnert Ihr euch? Ich habe Euch von jemandem berichtet, der über jeden Zweifel erhaben ist.«

»Malasorte?«, fragte Corsini ungläubig, als warte er noch auf einen Nachnamen.

»Nur Malasorte«, antwortete das Mädchen. »Ein Name, der alles über mich sagt. Und der mir sicherlich nicht viele Freunde eingebracht hat.«

»Die braucht man aber, mein Mädchen«, sagte Imperia in einem mütterlichen Tonfall.

Als er das hörte, wurde Corsini nur umso neugieriger. Sie war also die Spionin? Sicher, mit diesem Äußeren prallten alle Verdächtigungen an ihr ab. Damit hatte Imperia auf jeden Fall recht. Wem kämen bei einem so schönen Wesen schon Zweifel? Aber es war nicht nur ihre Anmut, die frappierend war, sondern diese entwaffnende Einfachheit von jemandem, der keinen Schmuck oder Schminke brauchte, um mit erhabenem Licht zu leuchten. Corsini war ganz verzaubert und froh, dass Madonna Imperia seine Aufrichtigkeit oft anzweifelte, daher hoffte er, sie dieses Mal überlisten zu können. Denn er sehnte sich wirklich danach, dieses Mädchen wiederzusehen. Auf jeden Fall musste er herausfinden, wie viel sie über die Spirituali wusste und ob sie in der Lage wäre, ihm neue Informationen zu besorgen. Wenn nicht, müsste er den Zorn von Kardinal Carafa ertragen, und er hatte nicht die Absicht, das zu tun.

»Signora, Ihr habt natürlich recht.« Dann wandte er sich an Malasorte. »Was Euch angeht, meine Liebe, so seid nicht betrübt wegen eines solchen Namens, denn ich garantiere Euch, dass er so merkwürdig wie besonders ist. Ich kann nicht erklären wie, aber er passt zu Euch, weil er Eure Anmut betont.«

Malasorte lächelte, ohne zu antworten.

All dieses Getue begann Imperia zu langweilen, sie wollte direkt zum Punkt kommen. »Sehr wohl, Hauptmann. Nachdem das geklärt ist, habe ich jetzt Neuigkeiten für Euch. Nicht wahr, meine Liebe?« Und damit warf Imperia ihr einen Blick zu, der auf ein Einverständnis zwischen ihr und Malasorte schließen ließ.

Es war nur ein Augenblick, und Corsini bemerkte es nicht.

»Ich bin Messer Buonarroti überallhin gefolgt, Hauptmann«, sagte das Mädchen, »und habe dabei entdeckt, dass genau heute die Marchesa di Pescara nach Rom kommt und ins Benediktinerkloster Sant'Anna zieht.«

»Nun, das allein ist doch schon den Einsatz wert, findet Ihr nicht, Hauptmann? Man kann nicht immer in kürzester Zeit Werke entdecken und beschaffen, die gerade erst übersetzt wurden und Texte von klarer protestantischer Inspiration enthalten, wie wir es schon früher getan haben. Manchmal hat man mehr Glück, manchmal weniger. Was sicher ist, wenn einmal eine Vergütung abgemacht wurde, dann muss es auch dabei bleiben. Daher frage ich Euch, wieso es bei den letzten Recherchen weniger Geld gegeben hat.«

Corsini begriff, auch wenn das Mädchen so schön war, dass es ihm den Kopf verdrehte, so konnte er es nicht vor sich verantworten, zum Opfer der Spielchen Imperias zu werden. Daher antwortete er entsprechend. »Die Summe wurde kleiner, weil die Ergebnisse sich verschlechtert haben. So sehr, dass ich heute hergekommen bin, um Euch um die Rechnung zu bitten, denn so kann es nicht weitergehen.«

»Das stimmt nicht«, beharrte Imperia, »das Geld wurde schon früher gekürzt, als die Informationen, die wir besorgt haben, noch von unschätzbarem Wert waren. Und auch jetzt ist es eindeutig, dass Ihr unsere Arbeit schmälern wollt. Außerdem gibt es keinerlei Zweifel, dass die Indiskretionen, die Malasorte sammelt, von großem Nutzen sind.«

»Was Eure letzte Aussage angeht, so erlaubt mir zu sagen, dass sie in meinen Ohren wenigstens gewagt klingt.«

»Meint Ihr?«, fragte Imperia verärgert.

»Das würde ich sogar noch einmal wiederholen: Und wisst Ihr wieso?«

»Nein, wirklich nicht«, antwortete Imperia, die keine Ahnung hatte, worauf Corsini hinauswollte.

»Nun, dann lasst mich etwas klarstellen. Gerade heute Morgen habe ich mich mit meinen Männern vor dem Benediktinerkloster Sant'Anna im Viertel Sant'Eustachio eingefunden. Erratet Ihr den Grund?«, fragte Corsini erneut.

»Keine Spielchen mit mir, Hauptmann«, entgegnete Imperia trocken. »Sagt, was Ihr sagen wollt, und dann gebt mir das Geld, das noch fehlt.«

»Wie gesagt, das ist unwahrscheinlich. Ich war also heute Morgen bei der Kirche Sant'Anna. Ich musste eine Kutsche anhalten. Was ich natürlich getan habe. Ihr erratet nie, wer sich darin befand.«

»Die Marchesa di Pescara.«

»Großartig. Wie habt Ihr das herausgefunden?«

»Ich ziehe es vor, nicht zu antworten.«

»Ah!«

»Sagt mir lieber, wohin Ihr mir die fünfhundert Dukaten bringt, die Ihr mir noch schuldet. Oder muss ich Gramigna schicken, um sie abzuholen?«

»Macht nur«, sagte der Hauptmann vollkommen emotionslos, »wenn Ihr sie beim Sant'Uffizio abholen wollt, dann sagt mir nur Bescheid!«

»Und genau das werde ich nicht tun: Euch Bescheid sagen.«

»Ihr wagt es, mir zu drohen?«

»Ich werde Euch dann treffen, wenn Ihr es am wenigsten erwartet.«

Das Gespräch nahm eine unerwartete Wendung. Er hatte nicht mit so viel Widerstand gerechnet. »Vielleicht ist Euch nicht ganz bewusst, mit wem Ihr sprecht. Ich bin Hauptmann der Gendarmen des Sant'Uffizio.«

»Und ich bin Imperia, hochgeschätzte Kurtisane, Besitzerin von Gasthäusern und Herbergen, Grundbesitzerin. Fordert mich nicht heraus, Hauptmann, und wenn doch, werdet Ihr es bereuen. Ich schlage Euch vor, wenn Euch Euer Leben lieb ist, dann bezahlt jetzt, da es möglich ist.«

»Wenn Ihr glaubt, mich auf diese Art einschüchtern zu können, dann täuscht Ihr Euch gewaltig. Betrachtet unsere Beziehung als beendet.«

»Das wird sie sein, sobald Ihr Eure Schulden beglichen habt.«

»Ich schulde Euch dieses Geld nicht. Was Euren Gramigna angeht, so erwarte ich ihn. Und dankt meiner guten Kinderstube, wenn ich Euch nicht die Gendarmen schicke, um Euer Gasthaus zusammenzuschlagen«, schloss er.

»Das empfiehlt sich nicht. Oder sollte ich erzählen, dass Ihr mich um meine und Malasortes Hilfe gebeten habt, um den wichtigsten Künstler Roms und einen der angesehensten Adeligen der Stadt zu verfolgen und zu beschatten?«

Corsini weigerte sich, auf diese letzte Provokation zu antworten. Er setzte seinen Hut auf, drehte sich um, hob ungelenk den Samtvorhang und verschwand.

40
Im Benediktinerkloster Sant'Anna

Michelangelo hatte nicht erwartet, Vittoria in einem solchen Zustand zu sehen.

Sie war abgemagert, das schöne Gesicht eingefallen, die Wangenknochen traten hervor. Das Gesicht wirkte wächsern, abgesehen von den feuerroten Wangen. Ihre kastanienbraunen Haare hingen wie mattes Werg aus einer einfachen Haube.

Vittoria saß auf einem Sessel, in eine dicke Wolldecke gewickelt. Die Hände blitzten knochig hervor, die Finger wie weiße Ästchen. Die Marchesa di Pescara war so zerbrechlich und erschöpft, wie Michelangelo sie noch nie gesehen hatte.

Der Steinkamin strahlte eine willkommene Wärme ins Zimmer ab, das Feuer brannte munter und war wahrscheinlich der einzige Lichtblick an diesem ansonsten so bitteren Nachmittag.

Doch in diesem vom Leiden geschwächten und von der Krankheit zerfurchten Gesicht erblickte Michelangelo eine Reinheit. Das Licht in ihren Iris war nicht verschwunden, ja es funkelte stärker, wie vom verzehrenden Fieber angetrieben. Und in ihrem Martyrium schien ihm Vittoria noch größer und schöner als je zuvor.

Er umarmte sie, obwohl die Marchesa sich ihm entziehen wollte, aus Sorge, ihn anzustecken. Aber er, groß und noch stark, drückte sie wie ein Vögelchen mit gebrochenen Flügeln. Er küsste sie auf die Stirn: Sie war fiebrig, glühend heiß.

In diesem Moment trat eine Schwester mit eisigen Pfefferminz- und Ringelblumenwickeln ein.

Die Nonne sagte ihr, sie solle sich aufs Bett legen, auf die sauberen Laken und die bequeme Zudecke. Dann legte sie ihr die kalten Wickel an, in der Hoffnung, so das Fieber zu senken.

Als die Schwester fertig war und sie wieder allein ließ, versuchte Michelangelo, mit seiner leidenden Freundin zu sprechen.

»Meine geliebte Vittoria, wie sehr habt Ihr mir gefehlt. Ich dachte nicht, Euch in diesem Zustand anzutreffen, daher hoffe ich, dass das, was ich Euch mitgebracht habe, Euch etwas Trost schenkt.« Damit griff er nach der Tasche und nahm eine Hülle und ein zusammengerolltes Blatt heraus.

Er rollte Letzteres aus und legte es vor Vittoria, die sich inzwischen im Bett aufgesetzt hatte und die Schultern an die Kissen lehnte.

»Für Euch …« Mehr sagte Michelangelo nicht.

Was sie sah, verschlug der Marchesa die Sprache. Es war eine Pietà von solch unermesslicher Schönheit, auch nur daran zu denken, sie zu erklären oder zu beschreiben, überstieg ihre Fähigkeiten.

Die Jungfrau hob die Augen gen Himmel, betete voller Barmherzigkeit und Inbrunst. Ihr schönes Gesicht, freundlich, ehrlich, wurde durch einen Ausdruck der heiteren Melancholie noch unwiderstehlicher, als wolle sie nicht fragen, sondern Gott in einem stummen Monolog betrachten. Ihre geöffneten Hände, das einfache Kleid mit Faltenwurf und dann Jesus, der ergeben, tot in ihrem Schoß lag, boten ein umwerfendes Bild, das Tod und Geburt vereinte. Das Gesicht von Jesus war nach vorn gesenkt, das Kinn auf der Brust, die Haare rebellische Locken, eine Strähne ringelte sich bis auf den rechten Brustmuskel und der breite, gut modellierte Brustkorb lenkte den Blick auf diesen starken Körper mit gewaltigen Muskeln, wenn auch vom Willen des Todes gebrochen.

Dass Christus' Körper an zentraler Stelle war, der Schwerpunkt der gesamten Komposition, schien den eigentlichen Glauben von *Beneficio di Cristo* und der Worte Reginald Poles in Bilder umzusetzen. Das fast nackte Wesen dieser großartigen Zeichnung, das nicht durch Cherubine verfälscht wurde, die Jesus in ihren Armen trugen, schien den Gedanken der Kirche von Viterbo auszudrücken: das Irdische dem Himmlischen annähern. Der Fleisch und damit Mensch gewordene Jesus bildete eine Gemeinschaft mit Gott und noch mehr mit Maria, die mit den Händen die Wolken des Himmels zu berühren schien.

Vittoria schwieg lange.

Michelangelo wollte sie nicht stören. Er ließ ihr die Zeit, die sie brauchte, um sich zu erholen. Er hatte es nicht eilig. Er könnte auch die ganze Nacht hierbleiben. Er würde im Kloster schlafen, ja im Freien, nur um nahe bei Vittoria zu sein.

Als sie zu ihm sprach, tat sie es mit leisester Stimme.

Vielleicht lag es an der Krankheit, vielleicht an den Gefühlen, aber diese Worte, die so leise gesprochen wurden, als würde sie gleich zerreißen, gruben sich in Michelangelos Herz wie eine Schwertklinge.

»Ihr ehrt mich, Michelangelo. Ihr lobt Gott und feiert seinen Ruhm mit Eurer erhabenen Kunst. Ich werde Euch auf ewig dankbar sein für diese wundervolle Zeichnung und für die andere, die Ihr mir vor einiger Zeit gegeben habt. Ich finde keine anderen Worte, um Euch all meine Liebe und meine Hingabe auszudrücken ...« In diesem Augenblick zerriss der Husten ihren Atem und ihre Stimme.

Michelangelo näherte sich ihr, umarmte sie, während ihre Schultern zuckten. Als der Husten nachließ, nahm er einen Wasserkrug vom Tisch, goss etwas in ein Glas und ließ sie es trinken. Schlückchen für Schlückchen beruhigte sie sich. Er half ihr, sich hinzulegen.

»Vittoria, was Ihr sagt, erfüllt mich mit Freude. Ihr wisst, wie sehr ich Euer Urteil schätze, es ist mir wichtiger als alle anderen. Habt Dank für Eure Worte, denn allein sie zu hören gibt mir die Kraft weiterzumachen.«

Obwohl sie sich gerade erst erholt hatte, bestand Vittoria darauf, sich wieder aufzusetzen.

»Ich bitte Euch«, sagte er, »ruht Euch aus.«

»Das kann ich nicht, nicht einmal, wenn ich möchte. Erlaubt mir lieber eine letzte Frage: Warum ist Maria, die ja doch Jesu Mutter ist, auf Eurer Pietà noch so jung?«

Michelangelo überlegte nicht mal einen Augenblick: »Weil sie unendlich rein ist, Vittoria, daher kann ihre Schönheit, ihre Anmut nicht vom Alter angegriffen werden. Genau wie es Eurem schönen Gesicht geht, das die Unbill der Zeit nicht kennt.«

Als sie das hörte, schwieg Vittoria, überwältigt von all dieser Liebe. Sie glaubte fast, nicht so viel zu verdienen.

»Und jetzt ruht Euch aus«, sagte Michelangelo bestimmt.

»Das kann ich nicht, mein Freund.«

»Wirklich?«

»Ich muss mit Euch sprechen.«

»Und was gibt es so Wichtiges, dass Ihr in einem solchen Moment darüber reden wollt? Obwohl es besser wäre, zu ruhen und zu schlafen.«

»Es ist etwas Schreckliches passiert«, flüsterte Vittoria.

Michelangelo blickte ihr bei diesen Worten in die Augen, und es schien ihm, als hätte sich ein böser und bedrohlicher Geist in der Luft ausgebreitet.

41
Piazza Navona

Während sie zur Piazza Navona ging, dachte Malasorte an den schönen Hauptmann. Sie wusste, dass sie Eindruck auf ihn gemacht hatte, aber sie konnte nicht behaupten, dass das Gegenteil nicht auch wahr war.

Trotz der Kälte und dem beißenden Wind spürte sie ihren Körper wie in Flammen. Ein unauslöschliches Verlangen hatte sich ihrer bemächtigt, seit sie ihn gesehen hatte. Sie hätte es nicht erklären können, doch spürte sie das Begehren wie gnadenlosen Hunger wachsen, es flüsterte ihr ein, wie köstlich es doch wäre, vom Hauptmann verführt zu werden.

Das war ihr noch nie passiert. Sicher, sie hatte schon ein paar Männer gehabt, aber nie hatte jemand ihre Sinne entflammt. In diesem Moment jedoch brannte sie vor Leidenschaft, so sehr, dass sie klar und unaufschiebbar das verzweifelte Bedürfnis empfand, sich selbst zu erforschen, sich an jeder verborgenen Stelle ihres Körpers zu berühren. Sie dachte, dass sie nur so diesen Durst würde löschen können, der sie verzehrte, seit sie ihn gesehen hatte.

Während sie sich in diesen Gedanken verlor und über Vittorio Corsini fantasierte, war Malasorte an der Piazza Navona angekommen. Ringhio an ihrer Seite folgte ihr wie ein Schatten.

Trotz des kalten Morgens erleuchtete eine blasse und zarte

Sonne den Himmel, und die Häuser an der Piazza glänzten unwirklich im milchigen Licht.

Der Markt auf der Piazza Navona war einer der wichtigsten der Stadt. Malasorte ging gern dorthin, verlor sich zwischen den Ständen und Läden. Wo sonst hätte sie sich zwischen den Düften der Gewürze und der Früchte der Erde verlaufen können? Für sie war dieser Markt immer ein Fest.

So schlenderte sie auch an diesem Morgen an den Ständen vorbei, bewunderte die intensiv grünen Zichorien, das Orange der Möhren, die leuchtenden Rote Bete sowie Kopfsalat, Spinat und Brokkoli. Sie roch die intensiven Aromen der Gewürze: die Süße des Zimts, den Pfeffer, frisch und stechend, die blumigen Gewürznelken und dann Ingwer, Muskatnuss, Safran. Berauscht ging sie zu den Obstständen. Sie sah die sizilianischen Orangen, die braunen Kastanien, die dunkelroten Trauben. Als sie die offenen Granatäpfel voller köstlicher Samen sah, ging sie zum Stand und kaufte einen. Sie bezahlte, und ohne lange zu überlegen, aß sie den größten Teil auf. Es war, als würde man auf einmal von der gesamten Welt essen, oder wenigstens vermittelte die Frucht ihr dieses Gefühl, wenn sie das Glück hatte, sich eine erlauben zu können. Sie sah noch die Stände der Töpfer, die Waagen der Gewürzhändler und dann die Säcke der Alaunverkäufer, die mit dieser so sehr gesuchten und zum Färben der Wolle unverzichtbaren Ware ein Vermögen machten.

In diesem Moment überkam sie das Gefühl, verfolgt zu werden.

Sie spürte deutlich den Blick von jemandem auf sich. Sie drehte sich nicht um. Sie ging weiter zu den Fleischständen. Vor Schinken und Schweineteilen begann Ringhio ungeduldig zu winseln. Er hatte Hunger. Ihm lief das Wasser im Mund zusammen. Malasorte ließ sich eine Wurstkette geben, dann trat sie an den Rand des riesigen Platzes, der Molosser folgte ihr auf dem Fuße, vom Fleischduft verzaubert.

»Hier, Ringhio«, sagte sie schließlich und warf das erste Wurststückchen. Der Molosser verschlang es in Sekunden. Kaum hatte er es verschluckt, sah er sein Frauchen an, die kleinen Augen aufgerissen und die lange Zunge hechelnd aus dem Maul hängend. Er sabberte vor Freude. Malasorte streichelte seinen großen Kopf. Dann gab sie ihm ein zweites Wurststück, das Ringhio mit einem Happs verschlang.

»Er ist wirklich ausgehungert«, sagte eine Stimme.

Malasorte hob den Blick und sah Hauptmann Corsini. Ihr schlug das Herz bis hoch in den Hals. Herr im Himmel, dachte sie! Sie musste furchtbar aussehen, den Mund mit Granatapfelsaft verschmiert, die Haare ungekämmt und die Hände schmutzig durch die roten Kerne, die sie gerade gegessen hatte.

Doch der Hauptmann lächelte sie an.

Ringhio knurrte leise. Malasorte wusste sehr wohl, dass er das tat, wenn er Gefahr witterte, aber hier war niemand, der ihr etwas antun wollte.

»Wäre es kein prächtiger Molosser, würde ich schwören, dass Euer Hund eifersüchtig ist«, sagte der Hauptmann lächelnd. Damit streckte er die Hand nach Ringhio aus, der ihn daraufhin anbellte, sich auf den Hinterpfoten aufrichtete und ihn anstarrte, als wolle er ihn gleich zerfleischen.

Corsini hob die Hände: »Ich fasse dich nicht an, ich fasse dich nicht an, versprochen.«

»Ringhio, sei brav«, sagte Malasorte und streichelte ihm noch mal über den Kopf. »Du wirst es gegenüber dem

Hauptmann der Gendarmen des Sant'Uffizio doch nicht an Respekt mangeln lassen.«

»Euer Hund ist wirklich ein sehr schönes Tier.«

»Ja«, sagte Malasorte mit einem schelmischen Lächeln und aufblitzenden Augen.

Mein Gott, wie schön sie ist, dachte der Hauptmann.

Und wenn er hergekommen war, weil sie ihm nicht gleichgültig war? Aber sobald diese Idee in ihr aufkam, verjagte sie sie in eine verborgene Ecke ihres Geistes, um sich keine falschen Hoffnungen zu machen.

Außerdem musste sie vorsichtig sein! Er hatte schließlich Imperia beauftragt, Vittoria Colonna und Michelangelo Buonarroti nachzustellen, und da sie gerade erst einen Pakt mit dem Bildhauer geschlossen hatte, sollte sie nicht mit einem solchen Mann kokettieren.

Auch wenn er umwerfend gut aussah. Malasorte konnte sich nicht beruhigen. Da war dieses Gefühl, das ihr Feuer durch die Adern schickte und sie gefügig zu machen schien, bereit, seine Beute, seine Sklavin zu werden. Sie hätte sich ihm auch in diesem Augenblick hingegeben, dort auf dem Pflaster der Piazza Navona, vor allen, wenn er es ihr befohlen hätte.

Außerdem war der Hauptmann mächtig. Die Gunst eines solchen Mannes zu erlangen würde ihr eine sichere Zukunft garantieren. Sie würde sich nie wieder Sorgen um ihr Schicksal machen müssen. Aber würde sie es schaffen, so einen Menschen zu verführen und dann zu kontrollieren? Sie? Ein Mädchen ohne Familie?

Bei diesem Gedanken entwischte Malasorte ein bitteres Lächeln.

»Ihr seid wunderschön«, sagte der Hauptmann zu ihr.

»Glaubt mir, ich habe noch nie eine schönere Frau als Euch gesehen.«

»Wie könnt Ihr so etwas sagen? Ich habe schmutzige Lippen und Hände …«

»Das Rot auf dem Mund macht Euch einfach unwiderstehlich. Ich gebe zu, dass ich mich in großer Verlegenheit befinde. Ich konnte mich nicht zurückhalten, denn seit ich Euch gesehen habe, denke ich nur noch an Euch. Und auch wenn Ihr auf eine bestimmte Art mein Ruin sein könntet, kann ich Eure Schönheit nicht vergessen.«

»Ihr verspottet mich, Hauptmann.«

»Überhaupt nicht.«

»Wirklich?«, fragte Malasorte und zog eine Augenbraue hoch.

»Ich würde alles geben, um es Euch zu beweisen.«

»Ihr schmeichelt mir.«

»Nicht doch.« Der Hauptmann seufzte. »Ich kann mich nicht mehr beherrschen, aber wenn Ihr es mir erlaubt, würde ich gern wissen, wo ich Euch finden kann.«

»Seid Ihr sicher, dass es eine gute Idee ist, mich aufzusuchen?«

»Ich weiß nicht, ob es das ist, aber mir fällt nichts Besseres ein.«

Malasorte sah ihn verstohlen an. Vielleicht kam dieses Treffen doch gerade recht. Außerdem, was hatte sie in ihrer Lage schon zu verlieren? »In Ordnung. Kommt übermorgen, bei Sonnenuntergang nach Santa Maria in Trastevere.«

»Und wenn ich nicht kann?«

»Nun, dann verliert Ihr mich für immer.«

42
Geschichten von Begegnungen

»Hauptmann Corsini hat mich erwartet.«
»Wie bitte?«
»So war es.«
»Wie hat er von Eurer Ankunft erfahren?«
»Das weiß ich nicht«, flüsterte Vittoria.
»Wartet …«, unterbrach Michelangelo sie, »ich habe Euch noch nicht erzählt, was mir passiert ist, aber beendet zuerst Eure Geschichte.«
»Ich saß in der Kutsche. Wir befanden uns kurz vor dem Kloster. Ich war erschöpft von der Reise, aber noch mehr wegen dieser Krankheit, die mir keine Ruhe lässt.«
Michelangelo reichte ihr ein Glas Wasser.
Vittoria trank. Das Sprechen bereitete ihr große Mühe.
»Plötzlich hielt die Kutsche an, und mein Kutscher kam und kündigte den Besuch des Hauptmanns der Gendarmen des Sant'Uffizio an. Vittorio Corsini ist eingestiegen, hat sich mir gegenüber hingesetzt … und … hat mir gedroht.«
Dann machte Vittoria eine Pause.
»Verflucht sei er!«, sagte Michelangelo, und in seiner Stimme lag unendlich viel Ohnmacht und Frustration.
»Er hat gesagt, er wüsste alles über uns: von Pole, von mir und sogar von Euch. Von *Il Beneficio di Cristo*. Und er wird nicht aufhören.«

»Vittoria«, sagte Michelangelo, »ich verspreche Euch, dass Ihr nichts zu befürchten habt, solange ich lebe.«

»Ich glaube Euch, mein Freund. Aber Ihr habt diesen Mann nicht gesehen. Seine eisigen Augen. Er ist ein Mann der Macht und voller Hass.«

»Wie dem auch sei, schont jetzt Eure Kräfte, Vittoria. Was mich angeht, so kann ich Euch Folgendes sagen. Ich habe die Spionin entdeckt, die sich an unsere Fersen geheftet hat, und ihre Hintermänner. Vor ein paar Tagen, als ich zu einem meiner Lager ging, das hier in der Nähe liegt, habe ich bemerkt, dass mir schon wieder jemand folgt. Ich habe eine ganz einfache Strategie genutzt und die Spionin auf frischer Tat ertappt.«

»Das junge Mädchen aus Viterbo? Das sich als Nonne verkleidet hatte?«

»Ganz genau.«

Michelangelo seufzte. Dann sprach er weiter: »Ich habe sie an ihren Augen wiedererkannt. Sie heißt Malasorte.«

»Malasorte?«, fragte Vittoria ungläubig.

»Genau. Ich finde auch, dass es ein merkwürdiger Name ist. Wenn Ihr versteht, was ich meine, sogar ein prophetischer.«

Vittoria nickte.

»Malasorte hat mir gegenüber jedenfalls zugegeben, dass sie als Spionin arbeitet, für eine recht bekannte Kurtisane, die, soweit ich weiß, über üppige finanzielle Mittel verfügt. Sie nennt sich Imperia und ist, wie Ihr wahrscheinlich wisst, Besitzerin von Gasthäusern und Immobilien. Ich glaube, dass sie durch ihre vielseitige unternehmerische Tätigkeit in der Lage ist, viele römische Adelige und hohe Geistliche zu erpressen und in der Hand zu halten. Imperia wurde von Corsini beauftragt, daher ist es ziemlich klar, wer das letzte und wichtigste Glied der Kette ist.«

»Carafa.«
»Exakt.«
»Was können wir tun?«
»Nicht viel, befürchte ich. Ihr müsst all Eure Kraft darauf konzentrieren, gesund zu werden. Ich werde aufpassen. Ich bin zu alt, um mich noch mehr zu widersetzen, als ich es bereits getan habe. Ich hoffe nur, dass Kardinal Pole es schafft, seiner eigenen Position beim Konzil von Trient zum Sieg zu verhelfen. Sollte die unversöhnliche Richtung gewinnen, befürchte ich, dass Kardinal Carafa, der bereits das Sant'Uffizio leitet, zu einem ernst zu nehmenden Kandidaten für das Pontifikat wird. Paul III. ist bereits alt, und ich weiß nicht, wie lange er noch leben wird. Zuletzt erschien er mir schwach und klapprig. Hoffen wir daher, dass dieses heikle Gleichgewicht noch anhält. Solange Ihr hier seid, seid Ihr in Sicherheit. Die Inquisition wird es nicht wagen, Euch in einem Kloster zu stören. Ab jetzt müsst Ihr vor allem daran denken, Euch zu erholen, Vittoria.«

Während er ihr half, sich hinzulegen, streichelte er ihre Stirn. Sie war weniger heiß als vorhin, das Fieber sank. »Ich werde Euch so oft besuchen, wie ich kann.«

Die Marchesa di Pescara lächelte ihn an, das Gesicht voller Dankbarkeit.

»Fast hätte ich es vergessen. Ich gebe Euch das Geschenk für Reginald Pole. Ich glaube, es wird ihm gefallen. Jetzt schlaft.«

Er verabschiedete sich von ihr mit einem zärtlichen Kuss auf die Stirn.

Dann nahm er ihre Hände in seine.

Als er schließlich sah, dass Vittoria eingeschlafen war, stand er auf. Er sah sie ein letztes Mal voller Zärtlichkeit an.

Dann ging er zur Tür.

Frühling 1544

43
Eine unerwartete Freundin

Michelangelo war überrascht, wie sehr ihm dieses Mädchen am Herzen lag.

Sie trafen sich in seinem Atelier in der Via Monte della Farina. Ein Treffen bei ihm zu Hause, an der Piazza Macel de' Corvi, wäre mehr als unvorsichtig gewesen.

Um diese für ihn so unerklärlichen Abende zu rechtfertigen, hatte er sich zu Anfang gesagt, dass er es aus Mitgefühl für dieses Mädchen tat, das er nach und nach besser verstand.

Aber mit jedem weiteren Tag, jedem weiteren Treffen waren Respekt und Achtung vor Malasorte gewachsen, was ihn selbst erstaunte. Sodass er sehr bald erkannte, dass er sich nicht aus Mitleid, sondern aus Dankbarkeit mit ihr traf. Und auch weil er sie gar nicht mehr missen wollte.

Sicher, das war seltsam, da sie es doch war, die so viele kompromittierende Details über seine Bewegungen weitergegeben hatte. Und über die von Vittoria und *Ecclesia Viterbiensis* von Reginald Pole. Aber Michelangelo hatte begriffen, dass sie gar keine Wahl gehabt hatte. Sie schuldete Imperia alles, und dieser Auftrag, wenn auch verwerflich, war in ihren Augen ihre einzige Chance zu überleben. Sie war Opfer eines größeren Systems, sodass er ihr trotz allem nicht böse sein konnte. Im Gegenteil!

Dieses Mädchen mit den schwarzen Haaren und den tiefgründigen grünen Augen hatte eine wunderschöne Stimme. Ihr an kalten Winterabenden und dann im Frühling zuzuhören, wie sie Geschichten von großartigen Autoren vorlas, dazu die Wärme des Feuers, vielleicht noch eine Decke auf den Knien, war zu Augenblicken der Freude geworden, ja der Süße, die Michelangelo sich so lange wie möglich gönnen wollte.

Dieses Vorlesen war wie Streicheleinheiten, die dieses Mädchen ihm schenkte.

Er dagegen setzte sich für sie ein, indem er ihr einige Dukaten gab, um dann ganz in dieser fantastischen Welt zu versinken, die sie mit so vielen Büchern und Autoren erschuf. Es war eine wundervolle Art, das irdische Elend zu vergessen. Ganz besonders liebte Michelangelo die Geschichte von Tristan und Isolde, die Malasorte so gerne vorlas.

Er wollte es ihr mit Gedichten von Vittoria Colonna entgelten. Malasorte sah ihn mit großen Augen voller Erstaunen und Aufmerksamkeit an. Zu ihren Füßen, in der Wärme des Feuers, brummelte Ringhio immer dankbar, und in diesem warmen Klima der Komplizenschaft fand Michelangelo eine Dimension praktisch jenseits von Zeit und Raum. Denn nichts beruhigte ihn so sehr wie die Lektüre und das Schreiben.

Er hatte es immer schon geliebt, mit Tinte und Papier zu erzählen, er schrieb ständig Briefe an Nichten, Neffen und Brüder, aber jetzt experimentierte er mit dieser neuen Dimension, das Vergnügen an der Entdeckung einer Welt voller Abenteuer, Liebe, Handlung und Gefühl mit jemandem zu teilen: die perfekte Art, alles und alle zu vergessen.

Sicher, er hatte Dante immer mit bedingungsloser Leidenschaft geliebt und hatte sein Herz mit dieser hohen und unerreichbaren Poesie gefüllt. Zwischen seinen Seiten hatte er früher viele Abende verbracht, hatte sich in der Poesie versenkt und wiedergefunden, hatte sich selbst nach den Stunden der Arbeit und Mühe wieder erholt. Und mit Dante hatte er einen Geschmack für Werke entwickelt, in die er sich ohne Zögern stürzte voller Hoffnung auf Erlösung. Aber diese andere Lektüre, merkwürdig, voller Charme und Rhythmus, unterhielt ihn. Er genoss das schöne Gefühl, dass jemand ausnahmsweise keinen Lohn von ihm wollte, sondern nur eine Leidenschaft mit ihm teilen wollte.

Auch mit Vittoria war dasselbe passiert. Bei ihr war es jedoch im Bereich der Spiritualität, dort hatten sich ihre Seelen wie eine Brücke vereint, aber wie wichtig war es? War das, was Malasorte ihm bei jedem Besuch gab, etwa weniger wichtig?

Wenn er darüber nachdachte, dann war der Grund, warum er sie so ungeduldig erwartete, dass er sich dank dieser Abende weniger alt und weniger einsam fühlte. Dieses Mädchen gab ihm Energie, Frieden und Lächeln.

Sogar Ringhio war inzwischen sein Freund geworden.

Bei der Gelegenheit hatten sie sich auch über Imperias Schachzüge ausgetauscht. Momentan schaffte Malasorte es, ihre Stellung zu halten, indem sie ein bisschen log und ein bisschen erfand. Da sie so gut mit Worten umgehen konnte, hatte er nicht verstanden, ob sie wirklich in Sicherheit war oder nicht.

Er hatte ihr gesagt, sie solle nicht zögern, ihn um Hilfe zu bitten, egal was in Zukunft geschehen würde.

Malasorte fühlte sich mit diesem alten, verrückten Künstler richtig wohl. Die Momente, die sie mit ihm verbrachte, gehörten zu den schönsten, an die sie sich erinnern konnte. Natürlich zusammen mit jenen, die sie mit dem Hauptmann verbrachte. Aber das war eine ganz andere Geschichte.

Diejenigen, die ihr etwas über Michelangelo erzählt hatten, hatten ihn wie einen alten Mann von furchtbarem Charakter gezeichnet, der zu Wutausbrüchen und Gewalt neigte. Aber so erschien er ihr überhaupt nicht. Er wirkte eher sehr einsam, teilweise weil er es so wollte, aber auch weil er, wenn er sich in der Kunst abkapselte, riskierte, sich selbst zu verlieren.

Er war ein Mann, der immens viel gelesen hatte. Mit ihm hatte sie das Wunder von Dante Alighieri kennengelernt, dessen Liebe zu Beatrice, den Abstieg in die Hölle und dann den Aufstieg ins Paradies. Und dann hatte Michelangelo ihr seine Lieblingsstellen aus der Bibel vorgelesen, wie die, in der Josua Gott bittet, die Sonne anzuhalten, um mehr Zeit zu haben, die Mauern Jerichos zu erstürmen und die Stadt einzunehmen.

Es waren sagenhafte Geschichten, die ihre Fantasie anregten und ihr erlaubten, ganz in Träumen zu versinken.

Wenn sie dann früh am Morgen zurück nach Hause in die kleine Dachstube in Trastevere, wohin sie gezogen war, zurückkehrte, fehlten ihr diese Augenblicke so sehr, dass sie fast keine Ruhe fand. Sie hatte versucht, Michelangelo, was ihre Stellung bei Imperia anging, zu beruhigen, aber sie sagte ihm nur die halbe Wahrheit. Sie wusste, dass ihre Herrin ihr doppeltes Spiel früher oder später bemerken würde. Sehr wahrscheinlich hatte sie es wegen einer bestimmten Sache schon begriffen.

In diesen Momenten überkam sie eine böse Vorahnung.

Aber dann sah sie Michelangelo wieder und dachte nicht mehr daran.

Sie seufzte.

Sie wusste, dass sie sich nur selbst etwas vormachte.

Sie würde dafür bezahlen müssen.

Es war nur eine Frage der Zeit.

44
Der Leiter der Inquisition

Gian Pietro Carafa hatte äußerst schlecht geschlafen. Tatsächlich tat er seit vielen Wochen kaum mehr ein Auge zu. Aber er konnte nichts tun. Trotz all der Gerüchte und Nachrichten, die er gesammelt hatte, hatte er nichts in der Hand.

Corsini hatte sich wirklich angestrengt, das konnte er nicht leugnen, aber trotz der objektiven Fortschritte, was die Ermittlungen zu Pole und seinen Spirituali anging, war sich der Leiter der Römischen Inquisition bewusst, dass er absolut nichts in der Hand hatte.

Und das quälte ihn.

Er hatte lange Komplotte geschmiedet, um diese Position zu erreichen, er war Bündnisse eingegangen, hatte Schriften und Eingaben verfasst, hatte gewartet, hatte sich mit Geduld und Entschlossenheit mit Männern umgeben, die seine Absichten unterstützen könnten.

Aber das genügte nicht. Ihm fehlte ein Opfer. Denn das Sant'Uffizio war schließlich geschaffen worden, um die Häresie zu bekämpfen. Obwohl es viele Episoden gegeben hatte, war darunter nichts so Schlimmes, an dem man die Macht demonstrieren hätte können, die diese Einrichtung über das Leben der Gläubigen ausübte und ihnen damit Angst einjagen konnte.

Eine Hinrichtung war nötig. Nichts sonst würde seiner Sache dienen.

Aber er wusste sehr wohl, dass alle, die mit dem *Ecclesia Viterbiensis* zu tun hatten, zu mächtig waren, um sie anzugehen.

Reginald Pole war ein Kardinal. Genau wie er. Päpstlicher Legat bei diesem verfluchten Konzil von Trient, das immer noch nicht angefangen hatte! Paul III. schätzte ihn sehr, und obwohl er sich bemühte, ihn schlecht darzustellen, erreichte er nichts. Umso mehr, weil auch Paul III., selbst wenn er es nicht zugeben wollte, so lange wie möglich den Weg des Kompromisses beschreiten würde, was eben auch der friedensstiftenden Position des englischen Kardinals entsprach.

Vittoria Colonna dagegen war ein Vorbild an Frömmigkeit, ganz von der Wertschätzung abgesehen, die sie von allen Mächtigen der Erde genoss, wegen ihrer umfänglichen Kenntnis der Literatur und der Philosophie.

Michelangelo war praktisch unantastbar. Trotz seines miserablen Charakters genoss er den Schutz des Papstes, außerdem den Erfolg seiner Werke, die ihm die Bewunderung aller eingebracht hatten – sowohl von König und Königin wie auch vom Volk.

Ihm waren also die Hände gebunden. Es sei denn, das Schicksal spielte ihm jemanden zu, der einen Vorschlag, eine Idee oder ein Projekt vertrat, das der Häresie die Furcht vor der Inquisition einjagen könnte, ein so furchtbarer Schrecken, dass man ihn nicht einmal erklären konnte.

Aber im Augenblick hatte er kein Glück.

Also wartete er und kasteite sich dabei, da er wusste, dass er eigentlich handeln müsste. Und ebendiese erzwungene

Inaktivität machte ihn wütend, brachte ihm schlaflose Nächte und Augenblicke völliger Ohnmacht ein.

Er seufzte.

Hoffentlich würde Corsini früher oder später sein Ziel erreichen.

Sommer 1544

45
Wenn die Wahrheit Angst macht

Malasorte hatte Angst. Nach langer Zeit war diese beunruhigende Empfindung, die ihr ständig das Gefühl der Benommenheit vermittelte, wieder zurückgekehrt. Sie war ganz zerrissen zwischen der sinnlichen Liebe für den Hauptmann Vittorio Corsini, die sie seit einigen Monaten wie eine Flamme verzehrte, und der Freundschaft zu Michelangelo sowie der Verpflichtung und Treue, die sie Imperia schuldete.

Im Moment befand sie sich in deren Wohnung.

Imperia sah sie mit ihrem durchdringenden Blick an, als wollte sie ihre Gedanken lesen. Malasorte wusste nicht, ob sie ihren wahren Willen erkannt hatte oder nicht. Als vollendete Schauspielerin, die sie war, hatte sich Imperia sofort freundlich und verständnisvoll gezeigt, aber das beruhigte sie überhaupt nicht, ja im Gegenteil, je netter die Kurtisane sich gab, umso stärker spürte Malasorte bei ihr die erbarmungslose Absicht, etwas anzuzetteln.

Höchstwahrscheinlich zu ihrem Schaden.

»Also, mein Kind«, sagte Imperia, »wie läuft das Geschäft in dem Gasthaus, das ich dir zur Leitung anvertraut habe?« Diesen Tonfall, diesen einschmeichelnden, honigsüßen Tonfall kannte Malasorte nur zu gut. Und sie hätte ihn am liebsten nicht gehört.

»Sehr gut«, antwortete sie, und ohne etwas hinzuzufügen, legte sie den Geldbeutel, den sie in der Hand hielt, auf Imperias Schreibtisch.

Die Kurtisane öffnete den Lederbeutel, aus dem ein kleiner Wasserfall von Golddukaten rieselte, und für einen Augenblick blitzte in ihren Augen Gier auf. Aber so schnell, wie sie erschienen war, verschwand sie auch wieder.

Malasorte entging es nicht. Sie hoffte, dass dadurch der Macht- und Kontrollhunger der Frau etwas gesättigt wäre, aber kurz darauf wurde sie eines Besseren belehrt.

»Ich sehe, dass Ihr ein hübsches, leichtes Kleid tragt, das Indigo betont Eure schönen Augen. Das hat sicher einiges gekostet.«

»Es ist ein kleines Geschenk, das ich mir gegönnt habe«, verteidigte sich Malasorte.

»Natürlich«, nickte Imperia. »Ähnlich wie dieser goldene Pomander, den Ihr an Eurem hübschen Hals tragt.« Noch nicht zufrieden mit ihren Andeutungen fuhr Imperia fort: »Ohne den wunderbaren Duft zu erwähnen, den ich rieche ... ist es das, was ich denke, dass es ist?«

»Graue Ambra«, erwiderte sie sofort. Sie hoffte, einen Schlussstrich ziehen zu können, wenn sie ihr zuvorkam.

»Ihr seid weit gekommen, mein Kind.«

Malasorte schwieg.

»Was ist los? Hat's Euch die Sprache verschlagen?«

»Ich weiß nicht, was ich sagen soll.«

»Ihr seid sehr klug, mein Kind. Deswegen habt Ihr mir immer gut gefallen. Und deswegen empfehle ich Euch, ausgerechnet jetzt keine Zweifel daran zu hegen, auf welcher Seite Ihr steht.«

»Ich verstehe nicht ...«

»Ich erkläre es Euch sofort«, unterbrach Imperia sie. »Ihr glaubt doch nicht einen Augenblick, dass mir entgangen ist, wie der Hauptmann Vittorio Corsini Euch vor einigen Monaten angesehen hat. Ihr würdet Eurer Schönheit und vor allem meiner Intelligenz unrecht tun, was ich nicht tolerieren könnte, wie Ihr sicher versteht«, schloss Imperia mit einem Lächeln purer Arglist. »Aber ich will Euch vertrauen und glauben, dass Ihr mir trotz allem treu bleibt. Dass der schöne Hauptmann Euch begehrt, bedeutet ja nicht unbedingt das Gegenteil.«

»Ich empfinde gar nichts für ihn«, beeilte Malasorte sich zu behaupten.

»Seid Ihr Euch sicher?«, hakte Imperia sofort nach.

Das Mädchen nickte.

»Gut. Dann habe ich nichts zu befürchten. Und Ihr auch nicht. Dieser Mann schuldet mir Geld. Er hat mir nicht gezahlt, was abgemacht war. Er denkt, er käme ungeschoren davon, weil er der Hauptmann der Gendarmen des Sant'Uffizio ist. Aber eine Frau wie ich hat nicht erreicht, was sie erreicht hat, indem sie ihren Schuldner verzeiht, unbesehen ihres Ranges oder Geschlechts. Habe ich mich verständlich ausgedrückt?«

»Absolut.«

»Das freut mich. Und jetzt, mein Kind, lasse ich Euch gehen, ich bin froh, dass Ihr mir so pünktlich bringt, was mir gehört, und wie Ihr das Gasthaus Sole nascente in Trastevere führt. Wenn Ihr so weitermacht, dann habt Ihr nicht nur nichts von mir zu befürchten, sondern dann werde ich Euer Glück sein. Daher erwarte ich Euch nächste Woche zu unserem üblichen Gespräch.« Mit diesen Worten machte Imperia ein Zeichen, dass sie Malasorte entließ.

Bevor sie ging, verbeugte sie sich, dann öffnete sie den roten Samtvorhang und ging.

»Sie lügt weiterhin«, sagte Imperia und sah Gramigna in die Augen.

Der Landsknecht schwieg.

»Behaltet sie im Auge. Da sie, wie wir wissen, ein Techtelmechtel mit dem Hauptmann der Gendarmen des Sant'Uffizio hat, tut Ihr, was wir besprochen haben. Auf diese Weise sind wir über jeden Verdacht erhaben und werden mit dem mächtigsten Mann in Rom auf einen Schlag Freundschaft schließen.«

»Wie Ihr wollt, Signora.« Gramignas Stimme war tief und dunkel und hatte eine widerwärtige Note, was sofort enthüllte, wie sehr dieser Mann von Gewalt bestimmt wurde.

»Enttäuscht mich nicht, alter Freund.«

»Das werde ich nicht.«

»Sehr gut. Dann warten wir mal ab, was passieren wird. Ich sehe es so, dass Malasorte ihrem Namen alle Ehre machen wird, wenn auch eventuell …«

Dabei öffnete Imperia eine Schublade in ihrem Schreibtisch. Sie zog daraus den Gnadegott, mit dem Malasorte sich damals gegen den Angriff auf der Ponte Sisto verteidigt hatte.

Sie drehte den kleinen Dolch in ihren Händen. Dann blitzte ein böses Leuchten in ihren Augen auf, und sie sprach eine letzte Überlegung aus: »Man sollte immer aufpassen, was man herumliegen lässt.«

46
Den Verstand verlieren

Die Nacht war feucht, schwül, sie nahm einem den Atem. Malasorte spürte die kräftigen Finger des Hauptmanns, die ihren intimsten Schatz erkundeten. Sie bog vor Erregung den Rücken. Sie gehörte ganz ihm. Auch diese Nacht war er zu ihr gekommen, und sie hatten sich geliebt. Aber sie war nie satt. Und er auch nicht. Sie wollte noch einmal genommen werden.

Am meisten überraschte sie seine Fähigkeit, auf ihren Körper zu lauschen: Es war, als hätte der Hauptmann – denn so nannte sie ihn selbst im intimen Alkoven – immer schon gewusst, was sie verführen und ihr jede Zurückhaltung nehmen würde.

Sie wusste nicht, wie ihm widerstehen: Sie hätte sich ihm völlig ausgeliefert, ihn mit ihr machen lassen, was er wollte.

Sie spürte seine animalische Energie, noch bevor sie ihn sah, als verkörpere er das Wesen eines Mannes und eines Raubtiers gleichzeitig.

Sie spürte einen brennenden Schlag, ein feuriges Schaudern, das sie erbarmungslos schlug, sie öffnete die Beine, um den Schmerz und das Vergnügen zu lindern, die zusammen fast unerträglich waren, sie bog sich noch weiter hoch, dann zog er sich langsam, zart aus ihr heraus.

Er streichelte ihre Haare, küsste ihre Augenlider mit unendlicher Zärtlichkeit, dann drehte er sie abrupt im Bett um und tauchte noch einmal in ihren kostbarsten Schrein ein.

Dieser Wechsel von Zärtlichkeit und Qual machte sie wahnsinnig.

Sie berührte ihre kleinen Brüste, die alabasterhellen Nägel neckten die angeschwollene Brustwarze, spitz wie ein blutiger Diamant.

Er nahm sie von hinten, packte sie mit den Händen an der Seite, machte langsam, unerbittlich weiter, ließ sie alles genießen, was er zu bieten hatte, alles, was in der entwaffnenden Einfachheit einer erlittenen und unwiderstehlichen Bewegung zu entdecken war, die sie zur Explosion brachte und sie stöhnen ließ, wie sie es nie für möglich gehalten hätte.

Er spürte die stürmische Leidenschaft in ihrem Herzen, das brennende Vergnügen, das in ihr explodierte und in glühenden Wellen der Energie aufkam, sie schüttelte sich wie die Meeresbrandung, während sie sich wie eine Korsarin am hellen Mast rieb.

Er nahm sie weiter, Stoß um Stoß. Sie bog sich auf, bot sich ihm noch mehr dar, legte die Hände auf die eigenen Pobacken, sank dann zu den Lippen und öffnete sie. Der Hauptmann stöhnte rau vor Genuss. Sie legte ihre kleinen und schmalen Finger auf sein Glied, das in sie eindrang, und spürte es, angespannt und vor Leben pulsierend. Dann steckte sie Zeige- und Mittelfinger zwischen die Lippen, füllte ihren Mund, als wollte sie in diesem Moment nichts anderes als auf jede mögliche Art voll von ihm zu sein.

Sie drehte sich um. Er betrachtete ihre feuchten Finger zwischen den Schamlippen und stöhnte auf, erregter als zuvor. Fast überwältigt steckte er ihr seinen Zeigefinger in den Mund.

Malasorte sog an ihren Fingern und dem des Hauptmanns. Er schrie auf und presste sein Glied noch kraftvoller in sie hinein. Sie schien sich vor Lust fast aufzulösen. Sie legte sich hin, der Mund wieder leer, und keuchte in das Kissen.

So war es noch nie gewesen, mit keiner Frau.

Corsini begriff nicht, wie es möglich war, dass ein so frisches und junges Mädchen ihm so viel Lust bereiten konnte. Vielleicht, weil bei ihr alles natürlich war, einfach, auf eine gewisse Art unschuldig. Sie versuchte überhaupt nicht, ihn zu verführen, da war nur dieses aufrichtige und unaufhaltsame Bedürfnis, sich ihm ohne Rückhalt oder Berechnung hinzugeben.

Ihr Wesen, so bereit, Lust zu empfangen und zu geben, begeisterte ihn. Sicher, Malasorte verfügte ganz natürlich über etwas Schelmisches, sie war provokant und hatte einen umwerfenden Körper: dünn, schmal, muskulös, die Haut leicht gebräunt. Sie hatte kleine, straffe Brüste, lange, flinke Beine und den schönsten Hintern, den er jemals in seinem Leben gesehen hatte. Und dann dieses Gesicht, das ihn direkt in den Wahnsinn zu treiben schien: Ihre Augen waren funkelnde Sterne, die schwarzen Haare dufteten nach Minze und Nessel und fielen in einem Wasserfall nächtlicher Wellen hinab; ihre vollen Lippen waren blutrot.

Er küsste ihre Hüfte, dann weiter das Rückgrat hoch bis zu ihren Schultern. Er streichelte sie im Halbschatten des weichen Lichts von zehn Kerzen.

Dann legte er sich neben sie.

»Ich hätte nicht gedacht, dass ich so lieben kann. Ihr habt mich verzaubert.« Während er das sagte, seufzte er, ungläubig, aber glücklich.

Malasorte schwieg. Sie strahlte. Aber sie wusste, jedes Mal, wenn sie sich so gefühlt hatte, war etwas geschehen, das alles ruinierte.

Es war ihr Name. Ihr Schicksal.

Sie gab sich der Nacht hin, dem Geheimnis der Dunkelheit, die sie einhüllte, sie betäubte, überwältigt nach all der Liebe, die sie empfangen hatte.

Sie berührte mit ihren Fingerspitzen die Brust des Hauptmanns. Ganz leicht, unmerklich, sie wollte ihn nicht wecken.

Sie blieb ganz ruhig, aus Angst, dieses zerbrechliche Gleichgewicht, das sie erschaffen hatten, zu stören.

47
Die Krankheit

Er spürte die Farbe auf sein Gesicht tropfen.
Er hielt die Augen halb geschlossen, fast zusammengekniffen, damit er wenigstens sah, was er malte.

Er versuchte, die Farbe mit dem Pinsel so gut wie möglich aufzutragen. Er hatte das Gerüst etwas verändert, sodass er knien konnte, er bog den Rücken nach hinten und blickte fest auf das, was er malte. Doch jetzt wusste er nicht mehr weiter: Arme und Augen brannten, so sehr, dass er sie am liebsten abgerissen hätte. Die Beine zitterten vor Anstrengung, egal in welcher Stellung: kniend, ausgestreckt, auf dem Rücken oder der Seite liegend.

Sein Bart war völlig mit Farbe verschmiert. Genau wie sein Gesicht und seine Kleider. Er hatte sie seit zwei Wochen nicht gewechselt. Er schlief nachts nicht mehr als drei Stunden, und das auf dem Gerüst. Er malte ohne Pause, vom Morgengrauen bis zur Abenddämmerung und noch länger. Er hatte sich eine Art Kopflampe gebastelt: ein Papierhut, auf den er eine Kerze gesteckt hatte. So hatte er genug Licht, um zu jeder Tageszeit zu arbeiten. Er verschliss sich bei der Arbeit: Die Fresken der Sixtinischen Kapelle fraßen ihn auf. Er würde verschwinden, ausgelöscht, vernichtet von dieser ewigen, endlosen, schrecklichen Arbeit. Er würde sie nie beenden, dachte er. Er löste sich auf in der Mühsal dieser Arbeit, die immer mehr einer Qual glich. Die Hitze war unerträglich. Plötzlich musste er aufhören, weil er Angst hatte, für immer zu erblinden.

Er hatte Noahs Opfer beendet, und als er nach Hause zurückkehrte, nur selten hatte er die Energie dafür, arbeitete er an den vorbereitenden Skizzen des irdischen Paradieses.

Er war zerschlagen.

Auch vor Angst, es nicht mehr zu schaffen.

Seine Stirn brannte, sein Körper wurde von eiskalten Schauern geschüttelt. Er fragte sich, ob er sich nicht irgendetwas eingefangen hatte.

Er erwachte abrupt. Er hatte schon wieder an die Tage in der Sixtinischen Kapelle gedacht. Diese Herausforderung hatte ihn auf immer geschwächt. Zusammen mit *Moses*. Er konnte an nichts anderes denken. Aber in diesem Augenblick fühlte er sich so schwach wie noch nie zuvor. Er troff vor Schweiß und zitterte an allen Gliedern. Es war, als würden Millionen Ameisen unter seiner Haut krabbeln und ihn von innen heraus auffressen.

Er spürte einen stechenden Schmerz an der Seite. Er quälte ihn ohne Pause, verursachte solche Schmerzen, die er kaum aushalten konnte. Seit Tagen spürte er ein plötzliches Stechen, aber wegen der Arbeit hatte er es kaum beachtet.

Die Kerze brannte noch. Wie lange lag er schon hier? Vielleicht nicht länger als eine Stunde. Sein Mund war ausgetrocknet, die Lippen brannten, aber eine durchdringende Kälte zerriss ihm die Knochen. Wurde er etwa wahnsinnig?

Er stand von seinem Lager auf, und kaum hatte er die ersten Schritte in Richtung Tisch getan, auf dem er die brennende Kerze vergessen hatte, spürte er seitlich einen neuen stechenden Schmerz, und die Beine gaben unter seinem Gewicht nach. Er stürzte zu Boden. Er versuchte aufzustehen und hielt sich dabei ungeschickt am Tisch fest, sodass der mitsamt Tellern, Gläsern und den Resten des Abendessens umfiel und Tausende Terracotta- und Keramikscherben hinabprasselten.

Doch so sehr er es auch versuchte, er konnte nicht aufstehen.

Vielleicht kam endlich der Tod.

Oder die Plage war gekommen, um ihn zu holen. Er wusste nicht, was er tun sollte. Wegen des starken Schwindels war er fast bewusstlos, ihm entwich ein Stöhnen vor Schmerz.

In diesem Augenblick hörte er Getrampel im Haus. Kurz darauf tauchte l'Urbino auf, der die Augen aufriss, als er ihn sah: Das Gesicht erschüttert, die Angst schien bis in seine Haarwurzeln aufzusteigen, er war wie ein Schatten, der die krallenartigen Hände ausstreckte.

»Maestro«, flüsterte er.

»Fran ... Francesco«, stotterte er, »Wasser ...« Dann schwieg er, weil er das Gefühl hatte, dass ihn die Kraft verließ.

L'Urbino lief zum Brunnen. Er füllte einen Krug mit Wasser, und blitzschnell hielt er ihm ein Glas an die Lippen.

Michelangelo versuchte zu trinken. Er fühlte sich im Grunde besser, doch dann stieg ein Brechreiz im Rachen auf, und er spuckte sein Abendessen heraus.

Dann warf er den Kopf nach hinten, wurde bleich und verlor das Bewusstsein.

Alles wurde dunkel.

Und an diesem Ort hatte er zum ersten Mal seit Langem endlich das Gefühl, sich ausruhen zu können.

48
Der Fluch

~~~

Der Hauptmann war vor Morgengrauen gegangen: Er hatte an diesem Morgen eine Reihe von Aufgaben zu erledigen, daher musste er so früh wie möglich bei Kardinal Carafa erscheinen. Er wollte nicht zu spät kommen, und da er die Nacht woanders verbracht hatte, wollte er nur schnell nach Hause, um sich zu waschen und umzuziehen, um in angemessener Kleidung vor den Leiter des Sant'Uffizio zu treten.

Er war müde, aber glücklich. Er machte sich keine Sorgen, weil er sich zuletzt mehrere Tage freigenommen hatte. Schließlich hatte er eine gute Vertretung gefunden, den jungen Mercurio Caffarelli, ein Junge, der es in den letzten zwei Jahren mit Engagement und Fleiß bei den Gendarmen weit gebracht hatte und der in allen Dingen an seiner Stelle handelte. Auf eine gewisse Art war er viel verantwortungsvoller und eifriger als er.

Aber Corsini hatte seine Arbeit schon früher erledigt. Sicher gefiel ihm der Gedanke nicht sonderlich, jetzt Runden zu drehen und Schuldige zu verhaften. Aber seine Arbeit für Carafa hatte ihn unantastbar gemacht.

Egal bei welchem Vorwurf oder welcher Kritik, Carafa war bereit, ihn zu decken und zu beschützen. Und das war viel wert. Im Gegenzug stand seine Loyalität gegenüber dem

Kardinal nicht zur Diskussion, und für ihn war Corsini bereit, jede Art von Mission zu erledigen, auch die unausweichlichen Verstöße gegen die Regeln. Daher war dieser Mechanismus auf eine Art absolut perfekt. Er erledigte die Drecksarbeit für Carafa, und der Kardinal garantierte ihm Bewegungsfreiheit. Und schließlich war er immer noch der Hauptmann der Gendarmen des Sant'Uffizio, es gab also nicht viele, die seine Arbeit anfechten konnten.

Und? Wieso wiederholte er im Geiste immer wieder denselben Sermon? Sicher, er konnte tun und lassen, was er wollte. Dazu gehörte auch, sich ein paar Nächte freizunehmen, um mit seiner neuen Flamme zu kuscheln. Das wusste er sehr wohl.

Doch in dieser unumstößlichen Wahrheit steckte ein Schwachpunkt: Er hatte niemals erwartet, wegen Malasorte den Verstand zu verlieren. Doch genau das war geschehen.

Sie war wunderschön, ohne Zweifel, und als er sie zum ersten Mal gesehen hatte, war ihm bewusst geworden, dass er vor ihr den weiblichen Körper eigentlich gar nicht gekannt hatte. Doch dann, nachdem sie Liebe gemacht hatten, hatte sich dieses Mädchen wie ein ewiges Leiden entwickelt, von dem er nicht heilen konnte. Denn er empfand in den überraschendsten Momenten ein Begehren nach ihr, fühlte sich traurig, einsam und leer ohne sie. Deswegen musste er sie so oft wie möglich besuchen und sie besitzen.

Und in dieser Vertrautheit verlor er sich. Er hatte sie mit Geschenken überschüttet, ohne dass sie danach gefragt hatte, hatte ihr Aufmerksamkeit und Liebe geschenkt. Nur an diese Worte zu denken ließ ihn lächeln. Bis vor einem Jahr wären sie für ihn undenkbar gewesen. Aber jetzt zögerte er nicht, sie sich vorzustellen und sie auszusprechen, wenn nötig. Vielleicht war genau das Malasortes Geheimnis: Sie bat nie um etwas. Und er wollte ihr alles geben.

Was lag wirklich in diesem Namen?

Würde er ihm Unglück bringen?

Der Hauptmann hatte keine Ahnung, aber er würde akzeptieren, was kam, aus dem einfachen Grund, dass er gar nicht anders konnte, als sie zu lieben.

Dieses Bewusstsein hatte sich natürlich auf seine Prioritäten ausgewirkt, und jetzt musste er auf jeden Fall Haltung zeigen. Das war ihm noch nie leichtgefallen, in letzter Zeit noch weniger, aber jetzt drohte sein so brennendes und unwiderstehliches Gefühl, ihn zu kompromittieren, auch in den Augen der einzigen Person, die tatsächlich Macht über Leben und Tod besaß.

Ganz zu schweigen von all dem, was geschehen war: das bevorstehende Konzil von Trient, die Geheimabmachung mit den Spirituali, die subversive Ausstrahlung, die von Michelangelos Werk ausging, der, wie es hieß, seine Rebellion gegenüber der Kirche von Paul III. immer wieder zur Sprache brachte, die Macht, die Reginald Pole gewann, der päpstliche Legat, der vielleicht in der Lage war, das Schicksal der römisch-katholischen Kirche umzustürzen.

In diese Gedanken versunken ging Corsini in der Dunkelheit zur Ponte Sisto.

Aber er hatte nur wenige Schritte gemacht, als etwas, besser gesagt, jemand ihm den Weg versperrte.

Obwohl die Straße schmal war und fast nicht beleuchtet, abgesehen von ein paar Fackeln, sah Corsini, dass der Mann, der vor ihm stand, eine ungewöhnliche Haltung einnahm.

Der Hauptmann war von der arroganten Haltung und der Dreistigkeit des Benehmens überrascht, er hielt es für angebracht, diesen Unverschämten so anzusprechen, wie er es verdiente.

»Ich kenne Euch nicht, aber ich befehle Euch, den Weg freizugeben. Ich bin in Eile, und wenn Ihr nicht gehorcht, könnte ich Euch auch zur Seite treten.«

Als Antwort hörte Corsini bloß ein Seufzen, als langweile sich der Angreifer bei diesen Worten.

Dann, ohne etwas zu sagen, stellte sich der Mann in den milchigen Schein einer der beiden Fackeln.

Er hob den Filzhut, und da wurde alles klar.

Und was er sah, jagte dem Hauptmann wirklich Angst ein.

49
Gramigna

Imperia war wegen der Weigerung, die letzte Rate zu bezahlen, sehr verstimmt. Und die Kurtisane hatte ein gutes Gedächtnis. Außerdem hatte ihre Rache Zeit.

Nachdem Corsini sich geweigert hatte, ihr das Geld zu bezahlen, hatte sie ihren treuesten Mann auf ihn angesetzt: Gramigna. Dabei hatte der Landsknecht einige interessante Dinge entdeckt.

Zum Beispiel, dass der Hauptmann sich mit dem Mädchen Malasorte traf: Imperia hatte sie von der Straße geholt, sie über Jahre durchgefüttert und beschützt. Und jetzt zahlte sie es ihr auf diese Weise zurück. Sie hatte erfahren, dass die beiden sich ziemlich häufig sahen, in ihrer Dachkammer in Trastevere, die Malasorte sich dank Imperia leisten konnte.

Nachdem sich ihr Schützling Tag für Tag neue Lügen und Ausreden ausdachte, um den ihr aufgetragenen Pflichten als Spionin zu entkommen, hatte sich die Kurtisane eine teuflische Strategie ausgedacht, damit beide bezahlten.

Sie hatte sich scheinbar entgegenkommend, ja sogar freundlich gezeigt, und irgendwie war sie sogar überrascht gewesen zu erfahren, wie wenig Malasorte sie begriffen hatte.

Und so hatte sie weiter die liebe Adoptivmutter gespielt, die sie war. Bis zum vorigen Morgen, dann hatte sie den

Befehl erteilt. Und Gramigna wusste, dass ein solcher Befehl nicht ungehört bleiben durfte.

»Wir sind über jeden Verdacht erhaben und werden mit dem mächtigsten Mann in Rom auf einen Schlag Freundschaft schließen«, hatte Imperia gesagt.

Und er, pünktlich wie der Tod, stand nun in einer Gasse von Trastevere vor dem Hauptmann der Gendarmen des Sant'Uffizio, der benommen war vom Sex, langsam und schläfrig und bereit, unter der Klinge seines Katzbalgers zerfleischt zu werden.

Er sah ihn herausfordernd an. Er blieb im Licht der Fackel stehen, wartete, was er tun würde.

Nur um deutlich zu machen, dass er nicht scherzte, zog er das Schwert, das düster aufblitzte.

Von allen Gegnern war das wirklich der schlimmste, dem er begegnen konnte. Es gab keinen Zweifel an seinen Absichten.

Daher reagierte Corsini bedauernd auf die einzige Art, die er kannte.

Er zog sein eigenes Schwert und stellte sich en garde.

Er hatte nicht einmal Zeit zu rufen, da hatte der andere sich schon auf ihn gestürzt. Der Katzbalger war ein Kurzschwert, aber die Klinge äußerst schwer. Gramignas Schwerthieb traf ihn mit der Wucht eines Rammbocks an der Schulter.

Doch irgendwie parierte er den Schlag, er trat von der Kreuzung, nutzte seine bessere Beweglichkeit und Leichtigkeit aus und versuchte, seinen Gegner bei einem überraschenden Ausfall an der Seite zu verletzen. Doch Gramigna parierte im letzten Augenblick blitzschnell und legte so viel

Energie in seinen Schlag, um den Angriff zu kontern, dass er Corsini fast zu Boden warf. Der Hauptmann fiel nicht hin, aber er registrierte die immense Kraft des Gegners. Nicht dass sie ihm neu war, aber seine spontane Reaktion wischte jeglichen Zweifel weg.

Er konnte nicht einmal Luft holen, da täuschte Gramigna schon einen Ausfall an und versuchte eine böse Attacke, indem er von oben links nach rechts unten die Klingen kreuzte. Corsini wich zur Seite aus und parierte Klinge an Klinge die Rückkehr des Gegners. Ein Sprühregen bläulicher Funken erhellte kurz die Dämmerung. Dann änderten die Gegner ihre Position, und das Duell verschwand wieder im Dunkel. Corsini bemühte sich um bessere Sicht und mehr Platz, daher stellte er sich unter das Lichtbündel einer der beiden Fackeln.

Dieser Aufforderung konnte der Landsknecht nicht widerstehen und tat es ihm nach, doch Corsini sprang schnell zurück und ließ sich erneut von der Dunkelheit verschlucken. Er nutzte diese Chance, um den Feind klar auszumachen, er täuschte zunächst einen Angriff von links nach rechts an, um dann von oben seitlich zuzustoßen.

Gramigna konnte diesem Angriff aus dem Nichts im letzten Moment ausweichen, aber etwas zu spät, sodass die scharfe Klinge einen roten Strich hinterließ, aus dem Blut rann.

Dieser Schlag erfüllte Corsini mit Stolz, er sagte nichts, begann aber mit erneuter Vehemenz eine Serie von Angriffen, die den Gegner dazu zwangen, zurückzutreten und die Unmenge an Stößen zu parieren, ohne selbst die Initiative ergreifen zu können.

Am Ende dieser aufeinanderfolgenden Ausfälle und Paraden wurde der Hauptmann müde. Er hatte versucht, Gramigna zu erwischen, doch sei es wegen der schlechten Lichtverhältnisse oder weil der Gegner heimtückischer und stärker war als er – er hatte jedenfalls nicht das Gefühl, bald eine Seele zu Gott schicken zu können. Vielleicht brachte dieser Name, Malasorte, wirklich Unglück.

Er versuchte, diese Gedanken zu verscheuchen, während er seinem eigenen stockenden Atem zuhörte, einem erstickten Keuchen in der römischen Nacht. Solche Überlegungen halfen ihm auf keinen Fall dabei, klar im Kopf zu bleiben, dabei brauchte er all seine Konzentration.

Gramigna hatte sich in den Schatten zurückgezogen, in die dunkelste Ecke der Gasse, und jetzt erkannte Corsini nicht einmal mehr die Umrisse des Mannes.

Er hatte es nicht eilig herauszufinden, was ihn erwartete. Er blieb dort stehen und wartete.

Plötzlich hatte er sogar das Gefühl, dass er gegangen war. Aber das durfte er nicht einmal einen Augenblick lang glauben. Er blieb wachsam und bereitete sich darauf vor, ihn zu empfangen, denn Gramigna würde kommen: Früher oder später würde er aus seinem Versteck treten, und er müsste dann so bereit sein wie noch nie in seinem Leben.

50
Vorahnungen

Irgendetwas stimmte nicht.
Sie war abrupt aufgewacht und hatte das Gefühl, als wäre etwas Schreckliches passiert. Sie blickte zur Seite und sah das leere Bett: Der Hauptmann war nicht mehr da. Sie wusste, dass er früh nach Hause wollte, weil er mehreren Pflichten nachkommen musste, aber dieses nagende Gefühl, das sie quälte, wollte nicht verschwinden, ja es schien sogar noch heftiger zu werden.

Es war eine heiße, drückende Nacht. Sie nahm ihre Haare zu einem Pferdeschwanz zusammen, weil sie vor Schweiß an ihren Schläfen klebten. Über ihr Nachthemd zog sie das erste Kleid, das ihr in die Hände fiel.

Sie trat aus dem Zimmer. Ringhio erwartete sie mit bettelndem Blick, als spüre er denselben Zweifel.

Sie streichelte ihn und ging dann zusammen mit ihm hinaus.

Er musste es beenden. Früher oder später würde das laute Geklirr der Klingen jemandem verraten, was los war. Im Moment waren sie hier noch allein, aber das würde nicht ewig so bleiben.

In dem Augenblick trat Gramigna aus dem Schatten und warf sich mit vollem Gewicht auf den Hauptmann.

Er versetzte ihm mit aller Kraft ein paar Schwerthiebe. Sein Gegner parierte den ersten Schlag, dann den zweiten. Gramigna ließ nicht nach und machte weiter: ein Klingenschlag von oben, eine waagerechte Riposte, dann, als der Hauptmann einen Ausfall im letzten Augenblick parierte und sich die Klingen zum x-ten Mal kreuzten, war Gramigna so weit. Aus der Dunkelheit tauchte in seiner linken Hand ein Gnadegott auf. Er sah Corsinis überraschten Blick und dann einen Schatten melancholischer Resignation, als hätte er in genau diesem Moment begriffen, dass er verloren war.

Einen Augenblick später drang die schmale Klinge in die Halsschlagader ein. Blut schoss heraus, floss in die glühend heiße Nachtluft.

Corsini ließ los. Das Schwert fiel mit düsterem Scheppern auf das Pflaster. Mit der rechten Hand wollte er sich irgendwo abstützen. Er griff hektisch ins Leere, bis er auf etwas traf. Den Rand eines Fasses? Er hatte keine Ahnung, aber er ließ sich dagegen fallen.

Schließlich rutschte er zu Boden, die Augen erloschen, die linke Hand auf der Wunde, blutüberströmt.

Malasorte hatte etwas gehört. Ein bedrohliches Geräusch, ein metallisches Klirren, das ein Duell zu verraten schien. Mit Ringhio an ihrer Seite folgte sie diesen unglückseligen Klängen, die nach Kampf und Blut klangen. In der Hand hielt sie eine Fackel. Die flackernde Flamme erleuchtete den Weg. Jetzt kam das metallische Klirren näher.

Sie betrat eine schmale, dunkle Gasse, und in diesem Augenblick geschah es.

Sie trat nah genug heran, um die Szene perfekt zu erkennen. In genau dem Moment wurde ihre Welt auf den Kopf gestellt.

Sie sah Gramigna, den riesigen Landsknecht in Imperias Diensten, der dem Hauptmann etwas in den Hals stach. Aus dem brach ein scharlachroter Regen, während die Klinge bis zur Parierstange eindrang.

Corsini fuchtelte herum, suchte nach einer Stütze. In der Zwischenzeit begann Ringhio wie verrückt zu bellen und stürzte sich auf den Landsknecht.

Malasorte rief: »Ringhio ... nicht!« Sie hatte das Gefühl, als wäre sie nur Zuschauerin dieser Szene und nicht Beteiligte. Vom Schmerz und Unglauben völlig zerstört blieb sie reglos stehen, unfähig, das zu verhindern, was vor ihren Augen geschah.

Die Tränen liefen in dem Augenblick, in dem der Molosser den Mann angriff, der gerade ihre einzige Liebe ermordet hatte.

Sie sah Gramigna von hinten, wie er eine Pistole aus dem Gürtel des Hauptmanns zog. Er drehte sich um und zielte damit auf Ringhio. Er zündete sie. Der Schuss blitzte auf. Der Knall hallte in der Gasse wider.

Sie sah Ringhio vor sich, der langsamer wurde und dann genau vor dem riesigen Landsknecht, der ihn reglos erwartete, stehen blieb.

Er erstarrte, dann fiel er erschossen um.

Er ließ ein letztes Jammern hören, ein keuchendes Bellen, das in der Nachtluft verklang. Als sie begriff, was geschehen war, spürte Malasorte, dass ihre Beine zitterten. Dann lief sie los. Was geschehen würde, war ihr egal, sie lief auf ihre beiden ermordeten Lieben zu. Sie sah Gramigna, der auf sie zukam. Sie machte sich bereit, ihn zu schlagen, und als er nah genug war, versuchte sie, ihn mit der Fackel zu verletzen.

Er packte ihr Handgelenk, nahm sie ihr ab. Sie schrie, die Fackel fiel zu Boden, ein fackelnder Lichtbogen begleitete sie. Dann erlosch sie. Es war wieder dunkel.

Dann tat Gramigna das Merkwürdigste der ganzen Nacht.

Er umarmte sie.

Und während sie auf seine breite und muskulöse Brust schlug, drückte er sie an sich.

»Es tut mir leid, Kleine«, sagte er, »aber du hast von Anfang an alles falsch gemacht.«

Malasorte hörte diese Worte. Es war das Letzte, was sie hörte. Dann spürte sie, wie ihre Augen sich schlossen: In diesem finsteren Sturm, der ihr die Sicht nahm und alles auslöschte, was gerade geschehen war.

51
Ohnmacht

Er fühlte sich schwach, ohnmächtig. Das Haus schien lebendig: ein pulsierendes Herz, das in einem teuflischen Rhythmus schlug, sich ständig zusammenzog und wieder ausdehnte. Dieses Geräusch dröhnte in seinem Kopf und zerriss ihn förmlich.

Er lag im Bett, unfähig, sich zu bewegen. Erschöpft von der Anstrengung und der Angst, das Ende erreicht zu haben. L'Urbino hatte ausgehen müssen, und jetzt war er allein mit all seinen Ängsten, den Zweifeln, dem Gefühl, tausend unvollendete Dinge zurückzulassen. Nicht genug getan zu haben. Wo war Vittoria? War sie wieder gesund? Wie lange hatte er sie nicht mehr besucht? Und was war mit Malasorte? Trotz allem fühlte er sich für sie verantwortlich.

Dieser Name, der Unglück und Elend verhieß. Und der so unfassbar mit ihrer außergewöhnlichen Schönheit kontrastierte.

Und wenn es ein Zeichen gewesen war? Schließlich schien es im Moment, als würde sich alles gegen ihn verschwören. Er versuchte aufzustehen, aber als er es kaum schaffte, sich auf den Arm zu stützen, begriff er, dass es unmöglich war. Daher legte er sich wieder hin. Er hasste die verschwitzten Laken, das Gefühl der Verwirrung, diesen Geruch von Krankheit, der in der Luft lag, von verdorbenem Fleisch, seinem eigenen, kurz davor, zu zerreißen und in Stücken zu Boden zu fallen. Und doch hatte er weder Wunden noch Verletzungen.

Er war nur erschöpft. Musste in dieser Sommernacht im Bett liegen. Wie auch in der vorigen und in den kommenden. Der Arzt hatte ihm gesagt, er brauche Ruhe und Geduld.

Er verfügte weder über das eine noch das andere.

Er legte sich auf den Rücken, und mit ausgestreckten Armen erreichte er gerade so einen Krug, den l'Urbino ihm aus lauter Mitleid ans Bett gestellt hatte.

Er musste viel Wasser trinken, hatte ihm der Arzt gesagt. Besonders das aus einem Brunnen vierzig Meilen außerhalb von Rom. Es hieß, dass es gegen Steine half. Daran litt er. Seit Tagen trank er nur noch das. Er hatte l'Urbino einen großen Vorrat anlegen lassen.

Er stützte sich auf den Ellbogen und schaffte es mit so viel Mühe, dass sie ihn entzweizureißen schien, sich hochzustemmen und mit dem Rücken an die Kissen zu lehnen.

»*Gutta cavat lapidem*«, hatte ihm der junge Arzt gesagt, der an der Universität von Padua bei Andrea Vesalio studiert hatte.

Also hatte Michelangelo seine Anweisungen befolgt. Seit Tagen trank er jetzt schon, so viel er konnte. Aber die Hitze, das Fieber und die Abgeschlagenheit machten ihn schwach und matt. Wenn er urinieren musste, empfand er einen unbeschreiblichen Schmerz. Der Arzt hatte ihm gesagt, dass sich ein kleiner Stein im Leiter festgesetzt hatte, der verhinderte, dass der Urin ausgeschieden wurde, weil er ihn halb verstopfte. Viel zu trinken machte das Ausscheiden des Steins wahrscheinlicher.

Steine waren immer sein Fluch.

In dieser Geschichte lag eine bittere Ironie. Er musste trotz allem lächeln. Er hob den Krug an, führte ihn an die Lippen und trank gierig.

Leider war das Wasser überhaupt nicht kühl, sondern warm wie diese verfluchte Sommernacht.

Er fuhr mit dem Hemdsärmel über seine Lippen. Vom Bart tropfte ihm noch etwas Wasser auf den Stoff.

Er trank noch einmal.

Dann stellte er mit einer vorsichtigen Drehung des Oberkörpers den Krug auf dem Boden ab.

Er seufzte.

Er dachte an die Drohungen, die Vittoria erhalten hatte. An den Hauptmann der Gendarmen, der ihr gesagt hatte, er würde sie im Auge behalten. An den Pontifex, der sich geweigert hatte, ihm zu helfen, und ihn stattdessen aufgefordert hatte, sich zu beeilen, um die Fresken in der Kapelle, die seinen Namen trug, so schnell wie möglich zu vollenden.

Niemand interessierte sich wirklich für Gott. Wie man vor ihn trat, um gerichtet zu werden. Michelangelo fragte sich, was man über ihn sagen könnte. War er wirklich ein guter Künstler gewesen? Hatte er wirklich den Ruhm des Herrn gefeiert? Oder hatte er sich eher an Herausforderungen gemessen, die nur dazu dienten, sein persönliches Prestige zu mehren und zu bewahren? Seinen Hochmut zu vergrößern? Seinen Wunsch, sich zu behaupten und wie der hellste Stern am Kunsthimmel zu erstrahlen?

Interessierte ihn das?

Eigentlich nicht.

Reginald Pole und Vittoria Colonna und mit ihnen all die anderen, die zum Kreis der Spirituali gehörten, hatten ihm gezeigt, dass ein anderer Weg möglich war. Dass es eine

Straße zur Rettung gab. Eine einfachere, aufrichtigere Dimension: Es reichte zu lauschen. Dem Wunsch Gottes zuzuhören, der immer bei uns war. Und so war Michelangelo an zwei andere Statuen für das Grab von Julius II. herangegangen. Mit seinem neu gewonnenen Bewusstsein wollte er dem Marmor Form verleihen, ihn nach dem Bild und der Ähnlichkeit des neuen Gewissens formen, das in ihm reifte.

Das Leben, das jetzt vielleicht seinen Körper verließ, musste in seiner doppelten Dimension ausgelebt werden. Dessen war er sich sicher. Wie Pole gesagt hatte, das positive, aktive Verhalten, die guten Taten und die Kontemplation Gottes stellten die Perfektion dar, die alle mit Andacht und Demut anstreben sollten.

Daher hatte er sich vor Tagen dazu entschlossen, diese doppelte Vision durch zwei wunderschöne Frauen darzustellen, die das Grabmal von Julius II. schmücken würden.

Und während die Stunden vergingen, fraß es ihn auf, dass er ans Bett gefesselt war im grausamsten Warten. Er wollte aufstehen, Hammer und Meißel packen und den Marmor behauen: Die schönen Frauen, die er im Sinn hatte, aus den Steinblöcken befreien. Aber er konnte es nicht, er hatte noch nicht genug Kraft.

Es grenzte ja schon an ein Wunder, überhaupt aufstehen zu können.

52

Mord und Machenschaften

Gian Pietro Carafa traute seinen Ohren nicht.
»Seid Ihr sicher?«, fragte er den Gendarmen, der vor ihm stand. »Jemand hat es gewagt, ein solches Verbrechen zu begehen? Meinen Hauptmann der Gendarmen des Sant'Uffizio umzubringen? Den Hauptmann meiner Wachen? Und wer hat sich Eurer Meinung nach so etwas getraut?«

Mercurio Caffarelli, Corsinis Stellvertreter, wusste weder ein noch aus. Er hatte Malasorte letzte Nacht in der Nähe der Leiche des Hauptmanns gefunden. Sie schien kaum bei Bewusstsein. Und auch wenn es ihm unglaublich erschien, so gab es keine Zweifel an ihrer Schuld. Das Messer, das in Corsinis Hals steckte, gehörte ihr.

»Soweit wir wissen«, sagte er leise, »war es eine Mörderin.«

Kardinal Carafa zog ungläubig eine Augenbraue hoch. »Wirklich? Und wer ist es?«

»Malasorte.«

»Malasorte und weiter …?«

»Nur Malasorte, Eminenz. Ein Mädchen, das für die Kurtisane Imperia arbeitet.«

»Die Besitzerin dieses Gasthauses … Dell' Oca rossa? Das im Viertel Parione?«

Caffarelli nickte bloß.

»Diese alte Hure!«, donnerte Carafa. »Jetzt mischt sie sich auch noch ins Geschäft ein! Dann ist sie also die Auftraggeberin des Mordes?«

»Das habe ich nicht gesagt, Euer Gnaden«, sagte Mercurio Caffarelli.

»Wirklich? Nun, dann drückt Euch klarer aus, verflucht. Jemand hat Euren Vorgesetzten umgebracht! Einen sehr fähigen und mutigen Hauptmann! Einen echten Mann, wie man keinen mehr findet. Ich will diese Kurtisane Imperia sofort sehen! Man bringe sie zu mir, Caffarelli.«

»Ich habe sie bereits rufen lassen, Eminenz. Sie müsste schon hier sein«, sagte der stellvertretende Hauptmann.

»Fleißig, fleißig, Caffarelli! Alles in allem ist es so noch besser! Und die Schuldige? Diese ... Malasorte?«

»Ich habe sie in eine der Zellen im Kerker von Tor di Nona sperren lassen.«

»Ah!«

Caffarelli nickte erneut.

»Gut gemacht! In Ordnung, dann empfange ich die Kurtisane.«

»Wie Ihr möchtet, Eminenz, ich kann sie zu Euch bringen lassen. Wie gesagt, sie ist bereits hier.«

»Ihr verliert wohl keine Zeit? Also gut! Lasst sie eintreten, dann hören wir, was sie zu erzählen hat. Ihr geht! Wenn ich Euch wieder brauche, werde ich Euch rufen lassen.« Mit diesen Worten und einem Handzeichen entließ Kardinal Carafa seinen stellvertretenden Hauptmann.

»Ah, eine letzte Sache noch ...«

»Eminenz?«, sagte Caffarelli, während er ging.

»Da Ihr ihn bereits ersetzt ... nun, die Gendarmen des

Sant'Uffizio können nicht ohne einen Hauptmann bleiben. Caffarelli, ab heute seid Ihr der neue Hauptmann. Ich ernenne Euch dazu.«

Mercurio verbeugte sich. »Eminenz.«

»Mal sehen, ob Ihr diese Ehre verdient.«

»Ich werde mich bemühen.« Und damit ging Caffarelli.

Als er Imperia eintreten sah, konnte Carafa nicht übersehen, dass diese Frau trotz ihres fortgeschrittenen Alters immer noch faszinierend war. Und das war das Geheimnis ihres Erfolgs, dachte er. Der so groß war, dass sie, wie alle wussten, zu einer der mächtigsten Frauen Roms geworden war. Carafa dachte, dass es unklug wäre, sie zu bekämpfen. Viel besser wäre es zu erfahren, ob es möglich wäre, mit ihr ein verschwiegenes und diskretes Bündnis einzugehen.

»Eminenz«, sagte Imperia, die in ihrem blutroten Kleid aussah, als wolle sie sich an das Kardinalsrot von Carafa anpassen. »Es ist für mich eine große Ehre, Euch zu treffen, auch wenn mir wohl bewusst ist, dass die Umstände, die mich hierher geführt haben, nicht die schönsten sind. Es tut mir leid, was Eurem Hauptmann geschehen ist, ein geschätzter und fähiger Mann, der allen Christen dieser Stadt fehlen wird.« Imperia verbeugte sich tief und küsste den großen Rubin, der am Zeigefinger des Kardinals funkelte.

Carafa nickte. Abgesehen von dem, was er heute erfahren würde, so war eines sicher: Diese Frau wusste sich zu benehmen, was in unglücklichen Zeiten wie diesen nicht wenig war.

»Nehmt Platz«, sagte er schlicht.

Imperia setzte sich auf einen violetten Samtsessel. Ihr Blick verriet nicht die geringste Emotion, und wenn es Ehrfurcht in ihr gab, dann zeigte sie sich nicht in Schüchternheit, da sie mit beachtlichem Selbstbewusstsein auftrat.

»Madonna«, begann Carafa, der Imperia sicher niemals anders angesprochen hätte, schließlich war sie trotz allem eine Kurtisane. »Ihr wisst sehr wohl, warum Ihr hier seid. Daher bitte ich Euch, mir zu sagen, was Ihr über die Frau wisst, die des Mordes an Hauptmann Vittorio Corsini beschuldigt wird.«

»Natürlich«, erwiderte Imperia, »ich werde Euch nichts verschweigen. Also, das beschuldigte Mädchen heißt Malasorte. Sie steht seit ein paar Jahren in meinen Diensten. Sie erledigt die unterschiedlichsten Aufgaben für mich: Sie kümmert sich um die Bücher in einem meiner Gasthäuser und steht damit verbundenen Aktivitäten vor, wie ...«

»Ich bitte Euch, ich kann mir sehr gut vorstellen, welcher Art diese Aktivitäten sind«, unterbrach Carafa sie. »Beschränkt Euch auf das, was Ihr über sie als Person wisst und vor allem über ihre Beziehungen zum Hauptmann Corsini.«

»Sie war ein unternehmungslustiges Mädchen, hübsch anzusehen, nun, man übersah sie sicher nicht, auch wenn manche Männer, wenn sie ihren Namen hörten, es vorzogen, ihre Zeit mit einer anderen Frau zu verbringen, weil sie ein Gefühl von Verhängnis und Unruhe bekamen. Ich vermute aus albernem Aberglauben. Jedenfalls war es bei Hauptmann Corsini anders.«

»Wirklich? Was wollt Ihr damit sagen? Drückt Euch genauer aus!«

»Soweit ich weiß, war Corsini in sie verliebt«, sagte Imperia geradeheraus.

»Seid Ihr sicher?« Carafa schien es nicht glauben zu wollen.

»Ich habe ihn verfolgen lassen, um alle Zweifel auszuräumen.«

»Von wem?«

»Meiner Leibwache.«

»Ich verstehe. Und derjenige kann bestätigen, dass der Hauptmann sich mit ... diesem Mädchen traf?«

»Natürlich.«

»Erlaubt mir eine Bemerkung«, sagte nun der Kardinal. »Findet Ihr nicht, dass wir Gewissheit haben sollten, bevor wir das Gedenken an einen Hauptmann der Gendarmen des Sant'Uffizio beschmutzen?«

»Zweifellos, Eure Eminenz. Ich habe nur auf Eure Frage geantwortet. Auch wenn, wie ich betonen muss und wie Ihr besser wisst als ich, Soldaten, Adelige und sogar Kirchenmänner der Sünde nicht abgeneigt sind ...«

»Ich bitte Euch.«

»Dass Ihr mich bittet, die Details zu verschweigen, macht es nicht weniger wahr. Ich habe es mit meinen eigenen Augen gesehen.«

Der Kardinal seufzte. »Madonna, Ihr habt recht, und genau deswegen hat uns diese Plage der Reformierten getroffen. Um uns zu bestrafen. Um uns als unwürdig der Gnade Gottes zu verurteilen, angefangen bei der Kirche, die ich repräsentiere. Als wüsste ich nicht, wovon Ihr sprecht!«

»Ehrlich gesagt glaube ich, dass die Gründe, warum Malasorte gefährlich ist, mit ganz anderen Fragen zusammenhängen.«

»Fragen, die wichtiger sind als der Tod eines Hauptmanns der Gendarmen des Sant'Uffizio?«

»Eminenz ... und wenn ich Euch dieses Wort nenne: Spirituali?«

Als er dieses Wort hörte, verschlug es dem Kardinal Carafa die Sprache.

Pole war also bis ans Sant'Uffizio gelangt, ohne dass er es auch nur im Geringsten bemerkt hatte?

53
Aktives Leben und kontemplatives Leben

Michelangelo war gesund geworden. Jetzt stand er wieder auf, und auch wenn er sich noch schwach fühlte, bestand er darauf, sich wieder an die Arbeit zu machen.

Vor ihm stand ein großer Marmorblock: weiß, durchscheinend, perfekt. Er fuhr mit den Händen über die Kanten, er betrachtete ihn, um die verborgenen Linien zu erkennen. Er fühlte sich wieder wie ein Kind, denn diese so gewohnten Bewegungen stellten eine großartige Fähigkeit dar, seine tägliche Gabe, der Grund, warum er morgens aufstand und abends schlafen ging.

Es war stets ein Wunder, sich vorzustellen, was der Block unter seinem glatten Äußeren verbarg; Michelangelo liebte es immer wieder, das zu entdecken, denn es war ihm ein brennendes Bedürfnis, die darin enthaltene Form zu enthüllen.

Auch diesen Morgen war sein Herz schwer vor Emotionen, als wäre es das erste Mal. Es war schon etwas her, seit er das letzte Mal Marmor berührt hatte.

Seit er Moses den Blick abwenden ließ.

Er erinnerte sich, wie erstaunt Tommaso de' Cavalieri gewesen war, als er das sah, was für ihn eine Art Zauberei war, und in einem bestimmten Sinn hatte er recht: Es war Magie, ein Geschenk Gottes. Wenn jemand ihn fragen würde, wie er den Marmor bearbeitete, hätte Michelangelo keine Antwort gewusst. Die erlernte und über die Jahre verfeinerte Technik, die intensive Leidenschaft bei der persönlichen Auswahl der Blöcke, die Demut vor der Arbeit im Steinbruch, die er studiert und umgesetzt hatte, ohne je die grobe Einfachheit zu verachten, waren Schritte eines Weges, der ihm natürlich vorkam. Ja, in genau dieser Wahl schon am Beginn, wenn der Marmor aus dem Steinbruch gebrochen wurde, lag das Fundament der edlen Kunst der Bildhauerei. Denn eine Statue, eine Figur, eine Pietà, ein Prophet, eine Kreuzigung keimen schon viel früher als in dem Moment, in dem sie skizziert, geschnitten, behauen werden.

Es war vor allem notwendig, den richtigen Block auszuwählen, ihn nass zu machen, seine Makel zu enthüllen und doch die absolute Reinheit vorzugeben. Deswegen war Michelangelo in all den Jahren nach Carrara und auf den Monte Altissimo und bis in die Apuanischen Alpen gestiegen: Denn dort fand er den reinsten Stein.

Der, der nun vor ihm stand.

Die Tage der Krankheit hatten ihn ausgezehrt, und auch wenn er jetzt zum Marmor zurückzukehren und ihn mit Hammer und Meißel bearbeiten musste, wusste er, dass er es nicht konnte. Doch in dieser Zeit hatte der Geist fiebrig gearbeitet, und die beiden Frauen waren im Traum erschienen, hatten ihre reizvollen Formen gezeigt, ihre delikaten Gesichtszüge, den weichen Faltenwurf ihrer Kleider.

Ihm schien, als würde der Marmor vor seinen Augen schmelzen und die Form dieser zwei erhabenen Frauen annehmen, Allegorien der Tugenden, die Reginald Pole in Viterbo beschrieben hatte.

Die eine, Rachel, die biblische Heldin, stellte das kontemplative Leben dar: Michelangelo hatte vor, sie mit einem schweren Umhang zu zeigen, die Augen gen Himmel, das Gesicht zum Herrn gewandt, die Hände gefaltet, der fast blinde Glauben an Gott. Er wollte das Wesen der Beziehung zum Göttlichen einfangen ohne jegliche Vermittlung.

Lea, die andere, personifizierte dagegen das aktive Leben, das Licht, das die brennende Flamme brauchte, wie es in *Il Beneficio di Cristo* hieß. Diejenige, die die Erlösung durch ihre eigenen Handlungen findet ohne Eingreifen der Kirche, sondern mit angeborenem Glauben.

Michelangelo wusste, dass er damit eine Art definitiven Ausgleich der Prinzipien der protestantischen Reformen und dem Diktat der katholischen Kirche schaffen würde, eine Lösung, die zwar die exklusive Beziehung zu Gott betonte, aber nicht die Sprengkraft des aktiven Lebens leugnete. Lea, auch sie eine biblische Heldin, würde eine römische Matrone, in der rechten Hand würde sie ein Gefäß halten, in dem sie die langen Haare sammelte, aber dieses Gefäß würde auch von der Form an eine Fackel erinnern, dem Symbol des Lichts und des brennenden Feuers. Schließlich würde er Leas Kopf ein Diadem aufsetzen.

Das hatte er vor: Ein Grabmal vervollständigen, das seine Überzeugungen in Marmor abbildete, die nun so anders waren als früher, Ergebnis der Worte Vittorias und des Kardinals Reginald Pole, unschuldige Opfer einer Inquisition, die ihren Bitten gegenüber so taub war, dass sie nur die Herrschaft des bewaffneten Arms im Diensten des Papstes erkannte. Eine Inquisition, die von einem Mann geleitet wurde, der höchstwahrscheinlich den Papstthron anstrebte, und die Hierarchie und Verschlossenheit einer Kirche, die zu schnell bereit war, die Armen und Einsamen mit der Drohung der Häresie zu bestrafen und diejenigen freizusprechen, die der Macht und dem Reichtum nahestanden.

Er wusste, dass er dadurch den Abstand vergrößern, die Wunde heftiger und eitriger und den Riss zwischen ihm und der Kirche tiefer machen würde, aber er sah keine andere Lösung. Nach langer Zeit hatte er die Möglichkeit, etwas zu kreieren, an das er glaubte, und eine andere Sprache für gewisse Aspekte zu nutzen, geschützt oder vielleicht einfach nur klarer als alles andere, doch nur für denjenigen, der den Mut hatte, seinen Statuen in die Augen zu sehen: Moses, Rachel, Lea und Julius II.

Es würden keine Bilder für alle: Auf gewisse Art würden sie Angst einjagen, den Blick desjenigen, der sie betrachtete, zurückwerfen, ohne Trost zu spenden.

So, er hatte sich entschlossen.

Er würde mit den Waffen kämpfen, mit denen er vertraut war und die Gott ihm gegeben hatte, um seine Wahrheit hinauszuschreien.

54
Heilig und profan

Imperia war sich sicher, nicht nur das Interesse, sondern auch die Aufmerksamkeit des Kardinals geweckt zu haben. Sie wusste bereits seit dem Besuch des Hauptmanns Vittorio Corsini bei ihr, dass das, was sie aus seinem Mund gehört hatte, nur ein Teil der gesamten Geschichte gewesen war.

Gian Pietro Carafa war durch den Willen des Papstes zum Leiter der Römischen Inquisition aufgestiegen. Eines Papstes, Paul III., der aus tausenderlei Gründen nicht der schlechteste dieser Jahre war, der aber nicht ewig leben würde und der einen viel zu entgegenkommenden Dialog zwischen den protestantischen Reformern und der katholischen Kirche begonnen hatte. Ein Verhalten, dass ein Mann wie Carafa nicht gutheißen konnte.

Sogar sie hatte das verstanden, es reichte, ihm in die Augen zu sehen. Seine Eminenz war ein Mann, der von monströsem Appetit geleitet wurde und der seine aktuelle Rolle als Leiter des Sant'Uffizio als notwendiges, aber nicht ausreichendes Sprungbrett auf dem Weg zum Papstthron ansah.

Als gute Unternehmerin hatte Imperia sich über ihre Spione über den Kardinal informiert. Sie hatte nicht nur erfahren, dass Carafas Hass auf Reginald Pole legendär war, was bereits durch die Informationen, die Malasorte zusammengetragen hatte, klar war, sondern auch, dass er dafür tief reichende Gründe und eine präzise Motivation hatte: Pole war der Hauptgegner des Leiters der Römischen Inquisition auf seinem Weg, einem Weg, der ihn direkt auf den Papstthron führte und der bedroht war von diesem verfluchten englischen Kardinal, einem Schützling von Paul II., der ihn sogar zu seinem Legaten bei dem bevorstehenden Konzil von Trient ernannt hatte.

Wenn Imperia nun etwas ganz Konkretes anbieten könnte, um Pole und die Spirituali in einem schlechten Licht erscheinen zu lassen, und ein Opfer liefern könnte, das man als Hexe, als Ketzerin bezeichnen könnte und das sich im Schatten von Pole und seinen Anhängern entwickelt hatte, wäre Kardinal Carafa ihr dann nicht vielleicht auf ewig dankbar?

Und wer würde diese Aufgabe besser erfüllen als Malasorte? Dieses undankbare, dreiste Mädchen, das sie für ein paar breite Schultern und ein hübsches Gesicht verlassen hatte, war ihre Eintrittskarte zur Macht.

Daher entschloss sie sich, alles zu wagen und den Kardinal an ihrem teuflischen Plan zu beteiligen.

»Eminenz«, sagte sie mit fester Stimme, »ich glaube, dass unser heutiges Treffen sich als vorteilhaft für Euch herausstellen wird, angesichts dessen, was ich Euch zu sagen habe.«

Der Kardinal sah sie an und ließ sie wissen, dass er zuhörte. Er musste gar nicht mehr groß überzeugt werden.

»Nun, Malasorte ist nicht nur schuldig an dem ihr zugeschriebenen Mord am Hauptmann der Gendarmen, Vittorio Corsini, sondern ist, wie Ihr gleich hören werdet, auch eine Ketzerin, weswegen sie getan hat, was sie getan hat.«

»Aha.«

»Ich kann es beweisen: Nicht nur weil ich selbst sicher

weiß, dass sie die Spirituali von Kardinal Reginald Pole getroffen hat, und das kann ich vor Gericht beschwören, sondern auch weil einer meiner vertrauenswürdigen Drucker bezeugen kann, ihr das *Beneficio di Cristo* verkauft zu haben, in der von Marcantonio Flaminio der *Ecclesia Viterbiensis* verkauften und erweiterten Ausgabe, die vor Kurzem in Venedig gedruckt wurde, dem Nest des heimtückischen Ketzertums. Hinzu kommt noch, dass Euer aktueller stellvertretender Hauptmann der Gendarmen, der junge Mercurio Caffarelli, problemlos bestätigen kann, dass das Mädchen schon immer einen schlimmen Charakter hatte. Denn erst vor wenigen Jahren hat sie, um sich zu verteidigen, einen Landsknecht mit ebendem Dolch, mit dem sie letzte Nacht den Hauptmann Corsini umgebracht hat, verletzt. All das kann ich natürlich bezeugen …«

Kardinal Carafa war wirklich überrascht, und das passierte ihm sicher nicht oft. »Ich bewundere die Menge an Informationen, über die Ihr verfügt, Madonna«, sagte er ehrlich, fast bewundernd. »Man fragt sich, woher Ihr so effiziente Spione habt. Ich würde mir gerne welche ausborgen, vielleicht können sie meinen etwas beibringen«, sagte er und strich sich vornehm über den Handrücken.

»Meine Arbeit zwingt mich zu solchem Wissen, Euer Gnaden.«

»Ich verstehe.«

»Wenn ich mir erlauben dürfte …«

»Ich bitte Euch, fahrt fort, mir scheint, als käme nun der interessanteste Teil Eures Vorschlags.«

Imperia nickte. Der Kardinal ermutigte sie. Dann lohnte es sich, das Risiko einzugehen und das Unsagbare auszusprechen. Was hatte sie im Grunde schon zu verlieren? Im schlimmsten Fall würde Carafa ihr drohen, mit niemandem über das zu sprechen, was sie zu sagen gewagt hatte. Aber wie seine Absichten vermuten ließen, war der Kardinal ganz anderer Ansicht.

»Wie gesagt, Eminenz, ein solcher Fall könnte Euch die Chance bieten, ein Exempel zu statuieren, wie Ihr es wahrscheinlich sucht. Ich will es besser erklären. Ein Mädchen, das niemand mehr will, angeklagt und des Mordes am Hauptmann der Gendarmen schuldig gesprochen, mit einem Namen, der wie vom Teufel selbst gemacht scheint, dazu glaubwürdige Zeugen, die über ihre Ketzerei sprechen werden, sowohl was die Texte angeht, die sie gelesen hat, als auch ihren Umgang ... Nun, könnte sie nicht genau der Sündenbock sein, der es Euch erlaubt, über Pole zu triumphieren? Würde ihre Hinrichtung nicht zeigen, was denen gebührt, die es wagen, den Samen des Bösen zu säen? Überlegt doch: Wer *Il Beneficio di Cristo* liest, entfernt sich von Gott und tötet schließlich den Hauptmann der Gendarmen, den Mann, der sich um Eure Sicherheit kümmert? Und all das nicht aufgrund von Fantasien, sondern von präzisen und ausführlichen Zeugenaussagen? Bietet sich damit nicht eine Möglichkeit für Euch, über den friedensstiftenden Geist, den Ihr so bekämpft, zu triumphieren?«

Nach diesen Worten schwieg Kardinal Carafa und sah Imperia in die Augen. Die Kurtisane konnte nur schwer sagen, was er dachte, und einen Augenblick lang befürchtete sie, zu viel gewagt zu haben. Vielleicht war der Kardinal gar nicht der erbarmungslose Mann, für den sie ihn hielt, oder vielleicht war er nicht bereit, so weit zu gehen, nur um seine Machtgier zu befriedigen.

Sie war jedoch genau so eine Person und von dem mit

Worten nicht zu beschreibenden Wunsch nach Rache an dieser kleinen Dirne Malasorte getrieben. Daher hoffte sie auf eine positive Antwort des Kardinals, weil er ihr in Temperament und Haltung ähnlich zu sein schien.

Nach einer Weile, die ihr unendlich erschien, sprach Gian Pietro Carafa.

»Ihr seid wirklich eine besondere Frau und schlagt mir eine großartige Lösung vor.«

Imperia seufzte, der Anfang war vielversprechend.

»Wie Ihr wahrscheinlich wisst, wartet diese Malasorte im Kerker von Tor di Nona auf ihr Urteil. Es ist vollkommen klar, dass das, was Ihr sagt, der Kirche, die ich repräsentiere, nutzt, nicht nur weil so die gerechte Strafe für das schreckliche Verbrechen verhängt wird, das verübt wurde und für das die weltliche Macht verantwortlich ist, sondern auch für das andere, noch schwerwiegendere und schlimmere, von dem Ihr mir berichtet. Ich will nicht auf die Einzelheiten der internen theologischen Positionen der römischen Kirche eingehen oder darauf, wie sie die protestantische Rebellion ansieht, die Luther Reform zu nennen wagt, es ist jedenfalls eine Tatsache, dass ich, demütig und ergeben, versuche, Ordnung in diese unglückliche Situation zu bringen. Dafür muss ich meine Position stärken, und das wirkt umso überzeugender, je stärker die anderen geschwächt werden. Ich nehme also das an, was Ihr mir anbietet, und da das Leben mich gelehrt hat, dass niemand einem etwas schenkt, frage ich Euch: Was wollt Ihr dafür?«

»Fünfhundert Dukaten«, antwortete Imperia, ohne zu zögern. Es war exakt die Summe, die Corsini und damit schlussendlich der Kardinal ihr schuldeten. Sie wollte ihren Glücksstern nicht überfordern. Mit dieser Vereinbarung befreite sie sich von einer gefährlichen Zeugin: Die Beweise, die sie gegen Malasorte hatte, waren erdrückend, aber erst wenn diese Hure unter der Erde lag, würde sie sich ruhig und zufrieden fühlen. Sie hasste die bloße Vorstellung, dass sie lebte. Nicht so sehr, weil sie sich in Corsini verliebt hatte, sondern vor allem, weil sie es ihr gegenüber nicht zugegeben, sondern versucht hatte, sie anzulügen, um sie zu überlisten. Vielleicht plante sie hinter ihrem Rücken, eines Tages wer weiß welch üble Tat gegen sie zu begehen.

Imperia war nicht geworden, was sie war, weil sie darauf wartete, dass ihre Gegner handelten. Sie hatte gelernt, dass ein Unkraut sofort ausgerissen werden musste, weil es sonst alles verpestete, was sie über die Jahre mit Mühe und Leiden aufgebaut hatte.

»Dann ist es entschieden. Ich muss gestehen, dass Euer Wunsch außergewöhnlich maßvoll ist, doch umso besser. Ich werde Euren besonderen Anstand im Gedächtnis behalten, vielleicht erlaubt er uns in Zukunft weitere Übereinkünfte. Wie besprochen erwarte ich daher, dass Ihr im Prozess Euren Teil übernehmt.«

»Das werde ich, ich habe es Euch ja vorgeschlagen.«

»Natürlich. Sobald Ihr Eure Aussage gemacht habt, werde ich einen Schuldschein zu Euren Gunsten ausstellen. Auf Wiedersehen, Madonna«, sagte er und reichte Imperia die Hand.

Die Kurtisane kniete sich vor seiner Eminenz hin und küsste seinen Ring. Dann deutete sie eine Verbeugung an und ging unter dem wachsamen und räuberischen Blick des Kardinals hinaus.

55
Tor di Nona

Malasortes Kopf dröhnte. Der Schmerz breitete sich im gesamten Körper in kreisförmigen Wellen aus. Sie hatte dadurch ständig ein Gefühl der Benommenheit. Gramigna hatte sie heftig geschlagen. Es wäre ihr lieber gewesen, er hätte sie getötet. Denn ohne den Hauptmann und ohne Ringhio zu leben, das war die schlimmste Strafe, die sie sich vorstellen konnte.

Und auch weil das, was sie nun erwartete, jegliche Vorstellungskraft überstieg.

Sie hatte keine Freunde, außer Michelangelo, aber er war ein alter Mann und könnte nur wenig für sie tun.

Und doch hatte sie niemanden außer ihm. Am Ende hatte Imperia sie wie ein Stück Fleisch auf dem Markt verkauft. Malasorte hatte gewusst, dass sie so enden würde. Sie hatte es immer befürchtet. Doch sie hatte es ihrem Herz nicht verwehren können, sich in den Hauptmann zu verlieben. Sie war das Risiko eingegangen. Und sie hatte verloren. Aber wenigstens hatte sie die Liebe kennengelernt. Und ein solches Glück, wenn auch kurz, war tausendmal mehr wert als das, was nun kommen würde. Die Einzelheiten waren ihr im Moment egal.

Sie schaute sich um. Sie hatten sie in eine kleine, schmutzige Zelle geworfen. Kahle Steinwände waren alles, was sie sah. Sie erblickte einen so schmalen Schlitz in der Mauer, dass fast keine Luft eintreten konnte.

Das Bett war nur eine Holzpritsche mit Stroh.

Ein Kübel, in den sie sich erleichtern konnte, stank entsetzlich, weil die Gefängniswächter ihn nicht säuberten.

Sie musste erbrechen.

Sie drehte sich zur Wand. Der Schmerz, der immer da war, erinnerte sie noch einmal daran, was sie in nur einer Nacht verloren hatte. Sie spürte die Tränen fallen. Der Hals tat ihr weh, es war fast unmöglich zu schlucken, der Speichel war wie Glas. Sie stöhnte.

Sie wollte sich einen Ruck geben, aber das war nicht möglich, nicht im Moment.

Sie gab sich dem Schmerz hin, denn das war alles, was sie wollte.

Michelangelo wartete. Er hatte Pole an diesem Ort treffen wollen, weil der für ihn das Herz Roms darstellte.

Die Konstantinische Basilika bereitete sich vor, Sankt Peter zu werden: die größte Kirche der Welt. Doch wenn man sie so sah, war es nicht mehr als eine Fata Morgana, ein Ort, verunstaltet von den Narben der Zeit und der Werke des Menschen. Bramante hatte ihn sich auf dem Plan als griechisches Kreuz vorgestellt, und tatsächlich waren davon die vier Kolossalsäulen und die verbindenden Bögen übrig geblieben. Doch alles war eine Reihe von Ruinen und zerfallenen Mauern, nach dem Tod des großen Architekten hatten weder Raffael noch Antonio da Sangallo nach ihm Fortschritte bei der Arbeit gemacht.

Daher war das, was der Petersdom werden sollte, nicht mehr als ein faszinierendes Skelett voller Strukturen von unvergänglicher Faszination, die dem Wind und dem Regen ausgesetzt waren, eine Stein gewordene Mahnung, die die Bewohner an die Größe der vergangenen Zeit erinnern wollte, die vielleicht nie wiederkehren würde.

Doch Michelangelo hatte Hoffnung für diese mystische Truhe des Geistes.

Er stand mit einer Lampe dort und wartete. Die Wachen hatten ihn sofort durchgelassen, als sie ihn als obersten Bildhauer und Maler des Vatikanpalastes erkannt hatten, zu dem ihn der Papst ernannt hatte.

In dieser Dämmerung, durchdrungen von Nostalgie und Größe, wartete Michelangelo auf Reginald Pole. Der englische Kardinal hatte ihn gebeten, ihn zu treffen, nachdem er ihm über Vittoria Colonna einen Brief solcher Dringlichkeit und Not hatte zukommen lassen, dass er unmöglich zu ignorieren war.

Vittoria! Er hatte sie besucht, sie war wieder zu Kräften gekommen. Vielleicht konnte man nicht sagen genesen, aber ihre helle Haut hatte wieder dieses blasse Rosa angenommen, das ihr immer so gut gestanden hatte. Sie hatte ihn gebeten, sie zu Pferd in die Apuanischen Alpen zu bringen: Sie wollte einmal die wilde und raue Natur sehen, in der er seine intimsten Momente verbrachte, wenn er sich ganz mit Gott in Einklang fühlte.

Michelangelo hatte es ihr versprochen. Sobald es kühler würde, würden sie zusammen aufbrechen.

Während er diesen Tagträumen nachhing und die Funken eines Kohlefeuers wie Glühwürmchen in die Luft sprühten, rief ihn eine Stimme. Sie war sanft und wohlklingend, unverwechselbar. Für einen Augenblick verspürte Michelangelo etwas Übernatürliches, als würde Gott ihn rufen. Doch dann fing er sich wieder, hielt den Lichtkegel seiner Lampe vor sich, und aus dem Schatten tauchte Kardinal Reginald Pole auf.

Er trug einen roten Talar. Sein Blick war sorgenvoll, und er war magerer als üblich.

»Messer Michelangelo«, sagte der junge Engländer. »Ihr wisst nicht, wie glücklich ich bin, Euch zu sehen.«

»Die Ehre liegt ganz bei mir, Eminenz.«

»Leider ist der Grund, warum ich Euch an dieser Stelle treffe, nicht schön.«

»Das dachte ich mir«, erwiderte Michelangelo, »deswegen habe ich Euch gebeten, mich an einem so ungewöhnlichen Ort zu treffen.«

»Aha. Ich gebe zu, dass ich recht überrascht war, als ich gehört habe, dass Ihr die Basilika gewählt habt.«

Michelangelo lächelte. »Das verstehe ich. Aber seht, Eminenz, ich liebe es, durch das Gras und die Erde zu gehen in diesem, wie ich es mit gutem Recht nenne, Trugbild, ein Relikt, ein verlassener Ort, denn Sankt Peter wurde vom Bauträger und den Handwerkern vergessen, genau wie diese Stadt und ihre Kirche. Doch nicht alles ist verloren, die Zeit hatte Mitleid mit den Menschen und ihren Werken, wenn sie voller Wunder sind. Seht selbst«, sagte er und beleuchtete den Weg vor ihnen mit der Lampe.

Kardinal Pole erstarrte, als er vor sich ein unvergleichlich schönes Mosaik sah. Es strahlte auf einem goldenen Hintergrund. Im schwachen Licht der Lampe erkannte er Christus, der gerade die Apostel rettet, alle versammelt in einem Schiffchen, das große Segel vom Wind aufgebläht.

»Das war Giotto, Signore. Urheber eines so leuchtenden Wunders, dass es selbst im Halbdunkel der Dämmerung leuchtet wie die Sterne oben im Himmel«, sagte Michelangelo mit tiefer Stimme. »Seht Ihr die Apostel im Boot? Und Gott, der Petrus die Hand reicht? Und die Wogen und die Stadt am Ufer?«

Pole legte eine Hand vor den Mund, von solch unvergleichlicher Pracht überwältigt. Doch Michelangelo wollte nicht in diesem Anblick schwelgen. Er hatte etwas ganz anderes im Sinn. Ohne auf ihn zu warten, ging er an der Bühne in der Mitte des Hofes vorbei und erleuchtete noch einmal den Platz vor sich. Der Kardinal schloss zu ihm auf und sah vor seinen Augen einen Tabernakel auftauchen und darin die Statue eines segnenden Petrus.

»Ein griechischer Künstler mit außerordentlichem Talent hat sie erschaffen«, sagte Michelangelo. »Man kennt seinen Namen nicht. Zu Anfang stellte die Statue einen Philosophen dar, aber Arnolfo di Cambio hat sie vor über zweihundert Jahren verändert, und wie durch ein Wunder erscheint uns der heilige Petrus: die Haare, der Bart, die Himmelsschlüssel«, fuhr Michelangelo fort und beleuchtete den Schlüsselbund, den der Apostel in der linken Hand hielt. »Seht Ihr, Eminenz, wie die Erinnerung bleibt, wenn sie der Kunst anvertraut wird? Der Schrein, der die Erinnerung behält und sie im Ozean der Zeit verewigt? Doch wir wollen heute all das eintauschen«, dabei beschrieb Michelangelo mit der Lampe einen Bogen, erhellte kurz die braune Luft der Abenddämmerung, »gegen die Eitelkeit, den Machthunger, den Ruhm, der korrumpiert und blendet, das Geld, das uns böser als den Dämon selbst macht. Und die Kirche, die verstanden hatte, wie die Kunst Gott und seine Größe feiern kann, verschließt sich jetzt in Salonkonflikten, handelt mit Titeln in reinster Simonie, verkauft Ablässe, um die Reichen und Mächtigen der Erde zu retten, die sich einen Platz im Paradies kaufen und sich auf eine Ebene mit unserem Herrn stellen!«

»Michelangelo …«, murmelte Pole.

Doch Michelangelo schien ihn nicht zu hören. »Folgt mir, Euer Gnaden, ich bitte Euch.« Er ging weiter zum Hauptaltar. Dort leuchteten Dutzende von Öllampen. Das Licht, so zuckend und zerbrechlich wie die Flamme eines Irrlichts, erhellte das beliebte Bild von Leo X. und das Gewölbekreuz. Hinten, vor dem Altar, stand der kleine Tempel von Bramante zum Schutz des Hauptaltars und des Petrusgrabes.

»Das ist Rom, das ist unser Gedächtnis, Eminenz«, sagte Michelangelo, der in diesen Überresten und im verzweifelten Versuch der Architekten seiner Zeit eine Verschmelzung von Vergangenheit und Zukunft, eine Verbindung von Kunst und Glauben sah, die, weniger rar als einzigartig, für ihn in diesem Augenblick die Einheit von allem darstellte, das Alpha und das Omega, den Mittelpunkt der Welt. »Julius II. hat gespürt, wie wichtig all das ist. Und nach ihm Leo! Doch ach, der Mann ist zu dumm, um das Schöne unendlich zu lieben! Und die Frau, die sicherlich sensibler, aufmerksamer, begabter ist, hat nicht die Kraft, eine solche Schönheit zu verteidigen. Ihre Worte bleiben ungehört. Und alles endet im Krieg, im Auftauchen der Landsknechte, im Schmerz und im Hunger nach einem Massaker.«

Während er sprach, drückte eine Hand seinen Unterarm. Michelangelo wandte den Blick und sah in die Augen von Kardinal Reginald Pole. Er erblickte dort einen unerschütterlichen Glauben und etwas Melancholisches, das auf der Iris zu tanzen schien. »Michelangelo, Ihr erkennt Gott, wenn Ihr ihn seht. Aber unter uns gelingt das nur wenigen. Ich habe Euch zugehört. Ich habe gesehen, was Ihr mir gezeigt habt, und ich gebe zu, dass Ihr mit allem recht habt und dass wir jetzt um eine Aussöhnung kämpfen müssen wie noch nie zuvor. Paul III. hat mich zum päpstlichen Legaten in Trient ernannt, und glaubt mir, ich werde darum kämpfen, eine Einigung zwischen Protestanten und Katholiken zu erreichen. Aber unsere Feinde wohnen und gedeihen im Schoß der Kirche selbst. Während wir sprechen, plant Gian Pietro Carafa etwas, damit ich versage, und nach dem, was nun geschehen ist, rückt sein Triumph näher.«

»Warum? Was ist denn noch geschehen?«, wollte er wissen, als ob er bis zu diesem Moment nicht gemerkt hätte, wieder in der Wirklichkeit zu sein.

»Malasorte, das Mädchen, das uns für das Sant'Uffizio ausspioniert hat, wird beschuldigt, den Hauptmann Vittorio Corsini umgebracht zu haben.«

»Was?«, fragte Michelangelo leise.

»Ihr habt richtig gehört«, fuhr Pole fort. »Ich glaube es nicht. Ich befürchte, dass sie das Opfer einer Intrige ist. Nicht allein das! Carafa behauptet, sie sei ein Schützling von mir, in den Worten des Kardinals eine Schülerin der *Ecclesia Viterbiensis*, die inzwischen ernsthaft in Gefahr ist, als häretischer Zusammenschluss angeklagt zu werden.«

»Aber das ist absurd!«

Der Kardinal nickte. »Ich weiß. Doch jetzt zählt, dass Ihr Vittoria aus dem Kloster fortbringt. Sie wissen, dass sie dort ist. Und sie werden sie als Erste beschuldigen, sobald sie genügend Beweise dafür gesammelt haben.«

»Und das Mädchen?«, fragte Michelangelo, der sich schuldig fühlte, weil er diesem traurigen und glücklosen Mädchen nicht helfen konnte. Natürlich hatte Malasorte Fehler gemacht, aber ganz sicher verdiente sie nicht, was ihr nun zustieß. In seiner Erinnerung tauchten immer wieder die Abende mit ihr am Kamin auf.

»Ihr macht Euch Sorgen um sie?«

»Ich mag Malasorte sehr. Sie ist ein Opfer, wie gesagt. Sie trägt keine Schuld an dem, was sie getan hat. Sie wurde dazu gezwungen.«

Kardinal Pole nickte. »Ich kümmere mich um sie. Bringt Ihr Vittoria in Sicherheit. Ich werde dafür sorgen, dass Malasorte in Eurer Abwesenheit kein Haar gekrümmt wird. Wenigstens bis zu Eurer Rückkehr.«

»Versprecht Ihr es mir?«

»Ich gebe Euch mein Wort. Aber nun geht! Wir dürfen keine Zeit verlieren.«

Michelangelo küsste dem Kardinal die Hand. Dann drehte er sich um und lief los.

Er wusste, wohin er gehen musste.

Die Öllämpchen, die um den Hauptaltar leuchteten, wurden hinter ihm schnell zu kleinen, weit entfernten Sternen.

Herbst 1544

56
Auf der Flucht

Inchiostro schritt wie ein Wildpferd voran. Trotz der doppelten Last zögerte er zwischen den Felsen und dem Eis nicht. Seine Hufe schlugen auf den Karrenweg, und der volle Klang breitete sich zwischen den schroffen Felsschluchten der Apuanischen Alpen aus. Obwohl es noch Herbst war, war bereits der erste Schnee gefallen. Ein kalter Wind fegte, und eine zarte Sonne leuchtete fiebrig zwischen den Ästen.

Sie kamen in einen Buchenwald: Gelbe und rote Blätter knisterten unter Inchiostros Hufen.

Vittoria war sprachlos, blickte auf das Wunder um sie herum. Dann überwältigten sie die Gefühle. »Ich möchte absteigen«, sagte sie mit der Begeisterung eines Kindes, das ein neues Spiel entdeckt hat.

Sie stieg aus dem Sattel und stand prompt zwischen Blättern und Schnee. Sie lächelte. Michelangelo nahm Inchiostro am Halfter und schritt weiter. Vittoria ging voran, sog alles, was sie sah, auf: das helle Holz der Bäume, den blauen Himmel, den weißen Schnee, der hin und wieder im rot-gelb-orangen Blätterteppich aufleuchtete, Pilze mit dunklem Kopf lugten ebenfalls hervor.

Michelangelo begann, sie zu sammeln und in einen kleinen Korb zu legen, den er mitgebracht hatte. Vittoria war vom Wunder der Natur ganz ergriffen. Sie roch den starken, fast fleischlichen Geruch dieser Pilze mit dem hellen und prallen Stiel, der manchmal größer war als der eigentliche Hut. Sie drangen in Gruppen durch den Blätterteppich.

Nach einer Weile hatte Michelangelo den Korb zur Hälfte gefüllt.

Der bisher flache Wald wurde steiler. Der Aufstieg war jetzt nicht mehr so bequem. Doch Vittoria war nicht müde, die Natur stärkte sie. Und die kalte und saubere Luft sowie die Anstrengung, einen Fuß vor den anderen zu setzen, färbten ihr Gesicht wunderschön rot. Michelangelo bot seine Hilfe an, aber sie wollte nicht. Auch wenn ihr ein paar Schweißtropfen auf die Stirn traten, so fiel dieser Aufstieg nach der Schwäche der Krankheit und der Melancholie in diesem engen Kloster leicht.

Dann erreichten sie die Hütte. Es war eine Kate aus Stein, die mitten in einer Lichtung stand. Bevor sie die Hütte betrat, wollte Vittoria zum Zentrum dieses wundervollen, leicht abschüssigen Ortes gehen, von dessen höchstem Punkt aus man das gesamte Tal überblicken konnte.

Während sie das Zentrum der Lichtung eroberte, führte Michelangelo Inchiostro hinter die Hütte. Kurz darauf kam er zurück.

Er ging auf sie zu. Die Luft war jetzt noch kälter. Vittoria zog den Pelzkragen ihres schweren Umhangs fester um den Hals. Die zarte Berührung ließ einen Schauer über ihren Rücken laufen.

Michelangelo war fast bei ihr. Sie beobachtete ihn aus den Augenwinkeln, wandte ihm dann den Rücken zu, den Blick atemlos auf die Landschaft gerichtet: das gleichzeitig schroffe wie liebliche Tal, ein paar Häuser, aus deren Schornsteinen Rauch aufstieg, die kahlen Bäume, die wie Geister die dürren

Äste gen Himmel reckten. Ein leichter Nebel stieg langsam, weich, mitreißend auf. Ein Schwarm schwarzer Raben tauchte durch die klare Luft. Sie flogen majestätisch, Herren der Strömungen, sie schlugen so fließend mit ihren Flügeln, dass sie wirkten wie ein Tintenfleck, der sich auf einer blassen Leinwand ausbreitete.

Und dann begannen weiße Schneeflocken wie Sterne vom Himmel zu fallen. Und Michelangelo trat hinter sie. Er umarmte ihre Taille. Sie ließ sich an seine Brust sinken. Sie spürte seinen warmen Atem.

Jetzt verstand sie, warum er diesen Ort liebte. Sie war sicher, in diesem Augenblick das Wesen Gottes zu atmen. Denn es gab nichts Schöneres, Kostbareres oder Wunderbareres.

»Wenn es so bleiben könnte. Wenn es für immer andauern könnte.«

»Es dauert nie an«, erwiderte er.

»Warum sagt Ihr das?«

»Weil das Leben so ist. Die Schönheit liegt in Augenblicken. Darin, sie zu erkennen und der Zeit zu entreißen, in der Hoffnung, sie zu verlängern, was der Liebe und der Erinnerung genügt.«

Vittoria seufzte, aber ohne Bitterkeit, eher vor Freude, diesen Freund zu hören, der sie aus tiefstem Herzen liebte.

»Haltet mich fest, Michelangelo.«

Er umarmte sie noch fester.

57
Unversöhnlich und ausgleichend

Gian Pietro Carafa verstand nicht, warum der Papst ihn zu sich gerufen hatte. Auch wenn er schon eine Idee hatte. Besser gesagt eine Vorahnung. Und die verhieß nichts Gutes. Während er darauf wartete, von Paul III. empfangen zu werden, spielte er nervös mit den Goldperlen des Rosenkranzes um seinen Hals. Er war so ungeduldig, den Grund zu erfahren, warum er gerufen worden war, dass er die Kette fast zerriss.

Schließlich machte ihm einer der Schweizer Garden, die die Gemächer des Papstes bewachten, ein Zeichen. Ihm wurde geöffnet, und er wurde in den Audienzsaal geführt, der Stanza di Eliodoro.

Paul III. stand, die Hände hinter dem Rücken. Als Carafa eintrat, sah er sofort dessen düsteren Blick.

Auch wenn es unter diesen Umständen gar nicht angebracht war, war er von der Pracht von Raffaels Fresken gebannt: Der Himmelsbote zu Pferde, herbeigerufen vom Priester Onia, der den syrischen Kanzler und Feldherrn Heliodor mitsamt seinem Gefolge verjagt, weil er den Tempel in Jerusalem entweiht hatte; die Messe von Bolsena mit der blutrot befleckten Hostie und dann die Befreiung des Apostels Petrus aus dem Kerker, erzählt mit einem schlicht atemberaubenden Spiel aus Licht und Schatten.

Es war nur ein Augenblick, aber Carafa konnte sich der Faszination der Malerei dieses Giganten der Kunst nicht entziehen. Sobald er sich von diesem Anblick losgerissen hatte, eilte er zum Papst, kniete nieder und küsste dessen Ring. Als er dann wieder aufstand und sich zu seiner beachtlichen Größe aufrichtete, bemerkte er die erste schiefe Note dieses Morgens, der sich äußerst anstrengend anließ. Aus einer Ecke des schönen Saals tauchte Kardinal Reginald Pole auf, als habe er sich absichtlich versteckt.

Carafa unterdrückte mit Mühe einen Aufschrei. Dann hatte der Papst ihm also eine Falle stellen wollen? Niemand hatte ihm etwas über die Art der Unterhaltung verraten. Wenn er doch nur den Namen des anderen Eingeladenen gewusst hätte, hätte er sich entsprechend vorbereitet.

Seine Überlegungen entgingen dem Papst sicher nicht, der ihn, wenn möglich, noch strenger ansah als vorher.

Um einen sofortigen Verweis zu verhindern, packte Carafa daher sein falschestes Lächeln aus, wandte sich an Pole und grüßte ihn mit zusammengebissenen Zähnen. »Euer Gnaden.«

»Euer Gnaden«, kam die ebenso kühle Antwort.

Paul III. spürte sofort die Anspannung zwischen den beiden und versuchte, sie zu besänftigen. »Meine lieben Freunde, nun kommt, was ist denn das für eine Art! Ich habe Euch in einen der schönsten Säle dieses prachtvollen Palastes gerufen, ausgeschmückt von Raffael Sanzio, dem König der Kunst. Jede Wand hier ist ein Wunderwerk, doch ich spüre genau das Eis, das Euch trennt. Und warum das? Weil Ihr unsere Kirche unterschiedlich anseht? Dabei müsstet Ihr inzwischen doch verstanden haben, dass Ihr mir beide so wichtig seid wie Lieblingssöhne und ich Euch beide hochschätze. Schließlich habe ich doch den einen zum Leiter des Sant'Uffizio gemacht, damit er den religiösen Kanon verteidigt, und den anderen habe ich zu meinem Legaten ernannt, um bald mit den Vertretern des protestantischen Glaubens über den richtigen Weg zu diskutieren, ein mögliches Schisma zu verhindern, denn wenn es dazu kommt, wäre das unser Ruin. Könnt Ihr das leugnen? Also«, fuhr der Papst fort, »was ist der Grund Eures Streits?«

»Eure Heiligkeit«, sagte Pole mit seiner schmeichelnden Stimme. »Es gibt vieles, was den Kardinal und mich trennt, aber was unsere Positionen weit entfernt, ist seine komplette Weigerung, über seine Überzeugungen und die von anderen zu sprechen. Er glaubt, zu Unrecht oder zu Recht, als Einziger über die Wahrheit zu verfügen.«

Das war zu viel! Einen solchen Affront würde er nicht akzeptieren. Wie konnte es dieser Engländer wagen, dieser Verwandte des größten Häresiarch der bekannten Welt, ihm mit Moral zu kommen?

»Euch ist nicht bewusst, was Ihr sagt, Eminenz. Ihr macht Euch lustig über meine Art zu handeln, behauptet, meine Überzeugungen, die auf den Prinzipien unserer Kirche und dem Irrtum der Protestanten gründen, seien nichts als dummes Prahlen, eine unsinnige und blinde Art, eine Chance zu leugnen! Aber es war Luther, der uns Simonie, Apostasie und Unzucht ohne Gott vorwarf! Er wollte den Riss, wollte den Körper der Kirche zerreißen, damit sie zu einer Masse eitriger Wunden würde, die er ihr zugefügt hat! Und jetzt sollen wir einem solchen Mann nachgeben? Einem Mönch, der die eigenen Vorwürfe allein dazu nutzt, seine Häresie wie eine Krankheit zu verbreiten? Und Ihr wollt auch noch den Dialog suchen?«

Der Papst hob die Hände. »Meine Freunde, bitte, sprecht nicht so! Nicht vor mir, ich bitte Euch. Es ist bereits schwer genug, jeden Tag mit dem Riss zu leben, den die Protestanten verursacht haben, auch ohne ihn noch innerhalb unserer Kirche zu hören! Ich weiß, dass Ihr bei dem Thema sehr unterschiedliche Haltungen habt, aber was ich Euch sagen möchte, ist, dass beide nebeneinander existieren, ja Euch sogar nützlich sein können.«

Paul III. seufzte. Dann sprach er weiter: »Was glaubt Ihr, warum ich Euch heute hergerufen habe? Sicher, das hier gilt als Audienzsaal, aber Ihr wisst sehr wohl, dass ich mich nicht um Etikette schere, ich bin nicht dieser Typ Mann. Nein, meine Freunde, ich habe Euch aus ganz anderem Grund hierherkommen lassen. Denn dieser Raum mit seinen vier Fresken repräsentiert die Verteidigung der Kirche durch Gott. Die Verteidigung des Erbes wie auf dem ersten Bild, auf dem die Engel Gottes Heliodor verjagen, der den Tempel entweiht hat, um den Schatz zu rauben. Die Verteidigung des Glaubens im Wunder der Messe von Bolsena, das Fronleichnam zugrunde liegt, als sich die Hostie rot verfärbt hat: das Blut Christi auf seinem Körper! Die Verteidigung des Kirchenstaates, als Leo der Große mit Attila dem Hunnen verhandelt hat, damit der nicht in Italien einfällt. Schließlich die Verteidigung des geistlichen Führers, die Verteidigung des Papstes in der Allegorie der Flucht des heiligen Petrus. Und das ist es, was ich heute von Euch erbitte. Den Glauben, das Erbe, den Staat und die Führung der Kirche Gottes auf Erden zu verteidigen. Und wie ich Euch bereits gesagt habe, brauche ich dafür den Geist und die Vernunft von beiden, die besonderen Fähigkeiten von jedem. Aber vereint! Seht Ihr nicht, meine Freunde, dass Raffaels Kunst und seine Allegorien auch den bestialischen Hass der Landsknechte besiegt haben? Nicht mal sie mit ihrer zerstörerischen Wut haben ein solches Wunderwerk zerstören können! Sicher, sie haben die Farben und das Licht ruiniert, aber sie haben ein Werk zu Ehren Gottes und unserer Kirche nicht besiegen können! Daher frage ich mich, ob Ihr angesichts einer so wunderbaren Tatsache Eure Vorbehalte beiseiteräumen und gemeinsam für dasselbe Ziel arbeiten könnt?«

Nach diesen Worten herrschte zunächst absolute Stille. Carafa fragte sich, ob das, was der Papst predigte, möglich wäre. Aber die Situation war zu verfahren. Pole hatte sich zu weit vorgelehnt, und er würde sicher nicht ruhig zusehen. Das, was der Papst sagte, war vernünftig, natürlich, aber die unversöhnliche und die ausgleichende Haltung innerhalb der Kirche waren unüberbrückbar, der Riss hatte einen unüberwindlichen Abstand erschaffen.

Pole sprach als Erster. »Ich sehe nicht wie, Heiligkeit. Ihr wisst sicherlich, dass Kardinal Carafa mich in den letzten Jahren hat verfolgen und ausspionieren lassen, und wer weiß, was noch. Er hat dafür eine Unschuldige benutzt, ein Mädchen, und jetzt, da er keine Verwendung mehr für sie hat, hat er sie in eine Zelle im Tor di Nona werfen lassen, klagt sie des Mordes und der Häresie an und will sie, nachdem er sie hat foltern lassen, sicherlich lebendig auf dem Campo de' Fiori verbrennen lassen, stimmt doch, Kardinal?« Bei diesen Worten zeigte Pole mit dem Zeigefinger wütend auf Carafa, als erwartete er, dass er ihn gleich anzünden wollte.

»Welche Unverschämtheit, Euer Gnaden.« Carafa sprach das letzte Wort voller Verachtung aus. »Ihr wagt es, mir Unmoral vorzuwerfen, obwohl Ihr selbst einen Komplott aus beschämenden Verbindungen angezettelt habt, um eine

Kirche innerhalb der Kirche zu etablieren. Eure *Ecclesia Viterbiensis* besteht doch nur aus Häretikern, die mit der Milch schmutziger und unsäglicher Bücher genährt wurden, wie *Il Beneficio di Cristo*, verbotene Frucht des Geistes von Männern und Frauen, die von der Pest der Reform angesteckt wurden. Und unter diesen Personen, die ich aus Rücksicht auf Eure Beziehungen gnädigerweise nicht nenne, befindet sich auch Malasorte. Dieses Mädchen, wie Ihr es nennt, ist die Mörderin des Hauptmanns Vittorio Corsini, Hauptmann der Gendarmen des Sant'Uffizio, ein Mann von großer Gewissenhaftigkeit und Würde, der dieser Kirche immer treu gedient hat. Und bei ihr wurden auch Bücher gefunden, über die ...«

»Ruhe!«, donnerte Paul III. Sein Blick sprühte Feuer. Er sah beide Kardinäle mit glühenden Augen an. »Was für ein trostloses Schauspiel Ihr doch denen bietet, die Euch kennen!« Dann schwieg er, ging an das große Fenster und blickte auf den Hof hinaus.

Carafa folgte seinem Blick. Die Eleganz der unglaublichen Kunst im Hof des Belvedere war beeindruckend.

Es verging etwas Zeit. Als wollte der Papst mit seinem Schweigen seine Enttäuschung und Verbitterung durch dieses Gespräch verdeutlichen. Schließlich riss er sich vom Anblick der atemberaubenden Schönheit des Hofes los und wandte sich wieder den Kardinälen zu.

»Ihr macht Euch keine Vorstellung davon, wie entmutigend es für mich war, heute Euren Worten zuzuhören. Jetzt erkenne ich, dass das Problem, von dem ich glaubte, dass es ganz auf einen Konflikt zwischen Katholiken und Protestanten beschränkt wäre, viel schlimmer ist. Im Grunde sind wir selbst geteilt! Vielleicht hat Michelangelo recht!«

»Michelangelo?«, fragte Carafa, dem es bei diesem Namen eiskalt den Rücken hinunterlief.

»Genau!«, sagte Paul III. »Er war es, der mir gesagt hat, wie sehr die Kirche sich selbst verloren hat. Und ich habe ihm nicht glauben wollen. Und ich weiß, dass ich nicht ohne Schuld bin. Auch ich habe Fehler und Leichtfertigkeiten begangen. Doch jetzt ist es zu spät, sie wiedergutzumachen. Ich bin zu alt, meine Freunde. Aber das, was mich heute am meisten schmerzt, ist es zu sehen, dass die Jüngeren dieselben Fehler wiederholen.«

»Michelangelo«, wiederholte nun Pole, »ist ein außergewöhnlicher Mann und Künstler. Er ist Teil dieser Geschichte. Carafa wird vielleicht versuchen, seinen Namen in den Schmutz zu ziehen, aber ich vertraue darauf, dass Seine Heiligkeit den Mann, den er zum obersten Bildhauer und Maler des Vatikanpalastes ernannt hat, besser kennt als jeder andere. Ich habe daher nur eine Bitte: Achtet darauf, dass Malasorte bis zu seiner Rückkehr kein Haar gekrümmt wird, das Mädchen ist im Tor di Nona eingekerkert. Michelangelo hat Rom für einige Tage verlassen, kommt aber bald zurück.«

»Und warum müssen wir auf die Ankunft dieses Mannes warten?«, fragte Carafa sarkastisch. »Hat er irgendwelchen Einfluss auf die Entscheidungen des Sant'Uffizio?«

»Ich glaube einfach, dass er dieses Mädchen kennt und sie noch ein letztes Mal sehen möchte.«

»So sei es«, unterbrach der Papst, der genug hatte von diesem Gezanke.

Nach diesem Satz wog das Schweigen von Carafa und Pole wenn überhaupt möglich noch schwerer. Die Worte, die in Anwesenheit Pauls III. gesprochen worden waren, waren hart wie Eisen. Und wenn es je eine Möglichkeit zur Versöhnung gegeben hatte, dann war sie mit diesem Gespräch völlig verschwunden.

Carafa atmete tief ein. Er hatte nicht vor nachzugeben. Er wusste, dass er einige Kompromisse eingegangen war, angefangen bei der Zeugenaussage einer Kurtisane wie Imperia, doch was er tat, hatte ein größeres Ziel, da war er sicher. Der Papst unterschätzte die Bedrohung, die Pole darstellte, doch er, der ja von Paul III. zur Verteidigung der katholischen Kirche berufen worden war, würde keinen Schritt zurückweichen.

Er war das letzte Bollwerk zum Schutz des Glaubens.

Er war der Engel zu Pferd, der Heliodor aus dem Tempel verjagte. Er beschützte die Religion vor den Entweihern und den Häretikern. Er würde für ein so großes und edles Ziel wie dieses sein Leben geben.

Und wenn dieses Mädchen, Malasorte, das Pech gehabt hatte, in eine Geschichte zu stolpern, die größer war als sie, nun, dann müsste sie mit den Konsequenzen leben. Jetzt war er sich sicher: Er würde an ihr ein Exempel statuieren!

Er hatte Zeugenaussagen, er hatte Beweise. Dieses Mädchen war zu schön, um unschuldig zu sein. Und dann hatte sie einen Hauptmann der Gendarmen umgebracht! Und sie hatte sich eine Ausgabe von *Il Beneficio di Cristo* besorgt! Was brauchte es noch, um als Mörderin und Ketzerin hingerichtet zu werden?

Doch Paul III. war noch nicht fertig. »Kardinal Reginald Pole«, sagte er kühl, »Ihr seid in Eurer Rolle als päpstlicher Legat bestätigt worden. Das Konzil wird schon bald beginnen, daher bitte ich Euch, Euch vorzubereiten, um nach Trient zu reisen. Ich kenne Eure Einstellung und unterstütze sie. Nun geht.«

Carafa sah, wie der englische Kardinal ihn ein letztes Mal voller Gift und Groll ansah. Er näherte sich dem Papst, und nachdem er sich hingekniet und den Ring geküsst hatte, stand er auf und ging zur Tür.

Als Pole gegangen war, wandte Paul III. sich an ihn. Carafa sah in seinen Augen eine kalte Wut, aber auch etwas Verheerenderes: eine unendliche Traurigkeit, als hätte er nach diesem Gespräch jeglichen Glauben an sich, an die Kirche und die Stadt Rom verloren.

58
Kardinal Carafas Sorgen

Ich gebe zu, dass ich nicht erwartet hatte, ein so trostloses Spektakel zu sehen«, sagte Paul III. Er schüttelte den Kopf. »Auf«, sagte er, »erzählt alles. Seid Ihr wirklich davon überzeugt, dass das Mädchen die Mörderin von Hauptmann Vittorio Corsini ist? Natürlich ist das Ganze eine Tragödie, wir sprechen schließlich von einem fähigen Soldaten, einem tapferen Militär, der der Kirche immer mutig gedient hat. Im Morgengrauen in Trastevere ermordet! Was hat er dort gemacht? Warum war er ohne Eskorte unterwegs? Aber vor allem: Wieso glaubt Ihr, Kardinal, dass ein Mädchen ihn ermordet hat?«

Carafa schwieg zunächst und dachte nach. Er wusste, dass er nichts dem Zufall überlassen durfte. Er musste Gefühle beiseiteschieben und so logisch und überzeugend wie möglich sein.

»Eure Heiligkeit«, begann er, »folgende Fakten: Wie Ihr gesagt habt, wurde der Hauptmann tot in einer Gasse in Trastevere aufgefunden. In der Nähe wohnt das Mädchen Malasorte.«

»Malasorte?«, fragte der Papst.

»Ja, so lautet der Name des Mädchens.«

»Schwermütig und schicksalsträchtig.«

»Das finde ich auch. Jedenfalls gehört die Waffe, mit der

der tödliche Stich ausgeführt wurde, ein Gnadegott, dieser Malasorte. Bestätigt vom offiziellen Stellvertreter des Hauptmanns Corsini und aktuellen Anführer der Gendarmen des Sant'Uffizio.«

»Wer ist das?«

»Mercurio Caffarelli.«

»Und woher weiß er das?«

»Weil er ebendiese Waffe vor einiger Zeit gesehen hat.«

»Bei welcher Gelegenheit?«

»Als Malasorte von einem Landsknecht angegriffen wurde und in Notwehr auf ihn einstach.«

»Donnerwetter!«

»Ganz genau, aber das ist noch nicht alles.«

»Ich bitte Euch, erzählt.«

»Das Mädchen wurde in der Nähe des Opfers gefunden. Ihr Hund erschossen. Corsini muss sich verteidigt und den Molosser getötet haben, eine riesige Bestie. Dann hat sie ihn erdolcht.«

»Und warum sollte sie das getan haben?«

»Das Mädchen hat für Imperia gearbeitet, eine Kurtisane, eine in der Stadt respektierte Frau, die trotz ihres Berufs zu einer der mächtigsten Geschäftsfrauen aufgestiegen ist. Imperia behauptet, das Motiv für den Mord sei das älteste der Welt: Liebe. Sicher verstanden als Interesse und Garantie für die Zukunft. Ein Mädchen, das auf der Straße aufgewachsen ist, hat die Chance, die Gunst des Hauptmanns der Gendarmen des Sant'Uffizio zu gewinnen …«

»Kardinal, Ihr wisst es besser, als diese Geschichte durchsickern zu lassen.«

»Natürlich.«

»Nicht nur dass sich dadurch alle aufgerufen fühlen

könnten, die nächtlichen Streifen anzugreifen, auch das Bild des Sant'Uffizio selbst wäre befleckt! Daher können wir es nicht öffentlich machen, selbst wenn es die Wahrheit ist. Daher dachte ich, dass das korrektere Motiv das der Häresie sein könnte.«

»Wie kommt Ihr darauf?«

»Weil gewisse Personen zu bezeugen bereit wären, dass Malasorte zu dieser Kirche innerhalb der Kirche gehörte ...«

»Ich habe verstanden«, unterbrach ihn der Papst. »Aber wir können Kardinal Pole nicht einweihen. Wie gesagt möchte ich keine Spaltung verstärken.«

»Nun, dann kehren wir zur Theorie des Mordes zurück.«

»Das können wir nicht, nicht so. Wir müssen einen anderen Weg finden.«

»Heiligkeit, ich bitte Euch, das Mädchen hat *Il Beneficio di Cristo* gelesen!«

»Der venezianische Text, der sich auf die Briefe des heiligen Paul bezieht und eine Kompromissvision des katholischen und des protestantischen Glaubens propagiert?«

»Ganz genau.«

»Und ist jemand bereit, diese Behauptung zu bezeugen? Dass das Mädchen *Il Beneficio di Cristo* gelesen hat?«

»Eine Kurtisane, Imperia und ein Drucker!«

»Nun, dann liegt die Lösung vielleicht direkt vor Euch.«

»Was meint Ihr?«

»Was Ihr gehört habt, Kardinal. Wollt Ihr mich nun entschuldigen, ich muss noch andere empfangen. Wenn Ihr intelligent genug seid, was ich glaube, werdet Ihr in diesem Fall einen akzeptablen Ausweg finden. Ihr habt es selbst eben erst vorgeschlagen. Ich bitte Euch nur um eines, sie nicht ohne Beweise hinzurichten und auch nicht vor Michelangelos Rückkehr. Wir müssen ihm die Chance geben, mit ihr zu sprechen, um über jeden Zweifel erhaben zu sein.« Mit diesen Worten ließ der Papst Gian Pietro Carafa wissen, dass ihr Treffen beendet war.

Der Kardinal kniete sich hin, küsste den päpstlichen Ring und ging.

59
Der Morgen

Er war gerade aufgewacht.
So gut hatte er schon lange nicht mehr geschlafen. Im Kamin knisterte die letzte Glut zwischen der Asche. Michelangelo schürte das Feuer erneut, dann legte er dünne Scheite darauf, die schnell brannten. Daher legte er noch einige große dazu.

Die Arbeiter des Steinbruchs und die Hirten hielten die Hütte gut in Schuss: Das Holz war trocken und gespalten. Der Kamin perfekt sauber, es war ein Wunder. Der Raum war groß und warm. Hinten war ein kleiner Stall an die Hütte angebaut. Inchiostro hatte Hafer gefressen und dann seine wohlverdiente Ruhe genossen.

Während er das Frühstück zubereitete, betrachtete Michelangelo Vittoria: Wie schön sie war! Die schneeweiße Haut mit einem leichten Rot, die braunen Haare, die in ihr Gesicht fielen, die langen Wimpern, die korallenroten Lippen.

In ihrer Nähe empfand er den Frieden, den er sein ganzes Leben lang gesucht und nie gefunden hatte, weil er immer einen Arbeitsdrang verspürte, sich die Hände am Marmor verletzte, immer aktiv sein wollte, koste es, was es wolle. Er betrachtete seine Hände. Wie ruiniert sie waren! Er wusste es natürlich und schämte sich dafür. Aber jetzt konnte er nichts mehr dagegen tun. Sie schienen verbogen wie die Äste der Buchen im Herbstwind. Aber sie hatten ihm im Laufe seines Lebens gedient. Er dachte daran, wie er mit links gemalt und gemeißelt hatte, und dann, um sich an beide Hände zu gewöhnen, hatte er begonnen, den Pinsel und auch den Schlegel in der rechten zu halten. Außerdem war die linke ja die Hand des Teufels! Er durfte nicht zulassen, dass seine Händigkeit ihn schon vor der Zeit verurteilte.

Das schwarze Brot duftete. Genau wie die Quittenmarmelade, die er mitgebracht hatte.

Abends würden sie die gesammelten Pilze essen. Er wollte etwas Köstliches für Vittoria kochen. Deswegen hatte er sich für die Jagd angezogen.

Er sah sie einen Augenblick an, dann küsste er sie zart auf die Stirn.

Sie schloss die Augen leicht, und er streichelte ihre Wange. »Ruht, so lange Ihr wollt. Ich werde mich um die Vorräte kümmern. Auf dem Tisch liegt Brot und Käse und auch etwas Süßes. Es gibt Wasser. Ich komme am Nachmittag zurück.«

Er hatte nicht geschlafen. So lagen die Dinge also. Der Papst schlug ihm durch die Blume vor, einen religiösen Grund zu finden, um das Mädchen zu opfern. Das war von Anfang an die beste Idee gewesen, aber jetzt hatte er sogar die Zustimmung des Pontifex. Genau das, was er brauchte. Mit dieser Erlaubnis ließ sich jedes Hindernis beiseiteräumen. Es war gut gewesen, dass er so getan hatte, als hätte er nicht daran gedacht. Seine Stellung war jetzt viel stärker. Malasorte würde ein Sündenbock, aber nicht als Corsinis Geliebte, sondern als religiöse Fanatikerin, die einem Glauben anhing, der sich vom katholischen entfernte. Der Hauptmann der Gendarmen war ein Opfer und war eben deswegen ermordet worden, weil er die Wachen des Sant'Uffizio anführte.

Ohne direkt die Frieden suchende Partei anzugreifen, wurde auf diese Weise eine klare Nachricht an diejenigen gesandt, die Werke wie *Il Beneficio di Cristo* lasen und die Vorstellung hatten, dass Glauben etwas zwischen dem Menschen und Gott war, ohne die Vermittlung der Kirche und guter Werke.

Eine Hexe zu verurteilen, eine Frau, die den Verlockungen der Häresie nachgegeben hatte, ein Mädchen, das auf der Straße aufgewachsen war, sandte eine klare Nachricht an alle, die ähnlichen Überzeugungen anhingen, und ohne sie direkt zu treffen, wurden sie auf eine sehr effektive und durchschlagende Art bedroht.

Das geschah mit denen, die die Rolle der Kirche in der Beziehung vom Menschen zu Gott leugneten. Schließlich eignete sich so vieles für Carafa. Ein ungewöhnlicher und beunruhigender Name: Malasorte. Ein Mädchen von melancholischer und unwiderstehlicher Schönheit, zweifellos diabolisch. Und sie könnte den Hauptmann der Gendarmen doch gut bezirzt haben, ihn mit Blicken verführt, abgelenkt und so ihre Schönheit genutzt, um ihm ihren Molosser auf den Hals zu hetzen und ihn dann mit ihrem Dolch zu erstechen. Warum sie das getan hatte? Weil der Hauptmann für all das stand, was sie an der römischen Kirche hasste: ein rechtschaffener Mann, ein erfahrener Krieger, ein Beamter der Wache des Sant'Uffizio. Und vor allem, weil sie eine junge Fanatikerin war, indoktriniert durch Texte wie *Il Beneficio di Cristo*, fasziniert von den Vorschlägen der protestantischen Reform und den Dutzenden anderer neuer

Pseudoreligionen, die auf Namen wie Calvin, Zwingli, Juan de Valdés oder Ochino hörten.

So könnte er das Mädchen als Mahnung für alle nutzen, die im Schatten den Dämon der Häresie nährten. Das hatte er immer gewollt. Es wäre keine offene Anklage der Spirituali, aber Vittoria Colonna, Alvise Priuli, Marcantonio Flaminio und auch die Kardinäle Pole und Morone würden sehen, was denjenigen geschehen konnte, die solche Einstellungen unterstützten. Ganz abgesehen davon, dass Letztere sich schon bald in Trient befinden würden, mit geistlichen Disputen beschäftigt, weit weg von allem, was in Rom geschah.

Er würde das Mädchen in Tor di Nona gefangen halten. Er würde sie befragen, wenn nötig, foltern lassen, um ein Geständnis zu erlangen. Vorher würde er sich die Aussagen von Imperia und dem römischen Drucker besorgen.

Und mit all diesen Beweisen würde seine Position unangreifbar. Dann würde er die Ketzerin auf dem Campo de' Fiori verbrennen lassen.

Und damit, da war er sich sicher, würden die antikatholischen Strömungen besänftigt werden: wie ein Brandherd nach einem Schneesturm.

Gott hatte ihm eine Mission erteilt, und um sie umzusetzen, musste er sich einer Kurtisane bedienen. Aber war nicht auch Maria Magdalena eine Prostituierte gewesen? Doch sie hatte bereut, sich befreit. Und jetzt war es mit Imperia genauso.

Seine Aufgabe war nicht leicht, aber klar wie der Himmel bei Sonnenaufgang. Und er würde sie auf bestmögliche Art lösen.

60
Die Abwesenheit spüren

Sie hatte an diesem Herbstnachmittag auf ihn gewartet. Und wieder einmal war sie überrascht, wie sehr sie seine Ankunft herbeisehnte. Die Stunden ohne ihn verursachten ihr einen fast metallischen Schmerz am Herzen. Als würde sie ein Dolch quälen. Auf ihn zu warten, zu wissen, dass er bald aus dem Wald treten würde, bereitete ihr eine unbändige Freude.

Sie lächelte ohne Grund.

Oder vielleicht war der Grund der größte und schönste jemals.

War es Liebe?

Vittoria glaubte schon, wenn man sie denn auf die zarteste, reinste, fruchtbarste Art begriff. In gewisser Weise war es die Gemeinsamkeit, gemeinsam zu hoffen, zuzuhören und sich gegenüberzustehen, zusammen das Tal zu betrachten.

Die Liebe, so wie sie sie verstand, bedeutete, sich an den Händen zu halten und zuzusehen, wie die Sonne golden am Horizont unterging.

An diesem Morgen hatte sie direkt nach dem Aufstehen gebetet. Dann hatte sie gegessen, was er für sie zubereitet hatte. In dieser Geste lag so viel Mühe und Aufmerksamkeit. Dass er sich so um sie kümmerte, berührte sie tief, weil sie in seiner Aufmerksamkeit all die Freundlichkeit und Güte der

Seele spürte, die in ihm lagen, entgegen allem, was einige böse Zungen früher behauptet hatten.

Michelangelo hatte gewiss keinen guten Ruf gehabt: Ihm war immer vorgeworfen worden, ein aufbrausender, unruhiger, gequälter Charakter zu sein. Der Künstler wurde nie infrage gestellt, aber der Mensch, so geizig und bärbeißig, voll von einer anscheinend unüberwindbaren Widerspenstigkeit, stets bereit, auch dem zu widersprechen, was ihm freundlich gesagt wurde, genoss er nicht viel Gunst. Und laut einigen Stimmen war es mit der Zeit nicht besser geworden.

Doch das, was die anderen Jähzorn nannten, war für sie immer nur folgerichtig, der Geiz war Sparsamkeit, ganz abgesehen davon, dass Michelangelo einen Großteil dessen, was er verdiente, den Brüdern gab und selbst nur einen kleinen Teil behielt und es nie versäumte, die guten Werke zu tun, die ihm am Herzen lagen, und das nicht, um sich das Paradies zu verdienen, sondern einfach, um auch auf konkrete Art diesen Glauben an Christus zu stärken, den er Tag für Tag empfand.

Er brannte für die Kunst und fand darin sein Glück, nicht um sich selbst zu feiern, sondern um dem Ruhm Gottes zu huldigen.

Außerdem faszinierte es sie ungemein, dass er den Frieden an Orten wie diesem suchte und fand: die Schönheit der Natur, das einfache Leben, in dem er sich selbst verwirklichte und auf Pracht und Luxus verzichtete, die er sich hätte leisten können. Er war ein einzigartiger Mann.

Der Erfolg hatte ihm Macht verliehen, mehr als er sich vorstellte; er missbrauchte sie nicht, ja noch besser, sie war ihm tatsächlich egal, obwohl er ohne Zweifel der berühmteste Künstler seiner Zeit war.

Und all das bewunderte sie zutiefst.

Deswegen empfand sie sehr viel für ihn. Und er fehlte ihr im Moment mehr denn je.

Doch genau da entdeckte sie wieder die Schönheit der Abwesenheit, dieses Gefühl von Unendlichkeit und gleichzeitig Zerbrechlichkeit und Unsicherheit. Dabei sah sie immer noch den Schnee fallen. Schlohweiße Sterne fielen vom Himmel und legten sich sanft auf die Erde und wurden zu einem einzigen weichen Teppich.

In seiner Nähe fühlte sie sich sicher. Denn trotz seines Alters war er noch ein starker Mann, aber vor allem stark in seinen Prinzipien, in seiner Haltung, in dieser Strenge seines eigenen Verhaltens, eine Stärke, die er auch bei anderen finden wollte, da er sie schlussendlich für eine Art von Liebe hielt.

Und das umso mehr in einer Welt, die viel zu leicht Werte wie Demut, Takt, Freundlichkeit, Altruismus, Großzügigkeit und Mut verloren hatte.

Vielleicht gehörten sie und Michelangelo einer verlorenen Welt an, die sich beharrlich einer Stadt widersetzte, die schön wie eine Göttin war, aber täglich von der Machtgier aufgefressen wurde. Und diese Zweiteilung, diesen gigantischen Widerspruch bedeckte die Ewige Stadt mit der Pracht der Kunst, dank einer erleuchteten Kirche und Menschen, die empfänglich waren für die Werke, die sie unsterblich machten. Aber gleichzeitig färbte sie sich mit finsteren Farben wie der Habsucht derer, die dieses Wunderwerk an ihre Vorstellung anpassen wollten, um so den Wunsch nach persönlichem Ruhm zu befriedigen.

Und Flucht war die Lösung? Vittoria glaubte das nicht. Sie wusste, dass dieses goldene Exil, in das sie sich mit Michelangelo geflüchtet hatte, nicht andauern konnte. Was dem Hauptmann der Gendarmen zugestoßen war, war einfach schrecklich, obwohl dieser Mann sicher nicht wie ein Heiliger gewirkt hatte. Doch konnte es sein, dass dieses Mädchen ihn getötet hatte? Sie war auf jeden Fall in der Lage gewesen, sie zu beschatten, auszuspionieren und alles dem Sant'Uffizio zu melden. Aber welchen Grund hätte sie, einen Mann wie Corsini zu ermorden? Er war doch eher ihr Auftraggeber, kein Feind, noch weniger ein Mann, den man umbringen musste.

Sie hatten Fleischspieße und Pilze gegessen. Michelangelo war spät zurückgekehrt, es dämmerte bereits, und jetzt genoss er mit Vittoria Rotwein am Kamin.

Sie saßen dicht nebeneinander, Schulter an Schulter. Die Flammen flackerten munter. Eine angenehme Wärme breitete sich im ganzen Raum aus.

»Ich glaube nicht, dass sie ihn umgebracht hat«, sagte Michelangelo.

»Seid Ihr sicher?«

»Ich habe sie gesehen, Vittoria, und sie hat nicht den Blick einer Mörderin. Hättet Ihr ihr auch nur für einen Moment in die Augen sehen können, wärt auch Ihr davon überzeugt. Außerdem habe ich sie in letzter Zeit zu mir kommen lassen. Wir haben zusammen gelesen, ich habe mit ihr gesprochen und habe einen wachen Geist und eine entwaffnende Zartheit entdeckt. Malasorte ist ein Opfer, sonst nichts.«

Vittoria schloss die Augen. Sie genoss die Wärme des Feuers. »Ich muss doch nicht überzeugt werden. Ich vertraue dem, was Ihr sagt. Wieso sollte ich zweifeln?«

»Verzeiht. Mir wird bewusst, dass ich meine Behauptungen auf Gefühle stütze. Schließlich hat es dieses Mädchen geschafft, uns wer weiß wie lange auszuspionieren und alles an das Sant'Uffizio weiterzugeben ...«

»Richtig«, unterbrach sie ihn, »welches Motiv hätte sie also gehabt, um den Hauptmann von Kardinal Carafa zu töten?«

»Es ergibt keinen Sinn ...« Michelangelo ließ die Worte ausklingen, flüsterte sie, ließ sie im Raum in der Luft schweben. Einen Augenblick lang schien er eine Idee zu suchen, als bekäme er sie nicht zu greifen, als ahnte er sie und jagte vergeblich nach ihr. »Deswegen möchte ich sie sehen. Um zu verstehen, ob ich ihr helfen kann. Denn sie hat niemanden mehr, und auch weil ich den Eindruck gehabt habe, dass sie es so sehr bereut, dass sie ihr eigenes Leben riskieren würde, um unsere Lage nicht weiter zu verschlechtern. Und genau genommen tut sie augenblicklich genau das, wegen eines schrecklichen Scherzes des Schicksals. Etwas weiß ich allerdings sicher ...« Da begriff er, welche Idee er die ganze Zeit schon in einer Ecke seines Geistes suchte. »Sie arbeitet für eine Kurtisane namens Imperia, der Besitzerin von Dell' Oca rossa und vieler anderer Gasthäuser in Rom.«

»Habt Ihr die Absicht, sie zu besuchen?«

Michelangelo nickte.

»Ich kann es Euch nicht verübeln. Ich würde es an Eurer Stelle ebenfalls tun. Ja, wenn Ihr erlaubt, würde ich gerne mit Euch kommen.«

»Dem werde ich nicht zustimmen, Vittoria. Denkt daran, dass Ihr die Frau seid, der man am meisten misstraut und die daher überall in Rom in Gefahr schwebt. Ich würde Euch zu mir einladen, wenn ich das Kloster nicht für sicherer hielte. Trotz Corsinis Behauptungen, der im Übrigen nicht mehr da ist, würde es niemand wagen, ein Nonnenkloster zu entweihen. Oder wenigstens nicht eher als mein Haus.«

»So weit ist es also gekommen?«

Die Frage fiel ins Nichts. Michelangelo hatte inzwischen das Gefühl zu ersticken. Er hatte das Gefühl, ein finsteres und gnadenloses Schicksal vorherzusehen. Und bevor sie nach Rom zurückkehrten, wollte er, dass Vittoria zum Abschluss etwas Schönes sah. Waren sie schließlich nicht genau aus diesem Grund hergekommen? »Folgt mir«, sagte er und half ihr auf. Er umfasste sie zart an den Schultern. Er küsste ihren Hals, dann legte er ihr den Umhang um, sodass sie gut vor der Kälte geschützt war. Er umarmte sie. »Kommt, ich möchte Euch etwas zeigen.«

Vittoria tat wie geheißen.

Michelangelo holte ein brennendes Holzstück aus dem Kamin.

Sie traten hinaus auf die Lichtung. Es hatte aufgehört zu schneien. Die improvisierte Lampe verbreitete um sie herum ein rotgoldenes Licht.

»Schaut«, sagte er und blickte zum Himmel.

Vittoria sah zum Himmelszelt und erblickte die Dunkelheit, durchbrochen von Tausenden silbernen Lichtern. Es verschlug ihr die Sprache. Ihr stockte der Atem. Der Schnee glitzerte überall. Die Stille war vollkommen. Die Natur schien vor ihnen zu atmen. Sie betrachtete die göttliche Größe.

Michelangelo drückte Vittoria an sich. Und sie versank ganz in der Zärtlichkeit dieser Geste.

61
Der Anfang des Leidenswegs

Sie hatten das Seil um ihre Handgelenke gebunden. Und jetzt wurde sie hochgezogen. Malasorte spürte einen Riss und einen stechenden Schmerz, der von ihren Händen aus über die Arme bis in ihre Schultern schoss und sich dann durch das Rückgrat ergoss, das eiskalt wurde.

Ihr entwich ein leiser Schrei, denn das tiefgehende und zerstörerische Leiden hatte sie so plötzlich getroffen, dass sie weder die Zeit noch die Kraft für einen lauten Schrei hatte.

Tränen rannen aus ihren Augen. Sie hätte sie gern zurückgehalten, konnte es aber nicht. Jetzt gab es nur noch den Schmerz. Und er war zu groß, um ertragen zu werden. Ihr von den Tränen ganz verschwommener Blick fiel auf das monströse Rad, das gedreht wurde.

Unter sich sah sie das Gesicht eines Mannes. Sie hatte keine Ahnung, wer es war, aber nach seiner Kleidung zu urteilen musste es ein Kardinal sein. Er starrte sie an. Ein kleines Grinsen zog seine Mundwinkel hoch, und in diesem Ausdruck erkannte Malasorte das wahre Vergnügen, dass dieser Mann dabei empfand, sie leiden zu sehen.

Wenn sie doch nur stark genug gewesen wäre, dann hätte sie ihn angespuckt. Aber sie schaffte es nicht.

»Wie heißt Ihr?«, fragte der Kardinal.

»Ma … Malasorte«, murmelte sie zwischen Krämpfen vor Schmerzen und anderem.

»Nun, das heute ist nur ein Vorgeschmack, um Euch eine Vorstellung der Schmerzen zu geben, die Euch erwarten. Aber ganz unter uns, ich hoffe, dass ich nicht viel hinzufügen muss.« Dann gab Kardinal Carafa dem Mann am Rad ein Zeichen mit dem Kopf. »Mastro Villani, bringt sie herunter, sanft. Dann bindet sie los und gebt ihr etwas zum Anziehen.«

Als sie vor dem Leiter des Sant'Uffizio saß, konnte Malasorte vor Schmerzen kaum die Augen offen halten. Sie spürte ihre Arme nicht mehr und sank an der Armlehne des Stuhls wie eine Lumpenpuppe in sich zusammen.

Der Inquisitor wirkte nicht sonderlich beeindruckt. Er schaute sie an, ohne dass in seinem Blick das kleinste bisschen Mitleid zu sehen war.

Sie hörte seine Worte, als kämen sie von weit her. Ein Sausen erfüllte ihre Ohren und damit auch die Fragen des Inquisitors.

»Kanntet Ihr den Hauptmann Vittorio Corsini?«

»Ja«, murmelte sie.

»Warum habt Ihr ihn umgebracht?«

»Das war ich nicht.«

Der Inquisitor schüttelte den Kopf. Er seufzte. Er strich sich über die Hände, dabei setzte er sein schreckliches Grinsen auf. »Ich glaube nicht, dass Euch Eure Lage klar ist. Machen wir es so. Beginnen wir von vorne und gehen die Frage aus einer anderen Perspektive an. Kennt Ihr Kardinal Reginald Pole?«

»Ja«, sagte Malasorte, ohne zu zögern. Das war der junge Prälat, den sie im Kloster in Viterbo gesehen hatte.

»Was wisst Ihr über ihn?«

»Dass er sich in Viterbo mit Leuten trifft.«

»Aha! Und wieso?«

»Um in einem Buch zu lesen.«

Der Inquisitor nickte, als wüsste er bereits alles, was Malasorte erzählte. »Und erinnert Ihr Euch an den Titel?«

Malasorte dachte nach. Sie überlegte, was sie sagen konnte, ohne Michelangelo Buonarroti und die Marchesa di Pescara zu kompromittieren.

»*Il Beneficio di Cristo.*«

»Sehr gut. Und sagt mir, woher wisst Ihr diese Dinge?«

»Die Kurtisane Imperia hat mich beauftragt, diese Informationen zu sammeln.«

»Und das hat sie aus eigenem Willen getan?«

»Nein, sie wurde bezahlt.«

»Und von wem?«

»Vom Hauptmann.« Und in dem Augenblick, in dem sie es sagte, verstand Malasorte, dass sie einen großen Fehler gemacht hatte.

Der Inquisitor schüttelte den Kopf. Wieder dieses verdammte Grinsen. Es ähnelte immer mehr einem teuflischen Lächeln. »Lügt nicht«, sagte er.

»Ich lüge nicht. Es war der Hauptmann, der Imperia um Hilfe bat, und sie übertrug mir die Aufgabe, Reginald Pole zu verfolgen.«

»So war es nicht.«

»Aber, aber ...«, sagte Malasorte, die Mühe hatte, das Ganze zu begreifen. »Genau so ist es doch gewesen.«

»Jetzt langweilt Ihr mich wirklich.« Mit einem raschen Blick erteilte der Inquisitor einen Befehl.

Kurz darauf spürte Malasorte, wie sie brutal auf den Kopf

geschlagen wurde. Ihr Kopf wurde zur Seite gerissen. Sie spürte, wie sich eine Welle des Schmerzes bis zum Hals ausbreitete, ein Regen aus eiskalten Funken ließ ihr Rückgrat gefrieren.

»Achtung, Mastro Villani, hinterlasst keine sichtbaren Spuren«, sagte der Inquisitor boshaft.

Winter 1544 – 1545

62
Nutzlos

Michelangelo hatte nicht erwartet, Malasorte in einem solchen Zustand anzutreffen. Er begriff sofort, dass das, was man Pole versprochen hatte, nicht genug war. Sie hatte zwar keine sichtbaren Wunden, aber sie war am Ende. Etwas musste sie erschüttert haben.

Und sie verletzt haben. Im tiefsten Inneren. Bis zu jenem Punkt, an dem man nicht mehr die Kraft hat, sich wieder aufzurichten.

Der Gestank in der Zelle erregte Übelkeit.

Auf ihrer hellen Haut waren keine blauen Flecken zu sehen. Und doch konnte Malasorte sich kaum auf den Füßen halten. Den rechten Arm konnte sie nicht bewegen, er hing an ihrer Seite, als hätte jemand ihn abgerissen und dann mit Nadel und Faden wieder an der Schulter befestigt.

Ihre Augen, die sonst schön wie glitzernde Juwelen waren, wirkten jetzt leblos und tot, bleich, als wären sie vor dem erlebten Schrecken verblasst. Von ihrem wunderschönen Haar war nur noch ein dunkles Nest geblieben, ein verknotetes Durcheinander wie Werg.

Er streichelte über ihre Wange, es fühlte sich an, als berühre er Glas. Sie war eiskalt, als wäre sie aus dem weißen Marmor, den er so gut kannte.

»Messer Michelangelo«, murmelte sie leise. »Ich habe

nichts gesagt, das schwöre ich, ich habe nichts von dem verraten, was wir uns an diesem einen Tag anvertraut haben.«

Michelangelo spürte einen Stich im Herzen, als er sie so flüstern hörte. Das war also ihre Sorge? Ihr erster Gedanke?

»Das hatte ich Euch doch versprochen, als Ihr mich entdeckt habt ...« Sie zwang sich sogar zu einem Lächeln. Dann schloss sie die Augen und legte sich auf ihr Lager aus Holz und fauligem Stroh, das ihr in diesem Elend als Bett diente.

Michelangelo hatte den Eindruck, dass Malasorte jegliche Energie, die sie bis zu diesem Augenblick aufgespart hatte, aufgebraucht hatte.

Sie war erschöpft.

Er hätte ihr so gern geantwortet. Sie beruhigt. Aber je mehr er nach passenden Worten suchte, umso weniger fand er. Sie waren verborgen hinter der Scham, die auf seinen Schultern lastete, wie der Spott, den der königliche Narr ertrug. Er fühlte sich feige und überfordert. Denn trotz all seiner Behauptungen, seiner Kunst, seinen Gebeten und den Fluchten, wusste er nicht, wie er dieses Mädchen beschützen sollte.

Er wusste nicht, wo anfangen.

Ganz ehrlich war sie es, die im Augenblick ihn, Pole und die anderen schützte.

Michelangelo verstand vollkommen die Absicht hinter diesem riesigen Komplott. Die Inquisition musste ein Exempel statuieren, einen Präzedenzfall schaffen. Vielleicht konnten sie es sich noch nicht leisten, ihn oder Vittoria anzuklagen, auch wenn Malasorte nur allzu deutlich machte, dass sie nicht gezögert hätten, wäre es möglich.

Doch trotz der Drohungen und Beschattungen war weder ihm noch der Marchesa di Pescara etwas passiert.

Im Gegensatz zu diesem Mädchen, das zuerst als Spionin benutzt worden war und jetzt zusammen mit dem Schmutzwasser weggeworfen und zum Sündenbock dieser ganzen dreckigen Geschichte wurde.

Er hatte keine Ahnung, wieso es dazu gekommen war, wie es möglich war, dass ein so schönes und liebes Mädchen des Mordes am Hauptmann der Gendarmen des Sant'Uffizio verdächtigt wurde. Umso mehr, da Vittorio Corsini kein unerfahrener Soldat war und sicherlich sehr viel mehr über Klingen und Pistolen wusste als sie.

Nein, die Anklage war schlicht absurd. Aber egal welcher Grund dahintersteckte, es war offensichtlich, dass das Sant'Uffizio ihn ihm sicher nicht verraten würde.

Er war so angewidert, dass er beschloss, das Einzige, was ihm einfiel, umzusetzen. Er wusste nicht, ob er es schaffen würde.

Er streichelte noch einmal Malasortes Gesicht.

Dann ließ er sie ruhen.

Er schlug mit dem Eisenring an die Tür.

Eine hünenhafte Wache mit Bart und einem sauren Weinatem öffnete ihm.

Michelangelo ignorierte ihn. Er stieg die Treppen des Turms hinab und trat in den kalten römischen Wind.

Kardinal Carafa wäre niemals auf die Idee gekommen, dass er ausgerechnet den Menschen empfangen würde, der jetzt vor ihm stand.

Schon oft war sein Name mehr oder weniger offen in seinen Gesprächen aufgetaucht. Er selbst hatte ihn mit einem Gefühl von Groll und Angst, von Wut und Abscheu ausgesprochen. Denn Michelangelo hatte von der Kirche all das erhalten, was sich ein Mann und ein Künstler nur erhoffen konnte: Aufträge, Geld, Anerkennung und unvergänglichen Ruhm.

Carafa hatte keinen Schimmer, was er mit den Bergen an Geld, die er erhalten hatte, gemacht hatte. Auf keinen Fall hatte er sich damit Kleidung gekauft, die seiner Rolle angemessen war, denn im Moment stand er in einem abgenutzten, um nicht zu sagen zerlumpten Gewand vor ihm.

Michelangelo war in den Palast gestürmt. Er hatte verlangt, ihn zu sehen, und jetzt bebte er vor Wut und Zorn. Er sprach, als wolle er ihm die Worte ins Gesicht spucken.

»Eminenz«, sagte er, »Ihr habt ein Mädchen verurteilen lassen wegen des Mordes am Hauptmann der Gendarmen des Sant'Uffizio, Vittorio Corsini. Abgesehen davon, dass diese Vorstellung jedem mit einem gesunden Menschenverstand völlig absurd vorkommt, so wollte ich Euch mitteilen, dass es, gelinde gesagt, bizarr wirkt, dass es ebender Hauptmann der Gendarmen selbst war, der eine Kurtisane namens Imperia beauftragt hat, Spione hinter einer möglicherweise ketzerischen Sekte herzuschicken.«

»Die Spirituali von Reginald Pole«, sagte Carafa abschätzig.

»Exakt!«, bestätigte Michelangelo.

»Die Ihr kennt, wenn ich mich nicht irre.«

»Das wisst Ihr. Warum fragt Ihr also? Aber darum geht es nicht. Was ich Euch sagen will, ist, dass die Spionin, die der Hauptmann engagiert hat, dann seine Mörderin geworden sein soll ...«

»Dieses Mädchen, wie Ihr es nennt«, unterbrach Carafa ihn.

»Ich bitte Euch, Eminenz, lasst mich aussprechen«, fuhr

Michelangelo fort. »Das, was ich Euch versprechen will, hat nichts mit Malasortes Schuld oder Unschuld zu tun.«

»Ihr wollt mir also ein Versprechen geben? Ich bin ehrlich überrascht. Hören wir mal, was Eure Absichten sind, Messer Michelangelo, denn ich sage es Euch ganz offen, ich weiß nicht, was ich von Euren Versprechen halten soll.«

Carafa sah, wie der Künstler kurz die Augen schloss. Er nahm an, dass er all seine Selbstkontrolle brauchte, nur um zu schweigen. Er wusste sehr gut, wie viel es ihn kostete. Aber in diesem Moment schien Michelangelo unbedingt etwas erreichen zu wollen. Anscheinend mochte er dieses dumme Mädchen wirklich. Und das amüsierte den Kardinal, das versüßte sein Vorhaben nur noch.

»Was ich Euch sagen will, Eminenz, ist, wenn Ihr Malasortes Leben verschont, werde ich Rom verlassen und zurück nach Florenz gehen. Ich werde mich um sie kümmern. Ihr werdet nichts mehr von mir hören, von meinen unmoralischen und freizügigen Werken, von meinen Nackten, meinen skandalösen Fresken und auch nicht von meinen unpassenden Kontakten. Ich würde auch die Marchesa di Pescara, Vittoria Colonna, mitnehmen und Euch damit von dem ganzen ketzerischen Elend befreien, das Eure Pläne so sehr stört.«

Michelangelo hatte mit solcher Leidenschaft und Dringlichkeit gesprochen, dass Kardinal Carafa zugeben musste, dass es wenigstens in seinen Ohren aufrichtig klang.

Doch selbst wenn man davon ausging, dass er tun würde, was er versprach, wie sollte er das Mädchen gehen lassen? Im Moment war sie die beste Erfolgsgarantie für sein gesamtes Vorhaben. Und daher hatte er keinerlei Absicht, sie diesem alten Künstler zu überlassen. Er tat ihm sogar leid. Von seiner lüsternen Kunst ganz aufgezehrt hatte er nicht einmal die Zeit gehabt, eine eigene Familie zu gründen. Keine Frau, keinen Sohn, kein Haus, das diesen Namen verdiente. Es hieß, er würde mit einem wertlosen Assistenten in einer Art Hütte an der Piazza Macel de' Corvi wohnen.

Wenn man ihn so reden hörte, schien es fast, als sehne Michelangelo sich nach so vielen Erfolgen und auch Quälerei nach Normalität.

Aber er hatte keinerlei Absicht, sie am Leben zu lassen.

Ja, es ihm verwehren zu können erfreute ihn immens, auch weil er dadurch das Schuldgefühl verstärkte, das Carafa sehr klar im Florentiner Meister spürte, so sehr, dass es seine gesamte Existenz prägte. Und wer war er, ihn von einem solchen Leiden zu erlösen?

Er schüttelte den Kopf.

»Mein lieber Michelangelo. Ich weiß Euer Angebot zu schätzen, glaubt mir, aber das, was Ihr erbetet, kann ich Euch nicht geben.« Er spürte, wie die Feindseligkeit seines Gegenübers bei diesen Worten anwuchs. Sie war wie ein eiskalter Wind, der Michelangelo erbleichen ließ. Die Haut wurde hell. Die kaputten Hände, die geschwollenen Daumen packten den langen Bart. Die tiefgründigen Augen brannten, wurden zu feurigen Abgründen. »Seht Ihr, egal wie es aussehen mag, hat dieses Mädchen tatsächlich den Hauptmann der Gendarmen Vittorio Corsini ermordet. Und das aus einem ganz einfachen Grund: Sie war eine Ketzerin der *Ecclesia Viterbiensis* von Reginald Pole, las *Il Beneficio di Cristo* und hasste einen Mann wie Corsini, der für sie der Inbegriff eines Mannes war, der für den Ruhm einer falschen Kirche kämpfte, die sich schuldig gemacht habe, Gott verraten zu haben, indem sie gute Werke predigte und den Christen empfahl, die Sakramente zu ehren und zu befolgen und die Heilige Messe zu besuchen. Ihr seht also, selbst wenn ich wollte, ich kann Eurer Bitte nicht nachkommen.«

Totenblass schien Michelangelo nicht zu hören, was ihm gesagt wurde.

»Ich bitte Euch, Eminenz«, wiederholte er, »ich werde tun, was immer Ihr wollt. Aber erlaubt mir, mich um dieses Mädchen zu kümmern.«

»Ich habe bereits Nein gesagt.«

Michelangelo kniete sich hin. »Ich flehe Euch an«, beharrte er.

»Es tut mir leid, aber ich habe nur eine Antwort.« Dann sah er dem Künstler in die Augen. Er sah, dass die Hölle in ihm wuchs, aber er ließ sich nicht einschüchtern, ja mit einer hochmütigen Geste sagte er: »Und nun ist es Zeit, dass Ihr geht.«

Michelangelo stand auf. Er sah ihn ein letztes Mal an, der Blick hasserfüllt. »Eines Tages«, sagte er, »werdet Ihr diese Weigerung teuer bezahlen.«

Dann ging er und hinterließ Carafa erschüttert über die Unverschämtheit, die er gerade erlebt hatte.

63
Aias

Er war verzweifelt.
Er hatte Carafa gesehen und erkannt, was er war: ein Raubtier. Er würde weder Malasorte noch Vittoria oder sonst wem Mitleid erweisen.

Michelangelo wusste, dass es keinerlei Hoffnung gab. Er hatte überlegt, eine Audienz beim Papst zu erbitten, aber wenn das die Entscheidung des Leiters des Sant'Uffizio war, wusste der Pontifex sicher darüber Bescheid, und seine Bitte wäre völlig nutzlos. Umso mehr, da es eben Paul III. selbst war, der den Kardinal zum Leiter der Römischen Inquisition ernannt hatte.

Was also tun? Mit Pole darüber sprechen? Der war jedoch kurz vor dem Konzil mit ganz anderen Dingen beschäftigt. Außerdem hatte Pole ihm bereits versprochen, dass er sich um den Fall kümmere, und nun war Malasorte trotzdem nur noch ein Schatten ihrer selbst. Nein, er musste einen anderen Weg einschlagen.

Er spazierte im Hof des Belvedere. Das passierte ihm oft, wenn er sich verloren fühlte. Hier konnte er vergessen, was um ihn herum vorging. Auch in den dunkelsten Momenten, in den bittersten Augenblicken, konnte er hier wenigstens für eine kurze Weile die Enttäuschungen und Schmerzen hinter sich lassen. Er ging durch die Loggien und Gärten voller

Säulen, Statuen, und in diesem Fantasiereich, das im herbstlichen Licht lag, landete er unausweichlich immer wieder vor einem besonderen Werk, das stets seine Aufmerksamkeit einfangen konnte.

Und so stand er auch an diesem Tag oder vielleicht gerade an diesem Tag, ohne zu wissen, wie er dorthin gelangt war, vor dem Torso einer antiken Statue, kaputt, aber von solcher Schönheit, dass Michelangelo sie mit Worten nicht hätte beschreiben können.

Er blieb immer bewundernd vor dem Torso stehen. Die perfekten Muskelmassen, die absolute Kunstfertigkeit, mit der der Künstler sie im Marmor verewigt und es ganz großartig geschafft hatte, ein Gefühl von Bewegung wiederzugeben, den Schwung, mit dem sich die Figur gleich zu erheben schien.

Die Haut war so klar und glatt, die Muskeln so angespannt, dass er einfach hinsehen musste. Wie oft war er hergekommen, um die Statue zu bewundern, während er am *Jüngsten Gericht* arbeitete. Was für eine Inspiration sie gewesen war! Er hatte an diese Brust und diese Muskeln gedacht, als er Jesus in dem Fresko gemalt hatte, das ihm zu höchstem Ruhm und Ehre gereichte!

Doch wen stellte diese verstümmelte Statue dar? Wem gehörte dieser so mächtige und außergewöhnliche Körper? Die Anatomie der Formen war harmonisch und perfekt zueinander, aber sie drückten auch etwas Tragisches aus, ein bevorstehendes Drama, das Michelangelo im Herzen berührte.

Es rankten sich viele und sehr unterschiedliche Theorien um dieses Rätsel. Die glaubwürdigste war, dass es sich um Herakles handelte, der sich nach seinen zwölf Arbeiten ausruhen wollte, andere meinten, es sei Polyphem. Jemand hatte sogar voller Überzeugung vorgeschlagen, es wäre Prometheus, der Titan, der Gott hinterging, um den Menschen das Feuer zu bringen, doch Michelangelo hatte diesbezüglich noch nie Zweifel gehabt, und allen, die er kannte, sagte er immer dasselbe: Es konnte nur der legendäre griechische Held Aias der Telamonier sein.

Diese Vorstellung hatte keine Basis, kein Fundament, weder in der Statue noch sonst wie, trotzdem empfand Michelangelo fast körperlich, dass er recht hatte. Es war, als würde die Statue zu ihm sprechen.

Mit der Zeit hatte er verstanden, wieso er keine andere Lösung annehmen konnte. In diesem Torso sah er ein Verhängnis, eine tragische Spannung, die auf das Schicksal des unglücklichen Helden deutete. Vielleicht, weil er in Aias sich selbst erkannte. Auf gewisse Art fühlte er sich genauso wie der salaminische Prinz. Er bewunderte ihn schon immer aus tiefstem Herzen. Weil Aias mutig war, der größte Krieger der Griechen nach Achilles. Aber anders als dieser genoss er keine Unverletzlichkeit, auch hatte er sich nie erlaubt, seine Kameraden – aus welchem Grund auch immer – im Stich zu lassen. Als Achilles nach seinem Streit mit Agamemnon die Achaier alleingelassen hatte, war es Aias, der ihre Schiffe vor den Angriffen der Trojaner verteidigte, und er trat auch Hektor im Duell entgegen, schleuderte ihn gegen einen Felsen und tötete ihn fast.

Als Patroklos tödlich verwundet wurde und Hektor den Toten mitnehmen wollte, war es Aias, der den gefallenen Helden bis zum Schluss beschützte und den siegreichen Trojaner verjagte. Dann hob er Patroklos, der die Rüstung von Achilles trug, auf seinen Karren und brachte ihn zum Zelt von Pelide. Er hatte lange um den Helden geweint und war dann blindwütig auf das Schlachtfeld zurückgekehrt. Wie ein trotziges und verletztes Kind. Ein Kind, das sich vor allem nicht damit abfinden wollte, dass ein geliebter Mensch getötet worden war.

Doch dann wurde auch Achilles getötet. Von Paris. Dem feigsten der Krieger. Und als Odysseus sich dessen Waffen aneignete, war es Aias, der mit seiner enormen Streitaxt die Trojaner in Schach hielt und es dem Sohn des Laertes so ermöglichte, den toten Helden vom achaischen Schlachtfeld zu bringen. Er hatte also die Feinde vernichtet, Glaukos getötet und Aeneas und Paris schwer verletzt.

Und nach diesen und vielen weiteren Taten, nachdem er immer dort war, wo die Schlacht am heftigsten tobte, nachdem er sich ganz dem Duell gewidmet, den Tod verhöhnt hatte, nachdem Hektor ihm nach einem der grausamsten Aufeinandertreffen überhaupt ein Schwert gegeben hatte, nachdem er sich ganz in den Dienst seiner Freunde oder besser gesagt derer, die er für solche hielt, gestellt hatte, wie hatten die Griechen es ihm gedankt? Was war ihr Lohn für all die gezeigte Tapferkeit und den Mut?

Sie hatten zugestimmt, dass Odysseus und nicht er die Waffen von Achilles bekam, so hatten sie es ihm gezahlt! Waffen, die er sicher mehr als jeder andere verdient hätte. Aber mit Ausflüchten und Vorwänden, mit Worten und Tricks, wie er es gelernt hatte und dessen er Meister war, hatte Odysseus es geschafft, die Kameraden zu überzeugen, ihm die Waffen des Peliden zu überlassen.

Aias, vor Schmerzen und dem erlittenen Unrecht blind, war wütend, nein noch schlimmer, am Boden zerstört. Dann hatte er sich stillschweigend Rache geschworen.

Aber die Götter, die Odysseus liebten, hatten Aias das zynischste und schrecklichste Schicksal, das man sich vorstellen kann, zugedacht. Im Schlaf hatte Athena ihn mit einem Fluch belegt, und als er erwachte, war Aias durch die Göttin völlig verrückt und massakrierte eine Herde Schafe, im Glauben, Agamemnon und Menelaos getötet zu haben, die atridischen Führer des achaischen Heeres und verantwortlich dafür, Odysseus die Waffen zugesprochen zu haben.

Als er wieder zu sich kam, bedeckt vom Blut der toten Tiere, und sah, was er getan hatte, erfüllte ihn unendliche Scham. Aias wählte den Freitod, um seine verlorene Ehre wiederherzustellen, nahm das Schwert von Hektor und stürzte sich hinein. Die Erde trank sein Blut, und aus der roten Pfütze wuchs eine rote Blume.

Michelangelo hatte weinend den *Aias* von Sophokles gelesen, um die Tragödie seines Todes zu erfahren. Und dann hatte er sich an die Passage in der *Odyssee* erinnert, in der Odysseus sich in den Hades begibt und in süßen Worten voller Honig mit ihm spricht, im Versuch, den Groll zu löschen. Er wusste, dass er ihn um die wohlverdienten Waffen betrogen hatte.

Doch seine Mühen waren vergeblich, denn Aias hatte mit seinem unendlichen Mut und der Würde der Gerechten ihn keiner Antwort gewürdigt und dem Peliden nur Schweigen angeboten, das durch dessen erbärmliche und lächerliche Rechtfertigung nur noch bitterer wirkte.

Michelangelo erkannte in diesem Torso also den verratenen Helden, den reinsten, aufrichtigsten, der immer sein Wort gehalten hatte, ohne dass es je etwas genutzt hätte. Denn die Menschen waren nichtig, dumm, von Geltungssucht beherrscht und völlig ohne Prinzipien. Sie konnten nur Wörter aussprechen, sie dem Wind anvertrauen. Ihre Versprechen waren aus der schlechtesten Legierung geschmiedet, gemacht, um gebrochen zu werden.

Vom Schmerz zerfressen, in einer Welt, die er plötzlich nicht mehr verstand, nachdem er durch den Betrug sogar seine Ehre, das Wertvollste, was er besaß, verloren hatte, hatte Aias sich hingesetzt, nachdem er die Tiere, die Unschuldigsten und Schwächsten niedergemetzelt hatte. Er hatte die erstochenen weißen Lämmer gesehen, die von rotem Blut befleckte Makellosigkeit. Als er zum ersten Mal sah, was er wirklich getan hatte, brach er in Tränen aus. Er stand auf, genauso wie in dieser Statue und ging das Schwert holen, um sich das Leben zu nehmen.

So sah Michelangelo in dieser tragischen, wunderschönen, verstümmelten Statue Aias und projizierte auf ihn sich selbst und alles, was er in diesem Moment empfand: verraten worden zu sein, erpresst, getroffen in den wenigen Gefühlen, die er noch hatte. Das Sant'Uffizio wusste, dass es ihn nicht direkt angreifen konnte, weil es sich vor dem fürchtete, was er sich über die Zeit mit Mühe und Hingabe erarbeitet hatte, hatte aber keinerlei Skrupel, Frauen zu foltern. Und das war für ihn noch unerträglicher.

Sie hatten dieses Mädchen ausgenutzt, dessen einzige Schuld es war, verlassen und von einer Kurtisane aufgezogen und eine Spionin geworden zu sein. Als die Situation dann außer Kontrolle geraten war, weil jemand den Hauptmann der Gendarmen umgebracht hatte, war aus Malasorte ein Problem geworden, ein Posten, den das Sant'Uffizio sich nicht mehr leisten konnte.

Und doch musste Carafa in dieser grausamen Intrige, in diesem beschämenden und widerlichen Plan Beweise gesammelt haben. Michelangelo wusste sehr gut, dass die Römische Inquisition Geständnisse und Zeugenaussagen publik machen musste, aber etwas oder besser noch jemand musste dieses teuflische Spiel unterstützen.

Und wer wüsste besser als Imperia, was tatsächlich geschehen war? Hat sie sie nicht großgezogen? Und hatte sie sie nicht für diese Aufgabe ausgesucht? Und ihr verdankte Malasorte alles … vielleicht auch den Kerker und die Folter.

64
Imperia

Als er nach Imperia gefragt hatte, hatte ihm der Gastwirt bedeutet, die Treppe ganz hinten im Schankraum hinaufzusteigen. Als er auf dem Treppenabsatz angekommen war, stand Michelangelo in einem Flur, den er durchquert hatte, bis er gegen einen riesenhaften Mann mit brutalem Grinsen, gekleidet in knalligen Farben mit hohen Stiefeln und einer Pistole am Gürtel, gestoßen war. Er war anscheinend eine Leibwache. Dazu der herabhängende Schnäuzer, die hellen Augen, die raubtierhafte Härte, er gehörte zu den Söldnern, die man Landsknechte nannte – die grausamsten von allen.

Höchstwahrscheinlich stand dieser in Imperias Sold und war ihr Mann für die schmutzige Wäsche geworden. Er hatte keine Ahnung, wie er ihn überwinden sollte, aber er war sich sicher, dass er hinter diesem roten Samtvorhang finden würde, wen er suchte.

Daher wandte sich Michelangelo, um sicherer zu erscheinen, als er sich fühlte, ohne weiteres Geplänkel an den Landsknecht.

»Ich bin Michelangelo Buonarroti, Bildhauer und Maler des Vatikanpalastes, ich möchte gern mit Eurer Herrin, Imperia, über etwas sprechen, das mir am Herzen liegt.«

»Michelangelo!«, sagte er mit einem amüsierten Lächeln. »Der Künstler! Maestro, auch wenn meine Arbeit die ist, die sie ist, so glaubt nicht, dass Eure Werke mir gleichgültig sind! Über Euch wird jenseits der römischen Mauern gesprochen!« Dann fragte er in einem weniger jovialen, trockeneren Tonfall: »Und Ihr wollt also meine Herrin sprechen! Aus welchem Grund?«

»Wenn Ihr erlaubt, würde ich den Grund meines Besuchs ihr und nur ihr mitteilen.«

»Verstehe«, erwiderte der andere. »Wenn das so ist, dann wartet einen Augenblick hier.« Und damit verschwand der Soldat hinter einem roten Samtvorhang.

Er wartete nicht sehr lange. Er hörte, dass jemand hinter dem Vorhang sprach. Schon bald jedoch tauchte der Landsknecht wieder auf und ließ ihn mit einer theatralischen Geste, einer satirischen Verbeugung hindurchgehen.

Der Künstler befand sich in einer erlesenen Umgebung: nur zwei Samtsessel und dahinter ein Schreibtisch, eine Frau, nicht mehr jung, aber noch schön, bei der die Pflege des Äußeren und die erfahrene Reife sehr deutlich die inzwischen verblühte Frische ersetzten. Sie trug ein Kleid mit einem nicht zu tiefen Dekolleté aus türkisem Brokat, das sich sehr geschickt von ihrem dunklen Hautton, ihren braunen Augen und Haaren absetzte. Ihre aufwendige Frisur wurde mit Perlenschnüren und Gemmen gehalten.

Er begriff absolut, wie eine solche Frau die Fäden des Schicksals eines Mannes in ihren Händen halten konnte. Und er fragte sich, ob früher nicht auch Corsini, der sicherlich mit ihr gesprochen hatte, ihrem unbestreitbaren Reiz erlegen war.

Imperia sah ihn mit einer Mischung aus Überraschung und Misstrauen an. Er sah sicherlich nicht gut aus in dieser braunen Tunika voller Farbflecken, mit dem langen Bart, den leeren Augen, den schmutzigen Haaren. Aber er scherte sich nicht darum. Es war ihm egal, ob er elegant angezogen war oder sich so verhielt, ja sein völliges Desinteresse an äußerer Ordnung war seine Art zu zeigen, wie wenig das Irdische inzwischen für ihn zählte. Für ihn existierten nur die Kunst, Gott und die wenigen Freunde, die ihm geblieben waren. Und auf eine merkwürdige, unerklärliche, absurde Art hatte die Bekanntschaft mit Malasorte dazu geführt, dass er sich verantwortlich fühlte, ja sogar verwickelt in etwas, was ihm den wenigen Schlaf, den er nachts überhaupt noch bekam, raubte.

Er hatte keine Kinder, eben weil die Kunst alle Energie verschlang, aber dieses Mädchen mit dem absonderlichen Namen, Opfer eines Schicksalsschlags, war nach und nach in seine Seele gedrungen, und jetzt wollte er ihr helfen, koste es, was es wolle.

»Nun, Messer Michelangelo«, sagte Imperia, »ich muss zugeben, dass ich recht überrascht bin, Euch hier bei mir zu sehen. Ich nehme es allerdings zur Kenntnis und frage Euch: Was hat Euch zu mir geführt?«

Michelangelo schien darüber nachzudenken. Dann wurde ihm klar, dass er keine Strategie durchhalten könnte gegenüber einer Frau, die es gewohnt war, den Verstand zu manipulieren, die ausgekocht und bereit war, einen, wenn es um Intrigen und Ränke ging, so einfachen und simplen Verstand wie seinen zu dominieren. Also kam er direkt auf den Punkt: »Madonna, ich komme sofort zum Grund meines Besuchs. Ich möchte Euch nach Neuigkeiten über ein junges Mädchen in Euren Diensten namens Malasorte fragen, die in einer Zelle im Tor di Nona sitzt.«

Imperias Augen blitzten auf. »Neuigkeiten? Welcher Art? Soweit ich weiß, wurde Malasorte verhaftet, weil ihr vorgeworfen wird, den Hauptmann der Gendarmen des Sant'Uffizio, Vittorio Corsini, ermordet zu haben.«

»Sonst nichts?«, drängte Michelangelo. Er konnte nicht verbergen, wie der Ärger in ihm wuchs, als er sah, wie gönnerhaft Imperia es abtun wollte. »Nur zu«, begann er erneut, »mehr könnt Ihr mir nicht über ein Mädchen sagen, das so lange für Euch gearbeitet hat?«

Auf diese so gar nicht subtile Andeutung reagierte Imperia, erfahrene Schauspielerin, die sie war, mit einem Lächeln. »Seht Ihr, Messer Michelangelo, was Ihr sagt, ist absolut wahr, und als ich es zunächst erfahren habe, hat es mich aufgewühlt. Aber dann sind besorgniserregende Details ans Licht gekommen. Ich habe entdeckt, dass Malasorte gelesen hat … unpassende Bücher, die im Verdacht der Häresie stehen, dass sie Kontakt zu den falschen Personen hatte, in den Hauptmann verliebt war, und wahrscheinlich war dieses Gefühl bloß eine Maske, um Corsini in ihr Bett zu locken und dann zu ermorden. Malasorte hatte immer einen Hund dabei, einen blutrünstigen Molosser …«

»Was Ihr sagt, ist so falsch, dass ich Euch kaum zuhören kann!«, rief er aus. »Ihr wart es, die Malasorte dazu gezwungen hat, mich und die Marchesa di Pescara zu beschatten, weil Ihr etwas gegen den Kardinal Reginald Pole und seine *Ecclesia Viterbiensis* brauchtet. Was ich sage, ist wahr, der Hauptmann hat sogar Vittoria Colonna gedroht, als diese sich ins Benediktinerkloster Sant'Anna in Rom begab. Was den Molosser angeht, nun, den habe ich gesehen, und trotz seines Äußeren war es ein Hund, den Malasorte ganz zahm halten konnte.«

»Gewiss!«, rief Imperia aus. »Und gleichzeitig konnte sie ihn sicher auf ihre Feinde hetzen! Und sagt mir, Messer Buonarroti, welche Beweise habt Ihr für die angebliche Unschuld von Malasorte? Denn wisst, es gibt so viele Personen, die bereit sind, ihre Schuld zu bestätigen, dass ich den Überblick verloren habe. Ihr stures Beharren auf einem rebellischen Geist hat ihr nur Scherereien gemacht ... und ich weiß darüber Bescheid. Auf gewisse Weise ähnelt ihr Wesen Eurem, und vielleicht ist sie genau deswegen dort geendet, wo sie geendet ist, da sie schließlich ohne jegliches Talent ist. Während Eure Gabe, gelinde gesagt, gigantisch ist, so groß, dass es uns Sterblichen unerklärlich und unheimlich vorkommt. Aber denkt daran, dass niemand für das Sant'Uffizio unberührbar ist, umso mehr, nachdem der Hauptmann der Gendarmen barbarisch ermordet wurde. Dass Ihr jetzt zu mir, einer armen Kurtisane ohne Einfluss, kommt, lässt Euren Besuch richtiggehend grotesk wirken und spricht sicher nicht für Euch. Wieso verteidigt Ihr sie überhaupt? Was lässt Euch glauben, sie sei unschuldig? Natürlich abgesehen von Euren Mutmaßungen?«

»Das sind keine Mutmaßungen«, hielt Michelangelo dagegen. »Vittoria Colonna, Reginald Pole, Alvise Priuli, Marcantonio Flaminio und viele andere können bestätigen, was ich sage!«

»Aber sicher! Ein Kreis von Ketzern, deren Tage gezählt sind. Ich wiederhole, in dieser Sache liegt das, was Ihr beweisen könnt, und das, was ich beweisen kann, auf zwei gegenüberliegenden Waagschalen, und meine sinkt tiefer. Mein Rat an Euch ist, kehrt dorthin zurück, woher Ihr gekommen seid, und ich werde niemandem erzählen, was Ihr mir heute gesagt habt! Ansonsten ...«

»Was passiert ansonsten? Wagt Ihr es, mir zu drohen?«

»Ich? Nicht mal in Gedanken. Ich kenne Euren Ruhm, die Macht, die Ihr errungen habt, die enge Freundschaft, die Euch mit unserem geliebten Pontifex verbindet. Wie Ihr seht, bin ich völlig auf dem Laufenden, woher Ihr kommt und wie weit Ihr es nach oben geschafft habt. Was ich Euch vorschlage, ist, Euch zu informieren, wem Ihr gegenübertretet, bevor Ihr Urteile fällt. Wenn Ihr mich nun entschuldigen würdet ...« Imperia senkte den Blick, und Michelangelo sah den Landsknecht hinter ihr auftauchen.

»Maestro, ich habe nicht vor, Euch zu berühren, es sei denn, Ihr zwingt mich dazu.«

Michelangelo drehte sich so jäh und mit solcher Geschwindigkeit um, dass es sogar Gramigna überraschte. »Ihr!«, rief er mit aller Wut aus. »Das habt Ihr gut gesagt! Hütet Euch davor, mich anzufassen. Ich bin alt, aber wenn Ihr glaubt, dass ich tatsächlich Angst vor einer Vogelscheuche von Landsknecht habe, wisst Ihr nicht, mit wem Ihr es zu tun habt.«

Als Antwort strich Gramigna seinen Schnurrbart glatt. Sein Gesichtsausdruck veränderte sich nicht, er behielt eine amüsierte Respektlosigkeit bei, allerdings spürte Michelangelo hinter dieser Maske eine erstarrte Brutalität, bereit auszubrechen.

Ohne herausfinden zu wollen, ob er es noch mit einem solchen Mann aufnehmen könnte, ging er, ohne Imperia eines Blickes zu würdigen, zum roten Vorhang. Der Landsknecht hob den Samtvorhang für ihn an und trat zur Seite.

Michelangelo durchschritt den Flur und verstand, dass die Situation immer gefährlicher wurde.

Frühling 1545

65
Mastro Villani

Mastro Villani war Kerkermeister – wie sein Vater vor ihm.

Und sein Großvater vor seinem Vater. Und so weiter, über sechs Generationen. Es war ein Beruf, den die Villani in jeder Nuance beherrschten, eine Kunst, die sie geschickt meisterten, dank eines Wissens, das über anderthalb Jahrhunderte Erfahrung zusammengetragen worden war.

Und dieser Beruf war über diese lange Zeit nicht in Ungnade gefallen, sondern hatte allen immer eine stattliche Vergütung geboten, umso mehr, da jeder von ihnen sich mit Eifer und Ausdauer zum Hauptkerkermeister des Gefängnisses hochgearbeitet hatte.

Darüber hinaus war die Arbeit des Kerkermeisters über die Zeit immer wichtiger geworden, besonders in den letzten Jahren, weil das Sant'Uffizio und die daraus entstandene Inquisition immer wieder von den Wärtern und Kerkermeistern eine Geschicklichkeit im Zufügen von Schmerzen verlangten, die über jegliche bekannte Gewohnheiten hinausging.

Jedes Element von der Art der Einkerkerung über die Verabreichung von Essen bis zur Folter folgte einem strengen Kodex, den Nicolas Eymerich im *Directorium inquisitorum* selbst ausgearbeitet hatte. Kardinal Gian Pietro Carafa zum Beispiel ließ keine Fehler zu, da der Erfolg eines Prozesses durch Nachlässigkeit und Ungenauigkeit bei der Umsetzung der Prinzipien ernsthaft beeinträchtigt werden könnte. Umso mehr, wenn es dabei um die Phase des Prozesses ging, die »peinliche Befragung« genannt wurde. Doch bevor es dazu kam, gab es noch unterschiedliche Tricks und Routinen, um ein Ergebnis zu garantieren, das den Inquisitor zufriedenstellte, besonders einen völlig unnachgiebigen wie Carafa.

So hatte er Mastro Villani zum Beispiel befohlen, die junge Frau seit Wochen in völliger Isolation zu halten, sie auch nicht ein einziges Mal anzusprechen und ihr so wenig wie möglich zu essen zu geben, sodass sie zwar nicht starb, aber schwach wurde, gefügig durch den Schmerz und genug Angst vor dem, was ihr bevorstand, entwickeln würde. Diese Anweisungen waren nicht bloß Stilklauseln, sondern wertvolle Tricks, um den rebellischen Geist einer jungen Ketzerin zu beherrschen, die schließlich sogar den Hauptmann der Gendarmen Vittorio Corsini umgebracht hatte. Einen Mann, den Villani mehrfach getroffen hatte und der immer freundlich zu ihm gewesen war. Er konnte nicht behaupten, so viel mit ihm gesprochen zu haben, dass er ihn einen Freund nennen konnte, aber er wäre sofort bereit zu schwören, dass er ein Ehrenmann gewesen war. Vielleicht waren ihm Oberflächlichkeiten wie Frauen und schöne Kleidung etwas zu wichtig, aber hatte nicht jeder einen wunden Punkt?

Und was dieses Mädchen, Malasorte, anging, zweifelte Villani nicht daran, dass ein Mann ihretwegen den Kopf verlieren könnte. Er selbst hatte gemerkt, dass er sie länger ansah, als eigentlich statthaft war: die langen schwarzen Haare, die tiefgrünen Augen, die schneeweiße Haut. Doch auch diese Schönheit, so frisch, intensiv und faszinierend, war in den Tagen des Wartens und der Entbehrungen verblüht. Malasorte war immer magerer und schwächer geworden. Der Blick war jetzt gebrochen, und sie war nur noch ein Schatten des einstigen wunderschönen Mädchens, bevor die Gendarmen des Sant'Uffizio sie in die Hölle geworfen hatten, die dunkelste und unheimlichste Zelle des Turms. Übrigens hatten alle Verliese des Kerkers einen Namen: Fegefeuer, Paradies, Hinkende, Nonne, Höhle und der Weckruf, wo er auf Anweisung des Inquisitors folterte.

Da er genau wusste, dass Carafa die peinliche Befragung Malasortes durchführen wollte, hatte er an diesem Morgen das Seil vorbereitet, den Flaschenzug kontrolliert und mit allem Eifer und Aufmerksamkeit sichergestellt, dass er funktionierte. »Man darf nicht improvisieren«, war sein Motto. Die Anwendung der Folter selbst durfte nicht zu einem andauernden Schaden führen. Es war zweifellos eine schmerzhafte Erfahrung, und genauso sollte sie empfunden werden, weil sie zum Geständnis führen sollte, aber sie durfte unsägliches Leid nicht als Selbstzweck verursachen.

Jedenfalls hatte Mastro Villani alles überprüft und war bereit. Da er nicht wusste, ob das Seil reichen würde, hatte er sich auf eine eventuelle Wasser- und Feuerprobe vorbereitet. Die beiden wurden fast nie eingesetzt, aber angesichts der Schwere der Straftat konnte der Kerkermeister nicht ausschließen, dass der Inquisitor sich jeglichen Mittels bedienen wollte, um zu einem befriedigenden Ende der peinlichen Befragung zu gelangen. Daher hatte er den Trichter und die Eisenschüsseln voller Wasser für die Folter dieses Namens bereitgestellt und auch das Gefäß mit dem Schweineschmalz, die Fesseln und darüber hinaus den Kamin angezündet für eine eventuelle und letzte Feuerprobe, die schrecklichste und schmerzhafteste.

Gian Pietro Carafa hatte alle Aussagen gesammelt. Er hatte Imperias schriftliche Erklärung und die des Druckers, Antonio Blado. Beide bezogen sich klar und deutlich auf die ketzerische Lebensart, die schon bei diesem verfluchten Namen begann. Allerdings war die Aussage des alten Druckers von einem rein juristischen Blickpunkt aus genauer und ausführlicher: Er nannte einen bestimmten Tag, einen präzisen Text, *Il Beneficio di Cristo*, bis hin zur Beharrlichkeit, mit der das Mädchen danach verlangt hatte, obwohl sie die Gefährlichkeit des Werkes kannte. Imperias Aussage war vager und etwas nebulös. Sie ging auch auf Angelegenheiten des Herzens ein, nicht nur auf die Häresie, darauf, dass der Grund für den Mord an Corsini war, ihn zu bestrafen, weil er als Hauptmann der Gendarmen des Sant'Uffizio auf gewisse Weise Verfechter des Christentums schlechthin war. Aber die Aussage war voller persönlicher Urteile, Hypothesen, tendenziösen Behauptungen. Sicher, sie reichte, aber ein Geständnis wäre das Beste.

Und deswegen stand Carafa jetzt am Eingang zum Turm, zwei Ärzte von der Universität im Schlepptau, Männer, die bei der rigorosen Befragung anwesend wären, um sicherzustellen, dass die Gefangene nicht dauerhaft verletzt oder verstümmelt wurde.

Sie stiegen die Treppe hinauf zur Zelle namens Weckruf, die für die Folter vorgesehen war. Trotz des milden Frühlingstages waren die Steinwände kalt, die Stufen steil und schmal, das wenige Licht, das durch die so engen und tiefen Fenster, ähnlich Schießscharten, fiel, verlieh diesen paar Vertretern der Macht der Inquisition das Aussehen einer Delegation aus der Hölle: der Kardinal im purpurroten Talar, die Ärzte mit ihren schwarzen Togen, die durch die grauen Halskrausen noch mehr wie Unglücksvögel wirkten.

Sie erreichten die Zelle. Die Tür stand auf.

Mastro Villani erwartete sie.

Das Mädchen war vollkommen nackt und hing, an den Handgelenken gefesselt, am Seil wie eine Schweinehälfte am Metzgerhaken.

»Es ist alles bereit, Eminenz«, sagte der Kerkermeister eifrig und geflissentlich.

Carafa nickte. Er mochte Mastro Villani, weil er immer pünktlich und aufmerksam war, seine Arbeit ordentlich erledigte, den richtigen Moment abpasste, genau wusste, wann man das Seil nachlassen musste, wie viel Wasser er in den Trichter gießen konnte, ohne den Ketzer zu ertränken, wie man die Füße mit Fett einschmieren musste, damit sich die Fußsohlen entzündeten und einen stechenden Schmerz verursachten, um den Gefangenen zum Geständnis zu bringen. Er empfand aufrichtige Leidenschaft für seine Arbeit, tat sie ausgewogen und aufmerksam, ohne dass der Fleiß jemals zu Fanatismus wurde.

Er bewunderte ihn. Für seine wissenschaftliche Herangehensweise.

Mit Männern wie Villani könnte er auf jeden Fall auf das Papstamt zielen. Er brauchte diese Treue, diesen Eifer, diesen Respekt für den eigenen Beruf.

Er lächelte. »Beginnen wir«, sagte er.

Ohne auf weitere Befehle zu warten, zog Mastro Villani am Seil.

66

Das Leiden des Meisters

Er würde die Kapelle mit Fresken bemalen, die alle verstehen würden. Wenn das Grabmal von Julius II. nun ein Monument war, das in den Statuen, im Einsatz des Lichts seine Gedanken offenbarte, dann tat die kleine Kapelle dies für seinen Glauben an eine direkte Beziehung zu Gott, ohne die Vermittlung einer Kirche, die sich selbst verloren hatte und Frauen wie Vittoria bedrohte oder sie wie Malasorte verurteilte. Waren es nicht der heilige Paulus und seine Worte selbst, die das Fundament des Skandals darstellten? Hieß es nicht so in *Il Beneficio di Cristo*? Deswegen würde er einige Änderungen einbauen bei seiner *Bekehrung*, für die Paul III. sich so einsetzte, damit sie pünktlich fertig würde, und dabei diejenigen ignorierte, die wirklich litten.

Der Papst erwartete einen blauen, leeren Himmel, mit Gott in der Mitte. Er dagegen würde ihn mit Figuren füllen: Heiligen, rechtschaffenen Männern, gerechten Frauen. Denjenigen, die ohne Filter, ohne Vermittlung direkt mit Gott sprechen konnten.

Hatten sie ihm nicht völlige künstlerische Freiheit gelassen? Also würde er es ihnen zeigen.

Wie ungerecht das Leben doch ist, dachte er enttäuscht. Es schlug die Schwächsten, benutzte die Frauen, verspottete sie. Wie konnte er das akzeptieren? In seinem Herzen weinte er alle Tränen, die ihm noch geblieben waren. Denn er hätte Vittoria, die einen Rückfall ihrer Krankheit erlitten hatte, heilen wollen, aber er wusste nicht, wie. Denn er hätte Malasorte, die jeden Tag in ihrer Zelle im Tor di Nona ein bisschen starb, befreien wollen, aber er wusste nicht, wie. Denn er hatte Pole gebeten zurückzukommen, aber selbst er konnte sich einen solchen Luxus nicht leisten, da das Konzil von Trient vor der Tür stand.

Hier also seine Revanche! Die einzige, die er sich leisten konnte.

Das würde nicht reichen, das wusste er. Das Gefühl der Schuld und der Ohnmacht würde ihn ewig verfolgen. Aber wenigstens hatte er versucht, etwas Konkretes zu tun. Er hatte vor, mit dem Papst zu sprechen, machte sich jedoch keine Hoffnungen. Er wollte bloß alles tun, was in seiner Macht stand. Wollte zeigen, dass die Anklage gegen Malasorte auf den Worten einer Kurtisane beruhte. Einer ehrlichen Prostituierten, sicher doch! Aber doch immer noch eine Frau, die sich ihre Stellung erkämpft hatte, indem sie ihren eigenen Körper verkauft hatte! So tief war die Kirche also gesunken?

Er lachte laut auf, während er mit der linken Hand einen Heiligen malte. Seit ein paar Tagen tat ihm die rechte Hand weh. Da man ihn nicht sah, arbeitete er mit der anderen weiter, damit das Werk fertig würde. Er wusste, dass das riskant war, besonders angesichts der übergroßen Macht, die Carafa in der Kurie ansammelte, aber sie hatten ihn allein gelassen, und in der Einsamkeit der Kapelle konnte er auch die Hand des Teufels benutzen, mit der er vor langer Zeit zu arbeiten begonnen hatte.

Er würde die Krone der Märtyrer und der ersten Schüler

Christi, die sich im Gefolge von Engeln um ihn herum befanden, maximal vergrößern. Es war eine Art von Revanche, wie er sie bereits im *Jüngsten Gericht* umgesetzt hatte, aber vor allem sollte es den Willen ausdrücken, die Vermittlung zwischen dem Menschen und Gott auszulöschen. Es war seine Art, die Funktion der Kirche zu leugnen, ihr Wirken zu stigmatisieren. Er wollte nicht die Institution als solche kritisieren, aber das, was in den Händen von Männern wie Gian Pietro Carafa oder Pier Luigi Farnese aus ihr geworden war.

Theologie, Philosophie, Poesie und Gerechtigkeit sahen ihn von der Decke an. Raffael hatte ein außergewöhnliches Werk erschaffen. Trotz allem musste er zugeben, dass dieser vergnügte und leichtlebige Mann aus Urbino, der fast ätherisch über dem Leben zu schweben schien, über ein wirklich außergewöhnliches Talent verfügt hatte.

Er hob den Blick, überwältigt von der Schönheit der Decke: im Zentrum das Wappen der della Rovere, dann vier Throne, auf denen die vier Werte der humanistischen Kultur saßen, jeweils an der Seite der Wand mit dem entsprechenden Medaillon.

Es war ein Farbsturm, in dem sich der Blick verlor: Das makellose Blau des Himmels blendete fast, eine Phantasmagorie, in der die Schlüssel der della Rovere eingefasst waren, das üppige Gold der Medaillons und Rahmen, das Rot, Violett, Blau und noch mal das Himmelblau der Kleider der vier Frauen, die die vier Werte der humanistischen Kultur repräsentierten.

Er hätte einen ganzen Tag hierbleiben und die Decke anschauen können. Er erkannte die Eleganz der Gesichtszüge, diesen subtilen, raffinierten Geschmack, als hätte Gott selbst ihm die Inspiration zu Farben und Formen eingegeben.

»Nun, mein Freund, was ist der Grund für Euren heutigen Besuch?«

Langer weißer Bart, lebhafte Augen, forschender Blick: Paul III. war neugierig, wollte erfahren, was Michelangelo zu diesem unerwarteten Treffen getrieben hatte. Er hatte ihn im Stanza della Segnatura empfangen, weil er wusste, wie sehr Michelangelo Raffael schätzte, auch wenn er es nicht zeigte. Sein begeisterter Blick zur Saaldecke war Beweis genug. Doch er hütete sich davor, Lob auszusprechen.

Das war ein Charakterzug, der ihm nicht immer zur Ehre gereichte. Es erschien recht logisch, dass zwischen den Künstlern eine Rivalität herrschte, Michelangelo war in dieser Hinsicht ziemlich gnadenlos, aber Paul III. wusste, dass zwischen ihm und Raffael auch immer eine unsichtbare, aber gegenseitige Bewunderung herrschte. Ehrlich gesagt hatte Raffael nie ein Geheimnis daraus gemacht. Michelangelo mit seinem mürrischen und mit Komplimenten sehr geizigen Charakter hatte viel seltener lobende Worte geäußert. Doch ihn dabei zu erwischen, wie er diese Decke betrachtete, ganz offensichtlich begeistert, amüsierte den Papst nicht wenig. Er hütete sich davor, Bemerkungen dazu zu machen, weil er wusste, dass das die schlechteste Art gewesen wäre, ein Gespräch mit Michelangelo zu beginnen, der ihm nun in die Augen sah und ihm endlich antwortete.

»Heiligkeit, ich bedanke mich, dass Ihr mich empfangt. Ich entschuldige mich, sollte das, was ich Euch sagen werde, Euch belasten, aber ich weiß nicht, mit wem ich sonst sprechen könnte.«

Der Papst verstand, dass etwas im Argen lag, und hoffte, dass es nichts Schlimmes wäre.

»Ich frage Euch aufrichtig, ob Ihr es für möglich haltet, dass das Mädchen, dass im Tor di Nona eingekerkert wurde, wirklich die Mörderin des Hauptmanns Corsini sein kann. Und auch, ob es logisch ist, sie als Häretikerin abzustempeln, obwohl es doch das Sant'Uffizio selbst war, das sie beauftragt hat, mich und Vittoria Colonna zu beschatten und auszuspionieren wegen gewisser Beziehungen, die als gefährlich gelten. Ich meine damit, Eure Heiligkeit, Kardinal Reginald Pole, der sich, während wir hier sprechen, in Trient befindet, um sich für die Sache unserer geliebten Kirche einzusetzen, mit der Autorität des päpstlichen Legaten, die ihm eben von Eurer Heiligkeit verliehen wurde.«

Das war also der Grund? Er wusste, dass es früher oder später passieren würde. Und jetzt musste er Rechenschaft ablegen über Entscheidungen, die er getroffen hatte. Und es waren Entscheidungen, die nicht mehr zu ändern waren. Sicher, er war der Papst, die höchste Autorität auf diesem Gebiet, und es widersprach absolut dem Gesetz, dass Michelangelo so mit ihm sprach. Doch andererseits basierte ihre Freundschaft eben genau darauf, daher konnte Paul III. sich dieser Frage nicht entziehen, nicht einmal, wenn er gewollt hätte. Er wusste, dass er Kardinal Carafa viel Bewegungsspielraum gelassen hatte, aber die Tatsachen waren eindeutig, und die Beweise sprachen alle gegen das Mädchen.

»Mein Freund«, sagte er, »ich verstehe, dass Euch die Sache belastet. Ob Ihr es glaubt oder nicht, es betrübt auch mich unendlich, aber es ist eben auch wahr, dass alles, was dem Mädchen vorgeworfen wird, unanfechtbar ist: die Anklagen, der Mord, die häretischen Überzeugungen, bewiesen durch ihre Lektüre.«

»Aber die Anklage stammt von einer Kurtisane! Wie ist es möglich, dass die römische Kirche einer solchen Frau Glauben schenkt?«

»Wenn Ihr Imperia meint, so kann ich das sogar verstehen und Euch zustimmen. Aber das ist nicht die einzige Zeugenaussage.«

»Tatsächlich?«

»Ganz genau. Es gibt mindestens noch eine weitere, sehr ausführlich und präzise. Ehrlich gesagt ist das die wichtigere.«

67
Lass mich gehen

Malasorte hätte so gern Widerstand geleistet. Aber sie war so müde, so müde, dass sie, wenn sie gekonnt hätte, Gott gebeten hätte, sofort sterben zu dürfen. Wozu hätte es genützt, sich dem Schmerz zu widersetzen, den Fragen, der Folter? Sie spürte, wie ihr Körper unter den Fesseln nachgab. Und als Carafa schließlich, verärgert über ihr Schweigen, die Wasserprobe anordnete, fragte sie sich, warum nicht reden, nicht das zugeben, was sie nicht begangen hatte, nur damit sie aufhörten.

Sie war unschuldig. Sie hatte Vittorio Corsini nicht getötet. Aber interessierte sich überhaupt irgendwer für die Wahrheit? Oder hatte Carafa eben gerade vor der Wahrheit Angst? Und auch wenn sie gelogen hätte, um diesem Leiden ein Ende zu bereiten, was hätte es ihr genutzt? Vielleicht hätten die Schmerzen dann aufgehört, aber danach? Wie wäre sie in den Himmel gekommen? Mit welchem Mut hätte sie dem Hauptmann ins Gesicht gesehen? Und welchen Blick hätte Ringhio gehabt? Denn sie war sich sicher, dass auch er ihr von irgendwoher zusah. Er, der niemals gezögert hatte, sein Leben zu ihrer Verteidigung zu riskieren. Wie viel Würde in diesem mutigen und treuen Hund steckte, kein einziger Mann in dieser verfluchten Stadt kam ihm nahe.

Keiner außer einem. Michelangelo hatte sie besucht. Als

Einziger. Der Mann, den sie ausspioniert hatte, über den sie in den letzten zwei Jahren alles seinen Feinden berichtet hatte.

Sie war nicht unschuldig. Ganz sicher nicht. Sie hatte Dinge getan, auf die sie nicht stolz war.

Und vielleicht verdiente sie dieses Ende. Weil sie keine ehrliche Arbeit gefunden hatte.

Doch das, worunter sie am meisten litt, war die Einsamkeit. Das Einzige, was ihr noch etwas bedeutete, war, zum Hauptmann und Ringhio zu kommen, irgendwo in einer anderen, besseren, saubereren und gerechteren Welt. Aus diesem Grund bekämpfte sie den Schmerz nicht, sondern gab sich ihm hin, nahm ihn ganz auf, wiegte ihn in ihrem Inneren, machte aus ihrem Körper eine Kathedrale, in der das Leid, das andere ihr zufügten, willkommen war.

Als das kalte Wasser ihren Mund füllte, der Trichter spreizte ihre Lippen und steckte in ihrem Hals, als die Flüssigkeit in sie lief, sie bis zum Platzen anschwellen ließ, als sie husten musste, weil sie nicht mehr atmen konnte, genau in diesem Moment schloss Malasorte die Augen, ließ sich überschwemmen, als wäre sie ein Strand, bereit, die Wut des brüllenden Meeres anzunehmen.

Auf gewisse Art löste sie sich von sich selbst. Nichts bedeutete ihr mehr etwas. Der Leiter des Sant'Uffizio und sein Kerkermeister hätten sonst was mit ihr anstellen können, das, was wirklich zählte, war, auf der anderen Seite, wo auch immer das war, anzukommen, im Bewusstsein, diejenigen, die sie geliebt hatten, nicht verraten zu haben. Das waren wirklich wenige, wenn man darüber nachdachte, denn sicherlich war Imperia für einige Jahre wie eine Mutter für sie gewesen, aber dann hatte sie sie an die Inquisition verkauft, bloß um ihr Geld zu bekommen und sich für ihren Verrat zu rächen. Und welche Schuld traf sie, außer den Kopf wegen eines schönen und liebevollen Mannes verloren zu haben? War das also ein Verrat? Das glaubte sie nicht.

Und auch wenn sie in der Zeit zurückreisen könnte, jeden Moment noch einmal erleben und zwischen Imperia und dem Hauptmann wählen könnte, zweifelte sie nicht daran, dass sie die Liebe wählen würde, die Liebe, durch die sie sich lebendig gefühlt hatte, glühend wie die Flamme in der Nacht, frisch und begehrt wie eine Mairose. Und jetzt ließ sie sich ganz in dieses einmalige Gefühl fallen und vergaß die Schmerzen, die diese Männer ihr zufügten.

Sie hatte inzwischen fast Mitleid mit ihren Folterern. Sie konnte sich die Gesichter vorstellen: die enttäuschte Grimasse des Kardinals Carafa, die absolute Konzentration des Kerkermeisters, das ungläubige Staunen der Ärzte. Vielleicht waren sie an dem Punkt angekommen, an dem jeder von ihnen hoffte, dass die Folter endete, weil sie zu nichts führte. So grausam die Instinkte des Inquisitors auch waren, vielleicht war sogar er an diesem Punkt angekommen, hatte genug davon, ihre Lippen zu sehen, die sich zuerst geweigert hatten und nun nicht mehr in der Lage waren, etwas zu sagen.

Carafa hat den Mut der Frauen unterschätzt, dachte Malasorte. Sie könnten auch den ganzen Tag lang weitermachen, inzwischen wusste sie, dass sie eher sterben würde, als zu reden.

Es war ihre Revanche, ihre Art, es ihnen heimzuzahlen.

Ihnen die Befriedigung zu verweigern.

Sie war sowieso schon tot.

Sie war gestorben, als sie den Hauptmann ermordet hatten.

Sie war gestorben, als die Bleikugel Ringhios Brust zerfetzt hatte.

Sie war gestorben, als sie begriffen hatte, dass man sie anklagen würde.

Und als sie gesehen hatte, dass Michelangelo sie retten wollte, aber nicht wusste, wie.

68
Die letzte Hoffnung

Der Drucker. Vielleicht wusste er etwas. Nachdem er darauf bestanden hatte, hatte der Papst ihm schließlich den Namen desjenigen genannt, der mit seiner Aussage diesen Komplott bestätigt hatte. Und jetzt lief Michelangelo zum Laden von Antonio Blado. Er musste sich beeilen. Jeder Augenblick konnte der letzte sein. Während er versuchte, die Teile dieses Rätsels zusammenzufügen, riskierte Malasorte den Tod.

Als er diesen Namen erfahren hatte, war er aus den Gemächern des Papstes gestürzt, weg vom Apostolischen Palast und wie ein alter Wahnsinniger zum Campo de' Fiori gerannt. Er hatte keine Zeit gehabt, nach Hause zu laufen, um Inchiostro zu holen. Das hätte ihn wertvolle Zeit gekostet.

Seine Brust brannte, sein Mund schmeckte nach Eisen, die Beine waren schwer wie Blei, aber er bemühte sich, nicht daran zu denken. Was war dieser Schmerz schon im Vergleich zu dem, was Malasorte im Augenblick erlitt?

Er dachte darüber nach, wie sich seine Lebensgeschichte verändert hatte. Er hatte geglaubt, eine eigene Vision der Kunst bieten zu können, und das hatte er vielleicht auch geschafft, aber er war ganz sicher nicht in der Lage gewesen, zu einer Befriedung der Kirche beizutragen. Nicht einmal ein bisschen.

Er engagierte sich bei dem, was er tat, mit Leib und Seele; niemand hätte das Gegenteil behaupten können. Er war nicht wie Bramante, der seine Gesprächspartner mit Worten manipulierte, und auch nicht wie Leonardo, der jeden von oben herab betrachtete. Er hatte die Anweisungen nicht akzeptiert, anders als so viele seiner Kollegen, die gefällig sein und das Geld wollten und deswegen den Kopf senkten und so taten, als freuten sie sich! Nein, wirklich, er hatte immer gesagt, was er dachte, ohne sich um die Konsequenzen zu scheren, weil er glaubte, dass Aufrichtigkeit die beste Art war, Klarheit und ehrliche Absichten zu erhalten.

Doch dann hatte er begriffen, dass genau diese unerträgliche Ambivalenz, den Menschen nach und nach umbrachte. Diese Distanz, die zwischen dem Wort und der Handlung lag. Es wurden Reden gehalten, Bullen geschrieben, Thesen proklamiert, ohne dass sie irgendetwas bedeuteten, denn der Frieden entstand aus den Handlungen und dem Willen.

Der Wille war das Einzige, das Änderung möglich machte und damit auch die daraus resultierenden Handlungen. Doch bei der Kurie gab es keinerlei Absicht, sich zu ändern, auch wenn er es glauben wollte, auch wenn er mit jedem Papst hoffte, dass er stärker, gerechter, gnädiger wäre.

Aber er war nie so.

Er ist nie so gewesen.

Er wäre es nie.

Päpste waren Menschen und daher nicht perfekt, voller Laster und mit einigen Tugenden. Genau wie er. Genau wie Malasorte. Die Fehler begangen hatte, sicher, die jetzt aber unendlich viel mehr bezahlte, als sie müsste.

Sein Herz pochte in seiner Brust, schlug aus wie ein Maultier. Er wollte nicht stehen bleiben, aber er spürte, dass er nicht mehr lange konnte. Trotzdem zwang er sich zu laufen.

Er war in der langen und engen Via dei Cappellari angekommen, die die Stadtviertel Regola und Parione trennte. Die Straße war dunkel, weil sie eng war, stand voller Material, die Läden der Hutmacher säumten sie, dann kamen noch ein paar elegante Häuser.

Michelangelo sah hinten den Campo de' Fiori.

Er musste sich beeilen.

Wenn er nur den Drucker dazu bringen könnte, seine Aussage zurückzuziehen, zuzugeben, dass er dazu gezwungen worden war, könnte er das Urteil anfechten. Aber er musste vorher ankommen. Wenn nötig, würde er Geld einsetzen, es war das Einzige, an dem es ihm nicht mangelte. Er würde den Drucker auch bezahlen, damit er seine Version der Tatsachen änderte.

Er konnte nun nicht mehr rennen.

Er ging so schnell wie möglich weiter.

Als er schließlich am Campo de' Fiori ankam und den Laden des Druckers sah, atmete er erleichtert auf.

Jetzt hing alles von seiner Überzeugungskraft ab.

Kaum war er eingetreten, sah er vor sich eine Theke. Sie trennte den öffentlichen Eingang von der Werkstatt. Dahinter sah Michelangelo Arbeiter, die die Druckplatten mit Tinte benetzten. Sie bewegten sich rasch und präzise zwischen Unmengen von Geräten, von Setzkästen über Druckerpressen bis zu Papierbögen und beweglichen Lettern auf Tischen.

Da tauchte ein Mann mittleren Alters hinter der Theke auf. Er hatte grau melierte Haare, knotige und tintenverschmierte Hände, einen lebhaften Blick aus dunkelbraunen Augen.

»Messer Buonarroti, Ihr kennt mich nicht«, sagte er ernst und düster. »Aber Ihr könnt mir glauben, allein dass Ihr diesen Laden betretet, ist für mich eine große Ehre.«

»Ihr kennt mich?«, fragte Michelangelo überrascht, während er versuchte, sich von seinem Lauf zu erholen. Und ohne auf eine Antwort zu warten, sagte er dann: »Ich muss unbedingt Messer Blado sprechen, den Besitzer der Druckerei.«

Bei diesen Worten senkte der Mann seinen Blick.

Michelangelo merkte, dass etwas nicht in Ordnung war. Was war falsch an seiner Frage? »Verzeiht, Messer …«

»Ricci, Fabio Ricci«, ergänzte sein Gegenüber.

»Verzeiht, wenn ich Euch nicht einmal begrüßt habe, ich muss leider mit dem Ladenbesitzer sprechen, Messer Blado.«

Der Mann wurde ernst. Dann sagte er mit Mühe: »Leider, Messer Buonarroti, und Ihr wisst nicht, wie sehr es mich schmerzt, es Euch sagen zu müssen, ist Messer Blado tot.«

Michelangelo konnte nicht glauben, was er hörte. »Was?«, fragte er nur, denn diese Neuigkeit erschütterte ihn.

»Ich wollte es auch nicht glauben! Doch als ich gesehen habe, wie man ihn aus dem Tiber gezogen hat …« Fabio Ricci konnte nicht mehr weitersprechen. Die Stimme versagte ihm vor aufrichtigem Schmerz. Dann sagte er: »Es heißt, er wäre in den Fluss gerutscht, aber ich glaube es nicht.«

Michelangelo sah ihn an, ohne zu wissen, was er sagen oder tun könnte.

Es war also alles verloren.

69
Campo de' Fiori

Der Platz war voller Menschen. Alle wollten sich einen Platz möglichst nah am Schafott sichern: das Volk, der Adel, die Händler, die Handwerker, die Huren und die Meuchelmörder. Die Kinder kletterten auf die Schultern ihrer Väter. Die Frauen plapperten ununterbrochen.

Es war kalt, aber die Kohlenbecken voller lodernder Flammen, die überall auf der Piazza standen, machten aus dem Campo de' Fiori fast die Höllenschlucht.

Alle wollten die Hexe sehen.

Carafa war mit dem erreichten Ergebnis zufrieden, es taugte für ein großes Massenritual, eine reinigende Hinrichtung, die Schrecken in der Stadt verbreiten und Menschen ermahnen würde, nicht den Verlockungen der Häresie nachzugeben.

Die Kirche musste sich behaupten und die eigene Macht und ihre Rolle bestätigen. Zu oft waren sie infrage gestellt worden. Die Leiche des Hauptmanns Corsini tat das natürlich, aber auch die unversöhnliche Strömung innerhalb der Kurie, die – nun, da die Pazifisten beim Konzil von Trient weilten, wo sie sich verausgaben würden bei dem Versuch, einen Kompromiss zu suchen, den man mit den Protestanten nie finden würde, dessen war sich Carafa sicher – die Gelegenheit nutzen konnten, um Terrain zu gewinnen. Nicht nur das. Das Glück schien ihnen darüber hinaus hold zu sein, da Pietro Paolo Parisio, der Großinquisitor des Rates des Sant'Uffizio, der zum ausgleichenden Kreis gehörte, aktuell nicht bei guter Gesundheit war. Mit ein bisschen Glück würde Paul III. Carafa seinen Posten geben, er hatte die Absicht, den unversöhnlichen Flügel im Inneren des Rates zu stärken.

An diesem Nachmittag war Parisio tatsächlich nicht anwesend.

Die Ausführung der Hinrichtung gebührte natürlich dem säkularen Arm, daher war es auch der neue Hauptmann der Gendarmen, aber sowohl Carafa als auch Mercurio Caffarelli wussten sehr wohl, dass es jenseits der formellen Fragen der Kardinal war, der Malasorte verurteilt und auf den Scheiterhaufen geschickt hatte.

Auch deswegen hatte er darum gebeten, dass sich der Mann, der sein vollstes Vertrauen genoss, um die Exekution kümmerte: Mastro Villani.

Mastro Villani war so angespannt wie noch nie. Vielleicht hatte einer seiner Vorfahren sich genauso gefühlt, als man genau auf diesem Platz die Hexe Finnicella verbrannt hatte. Eine solche Hinrichtung verlangte eine akribische und pünktliche Vorbereitung, man musste an jedes Detail denken. Das Holz musste trocken sein, der Pfahl, an den die Hexe gebunden wurde, robust und von immensen Ausmaßen, der Scheiterhaufen aus dünnen Scheiten und Stroh musste sorgfältig aufgehäuft werden. Er hatte einen Lumpen mit Öl getränkt, und der Schürhaken schien nur noch auf seine Hand zu warten.

Seine Helfer würden die Ketzerin durch die Menge zum Schafott führen.

Die Piazza war ein Höllenpfuhl. Der graue und kalte Februarnachmittag war von den Feuern in den Kohlenbecken erleuchtet, die Marktstände hatten der leuchtenden Choreografie der Hinrichtung Platz gemacht.

Er sah die vier Großinquisitoren auf den Bänken der Holztribüne sitzen, die er persönlich erbaut hatte, Tag um Tag. Er hatte das Tannenholz in Stücke gesägt und mit seinen Helfern zusammengebaut. Er hatte ein solides und gut duftendes Holz gewählt, weil er wollte, dass Kardinal Carafa nicht zu sehr unter dem verdorbenen Gestank leiden müsste, der vom Fleisch der Hexe aufsteigen würde, wenn sie bei lebendigem Leib verbrannt wurde.

Er atmete die kalte Luft ein. Sie hatte im Moment eine solche Reinheit, die bald verloren wäre. Mastro Villani setzte die Lederkapuze auf. Heute hatte Kardinal Carafa ihn als Henker gewollt. Das war nicht sein Beruf. Aber als Kerkermeister von Tor di Nona wusste er gut genug, was er zu tun hatte. Seit zwei Tagen ging er im Geiste die Handlungen durch, die von ihm erwartet wurden. Er fühlte sich bereit. Jetzt fehlte nur noch die Ketzerin.

Michelangelo betrachtete die Männer und Frauen, die am Scheiterhaufen feierten. Sie wollten den Tod der Hexe. Sie wollten es so sehr, als hinge die Zukunft Roms davon ab. Sie wussten nichts über Malasortes Leben. Sie kannten nicht einmal ihren Namen, und wahrscheinlich waren sie genau deswegen so bereit, sie brennen zu sehen.

Seit einiger Zeit fühlte er sich inzwischen wie ein Relikt aus vergangenen Zeiten. Diese Angelegenheit hatte ihn nicht nur erschüttert, sondern auch gebrochen.

Der Stern von Kardinal Carafa stieg, und niemand, jedenfalls er nicht, konnte ihn aufhalten. Am Morgen hatte er Vittoria im Kloster Sant'Anna besucht und sie schwach und müde angetroffen. Die Krankheit zehrte sie aus. Sie ging mit Mühe. Sie hätte ihn heute so gern begleitet, aber er hatte es ihr nicht erlaubt. Sie musste sich ausruhen. Sie verlangte zu viel von sich selbst, das hatte er ihr gesagt und ihr versprochen, dass er sie am nächsten und auch am übernächsten Tag besuchen würde.

Nun war sie die einzige Freundin, die ihm geblieben war.

Er hatte das Gefühl, dass seine Welt zerbrach. Und in gewisser Hinsicht spürte er den klaren Wunsch zu sterben. Was tat er hier? In einer Stadt, die er nicht mehr verstand? In einer Welt, die ihn ablehnte? Die seine Kunst feierte, ihm aber nicht zuhören wollte? Als wären seine Werke, die Skulpturen, die Fresken, die Zeichnungen von jemand anderem. Was nutzte es, gefeiert zu werden, wenn sein Wille anschließend so wenig zählte? Aber wenn er darüber nachdachte, war es nicht schon immer so gewesen? War das nicht der Grund, warum er sich bemüht hatte, das Leben auf keinen Fall ins Herz zu schließen? Er hatte sich ganz und ausschließlich der Kunst gewidmet, eben um nicht leiden und die Enttäuschungen ertragen zu müssen, die die Liebe ihm immer bereitet hatte. Immer. Ganz abgesehen davon, dass eine Skulptur zu erschaffen, ein Deckenfresko, eine Wand zu bemalen, einen Platz oder einen Palazzo zu entwerfen, Arbeiten waren, die ihn vollkommen vereinnahmten – sie nahmen ihm alles und gaben ihm gleichzeitig alles.

Doch zuletzt war es nicht mehr so gewesen. Oder besser gesagt, nicht nur. Zunächst Vittoria und dann Malasorte hatten dieses perfekte System gesprengt, das ihn in einer anderen Welt isolierte, die nur ihm gehörte.

Als er dann Malasorte auf dem Karren sah, in zerrissenen Lumpen, nur noch Haut und Knochen, die schwarzen Haare im Gesicht, die Hände hinter dem Rücken in Fesseln, kniend, bedeckt vom Spott und Speichel der grölenden Menge, geblendet von der Gier nach Tod und Gewalt, konnte Michelangelo die Tränen nicht zurückhalten.

Und während sich die Menge öffnete, damit der von einem grauen und müden Maulesel gezogene Karren passieren konnte, rammte er sich die Fingernägel in die Hände. Er biss sich auf die Lippen, bis sie bluteten. Aber es war nicht genug. Es wäre nie genug. Denn er wusste, dass er sich bemüht hatte, alles zu tun, was er konnte, ohne ihr den Scheiterhaufen zu ersparen. Und doch hatte er das Gefühl, er hätte sich ganz hingeben müssen, auch sein Leben, wenn es nötig gewesen wäre.

Und er hatte es nicht getan.

Es war eine Niederlage. Genau wie Rom. Unterm Himmel sah man die päpstlichen Paläste, die Brücken, die Bögen und die Säulen, die Wunderwerke, errichtet von solchen wie ihm: den Künstlern. Und während sie sich abmühten, um die Stadt mit Schönheit anzufüllen, wurde die Angst stärker, nährte den Machthunger. Weil jemand es gewagt hatte, den Hauptmann der Gendarmen des Sant'Uffizio zu töten und dann verschwunden war, zwischen den Ecken des Bösen, im Schatten der Kuppeln. Und jetzt war es nötig gewesen, einen Schuldigen zu finden; es war ganz gleich wen. Je schwächer und wehrloser das Opfer war, umso besser für alle.

Und Malasorte war das perfekte Opfer. Und die Täterin. Und die Hexe. Mit einer einzigen gnadenlosen Hinrichtung wischte Rom die eigenen Ängste weg. Wenigstens für eine

Weile. Bis zum nächsten Karneval des Todes, bis zum nächsten Scheiterhaufen.

Er blickte vor sich: Der Henker hatte Malasorte die Fesseln abgenommen. Mit einem glänzenden Messer hatte er die zerlumpten Kleider zerschnitten, sodass sie nackt dastand. Michelangelo sah die helle Haut voller blauer Flecken. Es gab keine Blutspuren. Der Schmerz war im Körper eingeschlossen, wie die Inquisition es predigte. Aber sie mussten sie so stark geschlagen haben, dass man trotz allem nur allzu gut erkannte, was geschehen war.

Als er diese junge Frau sah, der Leiden zugefügt worden waren, hatte er das Gefühl, wahnsinnig zu werden, doch gerade in dem Moment, als Malasorte in ihrer Nacktheit ausgestellt wurde, brüllte die Menge am lautesten. Hände hoben sich, streckten sich, als wollten sie sie berühren, verfluchen und all den Hass und die Angst auf sie spucken, die in dieser gefährlichen und explosiven Mischung von einem zum anderen schwankte. Und genau diese Mischung brauchte Gian Pietro Carafa. Und Michelangelo wusste es. Und er hasste ihn dafür. Und er hasste sich, weil er das, was er nun sah, nicht hatte verhindern können.

Der Henker schubste das Mädchen.

Er führte es zum Schafott und band es an den Holzpflock.

Malasorte hatte nicht einmal mehr die Kraft, sich zu wehren. Die Helfer des Henkers verteilten derweil in Form eines Sterns rund um das Mädchen und zu seinen Füßen die Scheite, das Stroh und den Reisig, die dünnen Holzstückchen, die mit Öl getränkt waren und schon bald in Flammen stehen würden.

Die Menge brüllte zustimmend. Vor Michelangelos Augen schien das Bild sich wie ein verrückt gewordenes Karussell zu drehen: die Schreie, die Beleidigungen, das Spucken, die erhobenen Arme, die blutunterlaufenen Augen, die wutverzerrten Münder, die Körper, die sich zusammendrängten als ein großer Fleischhaufen, der wie ein einziger widerwärtiger Organismus anschwoll.

Der Henker ergriff den Schürhaken, zwischen der Eisenzange steckte das ölgetränkte Scheit. Er hielt ihn an das Feuerbecken und setzte es in Brand. Dann streckte er ihn ohne Zögern ans Holz und zündete es an.

Das Stroh und dürres Reisig flammten wie der Blitz auf. Kurz darauf umhüllte eine hohe Flamme die innere Holzpyramide und reckte sich von dort aus majestätisch und grausam, um Malasortes Beine und Hüften zu verschlingen.

Michelangelo hatte noch nie solche Schreie gehört. Es war ein Geräusch, das die Ohren zerriss, das an all die Ungerechtigkeit und die erlittenen, unmenschlichen und monströsen Schmerzen erinnerte. Als das Mädchen auf diese durchdringende Art schrie, schien sie der Menge das Herz auszureißen, um es dann in Fetzen zu rupfen. Alle schwiegen, und plötzlich wischte ein Umhang der Scham und der Stille die übermütige Kühnheit der Anwesenden weg.

Der Einzige, der stur auf den Scheiterhaufen blickte, die Flammen beobachtete, die aufschossen und sich wie teuflische Zungen um Malasorte legten, war Kardinal Carafa. Sein Gesicht zeigte einen zufriedenen Ausdruck.

Michelangelo würde diesen Blick nie wieder vergessen.

Als der Geruch von verbranntem Fleisch sich ausbreitete, führte der Inquisitor den Pomander ans Gesicht, um den Kampferduft daraus zu riechen, als würde ihn diese Unannehmlichkeit stören.

Malasortes Schreie hatten inzwischen nichts Menschliches

mehr, und sie war nur noch ein schwarzes, heulendes Stück Fleisch, das sich zwischen den blutroten Flammen wand.

Die Stille verschlang die Piazza wie ein Raubtier. Männer und Frauen sagten nichts mehr. Sie hatten Augen wie Glas, versiegelte Münder, Masken des Schreckens anstelle eines Gesichts.

Sie würden dieses obszöne Spektakel nicht vergessen.

Sie würden sich an die römische Kirche klammern aus Angst, genauso zu enden.

Und Kardinal Carafa wusste es.

Er hatte es immer gewusst.

Winter 1546 – 1547

70
Reginald Poles Brief

Er hatte gehofft, dass der Brief, der ihm an diesem Tag von l'Urbino übergeben wurde, nie ankommen würde.

Aber die schlechten Nachrichten kamen immer alle auf einmal. Am Morgen hatte er Vittoria besucht und sie so leidend vorgefunden, dass sie sich fast wünschte, möglichst bald zu sterben. Es war schrecklich, das auch nur zu denken, aber genau das wünschte sie sich.

Er ertrug es nicht, sie in diesem Zustand zu sehen. Blass, kraftlos: ein Gespenst. Sie sprach nur mit Mühe, schaffte es kaum, sich aufzusetzen. Die Situation hatte sich in den letzten anderthalb Jahren nach und nach verschlechtert. Seit Malasorte bei lebendigem Leib auf dem Scheiterhaufen verbrannt worden war, schien sich ein Fluch auf alle gelegt zu haben, die sie liebten.

Er hatte den Nonnen versprochen, übermorgen zurückzukehren.

Kopfschüttelnd öffnete er daher den Brief mit dem Siegel von Kardinal Pole und las dessen Worte.

Mein lieber Michelangelo,
ich schreibe Euch diesen Brief, obwohl ich weiß, dass er Euren Tag unausweichlich verdüstern wird. Vor allem anderen möchte ich Euch bitten, für mich die Marchesa di Pescara,

Vittoria Colonna, zu umarmen, die ich wegen ihrer unendlichen Geduld und Anmut wie eine Mutter ansehe, die mich mit enormer Großzügigkeit immer unterstützt hat. Ich weiß von ihrer Krankheit, und es vergeht kein Tag, an dem ich nicht für sie bete.

Ich hoffe, sie bald zu sehen, und vertraue auf den Herrn, dass sie Heilung findet. Doch zurück zu Euch und wieso ich geschrieben habe, dass dieser Brief Euch betrüben wird.

Der Grund ist schnell genannt: In den letzten Monaten hat sich die Situation beim Konzil von Trient verschlechtert. Vor allem diejenigen, die wie ich und Ihr immer versucht haben, zu einer Einigung mit den Protestanten zu gelangen, um die innere Spaltung der Kirche zu heilen, haben verloren.

So sehr, dass ich mich dieser Tage entschlossen habe, das Konzil zu verlassen, da ich keinerlei Chance sehe, einen Mittelweg zu finden.

Ohne auf Details einzugehen, kann ich Euch sagen, dass die Thesen, die den Wert der Werke neben dem des Glaubens gegen die protestantischen Thesen der Erlösung durch den Glauben allein, sich bei Weitem durchgesetzt haben, wie auch das Dogma, das den Wert der sieben Sakramente bestätigt, gesiegt hat. Und dasselbe kann ich Euch über die Anerkennung der lateinischen Version als einzige Version der Bibel sagen.

Trotz der Bemühung von mir und Kardinal Morone hat sich die Position derjenigen durchgesetzt, die einen offenen Bruch mit Luthers Thesen wünschen und gegen alle Meinungen kämpfen, die einen Mittelweg suchen. Nicht nur das. Das Konzil wird den Sieg und die Proklamation von richtig großen Dogmen verkünden: das Dekret zur Rechtfertigung und zur Offenbarung. Dadurch erschaffen die Unversöhnlichen eine unüberbrückbare Distanz zwischen der katholischen und der protestantischen Kirche, sodass jegliche ausgleichende Position unzulässig wird und damit als häretisch gilt. Dieser Schlag von sehr mächtigen Männern soll den Klerus in Klöstern und Gemeinden disziplinieren, um auf jede mögliche Art potenzielle persönliche Interessen auszuschließen. Er soll die Personen gleichschalten und sie in die eiserne Hierarchie zwingen. Außerdem wollen sie die Prediger katechisieren, ihnen ihre Themen und die Umgangsweise damit diktieren, um sie so an präzise technische Formalismen zu fesseln. Sie zielen auf eine immer strengere Kontrolle der Bischöfe und der örtlichen Inquisitoren, damit die Häresie mit dem einzig möglichen Mittel bestraft wird: dem Feuer.

Bedenkt dabei, dass neben diesen Prinzipien, die beim Konzil in Trient außergewöhnlich gut aufgenommen werden, auch eine zweite Kraft existiert, die sich rasch in Europa festsetzt und sicherlich auch in Italien. Ich meine damit vor allem die Gesellschaft Jesu, gegründet von Ignatius von Loyola, die, wie Ihr wisst, ein religiöser Orden mit internationalem Charakter und militärischer Prägung ist. Diejenigen, die dazu gehören, sehen sich als Soldaten Christi und gehorchen ausschließlich dem Papst. Eine solche Hingabe ist offensichtlich an die Person von Loyola gebunden, der, bevor er zum Priester geweiht wurde, eine militärische Karriere bei der Kavallerie machte, bei der er eine eiserne Disziplin kennengelernt und angewandt hatte.

Der Orden der Jesuiten findet beim Papst erhebliche Gunst und entwickelt sich auf gewisse Weise zum ergänzenden Element des unversöhnlichen Flügels in der Kurie.

Aus diesen Gründen sage ich Euch, dass Positionen wie

die unsere, die immer nach einem versöhnlichen Weg sucht, heute so schlecht angesehen sind, dass sie als Nikodemismus zum Schweigen gebracht werden, sodass diejenigen, die eine solche Einstellung vertreten, angesehen werden, als würden sie sich in der Öffentlichkeit als Katholiken zeigen und die Messe besuchen, aber im Privaten der Häresie frönen. Mit anderen Worten Götzenanbeter, im Grunde Häretiker.

Überflüssig zu sagen, dass ich seit Längerem zum Kreis der Feinde der Kirche gehöre. Und auch wenn der Papst meiner Person weiterhin vertraut, können meine Feinde es gar nicht erwarten, mich zur Strecke zu bringen. Dieser Brief dient also dazu, Euch zu sagen, dass Ihr Euch so weit wie möglich von mir fernhalten sollt.

Zu meinem Glück hat mir die Stellung als päpstlicher Legat, die ich bis vor wenigen Tagen innehatte, die Kontrolle garantiert, aber ich habe eine plötzliche Unpässlichkeit vorschieben müssen, um mich vom Konzil entfernen zu können, wohlwissend, dass ich nicht mehr dorthin zurückkehren werde.

Wie gesagt wird Euch kein Vorteil entstehen, wenn Ihr weiterhin versucht, Kontakt zu mir zu halten, deswegen rate ich Euch, für Euer Wohlergehen und das Vittorias, sich nicht mehr bei mir zu melden.

Ich werde mich melden, sobald es möglich ist.

Schließlich danke ich Euch noch für Euer großartiges Geschenk, das Vittoria mir hat zukommen lassen. Das Gemälde ist einfach nur einzigartig. Denkt Euch bloß, Kardinal Herakles Gonzaga hat mich gebeten, eine Kopie davon für Giulio Romano anfertigen zu lassen, aber wie Ihr verstehen werdet, vermeide ich jetzt mehr denn je solche Briefwechsel.

Ich bedanke mich bei Euch und entschuldige mich noch einmal für diese Neuigkeiten und sende Euch meine herzlichsten und aufrichtigsten Grüße.
Euer Reginald Pole

Michelangelo konnte nicht glauben, was er las. Gian Pietro Carafa hatte die Kurie immer mehr in seiner Hand, und damit war er bereit für den tödlichen Schlag gegen Pole, Morone und alle, die von nun an der Häresie verdächtigt würden.

Das war also die Aussicht. Sich zu verstecken. So zu tun, als habe er keine Haltung. Aufpassen. Wissen, dass er im Papst einen Freund hatte. Doch wie lange würde seine Unantastbarkeit halten? Musste er hoffen, dass Paul III. so lange wie möglich lebte? Angesichts dessen, was passierte, wahrscheinlich schon. Und dann?

Im Augenblick fühlte er sich von diesem Sturm, der sich für alle außer ihm anzukündigen drohte, nicht betroffen. Gerade in den letzten Monaten hatte der Papst ihn zum Bauleiter des Petersdoms ernannt, trotz seiner vehementen Absage. Sicher, das war eher ein Unglück als eine Ehre, angesichts dessen, was all seinen Vorgängern passiert war. Abgesehen davon fühlte er sich mit fast siebzig Jahren wirklich zu alt für diese Aufgabe. Und das auch noch zusätzlich zum Projekt für den Kapitolsplatz!

Und doch waren es alles deutliche Beweise, dass der Papst ihm voll und ganz vertraute und bereit war, ihn zu beschützen.

Er schämte sich für seine Schäbigkeit. In einem solchen Augenblick, nach dem, was mit Malasorte geschehen war, und nach Vittorias Krankheit, die sie umzubringen drohte, ließ ihn sein Instinkt noch einmal sein eigenes Schicksal betrachten und einen Selbsterhaltungstrieb kultivieren, der grotesk schien.

Er stand auf und warf den Brief ins Kaminfeuer.

Die Flammen verzehrten das Papier. Die Blätter drehten sich zu einer schwarzen Spirale und verschwanden schon bald.

Vielleicht war es doch wahr: Mit dem Alter wurde er immer feiger, ähnelte zu sehr Nikodemus, der laut dem Lukasevangelium nachts den Predigten Jesu lauschte und sich tagsüber als Pharisäer bekannte.

71

Vittoria Colonnas Tod

Vittoria sah ihn mit glänzenden Augen an.

»Und so«, sagte sie, »seid Ihr auch heute gekommen.«

»Ich hatte es Euch versprochen.«

Die Marchesa di Pescara nickte. Dann hatte sie einen Hustenanfall, der sie zu zerreißen schien. Sie beugte sich vor, der Rücken zitterte und bebte, die heftigen Stöße wie Stiche eines rostigen Messers.

Michelangelo trat näher, um ihr zu helfen.

Vittoria klammerte sich an ihn. Sie sah ihn bittend an: »Ich bitte Euch, bringt mich fort von hier, ich möchte den Kreuzgang sehen.«

Er wollte sich weigern, doch sie packte seinen Arm mit überraschender Kraft. »Ich verspreche Euch«, fügte sie hinzu, »dass es das letzte Mal sein wird.«

Diese Worte trafen ihn heftig.

Er nickte. Und die Bitterkeit zerriss ihm das Herz, denn er hatte verstanden, dass Vittoria im Sterben lag.

Er nahm sie auf die Arme und hob sie hoch, hielt sie fest, als wäre sie ein Vögelchen mit gebrochenen Flügeln.

Er ging hinaus, den Korridor entlang bis zur Tür, die zum Kreuzgang führte. Als sie das Licht dieses Februarmorgens erblickte, war Vittoria wie geblendet. »Wie schön«, sagte sie.

»Einen Augenblick lang war mir, als wären wir wieder in den Apuanischen Alpen. Erinnert Ihr Euch?«

»Wie könnte ich es vergessen?«, antwortete er leise.

»Vielen Dank für dieses großartige Geschenk«, fuhr sie fort. »Es waren die schönsten Tage, an die ich mich erinnern kann, und sie werden auf meiner letzten Reise wertvoll sein ...«

»Vittoria, ich bitte Euch, sprecht nicht so«, flüsterte er.

Doch sie legte ihm den Zeigefinger auf den Mund, wie sie es schon so oft getan hatte. »Ich bitte Euch, Michelangelo, hört zu. Hört, was ich Euch zu sagen habe, denn die Zeit ist knapp, und ich bin ... ich bin diejenige, die mehr als alle anderen versucht hat, Euch zu lieben, vielleicht nicht genug, aber sicherlich mit aller Kraft, über die mein armes Herz verfügt. Ich sehe noch Eure Geste vor mir, als Ihr müde, aber noch unzufrieden Euch die Stirn abwischt und Euch am Marmor und den Farben abarbeitet. Ich denke an die Tage in Viterbo, Eure wunderbaren Zeichnungen, die ich immer bei mir trage, denn wenn ich sie nur anschaue, fühle ich mich wie neugeboren, und ich denke an diesen Augenblick unbändiger Freude im Kreuzgang des Klosters Santa Caterina, als ich Euch das venezianische Glas gab, um Eure Augen zu schützen.«

Michelangelo hielt die Tränen zurück. Er wollte keine Trauer zeigen. Wenn es sein musste, dann hatte Vittoria verdient, diese Welt mit lächelnden Augen zu verlassen. »Dass ich heute noch arbeiten kann, verdanke ich ihm und Eurer Großzügigkeit, immer bereit, auf die Bedürfnisse anderer einzugehen, aber nie Eurer eigenen. Was für ein Beispiel Ihr für mich gewesen seid, Vittoria. Ich dagegen habe ein weiteres Mal versagt, denn ich habe Euch nicht genug gegeben, ich habe das tiefgründige Wesen Eurer Liebe nicht verstanden, oder ich habe es eben deswegen vor mir selbst verborgen, um mich zu schützen, Feigling, der ich bin.«

»Nein, nein«, sagte sie, liebevoll aufseufzend. »So dürft Ihr nicht reden. Niemand hat mich je so geliebt wie Ihr! Ihr habt mich verstanden, beschützt, mir zugehört. Ihr, Michelangelo, habt mir Hoffnung gegeben und wart mein Freund, als ich für alle anderen nichts war als die Schwester eines Verräters. Ihr habt mir Euer Herz durch Eure Kunst geschenkt, die das absolut Schönste ist, das Gott und die Erde feiert.«

»Vittoria ...«

»Schaut zur Sonne, Michelangelo, schaut sie an und sagt mir, was Ihr seht.«

»Ich sehe Euer Gesicht, Vittoria, das Licht, das Euer so aufmerksamer, leidenschaftlicher, intensiver Blick immer ausstrahlt.« Bei diesen Worten streichelte er ihre Wange, hielt sie fest, und schließlich drückte er sanft seine Lippen auf ihre.

Sie waren kalt. Wie Blütenblätter einer nächtlichen Blume, die sich gerade öffneten. Wie durchscheinende Eisjuwelen. Wie die Luft in diesem Februar, so rein und voller Licht.

Da verstand er.

Vittoria, seine Vittoria war tot.

Sie käme nicht wieder.

Er hielt sie im Arm, während in der Stille des verlassenen Kreuzgangs Tränen fielen.

72

Kapitolsplatz

Der winterliche Wind heulte zwischen den großen Palazzi um ihn herum.

Ein kalter Regen schlug rhythmisch auf das Pflaster.

Michelangelo betrachtete die Bronzestatue von Mark Aurel: Er hatte verlangt, dass sie vom Lateran, wo sie gestanden hatte, mitten auf den Kapitolsplatz gebracht wurde. Damit hatte er sie zum architektonischen Angelpunkt des gesamten Platzes gemacht. Er hatte persönlich den Marmorsockel gehauen, der das Reiterstandbild stützte.

Er betrachtete die Kirche Aracoeli und den Monte Caprino, den Ziegenhügel, der so genannt wurde, weil bis vor Kurzem die Hirten ihre Ziegen und Schafe dorthin geführt hatten. Aus ebendiesem Grund hatte der Papst ihn gebeten, den Platz ganz neu zu gestalten und ihm die frühere Pracht zu verleihen, als während des römischen Imperiums vor zweitausend Jahren dort der Tempel Capitolium stand, das Ziel der Triumphzüge für siegreiche Generäle.

Paul III. hatte gesagt, dass nur er eine so titanische Aufgabe würde erledigen können.

Da der Platz in einer Senke zwischen den zwei Gipfeln der Aracoeli und dem Capitolino lag, musste Michelangelo mit unterschiedlichen Höhen klarkommen. Er hatte daher zwei gegenüberliegende Treppen von fast perfekter Symmetrie entworfen, die ein unterschiedliches Gefälle hatten und in derselben Höhe zu den drei Blickpunkten führten: dem Gipfel der Treppe des Senatorenpalastes und den der beiden Freitreppen, die er bauen lassen würde.

Ebender Senatorenpalast würde eine neue monumentale Fassade bekommen, die nicht mehr dem Forum Romanum zugewandt war, sondern dem Petersdom. Er hatte ihn mit gigantischen Lisenen und einer außergewöhnlichen Treppe bis zum Piano nobile entworfen. Ein Brunnen mit klarem Wasser und drei Statuen sollten dorthin. An Wappenstelle die Flüsse, der Nil und der Tiber, die zu Füßen des Konservatorenpalastes ruhten. Im Zentrum sollte dagegen die antike Statue der sitzenden Göttin Minerva stehen.

Der Konservatorenpalast würde einen neuen Laubengang erhalten, der durch eine Reihe korinthischer Säulen noch eleganter würde. Da dieser leicht von der Ideallinie vom Zentrum des Senatorenpalasts mit der Bronzestatue von Mark Aurel abwich, hatte er beschlossen, einen Zwillingspalast bauen zu lassen, der Palazzo Nuovo heißen sollte, wodurch ein Trapez entstehen würde, das eine Symmetrie garantieren würde, wie er sie sich vorgestellt hatte. Auf diese Weise würde er den Platz abschließen und die Kirche Santa Maria in Aracoeli ausschließen.

Für das Pflaster des Platzes entwarf er ein Spiel von ineinander verflochtenen Ellipsen, um so von unten die Geschlossenheit zu betonen, die die sowohl luftigen als auch hypnotischen Muster kreierten. Er hatte diese besondere Form nicht nur aus architektonischen Gründen gewählt, sondern auch weil sie den Nabel der Welt symbolisierte: So konnte er die Heiligkeit eines für die Römer und vor ihnen die Etrusker einzigartigen Ortes feiern, damit verband er, wenigstens auf einer idealen Ebene die Ewige Stadt mit ihren Wurzeln, die zeitlich und räumlich so tief reichten.

Er lauschte dem Wind, der stetig zwischen den Palazzi heulte: Er schien die Stimmen zurückzubringen, die die Konsuln, die Generäle, die Kaiser und die Päpste lobpreisten.

Dann herrschte für einen Augenblick Stille. Und in dieser Ruhe fand Michelangelo Erinnerungen. Und mit ihnen den Willen.

Sie hatten ihm Malasorte genommen.

Sie hatten Vittoria verfolgt.

Sie würden ihm nicht auch Rom wegnehmen. Er würde bis zum Ende dafür kämpfen, für diese großartige und verletzte Stadt voller Pracht und Kunst, aber zerrissen von der Machtgier, gefeiert in Gedichten und vom politischen Kalkül erpresst, Hunderte Male getötet, aber immer im Ruhm der Zeit wiederauferstanden, in der Geschichte und in der Erinnerung der Generationen.

Per aspera ad astra, hieß es.

Er ging an der Statue von Mark Aurel vorbei bis an den Rand des Platzes. Genau hier hatte er die monumentale Treppe bauen lassen, die vom Petersdom direkt zum Senatorenpalast führte.

Schließlich sah er unter sich.

Er sah Rom.

Anmerkungen des Autors

Das Geheimnis des Michelangelo ist bei Weitem der schwierigste Roman, den ich je geschrieben habe. Bevor ich ihn begonnen habe, war ich schlicht panisch. Während des Schreibens hat mich die Angst nie losgelassen. Ich wollte sehr komplexe Themen anschneiden, und der Protagonist des Romans ist der vielleicht unglaublichste, kontroverseste, schwierigste, zerrissenste Künstler der gesamten Kunstgeschichte. Ganz zu schweigen davon, dass dieser Roman irgendwie damit umgehen musste, den Meister der christlichen Kirche auf eine ganz neue, unterschiedliche Art zu zeigen, in dem Versuch, zu begreifen und im Text festzuhalten, wie viel Leid und Bitterkeit sich in seinem Herzen befunden haben müssen, als er das Grabmal von Julius II. fertigstellen musste, das er selbst als »die Tragödie meines Lebens« bezeichnete. Diese Perspektive hat ihren Ursprung in bestimmten Thesen, die von einer besonderen Strömung der Kunstkritik ausgehen, namentlich Antonio Forcellino, Adriano Prosperi und Maria Forcellino. Mit aller Bescheidenheit benutzt mein Roman diese Forschungen, die Michelangelos Zugehörigkeit zur sogenannten »Sekte« der Spirituali, der *Ecclesia Viterbiensis* von Reginald Pole, hervorhebt und empfiehlt, die letzte Schaffensphase des Meisters im Licht dieser Zugehörigkeit zu betrachten. Die Arbeit dieser genannten Forscher war also die erste Basis für diesen Roman.

Was Antonio Forcellino angeht, dem Verantwortlichen der kürzlich erfolgten Restaurierung des Grabmals Julius' II. und oberste Autorität dazu, zitiere ich die wichtigsten Werke: *Michelangelo: Eine Biographie*, München 2006; *1545, gli ultimi giorni del Rinascimento*, Bari-Rom 2008 und schließlich *La pietà ritrovata. Storia di un capolavoro ritrovato di Michelangelo*, Florenz 2010. Von Adriano Prosperi – emeritierter Professor für moderne Geschichte an der Scuola Normale Superiore di Pisa – muss man die maßgebliche Einleitung in Antonio Forcellinos *Michelangelo, storia di una passione eretica*, Turin 2002 zitieren. Etwas allgemeiner möchte ich auch *Il concilio di Trient, una introduzione storica*, Turin 2001 erwähnen. Schließlich noch von Maria Forcellino, Forscherin und Universitätsdozentin, das unabdingbare *Michelangelo, Vittoria Colonna e gli »Spirituali«. Religiosità e vita artistica a Roma (1540- 1550)*, Rom 2009.

Dieses Mal war die Recherche so entscheidend wie kaum je zuvor.

Um in die Gedanken des großen Künstlers einzutauchen, habe ich seine Briefe und Gedichte immer wieder gelesen. Sie wurden kürzlich in einer sehr sorgfältig kuratierten Ausgabe erneut herausgebracht: *Michelangelo Buonarroti, Rime e Lettere*, Hrsg. Antonio Corsaro und Giorgio Masi, Mailand 2016. Denn, sind wir ehrlich, es gibt nichts Vergleichbares zu der Stimme des Protagonisten, über den man etwas erzählen will.

Um jegliche Zweifel wegzuwischen, gebe ich sofort zu, dass ich viele Bücher zum Thema studiert habe. Vor allem die Klassiker von Giorgio Vasari, *Lebensläufe der berühmtesten Maler, Bildhauer und Architekten*, München 2020 und Ascanio Condivi, *Das Leben des Michelangelo Buonarroti*,

Berlin 2018. Außerdem: Charles de Tolnay, *Michelangelo*, Wiesbaden 1966. Zu diesen drei grundlegenden Texten gesellen sich eine ganze Reihe von Büchern. Darunter möchte ich eine zweibändige Aufsatzsammlung erwähnen von Charles de Tolnay, Umberto Baldini, Roberto Salvini, Guglielmo de Angelis d'Ossat, Luciano Berti, Eugenio Garin, Enzo Noè Girardi, Giovanni Nencioni, Francesco de Feo, Peter Meller, Vorwort von Mario Selmi, *Michelangelo. Artista, pensatore, scrittore*, Novara 1965; Michael Hirst, *Michelangelo, i disegni*, Turin 1991.

Außerdem habe ich konsultiert: Frank Zöllner, *Michelangelo. Das vollständige Werk. Malerei, Skulptur, Architektur*, illustr. Ausgabe, Köln 2013; Bruno Nardini, *Michelangelo. Biografia di un genio*, Florenz 2013; Costantino d'Orazio, *Michelangelo. Io sono fuoco*, Florenz 2016; Giulio Busi, *Michelangelo: mito e solitudine del Rinascimento*, Mailand 2017.

Auch bei Vittoria Colonna bin ich von autobiografischen Texten ausgegangen, als Erstes Vittoria Colonna, *Rime*, Bari 1982. Darauf folgten dann Maria Serena Sapegno (Hrsg.), *Al crocevia della Storia. Poesia, religione e politica in Vittoria Colonna*, Rom 2016; Augusto Galassi, *Michelangelo e Vittoria Colonna. Un amore nella Roma rinascimentale*, Rom 2011.

Ein so komplexes Thema wie die Gründung und die Prozeduren des Sant'Uffizio oder der Römischen Inquisition verlangt eine ganz besondere Recherche, bei diesen vielen Problemen, der Dynamik der Macht, der zu berücksichtigenden Personen, insbesondere da all das in Verbindung gesetzt wird zu den Ansprüchen, die von der »Rebellion« der protestantischen Reformen herrühren. Daher hier eine Unmenge an Monografien. Darunter: Christopher F. Black, *Storia dell'Inquisizone in Italia: tribunali, eretici, censura*, Rom 2013; Andrea Vanni, *»Fare diligente inquisitione«: Gian Pietro Carafa e le origini dei chierici regolari teatini*, Rom 2013; Irene Fosi, *Convertire lo straniero: forestieri e inquisitori a Roma in età moderna. (La corte dei papi)*, Rom 2013; Massimo Firpo, *La presa di potere dell'Inquisizione Romana: 1550-1553*, Bari 2014; Angela Santangelo Cordani, *»La pura verità«. Processi antiereticali e inquisizione romana fra Cinque e Seicento*, Mailand 2017; Claudio Rendina, *Storia segreta della Santa Inquisizione*, Rom 2014.

Eine Tat, die mich besonders berührt hat und die ich deswegen in den Roman einflechten wollte, ist der Mord an einem Hauptmann der Gendarmen, der in Rom Bargello genannt wird. Sehr deutlich beschrieben ist er in dem Buch von Peter Blastenbrei, *Kriminalität in Rom 1560-1585* (Bibliothek des Deutschen Historischen Instituts in Rom, Band 82), Berlin 2016, der daraus eine detaillierte und schreckliche, aber absolut wahre Erzählung macht, was es nur noch unheimlicher erscheinen lässt. Auch weil der Hauptmann Vittorio Corsini zweifellos der Kompanie der Gendarmen der Stadt vorsteht, die dem Schutz und der Verteidigung des Sant'Uffizio diente und als eine Art Polizei beziehungsweise bewaffneter Arm der Römischen Inquisition fungierte, welche von Paul III. gewollt war und als deren Leiter Kardinal Gian Pietro Carafa eingesetzt worden war. Die Gendarmen unterstanden ansonsten dem Statthalter von Rom. Dieser wurde alle zwei Jahre vom Papst ernannt und vereinigte in seiner Person drei unterschiedliche Aufgaben: normaler Richter, Chef der Polizei und Vizekämmerer der Apostolischen Kammer. Das Gericht, dem er vorsaß, entschied über

Zivil- und Strafrechtliches. Der Bargello war der Hauptmann der Gendarmen oder Wachen der Stadt. In Corsinis Fall ist damit erklärt, warum er im Roman fast ausschließlich Hauptmann der Gendarmen des Sant'Uffizio genannt wird: um ihn vom Bargello zu unterscheiden.

Natürlich kann man einen solchen Roman nicht beginnen, ohne wenigstens eine allgemeine Vorstellung vom Rom der Päpste zu haben, dieser unglaublichen Stadt, die vor, während und nach dem Sacco di Roma durch die Landsknechte die Hauptstadt war. Von diesen Söldnern, die zu den blutrünstigsten und brutalsten Soldaten zählten, gab es viele in der Ewigen Stadt. Sie und auch die Kurtisanen gehören zu den unglaublichsten Menschentypen der römischen Geschichte dieser Jahre.

Auch zu diesen Themen fehlt es nicht an Literatur: André Chastel, Il sacco di Roma. 1527, Turin 2010; Antonio di Pierro, Il Sacco di Roma: 6 maggio 1527, l'assalto dei lanzichenecchi, Mailand 2015; Jacques Heers, *La vita quotidiana nella Roma Pontificia ai tempi dei Borgia e dei Medici*, Mailand 2017; Paul Larivaille, *La vita quotidiana delle cortigiane nell'Italia del Rinascimento*, Mailand 2017; Gabriela Häbich, *La Roma segreta dei Papi*, Rom 2017. Besonderes Augenmerk auf die Gewohnheiten und die Kleidung der Landsknechte legt Reinhard Baumann, *Landsknechte*, München 1994.

Was die Erzähltechnik angeht, habe ich wieder in Bildern erzählt, das jedoch in einem engeren Zeitrahmen. Der Roman umspannt ungefähr fünf Jahren, weil innerhalb des langen Lebens von Michelangelo – fast neunzig Jahre – diese fünf Jahre, in denen er das Grabmal von Julius II. beendet, sich dem Kreis der Spirituali zuwendet und eine tiefe Freundschaft zu Vittoria Colonna pflegt, kaum von Autoren bearbeitet wurden. Man muss sagen, dass es sowieso nicht viele belletristische Werke über diesen unglaublichen Meister der Kunstgeschichte gibt. Ich habe jedenfalls versucht, von einem Michelangelo zu erzählen, den es so in der Literatur noch nicht gibt. Ich habe mich daher auf den Teil seines Lebens konzentriert, in dem er die eigene Überzeugung im Licht der unausweichlichen Reaktion auf die Verbreitung protestantischer Thesen ändert. Die Freundschaft zu Vittoria Colonna und der Kontakt zur *Ecclesia Viterbiensis* von Reginald Pole führen zu einer Neubetrachtung des Glaubens und der Kunst, sodass er, der doch immer für den absoluten Katholiken gehalten wurde, es auf gewisse Art noch mehr wird, und das noch unversöhnlicher und drakonischer, wenn man diesen Glauben als eine Rückkehr zum Wesentlichen, zur Verbindung zu Gott ansieht. Der gesamte Roman ist von dieser Vision durchzogen, die bei der Lektüre der Texte und der intensiven Forschung einer gewissen Strömung der Kunstgeschichte hervortritt.

In diesen Jahren habe ich eine heftige Leidenschaft für Rom entwickelt, für seine unendliche, blendende Schönheit: ewigen Dank meinen vielen Freunden und Freundinnen, die mir seine Wunder gezeigt haben.

Es sei mir hier ein Dank an und eine besondere Erwähnung von Federico Meschini gestattet, weil ich richtige Panik davor hatte, Viterbo in Angriff zu nehmen, wo ein nicht unwichtiger Teil des Romans spielt. Er hat sich als wertvoller Berater und Freund gezeigt und einige Zweifel ausgeräumt, die mir mehr als eine Nacht den Schlaf geraubt haben.

Auch bei diesem, wie bei meinen früheren Romanen, war der historische Fortsetzungsroman das absolute Vorbild.

Unter den vielen vielleicht am bekanntesten *Der Graf von Montecristo* von Alexandre Dumas, *Michelangelo: Biografischer Roman* von Irving Stone, aber auch ein verborgenes Juwel und absolutes Meisterwerk wie *Unter der roten Robe* von Stanley J. Weyman. Auch ein bestimmter Theaterstil darf nicht vergessen werden, ich denke da vor allem an die Romantik voller Wut und Melancholie von Friedrich Schiller. Hier bieten sich zunächst seine berühmtesten Stücke an: *Die Räuber* und *Maria Stuart*.

Auch dieses Mal verdanken die Duellszenen viel den historischen Handbüchern der Fechtkunst: Giacomo di Grassi (*Ragione di adoprar sicuramente l'Arme sì da offesa, come da difesa; con un Trattato dell'inganno, et con un modo di esercitarsi da se stesso, per acquistare forsa, giudizio, et prestezza*, Venedig 1570) und Francesco di Sandro Altoni (*Monomachia – Trattato dell'arte di scherma*, hrsg. Alessandro Battistini, Marco Rubboli, Iacopo Venni, San Marino 2007).

Padua, Rom, 15. September 2018

Danksagung

Mit der Zeit habe ich festgestellt, dass die Danksagungen von den Lesern sehr geliebt werden. Sie gefallen auch mir sehr, daher … los geht's.

Als Erstes danke ich meinem Verlag, Newton Compton, dem besten, den ich für diese Herausforderung und für kommende haben kann.

Noch einmal meinen tiefsten und aufrichtigsten Dank an Doktor Vittorio Avanzini, der mich immer aufs Beste und sehr großzügig beraten hat. Mit ihm zu sprechen macht mich froh und zutiefst zufrieden. Die vielen Anekdoten, die Geschichten, die Episoden, die er mir erzählt, machen den Roman besser.

Einen riesengroßen Dank an Maria Grazia Avanzini, weil sie mich immer so herzlich und freundlich empfängt.

Raffaello Avanzini: Captain, mein Captain. Danke, für immer. Siege stellen sich nie zufällig ein. Ich habe mich bemüht, deine Vorschläge und Bemerkungen umzusetzen. Ich bin immer von deiner Intelligenz, deinem Mut und deiner Energie, die du in deine Arbeit steckst, begeistert. Daher ist es ein Privileg, für Newton Compton zu schreiben.

Zusammen mit den Verlegern bedanke ich mich bei meinen Agenten. Monica Malatesta und Simone Marchi sind täglich an meiner Seite: Sie hören mir zu, verstehen mich, beraten mich. Ihr seid meine unersetzlichen Grafen.

Alessandra Penna, meine Lektorin: Zusammenzuarbeiten ist jedes Mal ein reines Wunder. Danke, dass du mir hilfst, die richtigen Noten in der Musik der Literatur zu finden. Die Stimme, den Stil kultiviert man täglich. Zu wissen, dass ich das zusammen mit dir tun kann, ist die beste Belohnung überhaupt.

Dank an Martina Donati, die vom ersten Augenblick an an diesen Roman geglaubt hat. Sie hat ihn sich mit mir zusammen vorgestellt, als er noch geboren werden musste. Wie schön, auf einen so großartigen Profi wie dich zählen zu können.

Dank an Antonella Sarandrea, die jeden Tag lächelnd für meine Geschichten kämpft. So große Klasse!

Dank an Clelia Frasca, Federica Cappelli und Gabriele Anniballi für die Pünktlichkeit und die Leidenschaft.

Schließlich danke ich dem gesamten Team von Newton Compton Editori für seine unglaubliche Professionalität.

Einen riesengroßen Dank an Fabrizio Ruggirello, dem Regisseur der großartigen Dokumentation: *Michelangelo, una passione eretica*. Dank an Sophia Luvarà von Doclab, weil sie mir erlaubt hat, davon eine Kopie anzufertigen, sodass ich sie sehen konnte. Unnötig zu erwähnen, dass ich hoffe, so bald wie möglich ein ähnliches Werk im Programm der RAI zu sehen.

All mein Dank gilt außerdem der Liberia Antiquariat Minerva in Padua. Dank an Cristiano Amedei und Davide Saccuman, weil sie mir einige großartige Bücher besorgt haben, vor allem eine umwerfende zweibändige illustrierte Ausgabe von Michelangelos Werken, die praktisch unauffindbar war.

Ich danke einem Meister und Freund, der mich jeden Tag unterstützt: Mauro Corona.

Ich danke natürlich Sugarpulp: il Patron Giacomo Brunoro, Valeria Finozzi, Andrea Andreetta, Isa Bagnasco, Massimo Zammataro, Chiara Testa, Matteo Bernardi, Piero Maggioni, Carlo »Charlie Brown« Odorizzi.

Dank an Lucia und Giorgio Strukul: Weil ihr von klein auf meinen Dämon gefüttert habt!

Dank an Leonardo, Chiara, Alice und Greta Strukul: Ich bin stolz, hier bei euch zu sein!

Dank an Gorgi: Anna und Odino, Lorenzo, Marta, Alessandro und Federico.

Dank an Marisa, Margherita und Andrea »il Bull« Camporese.

Dank an Caterina und an Luciano, an Oddone und Teresa und an Silvia und Angelica.

Dank an Jacopo Masini & Dusty Eye.

Dank an Marilù Oliva, Tito Faraci, Nicolai Lilin, Francesca Bertuzzi, Valentina Bertuzzi, Barbara Baraldi, Ilaria Tuti, Marcello Simoni, Francesco Ferracin, Mirko Zilahy de Gyurgyokai, Romano de Marco, Gian Paolo Serino, Simone Sarasso, Antonella Lattanzi, Alessio Romano: Waffenbrüder und -schwestern.

Zum Abschluss: Unendlichen Dank an Alex Connor, Victor Gischler, Sarah Pinborough, Jason Starr, Allan Guthrie, Gabriele Macchietto, Elisabetta Zaramella, Lyda Patitucci, Mary Laino, Andrea Kais Alibardi, Rossella Scarso, Federica Bellon, Gianluca Marinelli, Alessandro Zangrando, Francesca Visentin, Anna Sandri, Leandro Barsotti, Sergio Frigo, Massimo Zilio, Chiara Ermolli, Giulio Nicolazzi, Giuliano Ramazzina, Giampietro Spigolon, Erika Vanuzzo, Thomas Javier Buratti, Marco Accordi Rickards, Raoul Carbone, Francesca Noto, Daniele Cutali, Stefania Baracco,

Piero Ferrante, Tatjana Giorcelli, Giulia Ghirardello, Gabriella Ziraldo, Marco Piva aka. il Gran Balivo, Paolo Donorà, Massimo Boni, Alessia Padula, Enrico Barison, Federica Fanzago, Nausica Scarparo, Luca Finzi Contini, Anna Mantovani, Laura Ester Ruffino, Renato Umberto Ruffino, Livia Frigiotti, Claudia Julia Catalano, Piero Melati, Cecilia Serafini, Tiziana Virgili, Diego Loreggian, Andrea Fabris, Sara Boero, Laura Campion Zagato, Elena Rama, Gianluca Morozzi, Alessandra Costa, Và Twin, Eleonora Forno, Maria Grazia Padovan, Davide De Felicis, Simone Martinello, Attilio Bruno, Chicca Rosa Casalini, Fabio Migneco, Stefano Zattera, Marianna Bonelli, Andrea Giuseppe Castriotta, Patrizia Seghezzi, Eleonora Aracri, Mauro Falciani, Federica Belleri, Monica Conserotti, Roberta Camerlengo, Agnese Meneghel, Marco Tavanti, Pasquale Ruju, Marisa Negrato, Serena Baccarin, Martina De Rossi, Silvana Battaglioli, Fabio Chiesa, Andrea Tralli, Susy Valpreda Micelli, Tiziana Battaiuoli, Erika Gardin, Valentina Bertuzzi, Walter Ocule, Lucia Garaio, Chiara Calò, Marcello Bernardi, Paola Ranzato, Davide Gianella, Anna Piva, Enrico »Ozzy« Rossi, Cristina Cecchini, Iaia Bruni, Marco »Killer Mantovano« Piva, Buddy Giovinazzo, Gesine Giovinazzo Todt, Carlo Scarabello, Elena Crescentini, Simone Piva & i Viola Velluto, Anna Cavaliere, AnnCleire Pi, Franci Karou Cat, Paola Rambaldi, Alessandro Berselli, Danilo Villani, Marco Busatta, Irene Lodi, Matteo Bianchi, Patrizia Oliva, Margherita Corradin, Alberto Botton, Alberto Amorelli, Carlo Vanin, Valentina Gambarini, Alexandra Fischer, Thomas Tono, Ilaria de Togni, Massimo Candotti, Martina Sartor, Giorgio Picarone, Cormac Cor, Laura Mura, Giovanni Cagnoni, Gilberto Moretti, Beatrice Biondi, Fabio Niciarelli, Jakub

Walczak, Lorenzo Scano, Diana Severati, Marta Ricci, Anna Lorefice, Carla VMar, Davide Avanzo, Sachi Alexandra Osti, Emanuela Maria Quinto Ferro, Vèramones Cooper, Alberto Vedovato, Diana Albertin, Elisabetta Convento, Mauro Ratti, Mauro Biasi, Nicola Giraldi, Alessia Menin, Michele di Marco, Sara Tagliente, Vy Lydia Andersen, Elena Bigoni, Corrado Artale, Marco Guglielmi, Martina Mezzadri.

Ich habe sicher irgendjemanden vergessen ... Seit Kurzem sage ich dazu nur ... im nächsten Buch, versprochen!

Allen Leserinnen und Lesern unendlichen herzlichen Dank, den Buchhandlungen, Bibliotheken, Förderern und Förderinnen, die meinem neuen Roman Vertrauen entgegengebracht haben.

Ich widme diesen Roman meiner Frau Silvia: weil jeder gemeinsame Tag ist, als wäre es der erste. Und der Zauber wiederholt sich. Und das Licht in deinen Augen ist nie verloschen, die Kraft deines Herzens ist immer noch gewaltig: Danke, dass du mich gewählt hast, danke, dass du mir einen Himmel geschenkt hast, in dem ich fliegen kann.